Gärten, Gift und große Liebe

Die Pflanzenporträts wurden dem Buch »111 tödliche Pflanzen, die man kennen muss« (Klaudia Blasl, emons 2018) entnommen.

KLAUDIA BLASL

Gärten, Gift und große Liebe

KRIMINALROMAN

emons:

Bibliografische Information der Deutschen Nationalbibliothek
Die Deutsche Nationalbibliothek verzeichnet diese Publikation in der Deutschen Nationalbibliografie; detaillierte bibliografische Daten sind im Internet über http://dnb.d-nb.de abrufbar.

MIX
Papier | Fördert gute Waldnutzung
FSC® C083411
FSC www.fsc.org

Umschlagmotiv: shutterstock.com/Yevheniia Lytvynovych
Umschlaggestaltung: Nina Schäfer
Gestaltung Innenteil: DÜDE Satz und Grafik, Odenthal
Abbildungen S. 6–305: shutterstock.com/Morphart Creation, shutterstock.com/Yevheniia Lytvynovych, Wikimedia Commons
Lektorat: Dr. Marion Heister
Druck und Bindung: CPI – Clausen & Bosse, Leck
Printed in Germany 2024
ISBN 978-3-7408-2070-1
Originalausgabe

Unser Newsletter informiert Sie regelmäßig über Neues von emons:
Kostenlos bestellen unter
www.emons-verlag.de

Dieser Roman wurde vermittelt durch die
Autoren- und Verlagsagentur Peter Molden, Köln.

Danke an Ilse H., Franz P. und den Kater Boris.
Dieses Buch ist auch euer Verdienst.

Im großen Pflanzenwuchsgetriebe
Des Lebensackers ist kein Kraut,
Das so viel Gift zusammenbraut
Als langsam abgedorrte Liebe.

Wilhelm Jensen, 1837–1911

Verdrossen rührte Berta in ihrer gebundenen Gemüsesuppe herum. »Das Zeug sieht aus wie pürierter Kompost«, maulte sie und verzog angewidert das Gesicht, bevor sie den Löffel zögernd mit der trüben Brühe füllte.

Ich nickte ihr aufmunternd zu, während sie vorsichtig eine mikroskopisch kleine Menge kostete.

»Schmeckt auch wie pürierter Kompost«, seufzte sie kurz danach und ließ den Löffel laut klirrend in den Suppenteller fallen.

»Aber denk an die vielen Vitamine und Spurenelemente«, versuchte ich meine Freundin von den Vorzügen einer gesunden und figurfreundlichen Ernährung zu überzeugen, »die liefern deinem Körper Energien ohne Ende, und das ganz ohne Kalorien. Du wirst sehen, in ein paar Tagen fühlst du dich wie neu geboren.«

»In ein paar Tagen bin ich längst tot.« Resolut schob Berta den vollen Suppenteller von sich. »Dieser Fraß bringt einen ja um. Ich fühl mich jetzt schon sterbenselend. Was uns die da« – sie warf einen verächtlichen Blick auf die Organisatoren unserer Basenfasten-Kur – »als Essen verkaufen, das ist die reinste Folter, körperliche Nötigung, aktive Sterbehilfe, ach, was sag ich, das ist ein Fall für den Menschenrechtsgerichtshof.« Sie drosch mit geballter Faust derart fest auf den Tisch, dass sich ein Gutteil der Gemüsesuppe der Schwerkraft widersetzte und nach einem kurzen Flug schwungvoll auf der blassblauen Resopalplatte verteilte, die ähnlich wie wir schon recht mitgenommen aussah.

»Recht hat sie«, mischte sich nun auch die dicke Emma ein, die schräg gegenübersaß und mit Berta die Liebe zur ungebremsten Fettzellenvermehrung teilte. »Hier wird einem ja nicht mal das Salz in der Suppe vergönnt. Und dafür auch noch Geld verlangen. Eine grenzenlose Frechheit ist das!«

Die von unserem Oberdistelbrunner Seniorenbund in die Wege geleitete Gesundheitswoche schien definitiv nicht allen Anwesenden zu schmecken. Dabei versprach die hier gebotene rigoros basische Ernährung nicht nur eine heilsame Entschlackung und Darmsanierung, die in unserem Alter zunehmend an Bedeutung gewannen, sondern auch eine spürbare Gewichtsabnahme. Und davon würden einige unserer Gruppe sehr profitieren. Etwa Berta, meine Lieblingsnachbarin und beste Freundin, deren fassförmige Figur einer langfristig günstigen Pensionsprognose bestimmt schwer im Wege stand. Bei hundertzehn Kilo riskierte man nachweislich Gicht und Diabetes, verkalkte Arterien, verfettete Innereien und letztlich sogar einen Herzinfarkt oder Schlaganfall. Und ich riskierte allein beim Gedanken, meine beste Freundin zu verlieren, eine unheilbare Dauerdepression.

Wild entschlossen, mit gutem Beispiel voranzugehen, löffelte ich die zugegebenermaßen etwas geschmacklose Suppe bis auf den letzten Tropfen aus. Dann wandte ich mich mit meinem bewährten Lehrerinnenblick an meine erboste Tischgenossin: »Wir sind freiwillig hier, vergiss das nicht! Niemand hat uns zu dieser Gesundheitskur gezwungen.« Gedanklich setzte ich noch zwei Ausrufzeichen hinterher.

Und bevor Berta protestieren konnte, fragte ich sie, ob sie denn überhaupt wisse, dass sie jedes Kilo Übergewicht zwei Monate ihrer Lebenszeit kosten könne.

»Ach was. Würde das stimmen, wär ich schon mit siebzehn gestorben«, wischte sie meinen Einwand gemeinsam mit der verschütteten Brühe vom Tisch. »Außerdem siehst du das viel zu einseitig. Kilos können auch Leben retten. Denk mal an Entführungen, an Windhosen, Hungersnöte oder eine angriffslustige Kuh. Da hättest du mit deinem Fliegengewicht gar keine Chance.«

»Ganz genau«, nickte Emma voller Überzeugung, was ihr Dreifachkinn in heftige Schwingungen versetzte. »Dich würde schon ein Laubbläser umpusten, so dünn, wie du bist.«

»Ich bin überhaupt nicht dünn, ich habe siebenundsechzig

Kilo, trage Größe 38 und sollte bei meiner Größe sogar drei Kilo weniger wiegen«, konterte ich verärgert. Wobei ich mich hauptsächlich darüber ärgerte, den beiden im Grunde auch noch recht geben zu müssen. Immerhin hatte ich mein Leben nur Bertas Kampfgewicht und Emmas Schlagkraft zu verdanken, die mich vor nicht einmal zwei Jahren todesmutig aus den Fängen einer Serienmörderin befreit hatten. Doch daran wollte ich weder mich noch unsere Fastenkur-Gruppe erinnern.

»Aber das ist jetzt wirklich egal«, meinte ich daher konziliant und spülte meinen Groll mit einem großen Schluck lauwarmen Wassers hinunter, »lasst uns einfach auf die Hauptspeise warten. Davon können wir angeblich essen, so viel wir wollen.«

Emma und Berta blickten mich an, als hätte ich ihnen ein höchst unmoralisches Angebot gemacht, während sie nahezu synchron die Nasen rümpften.

»So viel wir wollen«, äffte Emma mich nach. »Du meinst wohl, so viel wir runterkriegen, ohne uns zu übergeben.«

»Aber du weißt doch noch gar nicht, was es überhaupt gibt«, fuhr ich sie an.

»Ich weiß, was es nicht gibt«, fauchte sie zurück und griff nach der Hochglanzbroschüre des neuen Unterdistelbrunner Gesundheitsresorts, das den klingenden Namen »Botanical Wellness« trug, unter dem wir alten Schachteln uns allerdings wenig vorstellen konnten.

»Also, hier steht, dass man beim Basenfasten keinen Fisch, kein Fleisch, keine Wurst, keinen Käse, keine Milch, keinen Kaffee, keinen Alkohol, keine Eier, kein Brot, keine Nudeln, keinen Reis, keine Fette und keine Süßigkeiten zu sich nehmen darf«, trug sie mit zitternder Stimme vor. Es klang, als hätte sie gerade ihr eigenes Todesurteil verlesen.

»Wovon zum Teufel sollen wir da überhaupt leben?«, fragte Berta sichtlich entsetzt.

»Und vor allem, wofür?«, merkte Emma fast schon philosophisch an.

»Damit dein Organismus entsäuert wird«, entgegnete ich.

»Aber ohne Mehlspeise werde ich erst recht sauer«, meinte Berta.

»Damit du deinen Darm sanierst.«

»Und gleichzeitig meine Nerven ruiniere.«

»Damit dein Körper entschlackt wird.«

Ich gab nicht auf, sie gaben nicht nach.

»Ich habe noch nie im Leben *ge*schlackt. Also was sollte ich schon großartig zum *Ent*schlacken haben?«, stellte Emma nun kategorisch fest.

Lebenslanges Lernen lag der pensionierten Postbeamtin eindeutig weniger am altersschwachen Herzen als die tägliche Kalorienzufuhr. Aber hier und jetzt war der falsche Moment für belehrende Aufklärungsgespräche. Widerwillig unterdrückte ich mein besserwisserisches Lehrerinnen-Gen und widmete mich der Frage, warum man an einer einwöchigen Fastenkur teilnahm, wenn man gar nicht fasten wollte. Ich buchte doch auch keinen Kletterurlaub, wenn ich nicht schwindelfrei war.

»Ihr habt euch angemeldet. Ihr habt bezahlt. Und ihr wusstet, was euch erwartet. Also reißt euch gefälligst zusammen! Ihr werdet schon nicht gleich tot vom Tisch kippen«, stellte ich so autoritär wie möglich fest.

»Es war von Fasten die Rede, nicht von Verhungern«, widersprach Berta.

»Der menschliche Körper kann bis zu dreißig Tage ohne Nahrung auskommen«, konterte ich.

»Aber …«, hob Emma an, doch der junge Mann, der bereits die Suppe serviert hatte und in seltsame weiße Gewänder gehüllt war, unterbrach unseren Disput, indem er ein voll beladenes Tablett mittig auf dem Tisch platzierte.

»Meine Damen, *voilà*«, säuselte er, »wünsche einen gesunden Appetit.«

Wir griffen nach den großzügig gefüllten Schüsseln und Platten und bedienten uns.

»Austernseitlingpüree mit gegrillten Pastinaken und gedünstetem Tschicko, äh, Schicko, also mit so gedünstetem Zeugs, das wie gerupfter Chinakohl aussieht«, verkündete die spindeldürre Elsbeth, die neben mir saß und bislang geschwiegen hatte, während sie abwechselnd die Menükarte und ihren Tellerinhalt studierte.

»Chicorée, das ist Chicorée, voller Vitamine, Bitterstoffe und gut für die Verdauung und den Stoffwechsel«, klärte ich sie auf, aber unsere Oberdistelbrunner Paradebetschwester hatte sich schon wieder abgewandt, um den Gesprächen am Nebentisch zu lauschen. Bislang hatte sie ohnedies kaum jemand wirklich essen sehen, sah man von Hostien, Haferschleim und Hustenbonbons einmal ab, dafür gierte sie nach Klatsch und Tratsch wie andere nach Schokokuchen.

Emma und Berta hingegen waren ausschließlich an ihrer kargen Mahlzeit interessiert. Mit bösem Blick und gerunzelter Stirn starrten sie auf den Tisch, als hätte man ihnen einen Kaktus in Kakerlakenpüree serviert.

»Austernseitlinge, Tschickoreh, Pastinaken, was soll ich mit diesem ausländischen Zeugs?«, schnaubte Emma. »Wollen die uns mit diesem Gemüsepampf auch noch vergiften.«

Ich seufzte. Mit ihren rassistischen Ansichten versprühte sie bereits ausreichend Gift, das einem schwer im Magen lag, da schien mir eine Diätmahlzeit, und wäre sie noch so pestizidverseucht, das weitaus geringere Übel zu sein. Aber da die Atmosphäre an unserem Tisch ohnedies einer einzigen geballten Gewitterzelle glich, verschluckte ich meine Moralpredigt und sagte stattdessen: »Stammt alles aus der Region. Austernseitlinge sind übrigens Schwammerln, die wachsen im Wald, Süßkartoffeln hat's immer schon gegeben, und aus Zichorienwurzeln hat man zu Notzeiten Kaffee gemacht. Jahrhundertelang. Hier bei uns. Die kannst getrost als einheimisches Kulturgut betrachten.«

»Ich will mich aber nicht bilden, ich will was Gescheites essen«, fiel mir nun auch noch Berta, meine beste Freundin, in den Rücken. »Hätte die Menschheit sich nur von so einer geschmacklosen Hungerkost ernährt, wäre sie schon in der Steinzeit ausgestorben.«

Eine Vorstellung, die mich in diesem Moment nicht wirklich erschreckte. Dann würde ich zumindest nicht hier sitzen und mir Stimmung und Appetit von zwei unersättlichen Gierschlünden vermiesen lassen müssen. Dabei war heute unser erster Tag im Botanical Wellness Resort, einem etwas überdimensionierten Klotz aus Sichtbeton, in dem sich einst die gewerkschaftliche Kuranstalt für Eisenbahner und deren Angehörige befunden hatte. Wütend und gleichzeitig ziemlich betrübt spießte ich eine Pastinake auf und bekleckerte dabei meine neue blassrosa Bluse, die ich mir extra für diesen Anlass geleistet hatte. Auch das noch. Ich seufzte erneut.

Da fiel ein Schatten auf mich. Bobo, die Fünfte und Jüngste unserer Seniorenrunde, war unbemerkt an den Tisch getreten und reckte ihren faltigen Hals über meine Schulter. Eine Wolke aus Chanel N°5 und Gin Tonic umwehte mich.

Auch Bobo, eine aufgetakelte Witwe mit einem Faible für christbaumschmuckartige Ohrgehänge und peinliche Wortmeldungen, war nicht wegen Darmsanierungen oder Blutfettwerten mit von der Partie. Ihr ging es seit dem mysteriösen Ableben ihres Gatten in der Badewanne ohnedies prächtig, doch die Putzfrau hatte sich am Knie verletzt, und da es Bobo allein beim Gedanken graute, sich mit Scheuerbürsten und Abwaschschwämmen das Nageldesign zu ruinieren, logierte sie lieber außer Haus, Hauptsache, sie musste sich die Hände nicht schmutzig machen.

»Du meine Güte. Was sitzt ihr denn so sauertöpfisch rum? Das schaut ja aus wie bei einem Leichenschmaus«, bemerkte sie nun mit gewohnt spitzer Zunge.

»Der Leichenschmaus ist morgen«, grunzte Berta, »heute gibt's das letzte Abendmahl.«

»Versteh ich nicht«, meinte Bobo sichtlich irritiert, während sie sich einen Stuhl heranzog.

»Ganz einfach. Diesen Fraß überlebt keiner«, erklärte Emma mit weithin hörbarer Stimme.

Ich zuckte zusammen. Warum konnten diese beiden Furien nicht endlich den Mund halten? Oder zumindest flüstern. Derart lautstark vorgebrachte Lästereien grenzten schon an

Rufmord. Nicht auszudenken, wenn die dem Koch zu Ohren kämen! Den treffsicheren Umgang mit Nudelhölzern, Fleischklopfern oder gar Tranchiermessern hatte so ein Küchenchef bestimmt im kleinen Finger. Und selbst wenn er statt mit Kochutensilien nur mit Worten um sich warf, würden Mengen an bösem Blut fließen, wir bekämen Hausverbot, der Aufruhr wäre groß und mein guter Ruf schwer beschädigt. Als ehemalige Lehrerin, die sich über vierzig Jahre lang abgemüht hatte, der Jugend von gestern Anstand, Disziplin und eine schöne Handschrift beizubringen, legte ich auch heute noch mehr Wert auf eine weiße Weste als auf ein sauberes Tischtuch. Allein der Gedanke, in einen Skandal verwickelt zu werden, fühlte sich schlimmer an als jede Darmspiegelung.

In vorauseilender Schwarzseherei sah ich mich bereits in Teufels Küche, als am Tisch hinter uns tatsächlich die Hölle losbrach. Ein ohrenbetäubend kakofonischer Chor aus kreischenden Hilferufen und bestialischen Würgegeräuschen erklang, Stühle fielen polternd zu Boden, Geschirr zerschellte, jemand übergab sich unter infernalischem Stöhnen, Elsbeth und ich rangen unseren arthritischen Knochen Höchstleistungen ab und sprangen beinahe gleichzeitig auf, während Bobo sich mit einem gewagten Satz aus der Gefahrenzone brachte. Dabei trat sie Emma allerdings mit einem ihrer High Heels versehentlich gegen das Schienbein, was diese mit einer Kanonade an übelsten Beschimpfungen quittierte, die selbst Weißkraut zum Erröten gebracht hätte. Nur Berta blieb einigermaßen ruhig an ihrem Platz sitzen. Ihre walrossförmige Statur hätte aber ohnedies keine sprunghaften Bewegungen zugelassen. Mit der Gemüsezange in der Hand saß sie einfach nur da und starrte fassungslos auf die groteske Szene, die sich uns bot.

Auf dem Boden, umrahmt von Dutzenden Pastinaken, einem Trockenblumengebinde und den Scherben der Servierplatte, lag ein Mann, der am ganzen Körper zuckte, als würde er unter Starkstrom stehen. Außerdem röchelte er wie mein kürzlich verstopfter Abfluss, als ich ihn mit dem Gummipömpel malträtierte. In seinem linken Nasenloch steckte ein Austernseitling, und ein Rinnsal grünlichen Schleims rann ihm aus dem Mund. Ein Anblick, bei dem einem wirklich der Appetit verging.

Um ihn herum, wenngleich in beachtlichem Sicherheitsabstand, schien sich mittlerweile der halbe Speisesaal versammelt zu haben.

Einige riefen nach wie vor um Hilfe, eine zierliche ältere Dame mit elegant gekringelten Lockenwicklerlöckchen fiepste mit zitternder Stimme nach einem Arzt, der weiß gewandete Kellner hatte sein Mobiltelefon ans Ohr gepresst, doch der Großteil der Menge stand einfach nur mit offenem Mund und aufgerissenen Augen herum und verfolgte das Geschehen gebannter als jede Mondlandung. Da der Mann auf dem Boden immer noch wild um sich trat, wagte sich allerdings niemand in seine unmittelbare Nähe.

Armer Kerl, er hatte offenbar einen epileptischen Krampfanfall erlitten, so wie er sich gebärdete. Ich hatte mal gelesen, dass man sich dabei sogar die eigene Zunge abbeißen konnte. Dann wäre lebenslanges Fasten mit Babybrei angesagt, ein Schicksal, das ich niemandem wünschte. Besorgt langte ich nach meiner Serviette, um sie dem geifernden Mann zwischen die Kiefer zu klemmen, als mich eine schnaufende Gestalt im Bademantel resolut zur Seite schob.

»Weg da«, schnauzte sie mich herrisch an, »ich bin Arzt.«

»Auf Model hätte ich eh nicht getippt«, ätzte Bobo nach einem zutiefst verächtlichen Blick auf den zerknitterten kotbraunen Cordbademantel, der aussah wie ein museales Relikt aus Zeiten des Warschauer Pakts. Das Kleidungsstück hatte seine beste Zeit wohl seit Jahrzehnten hinter sich, dessen Besitzerin allerdings auch. Dass es sich bei dem dürren, hochgewachsenen Wesen mit dem zu einem mickrigen Mäuseschwanz gebundenen Haar, den dicken Brillengläsern und der tiefen, rauchigen Stimme um eine Ärzt*in* handelte, hatte ich überhaupt erst bemerkt, als die Gestalt sich neben den Tobenden kniete, wodurch unter dem Bademantel eine Perlenkette zum Vorschein kam, ein doch recht unmännliches Accessoire, das selbst mein exzentrischer schwuler Neffe niemals tragen würde. Offenbar war die Medizinerin einfach zu alt für neumodischen Genderkram, dachte ich gerade, als sie sich ruckartig aus ihrer gebückten Lage erhob.

»Wenn der Krankenwagen nicht bald hier ist, können Sie den Leichenwagen auch gleich rufen«, rief sie dem Kellner zu, der an einem der hinteren Tische lehnte und immer noch sein Mobiltelefon ans Ohr gedrückt hielt. Dann beugte sie sich erneut zu dem Kranken hinunter, der mittlerweile fast völlig reglos daniederlag und nur noch ganz verhalten stöhnte.

Dafür kam Bewegung in die Menge. Hände wurden gerungen, Haare gerauft, Handys gezückt und alle möglichen Hypothesen erstellt. Einige Gäste verließen fluchtartig den Speisesaal, andere drängten sich zitternd und verängstigt in kleinen Gruppen zusammen, als würden sie von einem Säbelzahntiger bedroht. Der Gedanke an eine Leiche zum Dessert gefiel wohl niemandem. Auch mir nicht. Die Toten, über die ich in den letzten Jahren gestolpert war, reichten meiner Ansicht nach für gefühlte drei Wiedergeburten aus. Bedrückt sandte ich ein Stoßgebet zum Himmel, während sich Elsbeth bekreuzigte und in Endlosschleife »Gott steh mir bei!« flüsterte.

»Ihm muss er beistehen, nicht dir«, zischte ich zurück. »Immerhin liegt er im Sterben, nicht du.«

»Was nicht ist, kann noch werden«, bemerkte Bobo betont süffisant. »Und außerdem ist einem Sterbenden mit göttlichem Beistand sowieso nicht geholfen. Auferstehungen gibt's nur zu Ostern, wenn ich mich recht erinnere. Jetzt haben wir September.«

Elsbeth schnappte empört nach Luft. In ihren Augen galt Gotteslästerei als weitaus schlimmeres Vergehen als Mord oder Totschlag.

»Ich frage mich, ob ihm das mit einer zünftigen Bratwurst ebenfalls passiert wäre?«, meldete sich nun auch Berta zu Wort, während sie auf ihren noch beinahe vollen Teller starrte.

»Nein. Ganz sicher nicht!«, entgegnete Emma. »Ich hab's ja gesagt, diesen Fraß überlebt keiner.«

»Stimmt. Das hast du gesagt …«, meinte Bobo nachdenklich und legte ihre makellos gepuderte Stirn in weniger attraktive Plissierfalten.

Das war der Moment, in dem mir meine harmoniesüchtige und menschenfreundliche Grundstimmung abhandenkam. Zuerst führten sich diese nörglerischen Gesundheitskostverächter auf wie bei einer Protestaktion der vereinten Suppenkasper, und jetzt spannen sie auch noch abstruse Verschwörungstheorien, statt den todkranken Kerl zu bemitleiden.

»Ihr seid doch völlig verrückt«, fuhr ich sie an. »Ich hab fast alles aufgegessen. Und mir geht es gut. Allen hier geht es gut. Der arme Mann hatte einen epileptischen Anfall. Das ist schlimm, aber nicht ernährungsbedingt.«

Wirklich gut ging es mir allerdings nicht. Die Aufregung und der ständige Streit behagten mir nicht. Leider hatte ich meine Handtasche mit den selbst angesetzten Beruhigungstropfen auf dem Zimmer gelassen und mir stattdessen das warme Schultertuch unter den Arm geklemmt, was sich als eindeutig falsche Wahl erwies. Im Speisesaal gab es einen riesigen offenen Kamin, der derart stark befeuert wurde, dass ich mich in die wechselhafte Zeit meiner schweißtreibenden Hitzewallungen zurückversetzt fühlte. Ich hätte mich ohrfeigen können. In Momenten wie diesen kam mir mein halbes Leben wie eine endlose Serie verkehrter Entscheidungen vor. Meine Berufswahl, Lehrerin, ein jahrzehntelanges Martyrium, meine Partnerwahl, Alfred, ein jahrzehntelanges Jammertal, meine Liebe zum Garten, ein jahrzehntelanger Kampf gegen Giersch, Fingerkraut und Wühlmäuse – und selbst der von mir angeregte Gesundheitsurlaub unserer Seniorenrunde hatte sich in null Komma nichts als Fiasko entpuppt.

Doch bevor ich tiefer in einen Strudel aus Selbstmitleid und Selbstkritik versinken konnte, stürmte ein Rettungstrupp den Saal.

In perfekter Notfall-Choreografie stülpten sie dem Mann eine Sauerstoffmaske über, legten Infusionen, verpassten ihm mehrere Spritzen, und Sekunden später lag der Patient bereits gut verschnürt auf der Trage und wurde im Eilschritt hinausbefördert.

»Alle Achtung, das waren aber flotte Jungs«, meinte Emma anerkennend.

»Und knackig obendrein. Denen würde ich glatt freiwillig auf die Trage springen.« Bobo leckte sich die grell geschminkten Lippen.

»Ich fürchte, knackige Jungs stehen eher auf Frischfleisch im Minirock, nicht auf Dörrobst mit Alkoholfahne«, hielt Berta mit spitzer Zunge dagegen. Auch meine Freundin und Lieblingsnachbarin besaß die bedenkliche Gabe, gefühlte Wahrheiten so unverblümt auszusprechen, dass es einer verbalen Kriegserklärung gleichkam. Besonders mit leerem Bauch hielt sie viel zu selten den Mund. Im Grunde hatten wir zwar alle den Verdacht, dass Bobo bereits seit Jahren eine heimliche Liebschaft mit hochprozentigen Spirituosen pflegte, aber niemand hatte je gewagt, das auch offen zur Sprache zu bringen. Schließlich hatten wir alle ein paar Leichen im Keller.

Emma etwa hegte insgeheim eine schändliche Zuneigung zu tiefdunkelbraunem Gedankengut. Im hintersten Teil ihres Hofes befand sich ein unterirdisches Gewölbe, in dem seinerzeit unschuldige Kohlköpfe und Salatstauden eingelagert worden waren, die selbst im Winter noch ein paar appetitliche Seiten aufwiesen. Heute hingegen hortete sie dort angeblich jede Menge an ungustiösen Devotionalien aus dem Dritten Reich. Mutterkreuze aus der nahen und fernen Verwandtschaft, einen stets auf Hochglanz polierten Wehrmachtshelm ihres Großvaters, ein Sparschwein voller Reichsmark, Säbel, Dolche, Uniformmützen und angeblich sogar eine gusseiserne, mit Reichsadler und Hakenkreuz verzierte Hitlerbüste, die allerdings bis auf den alten Rauchfangkehrer noch niemand je zu Gesicht bekommen hatte. Was irgendwie seltsam war, denn bekanntlich befanden sich Kamine auf dem Dach, nicht unter der Erde …

Aber bevor ich diesen unerklärlichen Gedanken weiterverfolgen konnte, bekam ich eine Breitseite von Berta ab.

»Sag, träumst du, oder was?«, fuhr sie mich unfreundlicher als nötig an. »Du stehst seit geschlagenen zwei Minuten auf meinem linken Fuß. Und zwar mitten auf dem Hühnerauge.«

Ich sah zu Boden. Sie hatte recht. Betreten platzierte ich mein Bein etwas weiter rechts und konterte: »Na, in dem Fall ist mein Fliegengewicht wenigstens von Vorteil gewesen. Stell dir vor, du wärst dir selbst auf den Fuß gestiegen.«

Berta schnaubte. »Ich mag mir ja manchmal selbst im Weg stehen, aber auf den eigenen Fuß bin ich mir wirklich noch nie getreten.«

»Würdest du gar nicht schaffen«, meinte Bobo, die unseren Disput offenbar mitbekommen hatte, »das ist nämlich gar nicht so einfach. Dafür muss man ein gutes Gleichgewicht besitzen. Und ziemlich sportlich sein.«

»Hört, hört.« Emma bedachte Bobo mit einem abfälligen Blick. »Dann tritt dir das nächste Mal gefälligst selbst gegen das Schienbein, statt mich wie vorhin mit deinen Haxenbrechern zu durchbohren.«

Wenn das in diesem Tonfall weiterging, würden wir uns über kurz oder lang noch die Köpfe einschlagen. Dabei hatte ich unsere Seniorenrunde wirklich gern, und Berta, meine langjährige Nachbarin, war mir fast schon mehr ans Herz gewachsen als Alfred, mein Ehemann. Fred meinte es zwar meistens gut mit mir, aber gut gemeint war noch lange nicht gut gemacht. Um etwas auch zu machen, müsste er endlich seinen Energiesparmodus beenden und sich daran erinnern, nicht nur einen Kopf, sondern auch zwei Arme und zwei Beine zu besitzen. Mit denen man mehr tun konnte, als sie bequem aufs Sofa zu betten. Da war Berta ein ganz anderes Kaliber. Praktisch veranlagt, flott unterwegs, mit einem goldenen Herzen und Nerven aus Stahl, kurz gesagt, eine patente Personalunion aus Kummernummer und Kampfpanzer, jederzeit einsatzbereit, um Freunden aus der Bredouille zu helfen.

Dennoch stritten wir uns, seit der Kellner die Suppe serviert hatte. Ich begann, meine Sichtweise auf fetthaltige Nahrungsmittel zu revidieren. Vielleicht waren Fette nicht nur Geschmacksträger und Gesundheitssaboteure, sondern zugleich auch Friedensstifter. Im ungesättigten Zustand schien Berta jedenfalls mit allem und jedem auf Kriegsfuß zu stehen, wobei das Hühnerauge die Stimmungslage bestimmt noch zusätzlich verschlimmerte. Hätte sie nicht vor unserer Abreise etwas sagen können …? Daheim bewahrte ich stets einen Tiegel mit meiner handgerührten Hühneraugensalbe aus roten Zwiebeln, Schöllkraut, Arnika, einer wirklich mikroskopischen Menge Eisenhut und Lärchenpech auf, da auch mein Mann darunter litt.

Erstaunlicherweise gelang es ausgerechnet Elsbeth, eine Ausweitung der Kampfzone zu verhindern, indem sie mit dem Vorlegelöffel gegen den Wasserkrug schlug, als wollte sie eine Rede halten. Wobei unsere Vorzeigekatholikin ja eher zu Moralpredigten neigte, mit empört erhobenem Zeigefinger und entrüstetem Gesichtsausdruck.

So wie jetzt.

»Ihr solltet euch schämen«, fuhr sie uns an, »zankt euch ununterbrochen herum, während gerade ein Mann gestorben ist. Das ist nicht nur geschmacklos, das ist pietat… piätot… also das ist gottlos.«

Einen Moment lang hielten wir alle die Luft an, dann platzte Bobo als Erste heraus. »Was redest du da? Was für ein Mann?«

»Sag nicht, der Fallsüchtige ist tot?«, wollte Emma wissen.

»Wegen *dem* Fraß?«, erkundigte sich Berta und schob ihren unberührten Teller ein Stück weiter von sich.

»Woher willst du das überhaupt wissen?«, fragte ich. Man hatte den armen Mann doch noch während seines Anfalls ins kilometerweit entfernte Krankenhaus gebracht. Und als Hellseherin hatte Elsbeth bislang keinerlei Talent bewiesen.

»Ich weiß es von der Ärztin.«

Mit dieser Antwort hatte ich nicht gerechnet.

»Wann hast du denn mit der Ärztin gesprochen?«

»Gesprochen? Gar nicht.«

»Einen Brief wird sie dir aber auch nicht geschrieben haben«, ätzte Bobo in gewohnt süffisanter Manier. »Außerdem würde der bei unserer Post eh erst in zwei Wochen ankommen. Da wär das Begräbnis auch schon vorbei.«

»Nun erzähl schon.« Ich rang mir mein mittlerweile etwas eingerostetes Lehrerinnenlächeln ab, das seinerzeit den besonders verstockten Schülern vorbehalten gewesen war. Gerade Elsbeth galt doch als eine der gefürchtetsten Klatschtanten vom ganzen Dorf. Mit ihrer minutiösen Berichterstattung völlig irrelevanter Episoden aus der dörflichen Gerüchteküche konnte sie einem stundenlang am Ohr kleben, aber nun, wo sie im Besitz einer wirklich bedeutsamen Neuigkeit schien, zeigte sie sich wortkarger als ein Baumarktberater.

»Mach endlich, spuck es aus«, wurde sie nun auch von Emma bedrängt, aber Elsbeth sagte noch immer nichts. Vermutlich die Rache dafür, dass Bobo sie bei unserer Ankunft als moralinsaure Betschwester bezeichnet hatte, eine üble Beleidigung, der keine von uns widersprochen hatte. Und wer schwieg, stimmte bekanntlich zu.

Erst Berta brachte sie zum Reden, indem sie ihr provokant unterstellte, zu lange am Weihrauchkessel geschnüffelt zu haben, was ihr die Sinne vernebelt habe.

»Macht vermutlich wenig Unterschied, ob man sich dann einbildet, mit der Jungfrau Maria zu sprechen oder mit einem Mannweib von Ärztin«, schloss sie ihre Überlegungen.

Empört schnappte Elsbeth nach Luft. »Wie kannst du es wagen!«, fauchte sie Berta an. »Auch dir würde es nicht schaden, öfter die Kirche zu besuchen, statt eine Konditorei. Weihrauch macht wenigstens nicht dick.«

Wir rechneten bereits mit einem erneuten verbalen Schlagabtausch, doch zu unser aller Erstaunen senkte meine Nachbarin betroffen den Kopf und murmelte versöhnlich: »Schon gut, war nicht so gemeint. Hast eh völlig recht. Ich war halt neidisch auf dich, weil du was weißt, das wir alle nicht wissen.« Sprach's und blickte Elsbeth dabei so schuldbewusst an, dass jeder Dackel das Nachsehen hätte. Eine oscarverdächtige schauspielerische Leistung, um die ich wiederum meine Freundin beneidete.

Der Erfolg gab ihr jedenfalls recht, denn endlich begann Elsbeth zu erzählen.

»Ihr wart ja alle damit beschäftigt, euch gegenseitig anzugiften«, berichtete sie mit vorwurfsvoller Stimme, »da habe ich mir halt ein wenig die Beine vertreten und bin durch den Saal spaziert.« Was bei unserer ambulanten örtlichen Nachrichtenzentrale so viel wie »Mission Lauschangriff« bedeutete. »Und dann hab ich auf die Toilette gemusst. Die ist total weit weg, fast am Ende vom Gang, die vorletzte Tür links, also eine fürchterliche Hatscherei, bis man endlich dort ist. Da darfst du keine schwache Blase haben.« Aus ihrem Mund klang es, als hätte sie den Mount Everest bestiegen.

Ich gönnte ihr ein anerkennendes Nicken, Berta und Emma starrten sie erwartungsvoll an, und Bobo hielt ausnahmsweise ihr Lästermaul.

»Ja, und auf einmal ist die Ärztin auch reingekommen. In diesem furchtbaren Bademantel. Immer noch unfrisiert. Und nach Rauch hat sie auch gestunken.« Angewidert rümpfte sie die Nase. »Dabei sollten Ärzte mit gutem Beispiel vorausgehen und nicht daherkommen wie beim Perchtenlauf. Ich –«

»Jaja, sicher, und dann?« Wir wollten es endlich wissen.

»Dann hat das Telefon von dieser … na, von der halt geläutet. Sie hat eine Weile in den Taschen von dem grässlichen Bademantel herumgekramt und ist dann mit dem Telefon am Ohr in einer Kabine verschwunden.« Erneut hielt sie inne.

Bobo betrachtete entnervt ihr glitzerndes Nageldesign.

Emma malträtierte eine kalte Pastinake auf ihrem Teller.

Berta studierte den Wasserkrug, als hätte sie nie zuvor ein derartiges Objekt gesehen.

Ich hüstelte und wünschte Elsbeth insgeheim einen Kurzaufenthalt im Fegefeuer.

Erst nach einer gefühlten Ewigkeit erzählte sie den Rest.

»Zufällig war dann nur noch die Kabine nebenan frei. Und weil sonst alles ruhig war, also keine Musik oder so und keine kichernden Jugendlichen, da hab ich halt zuhören müssen.«

Wir verkniffen uns jedes anzügliche Grinsen. In der Reihe

überlebenswichtiger Fähigkeiten kam Hören bei ihr bestimmt noch vor Atmen.

»Jedenfalls hat sie gesagt, dass der Mann gestorben ist. Das hat sie ein paarmal wiederholt. Er ist tot. Immer wieder hat sie das gesagt.« Unvermittelt begann Elsbeths Unterlippe, verdächtig zu zittern. »Und dann hat sie gemeint, dass sie an keinen natürlichen Tod glaubt.«

Jetzt wussten wir es – und bereuten im selben Moment, danach gefragt zu haben.

***

Nachdenklich kehrten wir in unsere Zimmer zurück, die alle nach heilsamen Kräutern benannt waren, und ließen uns schweigend auf die Betten fallen. Elsbeth hatte uns mit ihrem Bericht einen ziemlich bösartigen Floh ins Ohr gesetzt, wodurch die ohnedies bereits recht angespannte Stimmung eine neue, mörderische Dimension angenommen hatte. Ich wollte mir gar nicht vorstellen, welche Konsequenzen es für unseren Aufenthalt haben könnte, sollte unsere Ohrenzeugin richtig gehört haben, doch der bedrohliche Floh hatte sich bereits in meinen Denkapparat verbissen. Mit schlimmen Folgen für meinen Geisteszustand, der umgehend in akute Schwarzseherei verfiel. Vor meinem inneren Auge bauten sich in vorauseilender Panik schon äußerst beängstigende Szenarien auf, um die mich jeder Thrillerautor beneidet hätte.

Ein zischendes Geräusch, so als würde die letzte Luft aus einem Fahrradschlauch entweichen, riss mich aus meinen betrüblichen Gedanken. Es musste Berta sein, die zischte, denn außer einer üppigen Petersilienpflanzung auf dem Fensterbrett sowie drei Glückskastanien neben der Sitzgruppe befand sich niemand im Raum. Und Zimmerpflanzen zischten nicht.

»Was machst du da?«, fragte ich ihren Rücken.

»Ich messe meinen Blutdruck.«

»Warum? Geht's dir nicht gut?« Was für eine bescheuerte Frage, dachte ich eine Sekunde später.

»Was für eine bescheuerte Frage«, sprach Berta es aus. »Ich kenne niemanden, der seinen Blutdruck aus sportlichen Gründen misst. Oder weil im Fernsehen grad kein guter Film läuft.«

»Hast eh recht«, musste ich ihr zustimmen. »Ich weiß auch nicht, was mit mir los ist. Ich hatte mir unseren Urlaub so schön vorgestellt. Stattdessen läuft von Anfang an alles schief. Jede ist schlecht gelaunt, wir streiten ununterbrochen, sind gereizt, aggressiv, überempfindlich, und dann kriegt man auch noch einen toten Mann zum Abendessen serviert.«

»Einen getöteten Mann, wenn unsere Betschwester sich nicht verhört hat«, betonte meine Freundin. »Diese Fastenkost ist halt wirklich lebensbedrohlich, auch wenn du anderer Meinung bist. Elsbeth hat von Mord gesprochen.«

Allein beim Klang dieses Wortes erreichte auch mein üblicherweise zu niedriger Blutdruck ungesunde Höhen. Immerhin war ich vor etwa zwei Jahren aus meiner beschaulichen Pensionistenidylle in die Fänge einer Massenmörderin geraten. Und das in Oberdistelbrunn, einem Dreitausendfünfhundert-Seelen-Kaff in der österreichischen Provinz, wo außer Wirtshausschlägereien, Vorgartenvandalismus und vereinzelten Zusammenstößen zwischen motorsportlichen Jugendlichen und verkehrsbehindertem Braunvieh so gut wie nichts passierte. Hin und wieder, vor allem nach den Zeltfesten der Feuerwehr, lagen ein paar Schnapsleichen in der Landschaft herum, und während der Gemeinderatswahlen traf man vermehrt auf missionarisch eifernde Politikpropheten, aber mit echten Verbrechen wie in der Großstadt hatten wir kaum zu tun.

Und nun schon wieder ein Gewaltverbrechen. Das fünfte in knapp zwei Jahren. Direkt vor meinen Füßen.

»Ich bin längst allergisch gegen Mord«, jammerte ich. »Mir wird schon schlecht, wenn ich dieses Wort nur höre.«

»Wenn ich mir vorstelle, weitere sechs Tage diesen Fraß vorgesetzt zu kriegen, würde ich eher von Erlösung sprechen«, entgegnete Berta ungerührt, während sie ihre Blutdruckmanschette abnahm und achtlos zusammenknüllte. Dabei murmelte sie etwas, das wie »hundertachtundzwanzig zu neunundsiebzig« klang. Ein angesichts der Umstände hervorragender Wert.

»Sag mal, tut dir der Mann denn überhaupt nicht leid?«, wandte ich mich erneut an ihren Rücken. Gerade meine Nachbarin war einer der mitfühlendsten Menschen, die ich kannte. Ein derart kaltschnäuziges Verhalten passte überhaupt nicht zu ihr.

»Er tut mir leid. Sehr sogar.« Endlich sah sie mich an. »Aber wir tun mir noch mehr leid.« Und bevor ich nachfragen konnte, was genau sie damit meinte, fuhr sie bereits fort. »Wenn Elsbeth recht hat, wurde der Mann umgebracht. Er hat den Löffel also nicht freiwillig abgegeben, auch wenn ich das bei so einer Folterkost nur zu gut verstehen würde. Und genau dann, wenn hier einer unfreiwillig abkratzt, sitzen wir zufällig am Nebentisch.«

Sie stöhnte.

»Daher wette ich drei Cremeschnitten, dass der Tote vergiftet wurde. Weitere drei, dass es nicht bei einer Leiche bleiben wird. Und nochmals drei, dass wir über kurz oder lang wieder mitten in einer Mordermittlung stecken.«

Sie blickte mich herausfordernd an und pfiff erstaunlich treffsicher den berühmten Soundtrack des Films »Leichen pflastern seinen Weg«.

Ich seufzte.

Wenn tatsächlich ein Verbrechen vorlag, dann kam leider wirklich nur Gift in Frage. Ein gezücktes Messer oder eine geladene Schusswaffe hätten wir doch alle bemerkt. Und das Blut sowieso.

In Gedanken sah ich mich bereits beim Konditor anstehen, um Bertas Fettreserven aufzustocken, statt ihr beim Abnehmen zuzusehen, was schlimm genug wäre. Weitere Todesfälle oder gar lebensgefährliche Detektivarbeit mochte ich mir nicht einmal vorstellen müssen. Vor zwei Jahren hatte ich mich ja von Anfang an und gegen alle ärztlichen Einschätzungen in meine Giftmordhypothesen verbissen – und zu meinem Pech hatte sich jede einzelne bewahrheitet. Diesmal versuchte ich es andersrum und verbot mir im Interesse meines ohnedies schon arg ramponierten Seelenheils jeden Gedanken an eine mögliche Fremdeinwirkung.

»Glaub mir, es wird bei einem Toten bleiben«, sagte ich im Brustton geheuchelter Überzeugung. »Und ich werde bestimmt nicht mehr Miss Marple spielen.«

»Aus der Serie ›Berühmte letzte Worte‹«, entgegnete Berta.

Dann flog die Tür zu unserem Zimmer auf, und Elsbeth taumelte herein.

»Helft mir«, stammelte sie. »Es ist etwas Schreckliches passiert.«

***

Zehn Minuten später stürzten wir, eine zitternde Elsbeth im Schlepptau, in Bobos Zimmer.

»Wo ist dein Schnaps?«, brüllte Berta statt einer Begrüßung.

»Schon mal was von Anklopfen gehört?«, erklang Bobos Stimme aus dem Badezimmer. »Ich lieg in der Badewanne. Mit einem Arganöl-Peeling.«

»Lieg weiter. Dich brauchen wir eh nicht, nur deinen Schnaps«, präzisierte meine Freundin.

»Es ist ein Notfall«, fügte ich an.

»Ich hab keinen Schnaps«, erklang es aus dem Bad. »Aber ich hab ein Desinfektionsmittel.«

»Brauchen wir auch nicht. Wir wollen nichts desinfizieren, wir müssen Elsbeth narkotisieren.«

»Ich komme.« Es rauschte. Offenbar stieg Bobo aus der Wanne. Gegen die Neugierde hatte das beste Badeöl keine Chance.

Mit allen verfügbaren Handtüchern umwickelt wie eine Kohlroulade erschien sie Sekunden später im Raum.

»Was ist denn passiert?« Sie starrte erst Berta, dann mich und schließlich Elsbeth an, die sich immer noch zitternd an meinen mickrigen Busen drückte.

»Erst der Alk«, forderte Berta. »Und zwar hochprozentiger.

Sie hat schon Paulines Beruhigungstropfen intus, aber« – meine Freundin warf mir einen vorwurfsvollen Blick zu – »die hatte wieder nur ein halb volles Fläschchen mit. Und das war klein.«

Als hätte ich ahnen können, dass ich meine bewährten Beruhigungstropfen aus Melisse, Hopfen, Baldrian und einer winzigen Prise Lerchensporn – bei Erdrauchgewächsen war die therapeutische Bandbreite zwischen Tiefenentspannung und Leichenruhe ja eher gering – im Fünf-Liter-Container benötigen würde.

Wenigstens schien Bobo nun den Ernst der Lage zu begreifen, denn statt weiterhin unnötige Fragen zu stellen, begann sie, ihren riesigen Koffer einhändig Richtung Bett zu schleifen, während sie mit der anderen Hand krampfhaft ihren Badetuchwickel zusammenhielt.

»Da sollte eine Flasche Whisky drin sein«, keuchte sie.

»Wohl eher ein Fass«, kommentierte Berta, nahm ihr das gewichtige Ding aus der Hand, wuchtete es schwungvoll aufs Bett und begann, am Reißverschluss zu zerren.

»Er klemmt«, murmelte sie gereizt.

»Sag, spinnst du? So pass doch auf«, herrschte Bobo sie an, »das ist ein nagelneuer Pegase von Louis Vuitton.«

»Ein verdammter verklemmter Franzose ist das. Mehr nicht.« Berta zerrte unbeeindruckt weiter, doch ein winzig kleines, knallrotes Stück Stoff zwischen den Zähnen des Reißverschlusses leistete hartnäckig Widerstand.

»Wart, ich helfe dir.« Behutsam befreite ich mich aus Elsbeths knöcherner Umarmung, manövrierte unsere verängstigte Gottesanbeterin zum Kopfteil des Bettes und drückte sie mit sanfter Gewalt auf die Kissen nieder.

Dann wandte auch ich mich dem Reißverschluss zu, da Bobo immer noch wie ein rouladenartig gewickeltes Mahnmal der Empörung neben Berta stand und sich mehr um ihren Koffer als um Elsbeth zu ängstigen schien.

Nach zwei abgebrochenen Fingernägeln und minutenlanger Fummelei kriegten wir das Ding wenigstens gewaltfrei auf.

Sofort fiel unser Blick auf das schwarze, seidig glänzende

Negligé mit roter Spitzenborte, das zuvor zwischen die Zähne des Reißverschlusses geraten war. Für eine Woche Basenfasten erschien mir das reizende Stück allerdings so unpassend wie ein Abendkleid zur Morgenandacht.

Auch Berta begutachtete das edle Teil mit gerunzelter Stirn. »Übst du schon für den Krampuslauf?«

»Na und? Zumindest ist es schick«, konterte Bobo. »Was man von deinem Zeltmacher-Outfit nicht behaupten kann.«

Ein explosiver Moment zwischenmenschlichen Dominanzgebarens. Zum Glück entdeckte ich in diesem Augenblick einen Flaschenhals zwischen Bobos Dessoussammlung. Rasch griff ich danach und zog den Whisky hervor.

Old Pulteney, *aged 25 years*, Single Malt. Die Flasche lag gut in der Hand und schien bislang unangebrochen zu sein. Damit würde ich nicht nur Elsbeth zur Vernunft bringen, sondern auch die beiden Querulantinnen ruhigstellen können. Zumindest kurzfristig.

Und tatsächlich ging mein Plan auf. Nach einer Runde Whisky, den Berta wenig stilgerecht in Zahnputzbechern servierte, was bei Bobo erneut zu größter Entrüstung führte, saßen wir letztendlich doch einigermaßen gesittet um Elsbeth herum. Bobo hatte sich sogar wieder vollständig angekleidet, angeblich aus Rücksicht auf Elsbeths erzkatholische Moralvorstellungen. Ein Vorwand, den ich ihr keinesfalls abnahm. Meiner Meinung nach war es ihr einfach zu umständlich gewesen, einhändig nach der Whiskyflasche zu greifen, um sich nachschenken zu können.

Nach etwa zehn Minuten tat der Alkohol schließlich seine erhoffte Wirkung. Elsbeths Gesichtsfarbe changierte von käsigem Kalk zu käsigen Shrimps, ihre krampfhaft in das riesige Daunenkissen gekrallten Finger entspannten sich, kurz darauf rülpste sie nahezu manierlich, ließ den leeren Zahnputzbecher auf den Boden und sich selbst in Bobos Bett fallen.

Berta und ich atmeten auf. Eine verschreckte Elsbeth war ebenso schwer zu ertragen wie eine moralinsaure Elsbeth.

Unsere zwangsbeglückte Gastgeberin hingegen wirkte weniger erleichtert. Ganz im Gegenteil.

»Ich erwarte eine Erklärung«, fuhr sie uns an. »Und ein anderes Bett. Ihr glaubt doch nicht im Ernst, dass ich mich mit dieser Möchtegernmärtyrerin unter eine – übrigens in dem Fall meine – Decke kuschle!«

Das mit der Schlafgelegenheit war tatsächlich ein Problem. Bobo hatte als Einzige von uns auf einem Einzelzimmer bestanden, da sie ihren Schönheitsschlaf nicht durch senile Bettflüchtige, wie wir es ihrer Ansicht nach waren, gefährden wollte. Behauptete sie zumindest. In Wahrheit ging es ihr wohl eher darum, ihre spirituosige Zweisamkeit vor tadelnden Blicken und gut gemeinten Vorträgen über Leberzirrhose zu schützen. Und erstaunlicherweise befand sich in ihrem Einzelzimmer wirklich nur ein Einzelbett.

Doch damit würde ich mich später befassen. Jetzt klärte ich Bobo erst einmal über den Grund unseres Überfalls auf ihr Promilledepot auf.

»Du siehst, wir haben deinen Whisky einfach aus medizinischen Gründen gebraucht«, schloss ich meinen Bericht. »Zum Betäuben sozusagen.«

Elsbeth konnte von Glück reden, dass wir nicht in der angeblich so guten alten Zeit lebten. Da hatte das normale Fußvolk bestenfalls gepanschten Fusel zur Hand, während die Bessergestellten durch Bilsenkraut, Alraune, Schierling, Opium und Giftlattich ruhiggestellt wurden. Diese lebensgefährliche Mischung tröpfelten die Ärzte auf einen Badeschwamm und drückten ihn dem Narkoseopfer ins Gesicht. Manchmal funktionierte es, und die Patienten schliefen wirklich ein, manchmal nicht, und hin und wieder wachten sie auch nicht mehr auf. Wobei ohnedies nur Wohlhabende in den zweifelhaften Genuss dieses Bamberger Narkotikums kamen. Wer so arm war, dass er sich nicht einmal Branntwein leisten konnte, der wurde einfach ins Koma gewürgt.

»Das erzählst du erst jetzt?« Bobo betrachtete wehmütig ihren halb vollen Becher und meinte: »Da fülle ich Elsbeth mit meinem teuren Whisky ab, wenn ich sie stattdessen auch hätte würgen können.«

Sie nahm einen großen Schluck. »Aber egal. Du willst mir also weismachen, dass diese Hysterikerin heulend zu euch gekommen ist, weil jemand ein kleines Glasfläschchen mit einem Totenkopfsymbol in ihr Zimmer gestellt hat. Und dem Fläschchen giftige Dämpfe entstiegen sind.«

»Nicht nur. Auf dem Nachtkästchen hat außerdem ein Trauerbillet gelegen, hat sie gesagt. So eins zum Aufklappen, das man zum Kondolieren verschickt. Und drin stand etwas von baldigem Wiedersehen im Himmel. Da hat sie Angst um ihr Leben bekommen, weil auch Emma spurlos verschwunden zu sein scheint.«

»Verrückt. Völlig verrückt.« Die schwarze Witwe, wie wir Bobo insgeheim nannten, da ihr sehr begüterter Gatte unter doch recht mysteriösen Umständen verstorben war, nämlich ertrunken in der eigenen Badewanne, obwohl er einen Segelschein besessen hatte, schüttelte zweifelnd den Kopf. »Bevor ausgerechnet Emma *spurlos* verschwindet, geht eher ein Kamel durchs Nadelöhr. Und was Elsbeths Ängste betrifft: Wer sollte der an den runzeligen Hals gehen außer einer Staubmilbe?« Eilig leerte sie ihren Becher, während sie sich erhob und auch uns aufscheuchte.

»Kommt mit. Ich will mir das selbst anschauen. Außerdem muss ich sowieso irgendwo anders schlafen.«

Rasch stopfte sie einen cremefarbigen Seidenpyjama, ihr Necessaire und die halb geleerte Flasche Whisky in einen Kosmetikkoffer, dessen Ausmaße die eines jeden Kindersargs überstiegen. Danach klemmte sie sich noch eins der Sofakissen unter den Arm und warf einen letzten bedauernden Blick auf ihr belegtes Bett.

»Wenigstens mal Pause von diesem aufdringlichen Lavendelduft«, murmelte sie.

»Das ist Rosmarin«, entgegnete ich, aber da war sie schon zur Tür hinaus.

***

Auf dem Weg vom Rosmarinzimmer zum Minzezimmer ertönte auf einmal das Zwitschern einer Nachtigall. Ziemlich laut, eigentümlich nahe und doch recht ungewöhnlich für die Tageszeit. Es zwitscherte eine ganze Weile, bis ich mich erinnerte, dass mein Neffe mir vor meiner Abreise einen neuen Klingelton auf mein Uralthandy geladen hatte. Sofort fiel mir Alfred ein, mein angetrauter Problemfall. Fred litt unter Diabetes, Bluthochdruck, Krampfadern, Gichtzehen, Hühneraugen, chronischer Naschsucht und einer bedrohlichen Antriebsschwäche. Manchmal fühlte er sich so schwach, dass ihm der Fußweg vom Sofa zum Medikamentenschrank zu weit war, weshalb er statt seiner Tabletten Schokoriegel einnehmen musste, die er stets zufälligerweise und im Dutzend in den Taschen seiner Trainingshosen mit sich trug. Wenn er anrief, was selten genug vorkam, rechnete ich automatisch mit dem Schlimmsten.

Und so war es auch.

»Pauline, etwas Schreckliches ist passiert.« Die gleichen Worte hatte Elsbeth vor nicht mal einer Stunde verwendet.

In Sekundenschnelle fielen mir alle nur denkbaren Katastrophenszenarien ein, in die ein kränklicher, beratungs- wie bewegungsresistenter Vollblutphlegmatiker und mein Neffe, ein abenteuerlustiger schwuler zwanzigjähriger Veganer, mitsamt Hund verwickelt sein könnten. Bei diesem Trio infernal konnte vermutlich nicht einmal »Kevin allein zu Haus« mithalten. Und allein zu Haus waren sie schließlich seit drei Tagen, denn vor unserem Kuraufenthalt hatte ich noch einige Zeit bei meiner alten Tante in St. Ägidius am Schlammbach verbracht.

»Was ist los?«, hauchte ich ins Telefon.

»Vincent trägt seit Neuestem ja einen BH und Damenkleider«, überfiel mich Alfred umgehend mit einer Hiobsbotschaft.

»Waaaaas tut er?« Ich drückte das winzige Telefon noch fester ans Ohr. Entweder sprach mein Gatte im Rausch, wobei er eigentlich kaum trank, oder ich hatte mich fürchterlich verhört.

»Na ja, er kleidet sich halt manchmal wie eine Frau, um sich besser in seine weibliche Seite einfühlen zu können. Behauptet er zumindest.«

Mein Gehirn schaltete in den Panikmodus. Nicht auszudenken, wenn das bekannt wurde. Ganz Oberdistelbrunn würde sich das Lästermaul über uns zerreißen. Mein schwuler Neffe hatte ja schon einmal für Schlagzeilen gesorgt, damals vor zwei Jahren, als er unter Mordverdacht stand. Natürlich war er völlig unschuldig gewesen und mir mittlerweile auch sehr ans Herz gewachsen, aber Frauenkleider? Nein. Das ging entschieden zu weit.

»Das ist ja wirklich schrecklich«, stimmte ich Alfred fassungslos zu.

»Ach, was er anzieht, ist mir im Grunde ja egal. Geschmäcker sind halt verschieden. Aber in der Nacht hat ihm irgendwer seine Klamotten geklaut. Die hingen an der Wäscheleine, und heute Morgen waren sie weg. Einfach gestohlen.«

Ich atmete auf. Ein Hoch auf den Dieb.

»Das ist gut«, entfuhr es mir.

»Nein. Das ist nicht gut. Weil der dumme Bub dann auf seiner Gassirunde mit dem Hund dem Kapplhuber davon erzählt hat. Und der hat zwei Stunden später auf braver Dorfpolizist gemacht und ist nachschauen gekommen. Lokalaugenschein sozusagen.«

Es knirschte an meinem Ohr. Offenbar biss mein Angetrauter gerade von einem Schokoriegel ab. Und das bei seinen notorisch erhöhten Zuckerwerten.

»Ja und?« Wenn die furchtbaren Fetzen fort waren, gab es dort ja eh nichts zu sehen. Dachte ich zumindest.

Aber Fred belehrte mich umgehend eines Schlechteren. »Leider hat sich der Kapplhuber nicht nur umgesehen, sondern auch eine Runde ums Haus gedreht. Und bei den Terrassenstufen hat er sich auf einmal fürchterlich aufgeregt, weil dort angeblich ein paar Gebissstauden stehen. Schlimmes Zeugs wäre das, hat er gesagt, und dass der Drogenanbau bei uns verboten ist und er das eigentlich anzeigen muss.«

Es dauerte einen Moment, bis ich verstand, was Alfred meinte.

»Cannabisstauden? Du meinst Cannabisstauden?«

»Genau. So hat er gesagt. Ich kenn mich ja nicht aus mit dem ganzen Grünzeug bei uns. Aber eine Anzeige brauch ich echt nicht. Außerdem hat der Vincent die Stauden angeschleppt, doch der Kapplhuber ist der Ansicht, dass alles, was bei uns wächst, auch uns gehört und wir dafür verantwortlich sind.« Er biss erneut in den Schokoriegel.

Ich biss mir verärgert auf die Lippen. »Wirf die Pflanzen halt einfach auf den Kompost. Und deinen Schokoriegel gleich mit«, fauchte ich ihn an.

Das war wieder typisch Fred. Lichtjahre vom wahren Problem entfernt. Ein paar lächerliche Hanfpflanzen versetzten ihn in Panik, aber die Vorstellung, wegen eines jungen Mannes in Frauenkleidern zum Gespött der Leute zu werden, verstörte ihn nicht im Geringsten. Wobei die Schande ohnedies nur mich treffen würde, denn Fred ging so gut wie nie unter Menschen.

»Das war doch kein Schokoriegel«, log er mir nun auch noch dreist ins Ohr, »das war eine Selleriestange.« Ich verkniff mir jeden Hinweis drauf, dass er Sellerie garantiert nur aus seinen Kreuzworträtseln kannte, und ließ ihn weiterreden. »Außerdem sind die Töpfe schon weg. Aber der Ordnungswauwau besteht darauf, dass ich trotzdem aufs Revier komme. Ich soll mir mal was Ordentliches anziehen und an die frische Luft gehen, hat er gemeint. Und bei der Gelegenheit endlich die Einverständniserklärung anfertigen wegen der Umbauarbeiten der neuen Nachbarn. Außer uns hätten schon alle unterschrieben. Dabei hab ich die Leute noch gar nie gesehen.«

»Ich auch nicht«, unterbrach ich ihn. »Bislang hat die niemand gesehen. Geh halt einfach aufs Revier und unterschreib. Wo liegt das Problem?«

Ein tiefer Seufzer drang an mein Ohr. »Pauline, ich bitte dich. Das Revier ist gute zwei Kilometer von uns entfernt. Ich hab's mit den Bandscheiben« – immerhin mal was Neues – »und außerdem keine Ahnung, wo ich was Ordentliches zum Anziehen hernehmen soll.«

Manchmal fragte ich mich, wie es Alfred gelungen war, mich zu finden, da er noch nicht mal seine Hemden im Schrank fand.

»Du schaffst das«, fertigte ich ihn kurzerhand ab und legte zur Sicherheit gleich auf. Seine Probleme würden wir jetzt alle gern haben. Dann betrat ich endlich das Minzezimmer, aus dem wütende Stimmen erklangen.

***

Der Raum unterschied sich nur unwesentlich von unserem, aber das Bild, das sich mir bot, war ein gänzlich anderes. Bobo lehnte teilnahmslos am Fenster, ein Glas Whisky in der Hand, und blickte unbeirrt nach draußen, während Berta und Emma sich wie zwei Sumoringerinnen kampfbereit und hochrot im Gesicht gegenüberstanden.

»Und ich sag dir, der Fleck auf deiner Bluse ist Senf!«, brüllte Berta und griff Emma direkt an den Busen.

»Du spinnst doch!«, brüllte Emma zurück und schlug Berta auf die Hand, »ich hab mich mit diesem komischen Schwammerlpüree angepatzt. Nicht mehr und nicht weniger.«

»Das ist Senf, kein Austernseitlingpüree«, hielt Berta vehement dagegen. »Und jetzt will ich endlich wissen, was du mit dem Senf gemacht hast!«

Fehlten nur noch Pauken und Trompeten, dann wäre der Kampf der Walküren perfekt. Ich warf mich zu meiner vollen Größe von einem Meter neunundfünfzig auf und trat so resolut wie möglich zwischen die beiden Kontrahentinnen. Innerlich fühlte ich mich allerdings wie ein Grashalm zwischen zwei Eichen.

»Was ist hier los?«, blaffte ich die beiden an. »Warum schreit ihr so? Ein Fleck auf der Bluse ist doch kein Kapitalverbrechen. Noch dazu auf der eigenen Bluse. Ich hab mich beim Essen auch bekleckert und trotzdem niemanden umgebracht.«

Keine Reaktion. Berta und Emma schoben mich nahezu zärtlich zur Seite, bevor sie erneut aufeinander losgingen wie zwei Hyänen im Kampf um ein totes Gnu.

Entweder grassierte in diesem Resort eine schwere, hoch infektiöse Gehirngrippe, so eine Art Rinderwahn ohne Rind, also vielleicht ein Pastinakenwahn, oder mit mir selbst stimmte etwas nicht. Verunsichert trat ich auf Bobo zu, die unverändert aus dem Fenster starrte.

»Sag, worum geht's hier eigentlich? Warum streiten die über Senf? Was ist mit dem Totenkopffläschchen und dem Trauerbillet? Und wo ist Emma überhaupt gewesen, als Elsbeth ihre Panikattacke bekommen hat?«

Langsam, unendlich langsam drehte Bobo sich um. »Komm mit.« Sie ergriff meinen Arm und zog mich ins Badezimmer, wo sie sich auf dem Rand der Wanne niederließ. »Setz dich.« Sie deutete neben sich.

Verunsichert nahm ich auf dem kalten Emaillerand Platz. »Also?«

»Also das ist der Ort des einzig wahren Verbrechens«, stellte sie mit ausdrucksloser Miene fest. »Genau hier wurde eine derart furchtbare Tat begangen, dass der Täter nun die Lynchjustiz riskiert. Er oder, besser gesagt, sie hat übrigens jede Menge Spuren hinterlassen.« Dabei deutete sie mit einer Hand vage in den kleinen Raum.

Ich sah der Hand hinterher, bemerkte allerdings nichts außer ihrem neuen Nageldesign, das in grellbunten Regenbogenfarben glitzerte, sowie einer Ansammlung an Ananas- und Apfelminze, die in bunten Tontöpfen auf dem Fensterbrett standen. Üble Gewächse, fand ich. Sie betörten einen mit ihrem aromatischen Duft, trugen alibihalber ein paar unscheinbare Blüten zur Schau, schmeckten angenehm mild und fruchtig und halfen sogar bei Kopfschmerzen und Verdauungsstörungen. Doch wehe dem, der Minze für ein harmloses Heilkraut hielt. Während man noch an seiner erfrischenden Limonade nippte, hatte sich jedes einzelne Pflänzchen garantiert vertausendfacht und mit seinen unterirdischen Tentakelwurzeln jede andere Pflanze brutal aus dem Beet verdrängt. Und riss man eine mitsamt ihrer Wurzel aus, wuchsen zehn nach. Nein, ich mochte keine Minze im Garten, nur im Topf, wie hier auf dem Fensterbrett. Da waren ihrem Expansionsstreben zumindest unüberwindbare Grenzen gesetzt.

Mehr sah ich allerdings nicht. Von welchen verbrecherischen Spuren faselte Bobo? Da war kein Blut, nirgendwo, es lagen auch keine Stichwaffen herum, Zahnbürsten, Lippenstifte, Puderdosen und Pasten befanden sich penibel geordnet auf der Ablage über dem Waschbecken, die Handtücher schienen unbenutzt, und auf der Klobrille prangte sogar noch die blassrosa Papierschleife als Zeichen einer kürzlich erfolgten Desinfektion.

Entweder ich hatte nicht gut genug geschaut oder unser Schluckspecht zu tief ins Whiskyglas.

»Ich seh nichts«, stellte ich ziemlich gereizt fest.

»Schau auf den Boden. Dort, wo der Duschvorleger liegt«, erwiderte Bobo.

»Was soll da sein? Blassgrüne Fliesen, ein beiger Duschvorleger und etliche Krümel auf dem Boden.«

»Genau. Und diese Krümel hat Berta einwandfrei als Krümel einer Semmel identifiziert, als sie aufs Klo gehen wollte. Gemeinsam mit dem Senffleck auf Emmas Bluse ein eindeutiges Indiz dafür, dass es ihrer Fressfeindin gelungen sein muss, irgendwie eine Wurst- oder Leberkäsesemmel aufzutreiben, die sie dann still und heimlich alleine verputzt hat.« Bobo grinste. »Mehr hat es nicht gebraucht. Berta ist Emma fast an die Gurgel gegangen, so wütend war sie. Sie hat sich persönlich hintergangen gefühlt, Emma als abscheuliche Egoistin beschimpft, von Mundraub und Hochverrat gesprochen und dabei getobt, als hätte man sie nackt in ein Jauchefass gesteckt.«

Es gab Dinge, die absolut unbegreiflich für mich waren. Etwa das, was mir Bobo gerade berichtet hatte. Zwei Rentnerinnen schlugen sich die Köpfe wegen einer Wurstsemmel ein, von der die eine die andere nicht hatte abbeißen lassen. Da kam einem ja die jungfräuliche Empfängnis noch glaubwürdiger vor.

»Ich dachte, es ging um den Giftanschlag auf Elsbeth«, stammelte ich fassungslos. »Also diese Flasche mit dem Totenkopf. Und die Todesnachricht …«

»Ach was. Das hat sich Elsbeth nur zusammenphantasiert.

Wobei ich der alten Betschwester gar nicht so viel Phantasie zugetraut hätte. Die gefährliche Flüssigkeit mit den giftigen Dämpfen hat sich als Emmas Fleckenbenzin entpuppt, und das Trauerbillet ist für eine Cousine bestimmt, deren Mann vor Kurzem verstorben ist. Womit die Tragödie um die Wurst das einzige Kapitalverbrechen bleibt.«

»Du meinst also, sie hat sich auch die Sache mit dem Telefonat der Ärztin eingebildet, in dem von Mord die Rede war?«

Bobo begann, an ihren kuhglockenartigen Ohrgehängen herumzufingern. Ein sicheres Zeichen, dass sie angestrengt nachdachte. »Na ja. Dass dieses vogelscheuchenartige Mannweib wirklich telefoniert hat, mag schon sein. Aber sie hat nicht ausdrücklich von ›Mord‹ gesprochen, sondern von ›keinem natürlichen Tod‹. Laut unserer Ohrenzeugin. Meiner Meinung nach hätte sie aber auch ›einem‹ sagen können. Halte ich jedenfalls für wahrscheinlicher. Denn wenn der Mann heute wirklich umgebracht wurde, würde es hier doch vor Polizei nur so wimmeln, oder?«

Das Argument hatte was für sich. Sah man von den beiden verfressenen Furien und Elsbeths eingebildetem Giftattentat einmal ab, ging es im Resort ausgesprochen unaufgeregt zu.

Ich nickte verhalten. »Da magst du recht haben. Außerdem hat die Ärztin bestimmt mehr als einen Patienten. Sie kann über jemand ganz anderes gesprochen haben.«

Bobo ließ endlich von ihren Deko-Kuhglocken ab und blickte mich belustigt an. »Wenn die noch praktiziert, kann ich nur hoffen, dass sie bei der Wahl ihrer Medikamente ein besseres Händchen beweist als bei der Wahl ihrer Klamotten.«

Darauf wusste ich nichts zu sagen, denn umgehend kam mir mein Neffe wieder in den Sinn. Mein Neffe in Rock und Bluse.

»Vincent hat auch ein Kleidungsproblem«, murmelte ich, »er dreht völlig durch.«

»Hängt möglicherweise mit der Ernährung zusammen. Der ist ja auch vegan, oder? Schau dir doch das heutige Theater mal an. Nur weil es weder Fleisch noch Fisch oder Kuchen gibt, zucken die Leute gleich aus. Ich bin langsam davon überzeugt, dass diese fleischlose Fastenkost schuld an den wahren Tragödien der Menschheit ist. Die alten Römer – eine Zeit lang nur Nudeln mit Tomatensoße gefuttert, zack, Untergang des Römischen Reichs. Oder Putin. Womöglich hat ihm der Arzt verboten, täglich drei blutige Grizzlysteaks zum Frühstück zu fressen – zack, schon fällt er bei den Nachbarn ein. Von unseren beiden Kampfkolossen ganz zu schweigen. Einmal Pastinakenpüree und die Fäuste fliegen. Was hältst du davon? Ich finde, meine Theorie ist absolut nobelpreisverdächtig.«

Dass ausgerechnet die Edelzicke unserer Runde mich heute aufheitern würde, hätte ich auch nicht gedacht, aber es war ihr tatsächlich gelungen. Ich musste lachen.

»Eine großartige, eine nahezu bahnbrechende Theorie«, stimmte ich ihr zu. »Preis und Ehrendoktorwürde sind dir sicher.«

Verhalten lächelnd schwiegen wir ein paar Minuten einträchtig nebeneinanderher, bevor mir auffiel, dass ich aus dem Nebenzimmer kein Geschrei mehr hörte.

»Ich denke, wir können wieder reingehen, die zwei scheinen sich beruhigt zu haben«, schlug ich vor. Das Sitzen auf dem Wannenrand kam mir längst wie die Vorstufe zu einem Nagelbrett vor. Es war kalt, unbequem und die Aussicht auf Klobrille und Minztöpfe eher deprimierend.

»Oder sie leben nicht mehr«, sagte Bobo. »Dann hätte ich doch wieder ein Einzelzimmer.«

Aber Berta und Emma erfreuten sich bester Gesundheit und saßen sich freundlich plaudernd gegenüber, so als hätte es nie einen Streit gegeben.

»Na, wieder be-*senf*-tigt?«, frotzelte Bobo.

»Ach, das war alles nur ein kleines Missverständnis«, konterte Berta betont gleichmütig. »Nichts von Bedeutung.«

»Kommt in den besten Familien vor«, fügte Emma mit übertriebenem Schulterzucken hinzu.

Sekunden später vertieften sich die beiden in ein äußerst unglaubwürdiges Gespräch über die Spanische Wegschnecke. Eine absolute Farce. Ich kam mir vor wie in einer drittklassigen

Schmierenkomödie, bei der das Publikum im vorletzten Akt noch immer nicht wusste, was überhaupt gespielt wurde. Fest stand nur, dass meine allerliebste Nachbarin niemals in derart gelassenem Plauderton über ihre Todfeinde reden würde. Immerhin verzehrte sie sich seit Jahren danach, endlich den ersten Platz bei der Prämierung des schönsten Heimgartens von Oberdistelbrunn zu gewinnen. Und das bislang vergebens. Ein Hagelunwetter, eine Hüftoperation, ein mittlerweile verstorbener Hühnerzüchter und daneben noch Invasionen an Maulwurfsgrillen oder Lilienhähnchen hatten ihr jedes Mal einen bösen Strich durch ihr botanisches Meisterwerk gemacht. Dabei besaß niemand im ganzen Ort eine derartige Vielfalt an Pfingstrosen, Rittersporнen und Kaiserkronen, deren offizielle Anerkennung Berta mehr am Herzen lag als jeder Lottogewinn. Allein der Gedanke an Nacktschnecken würde ihr umgehend die Zornesröte ins Gesicht treiben. Emma hingegen brauchte sich erst gar keine Sorgen zu machen. Blumen kultivierte sie nicht, und ihr Nutzgarten glich einer Todeszone für alles, was kein Salatkopf war. Drei Mal täglich schritt sie mit einer großen Schere die einzelnen Beete ab, verbarrikadierte umgehend jedes einzelne Gemüsepflänzchen hinter Kunststoffkrägen, Kupferbändern und Schutzwällen aus Kaffeesatz oder Schneckenkorn und hatte kürzlich sogar vier Kilo Zimtpulver verstreut, was den verbliebenen Schleimern endgültig den Appetit verdarb. Seitdem sah ihr Kohlrabi allerdings ziemlich rostig aus, und die Frühkartoffeln schmeckten nach Weihnachtsgebäck.

Doch von alldem war nun gar nicht die Rede. Berta und Emma sprachen über den Verlauf von Schleimspuren, über Wegnetze und Himmelsrichtungen, Uhrzeiten und Abbiegeverbote. Da war doch irgendetwas im Busch – aber bestimmt keine Schnecke.

»Sag, wo bist du eigentlich gewesen, als Elsbeth wegen deinem Fleckbenzin in Todespanik geraten ist?«, fiel ich Emma brüsk ins Wort. Wobei mich das im Grunde nicht einmal interessierte. Ich wollte einfach keine Ausflüchte mehr hören.

»Ich bin ein wenig herumspaziert. Ist ja nicht verboten, oder?«

Nein. Verboten war es nicht, nur sehr unwahrscheinlich. Es regnete, Emma hatte bereits auf der Herfahrt geklagt, ihren Schirm vergessen zu haben, und das Bedürfnis nach Verdauungsspaziergängen hatte ich von ihr auch noch nie vernommen.

Verärgert murmelte ich ein »Schon gut« und ging.

Wenigstens hatten sich die angeblichen Gewaltverbrechen als Schimäre entpuppt. Dachte ich zumindest …

***

Der nächste Tag schien sich mit seinem Vorgänger verbündet zu haben. Ich wurde noch vor dem ersten Hahnenschrei wach, da die schlafende Berta Geräusche von sich gab, die an einen Elefanten in Seenot erinnerten. Ähnlich laut und ziemlich feucht. Damit nicht genug, hatte der Spülkasten im Badezimmer die ganze Nacht hindurch ununterbrochen gepfiffen, und eben schlug mit lautem Knall eine Autotür zu. Und dann gleich noch einmal. Als ich neugierig ans Fenster trat, sah ich eine Frau in einem psychedelisch buntgemusterten Sommerkleid mit großen Schritten um die Ecke zum hinteren Gebäudeteil verschwinden.

Ich blickte auf meinen Reisewecker. Es war kurz vor halb sechs. Die Morgensonne hatte sich hinter dichten Wolken verborgen, schwere Tropfen fielen aufs Fensterbrett, und ich fühlte mich derart schlapp, quasi um Jahrzehnte gealtert, dass ich für eine Tasse Kaffee glatt einen Mord begangen hätte. Aber vor halb acht gab es kein Frühstück. Zudem zählten Kaffeebohnen beim Basenfasten zu den verbotenen Genussmitteln, es blieb mir nur die Hoffnung auf einen zumindest wärmenden Kräutertee.

Im Morgengrauen betrachtet, musste selbst ich mir eingestehen, dass der Kampf gegen einen übersäuerten Körper härter war als erwartet. Ich vermisste meinen Morgenkaffee. Ich vermisste ihn ganz schrecklich. Mehr als meinen Mann.

Vielleicht sogar mehr als meinen Garten. Und das Einzige, mit dem ich diese Leere ausfüllen könnte, war heißes Wasser. Immerhin befand sich ein Wasserkocher im Zimmer, allerdings ohne Pulverkaffee oder Teebeutel.

Ich beschloss, im Kräutergarten nach ein paar verwertbaren Teekräutern zu suchen. Einschlafen konnte ich sowieso nicht mehr, und Berta aufwecken wollte ich auch nicht. Es musste eine schlimme existenzielle Grenzerfahrung für sie gewesen sein, mit beinahe leerem Magen ins Bett zu gehen.

Leise zog ich das erstbeste Kleid an, das ich im Schrank ertastete, griff nach Wanderschuhen und Regenjacke und verließ auf Zehenspitzen den Raum. Auf dem Gang umfing mich Grabesstille. Niemand zu sehen, nichts zu hören. Nicht einmal die Rezeption im etwas spartanisch möblierten Foyer war besetzt. Und weder ein Plan noch eine Karte zu finden, die mir den Weg zum Kräutergarten hätten weisen können. Die Betreiber des neu eröffneten Unterdistelbrunner Wellness- und Gesundheitsresorts setzten anscheinend nicht nur auf die Reduktion von Kalorien, Stress und Darmparasiten, ganz offensichtlich huldigten sie ihrem Minimalismus selbst bei der Beschilderung.

Es kostete mich fast eine halbe Stunde, zwischen Staudenbeeten, Geräteschuppen, einer Streuobstwiese und Dutzenden von Feuerbohnen umwucherten tipiartigen Holzgestellen den kleinen Pfad zum Kräutergarten zu finden. Da es in der Nacht stark geregnet hatte, musste ich sehr vorsichtig gehen, denn die Erde war noch feucht, rutschig und voller Pfützen. Doch nachdem ich schier endlose Reihen an Salat- und Kohlköpfen passiert und mich durch eine grüne Barriere aus Inkagurkenlaub gezwängt hatte, erreichte ich tatsächlich mein Ziel. Vor mir erstreckte sich ein riesiger Selbstbedienungsladen an Heil- und Aromapflanzen. Fehlten nur noch die Kaffeesträucher, um meinen wachkomatösen Blutdruck in gesunde Höhen zu katapultieren. Aber allein beim Anblick dieser blühenden Oase fühlte ich mich schon ein klein wenig lebendiger. In tortenstückartig angelegten Beeten wogten schiere Teppiche aus Wermut, Currykraut, Beifuß, Monarden und Herzgespann, und in der Mitte ragte eine gigantische Kräuterspirale empor. Das beeindruckende Bauwerk aus Natursteinen besaß die Größe eines Lieferwagens, begrenzt von einem Wall aus Gewürztagetes und Muskatellersalbei und flankiert von vier mächtigen Linden.

Hinter der Spirale führte eine steinerne Treppe zu einem gleichfalls recht groß geratenen Gewächshaus hoch, dessen Tür offen stand. Keine gute Idee, fand ich, die letzten Nächte waren ziemlich kühl gewesen. Im Restaurant hatte man deshalb sogar die Öfen angeworfen. Auch jetzt fröstelte mich ein wenig. Ich hatte einfach in jeder Hinsicht eine viel zu dünne Haut. Ganz im Gegensatz zu Berta, um deren dickes Fell ich sie manchmal schon sehr beneidete.

Mit gesenktem Kopf, um weder zu stolpern noch zu viel Regen ins Gesicht zu bekommen, näherte ich mich der prachtvoll bepflanzten Spirale. Ein berauschender Reigen aus unterschiedlichsten Düften umfing mich. Zumindest an der Auswahl der Arten hatten die Betreiber des Botanical Wellness Resorts eindeutig nicht gespart. Ich zählte alleine sieben Sorten an Basilikum, vom afrikanischen zum Zimtbasilikum. Sogar einen Tulsi-Strauch glaubte ich zu erkennen. Ich liebte diese ayurvedische Heilpflanze, die ein betörendes Aroma besaß und gegen Arthritis ebenso half wie gegen Magendrücken, Husten oder Stress. Eine Tasse Tee aus Tulsi, Thymian, Schafgarbe, Borretsch und Lavendel würde meinen Nerven bestimmt guttun. Die selbst angesetzten Tropfen hatte ich ja gestern bereits zur Erstversorgung der hysterischen Elsbeth aufgebraucht. Und ausgerechnet diesmal hatte ich wirklich nur ein winziges Fläschchen mitgenommen, weil ich mir Basenfasten in Unterdistelbrunn nicht aufregender vorgestellt hatte als eine Tanzveranstaltung des Kriegsversehrtenverbands. Halt ohne Bierzelt und Blasmusik.

Die Erinnerung an all die gestrigen Ereignisse störte meinen ohnedies recht fragilen inneren Frieden noch immer. Ich war ein furchtbar harmoniesüchtiger Mensch, litt unter jedem Zwist, mochte keine Konflikte und einen toten Mann als Kurschatten noch weniger. Ganz abgesehen von Elsbeths Mordphantasien, Alfreds Lahmarschigkeit und Vincents Weiberkleidung. Doch bevor mich neben dem meteorologischen auch noch ein Stimmungstief überkam, bückte ich mich rasch nach den Borretschblüten. Deren positive Wirkung aufs Gemüt hatte ja schon Hildegard von Bingen festgestellt. Also stopfte ich mir ein paar der hübschen blauen Blüten in den Mund, während ich mir gebetsmühlenartig sagte, dass heute ein neuer Tag sei. Vielleicht nicht unbedingt sonniger, aber in jedem Fall friedlicher und unaufgeregter.

Dann rupfte und zupfte ich weiter. Thymian, Schafgarbe, Tulsi, nur der Lavendel fehlte noch. Als Sonnenanbeter wuchs er ganz oben, am südseitig ausgerichteten Dach der Spirale. Von vorne kam ich nicht dran, da hätte ich das Bergbohnenkraut zertrampeln müssen, also begann ich, die Spirale zu umrunden. Und mit jedem Schritt besserte sich meine Laune. Die Amseln zwitscherten ihr Morgenlob, der Regen hatte nachgelassen, und hinter der Linde vernahm ich ein eifriges Summen und Brummen. Vermutlich Hummeln, da Bienen im Regen nur selten flogen. Sie schienen mir mehr die Beamten unter den Bestäubern zu sein.

Doch als ich an der Rückseite angelangt war, bemerkte ich stattdessen Fliegen, die in, um und über dem Muskatellersalbei herumschwirrten. Hunderte dicke, fette Fleischfliegen. Gleichzeitig fielen mir dunkelrote Flecken auf dem Salbei auf und dahinter eine Hand, eine menschliche Hand, die reglos auf der Einfassung aus Naturstein lag. Blitzartig schnellte mein Blutdruck nach oben. Ganz ohne Koffein. Wo eine Hand war, hing normalerweise auch ein Arm dran. Und am Arm dann ein ganzer Mensch. Mit weichen Knien und rasendem Puls schritt ich den Salbei entlang.

Und dort, wo die Treppe zum Gewächshaus führte, lag wirklich einer. Bäuchlings auf den Steinen, mit seltsam verrenkten Beinen, den Oberkörper zwischen den Salbeiblüten verborgen und einem blutigen Loch im Schädel. Vorsichtig trat ich näher. Der Mann rührte sich nicht, obwohl seine Lage alles andere als bequem sein musste. Eilig zog ich meine Regenjacke aus und versuchte, mit ihr den Fliegenschwarm zu vertreiben, damit ich den Verletzten genauer in Augenschein nehmen konnte. Seine Haut war kalt, das Blut an der Kopfwunde bereits gestockt, und Herzschlag spürte ich auch keinen mehr. Doch – und nun setzte auch mein Herzschlag beinahe aus – ich bemerkte etwas anderes. Den unverkennbaren Geruch nach Bittermandeln.

Im selben Moment begann ich zu schreien. Ich schrie, bis mir im wahrsten Sinne des Wortes die Luft ausging und mich eine angenehme Dunkelheit umfing.

***

»Pauline! Pauline! Wach auf!« Nur ganz langsam durchdrang Bertas besorgte Stimme die Nebelschwaden in meinem Gehirn. Ich fühlte mich, als hätte man meinen Kopf mit Watte ausgestopft und dann im Schleudergang ordentlich durchgewaschen. Ein dumpfes Dröhnen, ein sonores Brummen, ein bedrohliches Pochen. Dazu Berta, die immerfort meinen Namen flüsterte, während sie mir zärtlich die Wange tätschelte. »Pauline! Pauline!« Unter Aufbietung meiner gesamten Willenskraft zog ich das linke Lid hoch – und fand mich Auge in Auge mit dem Toten.

»Arrrggghh.« Das rechte Lid ratterte von selbst nach oben wie ein Rollo, dessen Zugschnur man versehentlich losgelassen hatte. Hektisch bemühte ich mich, auf die Beine zu kommen.

»Alles ist gut, Pauline, alles ist gut.« Berta tätschelte ein letztes Mal meine Wange, dann griff sie mir unter die Schultern und hievte mich mit einem Schwung auf die Beine.

Stehend sah die Sache allerdings auch nicht viel besser aus. Der Mann war immer noch mausetot, die Fliegen suhlten sich nach wie vor in seinem Blut, und der Gedanke an den Bittermandelgeruch verursachte mir Panikanfälle.

»Berta«, keuchte ich, »sag, riechst du nichts?«

»Doch. Natürlich. Muskatellersalbei und Lavendel, Bergbohnenkraut, Zitronenmelisse und«, sie rümpfte die Nase, »den Gestank von Pitralon.«

Meine Freundin hatte jahrzehntelang in einer Bahnhofsrestauration gearbeitet. Harte Zeiten, in denen sie sich nicht nur ein bewundernswertes Durchsetzungsvermögen und eine beachtliche Abgebrühtheit angeeignet hatte, sondern zudem ein zuverlässiges Gespür für versteckte Anzeichen von Armut und Verzweiflung. Und dazu gehörte zweifelsohne auch Pitralon, das männliche Pendant zu 4711. Nur wer um jeden Cent ringen musste, schmierte sich nach der Rasur dieses Zeug ins Gesicht. Ich hätte diesen penetranten Mief allerdings keiner bestimmten Marke zuordnen können. Und meine Hauptsorge galt auch keinesfalls einem Rasierwasser für arme Leute.

»Sonst nichts?«

Sie schüttelte den Kopf. »Deinen Angstschweiß vielleicht?«

Nun war es an mir, den Kopf zu schütteln.

»Der ist nicht das Problem, aber der Mann riecht nach Bittermandeln.«

»Bittermandeln«, wiederholte Berta und sah mich auf einmal so erschrocken an, als hätte ich ihr soeben die Stromabrechnung präsentiert. »Also Gift«, stöhnte sie dann. »Ich hätte es wissen müssen …«

Wir dachten noch immer über die immense Tragweite einer Blausäurevergiftung nach, als ein kotbrauner Bademantel auf uns zuwehte. Die Ärztin.

»Was ist denn hier passiert?«, fragte sie außer Atem und mit verrauchter Stimme, während sie sich neben dem Toten niederließ.

»Keine Ahnung. Ich wollte mir Kräuter für einen Morgentee suchen, und da bin ich beinahe über den Mann gefallen. Er lag einfach hier. Und er war schon tot.«

Dennoch drückte die Frau inständig an seinen Händen herum, als wolle sie ihn mit Gewalt ins Leben zurückziehen.

»Er muss schon länger tot sein, das Blut ist völlig eingetrocknet«, sagte ich.

Keine Reaktion. Als Medizinerin musste sie doch weitaus besser als ich erkannt haben, dass es in diesem Fall nichts mehr zu retten gab. Außerdem wurde der Puls doch am Hals gemessen, nicht an den Händen.

»Bringt es was, mit einer Leiche Händchen zu halten?«, wollte nun auch Berta wissen. »Oder sollten wir nicht besser die Polizei rufen?«

Endlich wandte sich die Ärztin uns zu. »Wozu? Der Mann ist unglücklich gefallen. Die Stufen sind nass und rutschig, seiner Körpertemperatur zufolge ist das Unglück irgendwann gegen Mitternacht passiert, also eindeutig die Folge eines Fehltritts im Dunkeln. Er hat einen Genickbruch, verursacht durch den Treppensturz, und eine schlimme Verletzung am Kopf, hervorgerufen durch einen dieser Steine.« Sie deutete auf die Natursteinmauer der Kräuterspirale.

»Aber vergiftet wurde er auch noch«, widersprach ich.

Die Ärztin starrte mich an, als hätte ich von einem Angriff Außerirdischer berichtet.

»Wer sagt das?«

»Ich sage das.«

Die Aushilfs-Leichenbeschauerin zog eine ihrer borstig dünnen Augenbrauen steil nach oben, was die frappante Ähnlichkeit mit einem alten Suppenhuhn noch verstärkte.

»Wenn sie das sagt, dann ist es auch so«, bemerkte Berta mit Nachdruck. »Pauline hat einen todsicheren Riecher für Giftmorde aller Art. Leider.«

»Ach ja …« Das skeptische Suppenhuhn seufzte. »Und welche Art von Gift schwebt Ihnen vor?«

Ich seufzte auch. Aber nur in Gedanken. Schließlich war ich daran gewöhnt, dass man meiner Einschätzung nicht glaubte. »Blausäure. Der Tote wurde durch Blausäure vergiftet. Er hat doch einen ganz starken Mundgeruch nach Bittermandeln. Haben Sie das denn nicht bemerkt?«

»Nein. Ich habe nichts bemerkt außer einer letalen HWS-Fraktur und der Verletzung am Kopf.« Die Ärztin beugte sich noch einmal zu dem Mann hinunter und schnüffelte demonstrativ um sein Gesicht herum. »Nichts. Ich rieche absolut nichts. Außer vielleicht einen eitrigen Zahn. Aber so ungepflegt, wie der aussieht, hat er es mit der Zahnhygiene bestimmt nicht sehr genau genommen.«

Eitriger Zahn ... Die Frau hatte ihre Approbation wohl im Euro-Lotto gewonnen.

»Bei einer Zyankalivergiftung hilft Zahnseide wohl kaum«, erwiderte ich verärgert.

»Gute Frau, ich habe siebenunddreißig Jahre lang ordiniert, vierundzwanzig davon in meiner eigenen Praxis. Ich habe alles gesehen, was Menschen sich und anderen antun können. Aber eine Vergiftung mit Cyanwasserstoff habe ich in meinem ganzen Leben nur einmal gesehen. Nämlich in einem alten Schwarz-Weiß-Film nach Agatha Christie.«

Ich hasste es, wenn man mich als »gute Frau« bezeichnete.

»Und die rosige Haut? Die ist doch typisch für Blausäure.« Farbenblind war dieses Huhn offenbar auch noch.

»Und für hohen Blutdruck, was mir weitaus wahrscheinlicher scheint«, konterte sie spitzzüngig. »Im Übrigen wäre es an der Zeit, endlich jemanden über den Unfalltoten zu informieren. Ein amtlicher Totenschein muss ausgestellt werden, etwaige Angehörige gehören verständigt, und ein Bestatter muss den Mann abholen. Man kann ihn ja nicht einfach hier liegen lassen.«

Berta und ich blickten uns zweifelnd an. Die Idee, diese Frau mit dem Toten alleine zu lassen, gefiel mir gar nicht. Womöglich würde sie in ihrer Ignoranz noch wichtige Spuren am Tatort zerstören. Und als könnte meine Freundin Gedanken lesen, hörte ich sie im selben Moment sagen: »Da haben Sie völlig recht, gehen Sie nur. Wir halten inzwischen Wache.«

»Auf keinen Fall«, widersprach die Ärztin. »Wenn jemand Wache hält, dann ich. Als Medizinerin bin ich dafür weitaus besser qualifiziert.«

»Ich kann mir kaum vorstellen, dass der Tote noch ärztliche Betreuung braucht oder gar davonläuft«, erwiderte ich. Und ich konnte mir auch nicht vorstellen, freiwillig den Tatort zu verlassen.

Doch das promovierte Suppenhuhn ignorierte meinen Einwand und meinte nur: »*Ich* bleibe.«

Eine wirklich blöde Situation. Entgegen jeder statistischen Wahrscheinlichkeit hatte auch keine von uns dreien ein Handy mit dabei. Wir waren halt schon Jahrzehnte entfernt von der Generation Smartphone.

Und wieder war es Berta, die blitzschnell die perfekte Lösung parat hatte.

»Also mir tun die Beine ehrlich gesagt schon ziemlich weh. Dieses ewige Herumstehen ist pures Gift für meine Krampfadern«, jammerte sie, während sie mir heimlich zuzwinkerte. »Wir machen das jetzt einfach so: Ich bleibe auch hier und ruhe mich ein wenig aus. Und du gehst zur Rezeption und schlägst dort Alarm. Du bist ja viel fitter als ich.« Sprach's und ließ sich übertrieben schwerfällig auf der steinernen Mauer nieder.

Diese Frau war einfach genial. Ohne mit der Wimper zu zucken, inszenierte sie in Sekundenschnelle bühnenreife Darbietungen. In Gedanken schrieb ich ihr eine große Cremeschnitte gut. Nun konnte ich beruhigt Hilfe holen. Berta würde der seltsamen Ärztin schon auf die Finger schauen.

»Wenn du meinst«, erwiderte ich, bemüht, einen möglichst missmutigen Gesichtsausdruck aufzusetzen. »Dann geh ich halt.«

Und ich ging.

Doch obwohl ich den beiden Angestellten an der Rezeption nicht nur vom Leichenfund im Kräutergarten berichtete, sondern auch nachdrücklich nach der Polizei verlangte, schenkte man meinem Verdacht wie stets kein Gehör. Schon kurze Zeit später erblickte ich vom Toilettenfenster aus zufällig einen Leichenwagen, der sich diskret dem Hintereingang näherte, während die Gäste resolut Richtung Frühstücksraum eskortiert wurden. Da mir nach diesem frühmorgendlichen Drama ohnedies der Appetit vergangen war, verließ ich das Gebäude wieder und drückte mich hinter bunt bepflanzten Weinfässern, Sonnenschirmen und einem mächtigen Fächerahorn herum, um die Einfahrt besser im Auge zu behalten. Aber außer dem gelben Gefährt des Postboten blieb die Einfahrt leer. Und nicht einmal eine Stunde später rollte auch der Wagen des Bestatters auf leisen Rädern davon.

Wütend und frustriert zugleich beschloss ich, in unser Zimmer zurückzukehren und mich bis zum Mittagessen auszuruhen. Die zuvor gesammelten Kräuter warf ich in eine Regenwassertonne. Da klebte bestimmt noch irgendwo Blut dran.

Doch kaum hatte ich die Tür geöffnet, erwartete mich die nächste Überraschung. Vier Menschen starrten mich mit fiebrigen Augen und vorgerecktem Hals erwartungsvoll an.

»Wir haben von dem Mord gehört«, fiepte Elsbeth.

»Es war Gift, oder?«, keuchte Emma.

»Los, erzähl schon«, hechelte Bobo.

»Auf in den Kampf, Miss Marple«, seufzte Berta und rang sich ein gequältes Lächeln ab.

***

Statt in den Kampf gegen das Verbrechen zu ziehen, erwartete mich allerdings nur eine Schlacht am kalten Büfett. Wobei man schon beinahe von Gemetzel sprechen konnte. Die Hausgäste führten sich schlimmer auf als zur Eröffnung des Oktoberfests, obwohl die Schüsseln und Schalen gut befüllt waren und niemand den Eindruck erweckte, kurz vor dem Hungertod zu stehen. Dennoch rempelten die Leute sich gnadenlos an, schlugen mit Schöpfkellen oder Nudelzangen um sich, rissen sich gegenseitig die Dattel-Haferflocken-Chiasamen-Fladen aus der Hand und sahen dabei so verbissen aus, als hätte man sie zum Steineklopfen verdammt.

»Mannomann.« Bobo brachte ihren Teller mit Räucher-Tofu und Roter-Bete-Sprossen vor einer Massenkarambolage an der Ecke mit den veganen Buddha Bowls gerade noch in Sicherheit. »Unter Wellness hab ich mir echt was anderes vorgestellt. Das ist ja die reinste Hellness.« Zielstrebig hob sie ihr linkes, mit mörderischen Stilettos bewaffnetes Bein, um es ihrem drängelnden Hintermann mittig auf dessen Fuß zu platzieren. Der Mann heulte auf, Bobo schenkte ihm ein triumphales Grinsen, und ich grapschte mir rasch ein paar Linsenbällchen aus den Bowls.

Dann begaben wir uns eilig zurück zu unserem Tisch, wo Emma, Berta und Elsbeth in ihrem cremigen Pilzsüppchen rührten. Doch während unsere Betschwester noch eindeutig unter den Spätfolgen ihrer gestrigen Alkoholinfusion litt, wirkten Emma und Berta ungewöhnlich entspannt. Weder jammerten sie über das Essen, noch feindeten sie sich an.

Ich bot ihnen sogar von meinen Linsenbällchen an, doch beide lehnten freundlich ab.

»Danke, ich hab eigentlich gar keinen Hunger mehr«, meinte Berta, während Emma ihren mangelnden Appetit mit der Aufregung über den Giftmord zu rechtfertigen suchte.

»Wir können uns hier doch nicht die Bäuche vollschlagen, wenn da draußen eine Leiche im Gemüse liegt«, bemerkte sie voller Pathos. »Das gehört sich doch nicht.«

Ich schüttelte den Kopf. Wenn das so weiterging, würde ich mir noch ein Schleudertrauma einfangen. Berta, meine rund um die Uhr verfressene Berta, hatte nach zehn Löffeln Suppe keinen Hunger mehr; Emma, deren pietätvolle Gefühle üblicherweise in der Andromedagalaxie angesiedelt waren, wollte einem Toten, den sie weder kannte noch gesehen hatte, auf einmal die letzte Ehre erweisen; und dazu eine vorgebliche Ärztin, die mit einer Leiche Händchen hielt, statt einen Mord zu erkennen … Entweder war ich verrückt geworden oder alle anderen.

Wenigstens Bobo und Elsbeth schienen unverändert.

Elsbeth hatte in ihr Tischgebet sogar die Bitte um Schutz vor vergifteten Speisen einfließen lassen.

»Und du bist ganz sicher, dass wir was essen können?«, hatte sie nach meiner Erzählung immer wieder besorgt gefragt. Und ich hatte sie immer wieder beruhigt. Der Tote hatte nicht wie ein Kurgast gewirkt, eher wie ein leidlich gewaschener Obdachloser. Außerdem war Blausäure nicht sehr hitzestabil und kam nur in wenigen Lebensmitteln wie Bittermandeln, Maniokknollen, Leinsamen, Bambussprossen sowie den Kernen von Kirschen, Pfirsichen und Marillen vor. Und niemand würde freiwillig eine Handvoll Marillenkerne zuerst zerbeißen und dann auch noch hinunterschlucken. Bei so einer Aktion würde uns allein die Zahnarztrechnung schon ins Grab bringen. Und der Tote hatte keine guten Zähne besessen.

Es war also sehr wahrscheinlich, dass er die tödliche Menge flüssig verabreicht bekommen hatte. Als Tee, Tinktur, Extrakt oder sonst ein Gebräu.

»Und Cyanwasserstoff gibt es nur in der Apotheke«, hatte ich meine Expertise beschlossen. »Und dort gilt er als Gefahrenstoff, den man nicht einfach so kaufen kann wie Hustensaft oder Hämorrhoidensalbe.«

Wirklich beruhigen hatte ich Elsbeth dennoch nicht können. Gleich Emma und Berta nahm sie nur ein Schälchen vom Steinpilzcremesüppchen zu sich, bei dem sie aus Sicherheitsgründen auch noch zwei Mal nachgefragt hatte, ob die Suppe auch wirklich gut erhitzt worden war.

Den beiden Vielfraßen nahm ich Angst vor Vergiftungen allerdings ebenso wenig ab wie ihre neue Bescheidenheit bei der Kalorienzufuhr. Irgendwas stank da gewaltig zum Himmel. Nur was?

Berta war schließlich meine beste Freundin. Sie würde keine Geheimnisse vor mir haben. Oder doch?

»Wie hast du mich heute Morgen eigentlich gefunden?«, fragte ich sie, als wir unsere Mahlzeit beendet hatten und am Büfett nur noch verschrumpeltes Trockenobst herumlag. Meine Freude über Bertas Erscheinen war ja derart groß gewesen, dass ich mir diese Frage überhaupt erst jetzt stellte.

»Einfach den Ohren nach«, grinste sie. »Oder sagen wir, deine Sirenenklänge waren unüberhörbar.«

Dennoch. Außer meiner Freundin und Lieblingsnachbarin schien niemand sonst mein Geschrei vernommen zu haben. Der Zimmertrakt befand sich bestimmt in fünfhundert Metern Entfernung vom Nutzgarten, noch dazu in entgegengesetzter Richtung. Berta zählte zwar zu den Menschen, die das Gras schon wachsen hörten, bevor es zu sehen war, aber eine derartige Hörleistung traute ich nicht einmal einem Luchs zu.

»Du hast doch noch geschlafen, als ich gegangen bin«, wandte ich zögerlich ein.

»Sag, wird das ein Verhör, oder was?«, brummte sie. »Aber um deine kriminalistischen Zweifel zu zerstreuen: Ich bin aufgewacht, als du die Tür geschlossen hast. Und mein Magen hat geknurrt. Also hab ich mir gedacht, ich gehe mal schauen, ob im Garten irgendwo Äpfel oder Trauben herumhängen. So als Überbrückung bis zum Frühstück.«

»Mhm.« Ganz überzeugt war ich allerdings nicht. »Ich frag mich, ob diese Blindgängerin von Ärztin auch nach was Essbarem Ausschau gehalten hat, oder wo ist die auf einmal hergekommen?«

»Die hat nach Kräutern für den Tee ihres Mannes gesucht«, meinte Berta. »Ich habe sie gefragt. Wir sind ja lange genug gemeinsam auf der Mauer gesessen.«

»Und sie hat nichts gemacht? Nicht versucht, die Leiche oder den Fundort zu manipulieren?«

»Nein. Sie ist einfach nur dagesessen und hat mir von ihrem Mann erzählt. Ach was, erzählt. In den höchsten Tönen geschwärmt hat sie. Ich hab die Schmetterlinge in ihrem Bauch direkt mit den Flügeln schlagen hören.«

»Und das in dem Alter«, bemerkte Emma und verzog beinahe angeekelt den Mund. Sie hatte vermutlich eher Verständnis für Maden im Speck als für Schmetterlinge im Bauch.

»Lass sie doch«, meinte Bobo. »Der Mann, der sich dieses ausgedorrte Mannweib genommen hat, verdient die goldene Tapferkeitsmedaille.« Sie runzelte die Stirn. »Oder er hat was an den Augen. Was ganz Schlimmes.«

»Im dem Alter muss man halt nehmen, was man kriegt«, warf Berta ein. »Da kann sich vermutlich niemand mehr leisten, allzu wählerisch zu sein.«

Ich vermied es, meine Freundin auf ihr eigenes Alter hinzuweisen, denn ich wusste von ihrer ganz geheimen Sehnsucht nach einem Mann fürs restliche Leben. Und ich wusste auch von ihren durchaus bemerkenswerten Ansprüchen an den Zukünftigen. Also stimmte ich ihr einfach zu.

»Jedenfalls«, berichtete sie weiter, »ist die Frau Doktor erst ganz frisch vermählt. Also eigentlich ist ihr Aufenthalt hier so was wie verspätete Flitterwochen. Der Mann heißt Armin, ein Seelenklempner, sie haben sich in Oberdistelbrunn ein Haus gekauft, um ihre Pension zu genießen, aber das muss noch etwas renoviert werden, und weil der Armin ihre große Liebe ist, bringt sie ihm jeden Morgen eine Tasse Tee mit frisch gepflückten Kräutern ans Bett.«

»Ach, wie romantisch«, ätzte Bobo. »So wie die aussieht, würde ich dem Mann morgens schon Dry Martini servieren. Mit dem Schöntrinken muss der ja früh anfangen, wenn's was bringen soll.«

»Wir wissen doch gar nicht, wie *er* aussieht«, wandte ich ein. »Und außerdem ist mir völlig egal, ob diese Frau verliebt, verheiratet oder verlassen ist. Aber sie hat meiner Ansicht nach einen Mord vertuscht. Zwar nicht vorsätzlich, aber irgendwie trotzdem.«

»Ich hab den Bittermandelgeruch allerdings auch nicht bemerkt«, sagte Berta. »Angeblich kann den ein Drittel aller Menschen nicht riechen. Doch aus leidiger Erfahrung hab ich keinen Zweifel, dass du deine empfindsame Nase wieder treffsicher mitten in einen Giftmord gesteckt hast.«

»Aber wenn so ein Mord nicht entdeckt wird, dann bleibt es doch einfach ein Todesfall, oder?«, räsonierte Emma. »Der Tote wird begraben, fertig.«

Elsbeth nickte ganz vorsichtig. Der Whisky vom Vorabend schien ihr immer noch schwer zu schaffen zu machen. »Und niemand sucht nach einem Mörder«, seufzte sie. »Aber was ich nicht verstehe: Ich habe diese Ärztin gestern mit eigenen Ohren von einem nicht natürlichen Tod reden hören. Doch von dem Epileptiker im Speisesaal hat man nichts mehr gehört. Und den Toten heute hat sie als Unfall abgetan. Wer ist dann bitte eines unnatürlichen Todes verstorben? Ich kenn mich nicht mehr aus.« Sie wirkte verängstigt und verwirrt zugleich.

»Ich kenne mich auch nicht aus. Aber eines ist sicher: Wenn es ein Mord war, dann gibt es auch einen Mörder. Und ich würde meine gerade erst abbezahlten sündhaft teuren neuen Zahnkronen wetten, dass es ein Mord gewesen ist.«

»Behalte deine Kronen«, lachte Berta. »Wenn es mal so weit ist, möchte ich mit meinen eigenen Zähnen ins Gras beißen. Ich glaub dir auch so.«

»Aber wie beweist man einen Mord, wenn ›Unfall‹ auf dem Totenschein steht?«, brachte Bobo das Problem auf den Punkt.

»Dürfte schwierig sein«, meinte Emma und erhob sich. »Ich glaube, ich drehe mal eine Verdauungsrunde, solange es nicht regnet. Nach dem Essen soll man bekanntlich ruhen – oder tausend Schritte tun.«

Verwundert starrte ich die pensionierte Schalterbeamtin der ehemaligen Oberdistelbrunner Postfiliale an. Gerade sie war doch stets der Ansicht gewesen, dass Spaziergänge nur etwas für Leute waren, denen es an gesundem Sitzfleisch mangelte. Weil Bewegung ja immer so viel Unruhe ins Leben brachte. Eine Ansicht, die Alfred, mein verehelichtes Faultier, aus ganzem Herzen teilte.

Und ausgerechnet jetzt, wo sie außer einer kleinen Schale Diätsuppe gar nichts zu verdauen hatte, dafür aber jede Menge Zeit zum Herumsitzen, ausgerechnet jetzt überkam sie ein völlig neuartiger Bewegungsdrang.

Zu meiner noch größeren Verwunderung stand nun sogar Berta auf. »Warte, ich komme mit. An der frischen Luft lässt es sich viel besser nachdenken. Wegen der Sauerstoffsättigung im Hirn.«

Und schon war auch sie verschwunden. Wir blieben verdutzt zurück.

»Da geht doch eher das Kamel durchs Nadelöhr als ausgerechnet die beiden auf Verdauungsspaziergang«, bemerkte Elsbeth erstaunlich scharfsinnig.

»Irgendetwas ist da faul. Oberfaul«, stimmte ich ihr zu. »Berta hat nichts gefrühstückt, zu Mittag klaglos die dünne Suppe gelöffelt und Emma gestern wegen einer Handvoll Semmelbrösel fast den Schädel eingeschlagen. Und nun spielen sie auf einmal neue beste Freundinnen?«

»Ach was. Das hat nichts mit Freundschaft zu tun, sondern mit Futterneid«, meinte Bobo. »Vermutlich hat Emma sich letztlich gezwungen gesehen, Berta in ihre geheime Semmelquelle einzuweihen. Und jetzt sitzen sie beide irgendwo herum und mampfen.«

Eine durchaus wahrscheinliche Erklärung, fand ich. Hätte mir selbst einfallen können. Dennoch verspürte ich einen schmerzhaften Anflug von Eifersucht. Nie zuvor hatte meine beste Freundin Geheimnisse vor mir gehabt. Und angelogen hatte sie mich auch noch nie.

Ich fühlte mich schrecklich hintergangen. Doch bevor ich meiner Enttäuschung Luft machen konnte, flogen die Türen des Speisesaals mit lautem Knall auf, und eine Horde vermummter, bis auf die Zähne bewaffneter Polizisten stürmte mit Maschinenpistolen im Anschlag den Saal.

»Keine Bewegung!«, erschallte es mehrstimmig, während das Antiterrorkommando zwischen den Tischen Aufstellung nahm.

Ein völlig überflüssiger Befehl, denn wir waren ohnedies in Schockstarre verfallen. Es dauerte allerdings noch geraume Zeit, bis auch die sturmtruppenartige Formation erkannte, dass von Leuten, die nur mit Löffel und Gabel bewaffnet waren, keine echte Gefahr ausging.

Endlich ließen sie ihre Waffen sinken. Dann schwang die Flügeltür erneut auf, und eine mir leidlich bekannte Gestalt erschien: Hauptkommissar Hartmann vom Landeskriminalamt.

***

»So ein Aufwand wegen einer Leiche«, flüsterte Bobo, während wir unter strengsten Sicherheitsvorkehrungen im Foyer des Botanical Wellness Resorts saßen und auf unsere Vernehmung warteten. »Die führen sich ja auf, als würden sie es mit dem zentralen Einsatzkomitee der vereinigten Gotteskrieger aufnehmen müssen.

»Ja. Schon ziemlich eigenartig«, stimmte ich ihr leise zu.

»Gerade bei einem Giftmörder halte ich es für recht unwahrscheinlich, dass er mit Handgranaten oder Tellerminen um sich wirft. Und im Rudel wird er auch nicht agiert haben.«

Die Sache machte mir Angst. Nicht nur wegen des Aufmarsches eines zehnköpfigen Antiterrorkommandos, sondern vor allem, weil Polizeihauptkommissar Hartmann offenbar als Einsatzleiter fungierte. Dieser Mensch hatte mir bereits einmal das Leben zur Hölle gemacht, meinen unschuldigen Neffen verhaftet, mich als demente Möchtegern-Miss-Marple diffamiert und bis zum Schluss nur falsche Spuren verfolgt. Kurz gesagt, seine investigativen Fähigkeiten dümpelten vornehmlich im Promillebereich dahin. Gegen ihn hatte sogar Alfred mit seinen Tarotkarten bessere Ergebnisse erzielt.

Und nun ließ man ausgerechnet dieses griesgrämige Wesen, das aussah wie ein Motiv auf einem Werbeplakat der Welthungerhilfe, auf uns los. Mit derart schwerem Geschütz würde er zwar ohnedies keinem Giftmischer auf die Spur kommen, aber mich bis aufs Blut peinigen – das würde er können.

»Also hat man doch erkannt, dass der Tote heute Morgen kein Unfall war«, bemerkte Elsbeth. »Spät, aber immerhin.«

»Scheint so«, murmelte ich. »Auch wenn es für mich fast so aussieht, als würde man ein Selbstmordattentat befürchten.«

Dann schwiegen wir und harrten der Dinge, die da kommen würden.

Und sie kamen.

Zuerst in Gestalt einer bewaffneten Einsatzkraft, die mich am Arm ergriff und in unser Zimmer zerrte, das man offensichtlich bereits von oben bis unten durchsucht hatte. Es sah aus, als hätte ein Rudel Waschbären nach Futter gewühlt. Ein meiner Ansicht nach völlig sinnloses Unterfangen, denn welcher Giftmörder würde sein toxisches Arsenal im Badezimmerschrank aufbewahren?

»Setzen Sie sich!« Der Mann wies auf den Stuhl am Fenster.

»Worum geht es eigentlich?«, fragte ich und blieb stehen.

»Wo ist Ihre Zimmerkollegin? Frau Berta Hummelbrunner?« Nachdrücklich schob er mich in Richtung Stuhl.

Ich widerstand. »Weiß ich nicht. Spazieren gegangen.«

»Was halten Sie von veganer Ernährung?«

Ich zuckte die Schultern. »Besser als Junkfood, schlechter als Käsespätzle.«

»Aber Ihr Neffe ist vegan.«

Ich schwieg.

»Ich habe Sie etwas gefragt.«

»Haben Sie nicht. Sie haben etwas festgestellt. Etwas, das Sie ganz offensichtlich schon wissen.«

Ein weiteres mulmiges Gefühl beschlich mich. Was, wenn Vincent schon wieder unter Mordverdacht stand? Der Junge besaß ein echtes Talent dafür, zur falschen Zeit am falschen Ort zu sein. Wobei ich mir eingestehen musste, dass er in der Beziehung möglicherweise erblich schwer vorbelastet war. Mir erging es ja genauso. Mit dem toten Mann in der Kräuterspirale konnte er aber nichts zu tun haben, denn Vincent hatte dieses Resort zu keiner Zeit betreten.

Der Polizist, dessen rüde Umgangsformen denen von Hauptkommissar Hartmann kaum nachstanden, fixierte mich mit zusammengekniffenen Augen. »Setzen Sie sich endlich.«

»Sagen Sie mir endlich, worum es geht.«

In Gedanken begann ich, das kleine Einmaleins aufzusagen. Das hatte seit jeher eine beruhigende Wirkung auf mich. Bei »Neun mal neun ist einundachtzig« begann der Mann von der Antiterroreinheit, zu reden.

Es habe zwei Morde gegeben, berichtete er, wenngleich etwas widerwillig, in beiden Fällen mit Gift begangen, und der oder die Täter hätten das Ganze so raffiniert inszeniert, dass die Verbrechen wohl unentdeckt geblieben wären. Doch dann sei ein Bekennerschreiben aufgetaucht.

Er griff in die Tasche und zog einen mehrfach gefalteten Bogen Papier hervor. »Hier. Lesen Sie.«

Ich faltete das Schreiben auseinander und las.

»Zwei Morde sind nicht genug. Solange Menschen Pflanzen töten, werden wir Menschen töten.« Unterzeichnet war der Brief von einer Liga zum Schutz pflanzlicher Gefühle.

Nun ließ ich mich doch auf einen Stuhl fallen.

»Was soll das bedeuten?«, fragte ich.

»Das würde ich gerne von Ihnen hören. Ist das die Schrift Ihres Neffen?«

»Das kann jeder geschrieben haben. Die Schrift ist bewusst entstellt. Ein Rechtshänder, der mit links geschrieben hat, oder ein Linkshänder mit rechts. Das sieht dann so aus.« Als ehemalige Lehrerin kannte ich diese Versuche, die eigene Handschrift zu verstellen, um blöde Zettelchen zu hinterlassen, zur Genüge.

»Aber Ihr Neffe ist vegan. Oder? ODER?«

»Ja. Und?«

»Einem Veganer müssen pflanzliche Gefühle ja besonders am Herzen liegen«, stellte der beamtete Inquisitor lakonisch fest.

»Einem Salatkopf auch«, erwiderte ich verdrossen.

Dieses angebliche Bekennerschreiben war doch völliger Humbug.

Was zum Teufel sollte eine Liga zum Schutz pflanzlicher Gefühle überhaupt sein? Das Botanical Wellness Resort war zwar auf pflanzliche Gesundheitskost spezialisiert, aber kein Extremistenverein. Außerdem würden sie ihre eigene Existenzgrundlage nicht vorsätzlich aufs Spiel setzen. Und was meinen – zugegebenermaßen recht exzentrischen – Neffen betraf: Wenn Vincent wirklich auf der Suche nach seiner verborgenen Weiblichkeit war, woran ich leider keinen Zweifel hegte, dann würde er wohl eher am Schminktisch hantieren als an einem Giftschrank.

»Hier. Ihr Schreiben.« Ich hielt dem Polizisten seinen Zettel hin.

»Behalten Sie es ruhig, ist sowieso nur eine Kopie.«

Dann ging er. Der Brief in meiner Hand fühlte sich an wie ein Haftbefehl.

***

Eine Stunde später war Berta immer noch nicht zurück. Während ich mit Bobo und Elsbeth Kriegsrat hielt, blickte ich andauernd zum Fenster hinaus, doch sie und Emma schienen wie vom Erdboden verschluckt. Eine für zwei Hundert-Kilo-Frauen beachtliche Leistung. Zudem hatte es erneut zu regnen begonnen, im Hof und hinter den Gebäuden standen Dutzende Polizeiwagen herum, und die bedrohlich wirkenden Männer der Antiterrortruppe, die allzeit einsatzbereit durch die Gegend stapften, waren auch nicht zu übersehen. Wo immer die beiden sich auch aufhielten, sie mussten diesen Aufruhr doch bemerkt haben.

»Verstehe ich nicht«, murmelte ich.

»Ich auch nicht«, meinte Bobo, deren Gedanken allerdings um ganz andere Fragen kreisten. »Warum versucht man, einen Mord wie einen Unfall aussehen zu lassen, um diesen vermeintlichen Unfall später wieder als Verbrechen zu deklarieren? Ohne das Bekennerschreiben wäre der Mann anstandslos begraben worden, und niemand hätte die wahre Todesursache entdeckt.«

»Und warum redet diese komische Ärztin am Telefon von einem nicht natürlichen Tod, wenn ausgerechnet sie dann diejenige ist, die auf dem Gegenteil beharrt«, sprach Elsbeth eine weitere Ungereimtheit an.

»Wissen wir überhaupt mit Sicherheit, ob der Epileptiker wirklich vergiftet wurde?«, warf ich ein, während ich den beiden dankbar dafür war, mich von meinen Sorgen über Bertas Verbleib abgelenkt zu haben.

»So stand es zumindest im Drohbrief dieser Grünzeugfanatiker. Und die Polizei geht auch von einem Doppelmord aus. Als mich einer von dieser Sturmtruppe zum Verhör in mein Zimmer eskortiert hat, habe ich zufällig mitbekommen, wie sich unsere Apotheker, diese beiden Quacksalber, über die zwei Leichen unterhalten haben und dass dabei unterschiedliche Gifte verwendet wurden«, berichtete Bobo.

»Und was für Gifte waren das? Haben die Apothekersleute etwas erwähnt?«, fragte ich aufgeregt. Herr und Frau

Reinprecht, die sich vor einigen Jahren in Oberdistelbrunn angesiedelt hatten, galten ja generell als recht redselig, vor allem, wenn sie jemandem etwas aufschwatzen konnten.

»Weiß ich nicht. Ich hab das ja nur gehört, weil wir hinter den beiden den Gang entlang sind. Aber die Reinprechts sind dann links abgebogen, und ich musste ja geradeaus weiter.«

Das war schlecht. Die exakten toxischen Substanzen zu wissen hätte zumindest ein kleines ermittlungstechnisches Etappenziel bedeutet.

Vielleicht war basische Kost doch nicht so gesund, fragte ich mich nach zwei offensichtlichen Morden. Es schienen mehr Menschen durch Giftpflanzen zu sterben, als an Hühnerbeinen zu ersticken.

»Und was machen wir jetzt?«, wollte Elsbeth nun wissen und hörte sich schon wieder ziemlich verzweifelt an.

»Abwarten, was Gescheites trinken und hoffen, dass dieser Schlägertrupp bald wieder abzieht«, schlug Bobo vor. »Maschinenpistolen machen mich ehrlich gesagt weitaus nervöser als die Aussicht auf einen Giftcocktail. Bei Waffen genügt ein nervöser Finger am Abzug. Oder man steht versehentlich in der Schusslinie.«

Elsbeth bekreuzigte sich panisch. »Mir macht das alles furchtbare Angst«, bekannte sie. »Vielleicht wird unser Essen ja auch vergiftet. Ich habe einen ganzen Teller von dieser Pilzsuppe gegessen. Und seitdem habe ich ein komisches Gefühl im Magen. Und Herzklopfen. Und Berta und Emma haben auch von der Suppe gegessen, und jetzt sind sie verschwunden. Vielleicht überhaupt schon tot.«

»Red doch nicht so einen Blödsinn«, herrschte ich Elsbeth an. Musste diese bigotte Betschwester mir meine schlimmsten Befürchtungen in Erinnerung rufen? »Den beiden geht es gut. Sie sind spazieren gegangen und werden sich halt irgendwo verlaufen haben«, versuchte ich, mich selbst zu überzeugen.

»Genau«, stimmte Bobo mir zu. »Mit zwei Doppelzentnern Lebendgewicht haut dich vermutlich nicht mal ein Süppchen vom Knollenblätterpilz um. Die tauchen schon wieder auf, aber du bist nervlich ein Wrack. Versuch's doch mal mit Fürbitten. Oder einer kleinen Andacht zwischendurch.«

Bobo war eindeutig nicht mehr gewillt, ihre kostbaren Alkoholreserven ausgerechnet an jemanden zu verschwenden, der edle Tropfen ohnedies nicht zu würdigen wusste, weil er außer Messwein nichts kannte.

Doch während Elsbeth verärgert dreinblickte und Bobo anzüglich grinste, hatte ich auf einmal eine Idee.

»Ich werde zu den Reinprechts gehen und sie nach einem Beruhigungsmittel fragen«, verkündete ich. In Wahrheit hielt ich zwar herzlich wenig von den angeblich so naturbelassenen Produkten unseres Apothekerehepaars, aber vielleicht würde ich ein paar nützliche Informationen aus ihnen herauslocken können. Das hätte gleichfalls eine sehr beruhigende Wirkung auf mich.

»Das Zeug ist doch das Etikett nicht wert, das diese Quacksalber dort draufkleben. Kein Vergleich mit deinen Tropfen. Da sauf ich mich lieber zu Tode, bevor ich etwas einnehme, was die zusammengerührt haben.« Auch Bobo schien definitiv keine gute Meinung von den beiden zu haben.

Drei Jahre war es nun bereits her, seit Ida und Theodor Reinprecht vom alten Kropiuk die Apotheke in Oberdistelbrunn übernommen hatten. Der ehemalige Besitzer hatte sich in die Rente verabschiedet und zuvor sein schlecht gehendes Geschäft um gutes Geld verkauft. Allerdings war der Laden nicht defizitär gewesen, weil Kropiuk sein Handwerk nicht verstand, sondern weil es rund um Oberdistelbrunn, ein Kaff am Arsch der Welt, das im Burgenland ebenso liegen könnte wie in Brandenburg oder Bayern, zu wenige Menschen gab, die mit ärztlich verordneten Rezepten für gute Umsätze sorgten. Bei uns gingen nur hypochondrisch veranlagte Jammerlappen, Demenzkranke und Staatsbedienstete mit der Hoffnung auf Frühpension freiwillig zum Arzt.

Alle anderen griffen auf traditionellere Heilmethoden zurück. Männer gingen ins Wirtshaus, um das halbe Dorf unter großem Wehklagen über ihr bestimmt baldiges Ableben zu informieren, schmissen schnell ein paar Runden Freibier, um den Saufkumpanen in guter Erinnerung zu bleiben, und bekamen im Gegenzug Dutzende Erfahrungsberichte von Leuten serviert, die bereits unter exakt der gleichen Symptomatik gelitten und entgegen allen Prognosen überlebt hatten. Dank einer wundersamen wie wirksamen Heilung durch Onkel Ottos oder Schwager Siegfrieds Selbstgebrannten. Wobei Schnaps unter den harten Kerlen ohnedies als Heilmittel Nummer eins galt. Man verwendete ihn zum Desinfizieren und Inhalieren, bei Muskelkater und Magendrücken, gegen bösartige Viren und bedrohliche Bakterien, nach operativen Eingriffen, vor Zahnarztbesuchen und während allgemeiner Lebenskrisen. Allerdings galt es natürlich nur als ernst zu nehmendes Leiden, wenn einem der Mähdrescher zumindest den Fuß gehäckselt, eine rabiate Kuh drei Rippen gebrochen oder sich der Krebs bereits in beiden Lungenflügeln eingenistet hatte. Geringfügigere Gebrechen waren entweder nicht der Rede wert oder wurden als vernachlässigbare Folgen des anstrengenden Lebenswandels echter Mannsbilder abgetan, so etwa Leberzirrhosen, Bluthochdruck, Diabetes oder Nasenbeinbrüche, allesamt Lappalien, derentwegen man niemals zum Arzt gehen würde. Und bei einem Männerschnupfen war ohnedies jede Hoffnung vergebens, da blieb man einfach daheim, litt Höllenqualen und sehnte sein letztes Stündlein herbei. Und die Ehefrauen meistens auch …

Dennoch wurde ärztliche Hilfe ebenso verweigert wie eine Tasse Kräutertee. Kannte ich ja von meinem Fred. Alles nicht so schlimm, und sollte es doch schlimmer sein als erwartet, dann wollte man sich zumindest einen ordentlichen letzten Umtrunk gönnen. Hochprozentig musste er sein und idealerweise auch begleitet von hochkalorischen Henkersmahlzeiten.

Dank dieser Einstellung dümpelten die Einnahmen des alten Apothekers über Jahrzehnte im eher bescheidenen Bereich vor sich hin. Die Männer soffen und hielten sich bis zum Herzinfarkt für unverwundbar, den Frauen fehlte die Zeit für Arztbesuche, sie mussten ja für die unverwundbaren Männer und Kinder sorgen.

Und als die Reinprechts übernahmen, verstanden diese bald, dass sie mit dem üblichen Prozedere – vom Arzt zur Apotheke – kein ausreichendes Auskommen hatten. Daher nutzten sie die Gunst der politisch grünen Stunde, schworen ihrem Wohlstandsgehabe ab und schlossen sich der Öko-Bewegung an. Sie kauften ein E-Auto, kleideten sich ausnahmslos in handgewebte biologische Baumwolle, empörten sich lautstark über das Insektensterben und reihten die pharmazeutisch-chemischen Produkte etwas weiter nach hinten und ihre selbst entwickelten Naturheilmittelchen ganz nach vorne. Sogar eine Eigenmarke hatten sie kreiert, Rein-o-san, gesund durch die Kraft der Natur. Eilig zusammengemischt und mit großem Werbeaufwand vertrieben. Etwa diese kleinen grünen Chlorophylldragees gegen jede Art von Schweiß- und Körpergeruch, die den Reinprechts mittlerweile ein Drittel ihres Umsatzes bescherten. Bislang gab es zwar keinen wissenschaftlich gesicherten Beweis für die Wirkung von Chlorophyllpräparaten, aber Naturheilmittel und Nahrungsergänzungsmittel lagen bei allen, die es sich leisten konnten, voll im Trend. Dass neben den botanischen Wirkstoffen, die ohnedies nur in mikroskopischen Mengen enthalten waren, auch weniger natürliche Substanzen wie Siliciumdioxid, Polyvinylpyrrolidon oder Carboxymethylcellulose in die beliebten Kapseln, Dragees und Tropfen kamen, interessierte die wenigsten. Außer uns »Alten«, die wir schon als Kinder von unseren Großeltern mehr über Wildpflanzen und deren Behandlung gelernt hatten als diese Apotheker in ein paar Wochenendkursen der Kräuterpädagogik. Das beste Mittel gegen Schweiß war schließlich immer noch Salbei. Und statt Algen zu verarbeiten, hätte man auch zu Brennnesseln, Petersilie, Giersch oder Grünkohl greifen können. Die enthielten auch Chlorophyll. Aber »Unter Zugabe von Chlorella und Spirulina« klang halt definitiv teurer. Wir »Alten« waren vermutlich auch zu alt, um uns für diesen neumodischen Kram zu begeistern. Naturprodukte holte man sich aus der Natur, nicht aus der Apotheke.

Bobo hatte also durchaus recht, die Reinprecht'sche Quacksalberei als clever aufgezogenen Etikettenschwindel anzuprangern. Eine Einschätzung, die die meisten von uns teilten. Wir brauchten weder Chlorophylldeodorants noch Nahrungsergänzungsmittel, wir hatten Gemüse im Garten und bekamen beim Unkrautjäten auch ausreichend Tageslicht ab. Unter Vitamin-D-Mangel litten wir also bestimmt nicht, eher unter einem Mangel an Wertschätzung, weil wir auch mit sechzig plus noch lange nicht zum alten Eisen gehörten wie allgemein angenommen.

Die Apothekerleute hingegen waren weitaus jünger, also höchstens Mitte vierzig, dennoch hatten sie darauf bestanden, mit ihrem Sohn an unserem Seniorenausflug teilzunehmen. Aus gesundheitlichen Gründen, behaupteten sie, aus wirtschaftlichen Überlegungen, behaupteten wir. Wahrscheinlich hofften sie, uns Old-Agern bei dieser Gelegenheit kiloweise ihre Salben, Pillen und Pülverchen anzudrehen.

Nun gut. Gleich würden sie die einmalige Gelegenheit haben, mir eins ihrer zweifelhaften Produkte zu verkaufen.

»Da mach dir mal keine Sorgen«, beruhigte ich Bobo. »Ich habe nicht die geringste Absicht, irgendetwas aus deren Placebo-Werkstatt zu verwenden. Aber meinen Nerven zuliebe muss ich in Erfahrung bringen, um welche Gifte es sich handelt. Und die beiden wissen es anscheinend.«

Bobo nickte, Elsbeth murmelte: »Gott sei mit dir«, und bekreuzigte sich erneut.

Unsere Vorzeigekatholikin schien ernsthaft traumatisiert zu sein. Ständig nestelte sie an ihrer Westentasche herum, wo sich bestimmt ein Rosenkranz verbarg, und ihre grauen Lockenwicklerlöckchen wippten hektisch auf und ab. Außergewöhnlich ängstlich war sie ja immer schon gewesen, fürchtete nichts mehr als Bakterien, Staubkörner, Blattläuse und Informationsdefizite, aber seit ihr geliebter Pfarrer vor etwa zwei Jahren verschwunden und erst als Leiche wieder aufgetaucht war, hatte sich offenbar auch eine Art Trennungsphobie entwickelt. Jeder, der sich aus erklärlichen oder unerklärlichen Gründen von der Gruppe entfernte, begab sich ihrer Ansicht nach gleich in Lebensgefahr.

Aufmunternd klopfte ich ihr auf die mageren Schultern.

Wenn das so weiterging, konnte man wirklich von besorgniserregenden Zuständen reden. Ich sorgte mich um Berta und Emma, Elsbeth um unser aller Leben, die Polizei um einen Irren, der pflanzliche Gefühle schützen wollte, und mein Mann um seine Bandscheiben, weil ihm ein zwei Kilometer langer Fußmarsch bevorstand.

Nur Bobo wirkte noch einigermaßen gelassen. Ihr bereitete höchstens der Pegelstand ihrer Whiskyflasche Sorgen.

***

Auf dem Weg ins Wermut-Zimmer der Reinprechts hätte mir jedenfalls nichts passieren können, denn an fast jeder Ecke patrouillierte ein wilder Kerl vom Antiterrorkommando auf und ab. Ich konnte mir zwar nicht vorstellen, dass man mit einem derart martialischen Aufgebot ausgerechnet einem Giftmischer das Handwerk legen konnte, da diese doch meist sehr subtil an ihr mörderisches Werk gingen, aber das Landeskriminalamt sah das offenbar anders.

Hauptkommissar Hartmann und seine Entourage schienen davon auszugehen, dass diese seltsame Liga zum Schutz pflanzlicher Gefühle aus einer Busladung von deutlich gekennzeichneten Fanatikern bestand, die am helllichten Tag die Hotelküche stürmten, um vor aller Augen die Gemüsesuppe zu vergiften.

Ein Gedanke, der so lächerlich war, dass er nur den investigativen Irrungen und Wirrungen dieses ermittelnden Widerlings entsprungen sein konnte. Ein unerträglicher Mensch, der sich schon vor Jahren durch ein einzigartiges kriminalistisches Gespür für garantiert falsche Fährten ausgezeichnet hatte. Sogar mich hatte er seinerzeit unter Generalverdacht gestellt, statt meiner nahezu lückenlosen Indizienkette zu folgen, was uns beiden viel Ungemach erspart hätte.

Und Hartmann schien nichts dazugelernt zu haben. Ich musste wohl wieder mal selbst tätig werden.

Entschlossen klopfte ich an die Tür des Wermut-Zimmers, ein zweistimmiges »Herein« erklang, und ich trat ein. Der Raum wirkte größer als unsere Zimmer, besaß einen offenen Kamin, eine Sofaecke und zwei riesige, ausgebleichte Farbdrucke an der cremeweiß getünchten Wand. Auf dem einen war Hildegard von Bingen, die kräuterkundige Äbtissin aus dem Mittelalter, mit einer Flasche Wermutwein in der Hand zu sehen, auf dem anderen der Erfinder der Kaltwassertherapie, Sebastian Kneipp, wie er eine Tasse Malzkaffee schlürfte. Vermutlich beides Werbeplakate aus den Siebzigern. Und direkt darunter saßen Theodor und Ida Reinprecht, die ähnlich ausgebleicht und ebenso diszipliniert aussahen wie die beiden Trendsetter natürlicher Gesundheitslehren auf den Druckgrafiken an der Wand. Nur in den Händen hielten die Apotheker nichts, nicht einmal ihre Rein-o-san-Chlorophylldragees.

»Meine liebe Frau Klingel«, säuselte der Apotheker und deutete eine Verbeugung an, was im Sitzen gar nicht so einfach war. »Was verschafft uns die Ehre einer Privataudienz?«

Ich rang mir ein verzweifeltes Lächeln ab. Bei dem Mann wusste ich nie, ob er einfach nur zu einer altväterischen Höflichkeit tendierte oder seine Wortwahl Ausdruck einer ausgeprägten sarkastischen Ader war.

»Nur Sie können mir helfen«, raunte ich nahezu verschwörerisch und ließ mich ungefragt auf den Fauteuil fallen, der neben dem Sofa stand.

»Fühlen Sie sich nicht gut? Möchten Sie vielleicht ein Glas Wasser? Oder ein paar Dinkel-Haferflocken-Kekse?«, fragte Ida Reinprecht mit professionellem Gehabe.

»Ein Glas Wasser vielleicht. Aber nur, wenn es wirklich keine Umstände macht«, bat ich. »Ich fühle mich einfach schrecklich.«

»Kein Wunder nach diesen furchtbaren Ereignissen«, meinte der Pillendreher und ballte seine Hände zu Fäusten, während seine Frau kunstvoll ihre yogaartig verknoteten Beine entwirrte und sich erhob.

»Meine Nerven, verstehen Sie, meine Nerven halten das

einfach nicht aus. Ich bin ja nicht mehr die Jüngste, ich bin hierhergekommen, um mich zu erholen, und kaum angekommen, passieren diese grauenvollen Sachen. Gestern der entsetzliche Vorfall beim Abendessen, ich bin am Nebentisch gesessen, der arme Mann ist mir beinahe vor die Füße gefallen, und heute stolpere ausgerechnet ich über einen Toten im Kräuterbeet. Mit soooo einem großen Loch im Schädel. Und überall nur Blut.«

»Ach. Sie haben den Toten gefunden?« Das Interesse der Apothekerleute war geweckt.

»Ja. Ich. Ein Anblick, den ich mein ganzes Leben nicht vergessen werde.« Theatralisch schlug ich die Hände vor die Augen. »Und obwohl diese Frau Doktor nur von einem Unfall gesprochen hat, ist auf einmal alles voller Polizei, und der Hauptkommissar Hartmann vom Landeskriminalamt spricht nicht mehr von einem Unfall, sondern von Giftmord, von irgendeinem raffinierten tödlichen Chemiecocktail, mit dem uns ein paar wahnsinnige Pflanzenversteher der Reihe nach umbringen werden. Schlaftabletten sollen dabei gewesen sein und K.o.-Tropfen. Und jede Menge digitalishaltiger Herzpräparate. Die müssen ein richtiggehendes Giftlabor haben.«

So wie ein Apotheker, fügte ich in Gedanken hinzu. Ich hatte meinen geflunkerten Köder ausgeworfen, nun mussten sie nur noch anbeißen.

Und sie bissen an.

»Das stimmt doch überhaupt nicht«, empörte sich Theodor Reinprecht und zerbröselte vor Wut einen Dinkel-Haferflocken-Keks. »Dieser dämliche Bulle hat doch keine Ahnung. Nichts außer Anschuldigungen, Unterstellungen und leeren Worten. Nur weil wir Pharmakologen sind und uns auf Naturprodukte spezialisiert haben, sind wir in den Augen dieses Vollidioten auf einmal dringend tatverdächtig.«

Der Mann redete sich immer mehr in Rage, seine Gesichtsfarbe wurde röter als das Kommunistische Manifest, die geballten Knöchel traten weiß hervor, und aus seinen Augen sprühte blanker Hass. Ein sichtlich cholerisches Temperament.

»Völlig absurd«, murmelte ich zustimmend. »Was für eine

bodenlose Frechheit, ausgerechnet Sie zu verdächtigen. Das grenzt ja schon an Ehrenbeleidigung.« Choleriker musste man in ihrer Wut bestärken und ihnen viel Honig ums Maul schmieren, hatte ich mal wo gelesen, dann wurden sie unvorsichtig und gaben letztlich mehr von sich preis.

»Genau. Eine bodenlose Frechheit. Sie sagen es. Mit unseren nach rigoros wissenschaftlichen Theoremen, unter strengsten ökologischen Auflagen und mittels modernster Extraktionsverfahren hergestellten Produkten verfolgen wir nur ein Ziel, nämlich den Menschen Gutes zu tun und die Umwelt zu schonen.«

»So ist es«, meldete sich nun auch Ida zu Wort. »Wir sind Wohltäter, keine Giftmischer!«

Zustimmendes Nicken.

»Und was unsere ökologische Ausrichtung betrifft, haben wir uns einer sanften, nachhaltigen Bewusstseinsbildung verschrieben, keinem terroristischen Gedankengut. Wir setzen auf Vorbildwirkung. Wir gehen mit gutem und gesundem Beispiel voran, doch nicht über Leichen. Wir könnten keiner Fliege etwas zuleide tun. So schaut es aus! Das ist die Wahrheit!« Theodor Reinprechts Faust knallte recht unsanft auf die Tischplatte.

Ich bemühte mich um ein weiteres verständnisvoll-zustimmendes Nicken, bevor ich die entscheidende Frage zu stellen wagte.

»Absolut. Wie kommt dieser hirnlose Kriminaler nur auf die Idee, Sie als Täter zu betrachten?« Empörtes Kopfschütteln. »Ich an seiner Stelle hätte Sie als Sachverständige zurate gezogen. Als pharmakologische Berater sozusagen. Sie sind doch echte Experten für Naturheilverfahren« – eine haarsträubende Lüge, ich hielt die beiden für größenwahnsinnige Quacksalber, aber der Zweck heiligte nun mal die Mittel – »nur Sie können wirklich beurteilen, welche Kenntnisse und welche Ausrüstung dieser Unmensch für seine Giftmorde benötigt hat. Das hätte Sie der Kommissar fragen sollen, statt dumm daherzureden. Als Laie denkt man bei Giften ja immer an dunkle, geheimnisvolle Vorgänge mit brodelnden Flüssigkeiten und hochkomplexen Apparaturen.« Was gleichfalls gelogen war, ich dachte bei Giften eher an blühende Gärten mit Eisenhut, Mohn und Wolfsmilchgewächsen, und für einen Laien hielt ich mich auch nicht, doch moralische Skrupel konnte ich mir bei einer derart heiklen Befragung nicht leisten. Besser noch eine Runde Süßholzgeraspel einlegen, was auf den Pharmazeuten wirkte wie eine arganölhaltige Gesichtscreme bei trockener Haut – es zog umgehend und rückstandslos ein.

»Alles nur dummes Gerede, ganz richtig«, brummte er bereits ein wenig besänftigt. »Die Leute haben ja keine Ahnung, der präpotente Bulle sowieso nicht. Aber Sie dürfen mir glauben, für so einen Mord braucht man weder Labor noch Gerätschaften, da genügt ein wenig Heckenschnitt. Und der findet sich überall.«

Ich sperrte die Ohren auf. Nun wurde es spannend.

»Das versteh ich jetzt nicht«, stammelte ich. »Wie meinen Sie das? Heckenschnitt? Was für ein Heckenschnitt? Ich dachte, K.o.-Tropfen und Digi–«

»Ach was!«, fiel mir Ida Reinprecht ins Wort. »Die beiden hat man mit Thuje und Kirschlorbeer vergiftet. Und die gibt's tonnenweise in jedem Kaff.«

»Richtig«, riss ihr Mann die Unterhaltung wieder an sich. »Und dass diese ganzen Sträucher extrem toxisch sind, ist ja wohl nicht unsere Schuld. Immer wieder sterben Kühe, Schafe oder Pferde, weil man ihnen so einen Heckenschnitt auf die Weide geworfen hat. Und vor nicht einmal hundert Jahren sind auch noch genügend Menschen gestorben, weil ihnen von verantwortungslosen Ärzten thujonhaltige Präparate oder Kirschlorbeerwasser verabreicht wurde. Und dennoch kann man diese toxischen Gewächse in jedem Baumarkt kaufen und seinen gesamten Besitz damit einfrieden. Und niemand sagt den Leuten, dass das schlecht für die Natur und noch schlechter für die Gesundheit ist.«

Diesmal nickte ich nicht nur aus strategischen Gründen, sondern sogar mit einer gewissen Überzeugung, denn ausnahmsweise musste ich dem Mann recht geben.

»Ist ja unglaublich«, sagte ich. »Man hat den beiden Opfern also einfach einen Tee aus Thujennadeln und Kirschlorbeerkernen serviert? Oder ein kleines Schnäpschen kredenzt?«

Die Sache stellte sich sogar als noch unglaublicher heraus, denn der erste Tote war ausschließlich mit Thujon vergiftet worden, der zweite, der mit dem Loch im Schädel, tatsächlich an einer Blausäurevergiftung gestorben. Amygdalin und Prunasin, cyanogene Glykoside, die sich vor allem in den Blättern und Kernen der Kirschlorbeerfrüchte befanden und im Körper zu tödlich giftiger Blausäure umgewandelt wurden, hatte man zwar seinerzeit als Mittel gegen Husten, Schwäche und Übelkeit eingesetzt, aber dabei übertrafen die Nebenwirkungen vermutlich die Wirkungen. Nun wusste ich mit Gewissheit, dass meine Nase mich nicht getäuscht hatte. Diesmal hatten die Gerichtsmediziner jedenfalls in Rekordgeschwindigkeit Ergebnisse geliefert. Entweder war weit und breit niemand sonst unter verdächtigen Umständen gestorben, oder der bärbeißige Kommissar hatte ihnen ein Höllenfeuer unter dem Hintern gemacht.

»Also kann es praktisch wirklich jeder gewesen sein, der Thujen und Kirschlorbeer voneinander unterscheiden kann«, stellte ich nachdenklich fest. »Und das dürfte halb Oberdistelbrunn schaffen.«

»Ganz Oberdistelbrunn«, korrigierte mich die Frau Apothekerin. »Heutzutage gibt es jede Menge Apps, die dir noch die seltenste Orchidee aus dem Regenwald bestimmen können. Du brauchst gar nichts mehr zu wissen, ein Smartphone genügt. Und so was besitzt jeder, vom Kindergartenkind bis zum Urururgroßvater.«

Ich nicht, wollte ich gerade einwerfen, als die Tür aufschwang und der Sohn der beiden ins Zimmer schlurfte. Als einziges Kind der Apotheker machte er weder einen natürlichen noch einen gesunden Eindruck. Seine langen Haare fielen ihm in fettigen Strähnen andauernd ins pickelige Gesicht, das so aufgeschwemmt aussah, als würde er eine Karriere als Wasserleiche anstreben, während er figurmäßig einer Birne glich; langer Hals, schmale Schultern, dicker Hintern. Damit nicht genug, hieß der Junge auch noch Dieter-Theodor, was eher zu Anzug, Krawatte, Nickelbrille und Gehstock passte als zu einem Neunzehnjährigen in Schlabberlook und Kapuzenpulli. Sein wenig einnehmendes Äußeres schlug sich allerdings in einer ebenso wenig einnehmenden mürrischen Art nieder, woran der Zwangsaufenthalt in diesem Resort bestimmt nichts änderte. Der Bursche war doch viel zu jung für eine Basenfasten-Kur, fand ich. Dieter-Theodor, der von seinen Eltern stets mit vollem Namen angesprochen wurde, nuschelte zudem stark und sah einem nie in die Augen, sondern immer zu Boden oder auf sein Handy. Auch jetzt hob er nur ganz kurz den Blick, um nicht gegen Tisch oder Sessel zu stoßen.

»Papa, kann ich Halloween bei Bodo pennen? Der schmeißt da 'ne coole Party und hat mich eingeladen«, fragte er seinen Vater, ohne ihn dabei anzusehen.

»Was du immer für Fragen stellst«, blaffte dieser ihn an. »Bis dahin sind es noch Wochen. Außerdem hängt das von deinen Noten in Mikrobiologie ab. Die letzten Klausuren hast du ja ordentlich versemmelt. Von meinem Nachfolger erwarte ich mir mehr Leistung. Zuerst die Arbeit, dann das Vergnügen.«

»Ja, Papa.«

Dieter-Theodor ließ den Kopf ein wenig weiter hängen und wandte sich zum Gehen, doch bevor er die Tür erreichte, rief ihm seine Mutter noch nach: »Und zieh dir gefälligst etwas Ordentliches zum Essen an, man muss sich ja genieren mit dir.«

»Ja, Mama.«

Dann fiel die Tür leise ins Schloss.

Der Junge konnte einem schon auch leidtun. Ihm gegenüber war von der sanften, nachhaltigen Bewusstseinsbildung vonseiten der Eltern gar nichts zu merken.

»Studiert Ihr Sohn auch Pharmazie?«, fragte ich aus reiner Höflichkeit.

»Er versucht es zumindest. Aber sein Interesse gilt nur Computerspielen. Da kann er sich stundenlang mit irgendwelchen Zombies duellieren, während er im wirklichen Leben nichts weiterbringt.« Theodor senior seufzte.

»Es ist sehr problematisch mit ihm«, bestätigte Ida. »Da hat man ohnedies nur ein einziges Kind, und das ist eine einzige Enttäuschung.«

Diesmal verkniff ich mir jedes zustimmende Nicken.

»Seien Sie nicht zu streng mit ihm«, meinte ich stattdessen beschwichtigend, »in dem Alter sind sie einfach schwierig, noch nicht richtig erwachsen, aber auch keine Jugendlichen mehr. Er wird den Ernst des Apothekerlebens bestimmt noch früh genug erkennen.«

Herr und Frau Reinprecht warfen sich bedeutsame Blicke zu. Vermutlich hatte ich meine mühsam gesammelten Bonuspunkte soeben verspielt.

»Haben Sie überhaupt Kinder?«, erkundigte sich Vater Reinprecht.

»Was hat Sie eigentlich zu uns geführt?«, wollte die Mutter wissen.

Die bis vorhin fast vertrauliche Atmosphäre war dahin. Ich beschloss, die erste Frage zu ignorieren und nur die zweite zu beantworten.

»Wie gesagt, meine Nerven. Ich erschrecke schon beim Anblick meines eigenen Schattens. Und da wollte ich Sie fragen, ob Sie zufällig ein gutes Beruhigungsmittel dabeihaben und mir verkaufen könnten.«

Erneut blickten die beiden sich an. Nun konnte ich nur hoffen, dass ihnen mein Anliegen nicht allzu ungewöhnlich vorkam. Schließlich brauchte ich, abgesehen von Alfreds Tabletten, so gut wie nie etwas aus der Apotheke, und mein Ruf als Kräuterweib war ihnen möglicherweise auch bekannt, selbst wenn wir uns in verschiedenen Kreisen bewegten. In Oberdistelbrunn galten Tratsch und Klatsch leider nach wie vor als echte Bürgerpflicht.

»Als Kundin habe ich Sie jetzt ehrlich gesagt gar nicht in Erinnerung«, bemerkte Ida Reinprecht auch prompt. »Mit Ihrer

Gesundheit scheint es demnach nicht die geringsten Probleme zu geben.« Ihre Stimme klang auf einmal scharf wie Glas.

»Es sind die Nerven. Diese ganze Aufregung ist mir gar nicht bekommen. Sonst geht es mir eh noch ganz gut, also organisch«, beteuerte ich. »Daheim regt mich ja auch nichts auf außer Nacktschnecken im Garten und der tröpfelnde Wasserhahn im Bad. Aber hier hat mich die Angst gepackt. Was, wenn das erst der Anfang war? Was, wenn noch jemand ums Leben kommt? Seit ich den toten Mann gefunden habe, habe ich kaum geschlafen, nichts gegessen, und innerlich zittere ich wie Espenlaub.«

Wobei ich wetten würde, dass niemand wusste, wie zitterndes Espenlaub überhaupt aussah. Auch ich nicht.

»Soso«, meinte die Apothekerfrau zweifelnd.

»Nun ja«, sagte der Apotheker, gleichfalls wenig überzeugt, erhob sich dann aber doch, um zum Schrank zu gehen, dem er eine kleine weiße Dose entnahm.

»Nervenwohl von Rein-o-san wird Ihnen garantiert helfen. Wir nehmen täglich drei davon und sind seitdem von einer tiefen inneren Ruhe durchdrungen. Ich habe mich seit Monaten nicht mehr aufgeregt, geärgert oder gar geängstigt. Stimmt's, Ida?« Behauptete ausgerechnet der Mensch, der vor nicht einmal einer halben Stunde allein beim Gedanken an die Unterstellungen des Kommissars einen Wutanfall der Spitzenklasse bekommen hatte.

Dennoch nahm ich die Pillen mit demütiger Dankbarkeit entgegen. Ich hatte erfahren, was ich hatte erfahren wollen. Und noch einiges darüber hinaus.

Mit meinem allerfreundlichsten Lächeln zahlte ich den völlig überteuerten Preis von siebenundzwanzig Euro, legte sogar drei Euro Trinkgeld drauf und verabschiedete mich.

Auf dem Weg zurück ins Zimmer begegnete ich keinem von Hartmanns willfährigen Terminatoren mehr. Offenbar hatte man sie an eine strategisch wichtigere Stelle abkommandiert, was mir recht angenehm war. In den leeren Gängen fiel es mir leichter, mir unser Gespräch noch einmal durch den Kopf gehen zu lassen. Konnten die Reinprechts wirklich etwas mit den mörderischen Ereignissen zu tun haben? Die arrogante Art und die Gefühlskälte ihrem Sohn gegenüber zeugten von einer unterdurchschnittlichen Einfühlsamkeit.

Würde es für sie von großem finanziellen Vorteil sein, traute ich ihnen einen Mord ohne Weiteres zu. Verbrechen geschahen ja üblicherweise entweder aus Leidenschaft oder aus Geldgier. Ersteres schloss ich bei den Reinprechts allerdings aus. Große Gefühle hegten die bestimmt nur für ihren Kontostand. Blieb die Geldgier, aber ich konnte mir beim besten Willen nicht vorstellen, auf welche Weise ausgerechnet die Apothekerleute von diesen Verbrechen finanziell profitieren sollten. Nun gut, womöglich stieg der Absatz ihrer überteuerten Nerventropfen nach mehreren Morden kurzfristig etwas an, aber langfristig sah ich keinen Nutzen. Und für fanatische Öko-Aktivisten hielt ich sie ohnedies nicht. Da konnten die Bienen noch so summen und brummen, klingelnde Kassen erfreuten die Reinprechts bestimmt mehr. Was mich allerdings am meisten davon überzeugte, dass die zwei zwar unsympathisch und unempathisch, aber keine Giftmörder waren, war die Einschätzung von Kommissar Hartmann. Wenn er die beiden Apotheker für verdächtig hielt, mussten sie praktisch unschuldig sein. Diese Bohnenstange von Ermittler verbiss sich ja prinzipiell in den falschen Täter.

Mit diesem Gedanken bog ich in den in beruhigendem Mintgrün tapezierten Gang ein, der zu unseren Zimmern führte, doch kaum hatte ich die Tür hinter mir geschlossen, um Elsbeth und Bobo über meine erfolgreichen Ermittlungen zu informieren, war es mit der Ruhe schon wieder vorbei. Die nächste Tragödie bahnte sich an.

***

»Arrrrggghhhhh. Biiieeessssccccchhhhta. Schi fresssccccchhhhn mikkk auffff. HIIIILLFFEEEE.« Das war Bertas Stimme, ganz eindeutig, gefolgt von einem Gekreische und Gepolter, als würde sie gegen eine Horde Flugsaurier kämpfen.

»Dein Maaantel. Da isssschhht Bluuuut. Und daaa. Im Ärmellllll. Ein Jeeedi. JEEEEEEDDDDDIIIIII.« Das war Emma.

Dazu ohrenbetäubender Krach.

»Oh ssschhhhhole miiiooo.« Berta krächzte in höchsten Tönen.

»Der Maaaaantel. Er hat mich gebissscchhhhen. Auaaaaaa. AUUUUAAAA.« Emma heulte auf.

Ich sprang hoch, rannte zur Tür und riss sie auf, Bobo eilte mir nach, griff im Laufen noch rasch nach einem Stuhl, den sie mit den Beinen voran vor ihre Brust hielt, während Elsbeth sich vorsichtshalber entmaterialisiert zu haben schien.

Dann standen wir im Korridor und hielten den Atem an. Und die Bewohner der angrenzenden Zimmer standen neben uns und taten das Gleiche. Niemand rührte sich, niemand sprach ein Wort, vermutlich waren wir alle schockgefrostet. Über eine Leiche zu stolpern war eine Sache, schlimm, aber vorstellbar, doch die Szenerie, die sich gerade vor unseren Augen abspielte, übertraf jeden Leichenfund. Zombie-Apokalypse würde es noch am besten treffen. Leider hatte ich im Unterschied zu meinem Mann, der mehrmals alle Staffeln von »The Walking Dead« gesehen hatte, keinerlei Vorbildung auf diesem Gebiet.

Emma gebärdete sich wie eine Sumoringerin mit einem unsichtbaren Gegner. Ihre Bluse hing ihr in Fetzen vom Körper, an den Armen hatte sie blutige Kratzer, sie schien nichts und niemanden um sich herum wahrzunehmen, donnerte immer wieder mit voller Wucht gegen die Wand und brüllte unverständliches Zeug mit schwerem Zungenschlag. Noch gruseliger war nur noch die Tatsache, dass es sich bei ihrem eingebildeten Kontrahenten um einen Mantel handeln musste, in dem sich ein Jedi verbarg, der sie zu würgen und zu beißen schien. Ihre verzweifelten Schmerzensschreie übertönten beinahe Bertas kakofonisch vielstimmiges Gekrächze, das übergangslos zwischen Italo-Hits, Weihnachtsliedern und Obertongesang wechselte. Wenigstens war meine durchgeknallte Freundin noch beinahe vollständig angekleidet, sah man von den fehlenden Schuhen einmal ab. Dafür trug sie eine Art Kriegsbemalung im Gesicht, dicke schwarze Streifen und Punkte, die kreuz und quer über Nase, Augen und Stirn verliefen, und ihre pumucklrote Stachelfrisur sah aus, als hätte ein Storch versucht, sich darin ein Nest zu bauen.

Vorsichtig machte ich zwei Schritte auf sie zu. Zwei Schritte zu viel.

In Sekundenschnelle rotierte Berta um die eigene Achse wie ein Derwisch, brüllte: »Hab isch disch«, und versuchte, mir an die Gurgel zu gehen. »Böschesch Ding, duuuuu. Du wirscht misch nischt fresschn. Du widerlicher Blauwurm, duuuu.«

Was für ein Glück, dass Bobo einen Stuhl mit sich trug, mit dem sie Berta geistesgegenwärtig ein wenig zurückdrängen konnte. Rasch brachte ich mich hinter ein paar gaffenden Schaulustigen in Sicherheit. Was zum Teufel war nur in die beiden gefahren? Alkohol schloss ich aus, obwohl die lallende Sprechweise auf einen Vollrausch deuten würde, doch weder meine Freundin noch Emma waren an Promille interessiert, nur an Kalorien. Drogen schienen mir bei zwei Pensionistinnen aus Oberdistelbrunn auch keine Option, und dass ein Tag entsäuernde Diätkost bereits einen rinderwahnähnlichen Gehirnschnupfen auslösen würde, käme einer medizinischen Sensation gleich. Obwohl man nicht leugnen konnte, dass die beiden schon am Vortag ziemlich aggressiv gewesen waren. Natürlich traten bei einer starken Ernährungsumstellung gelegentlich Nebenwirkungen auf, aber die beschränkten sich fast immer auf ein wenig Magengrummeln, verstärkten Harndrang, leichte Kopfschmerzen und kleine Schwächeanfälle. Akute Psychose-Schübe, schizophrene Zustände oder gar Mordgelüste zählten nicht dazu.

Fieberhaft überlegte ich, wie man dieser beiden gemeingefährlichen Furien Herr werden könnte, ohne Gewalt anzuwenden, als drei Polizisten den Gang betraten. Beim Anblick Bertas, die schattenboxend und in ohrenbetäubender Lautstärke gegen einen imaginären Blauwurm (was immer das sein sollte) ansang, beschleunigten sie ihre Schritte, die Hände griffbereit am Holster. Als sich urplötzlich Emma auf den Boden warf, hektische Schwimmbewegungen ausführte und keuchende Hilferufe ausstieß, zückten sie die Waffen und rannten los.

Eine Minute später war das Spektakel vorüber. Zwar war es den drei Männern nicht einmal mit vereinten Kräften gelungen, zwei Frauen zu überwältigen, aber der Einsatz eines Elektroschockers machte dem Kampf ein rasches Ende. Als meine geliebte Freundin in Handschellen davongeschleppt wurde, kamen mir die Tränen.

***

»Die Pilzsuppe war's, ich hab's ja gleich gewusst«, stellte Elsbeth beim Abendessen mit unverändert weinerlicher Stimme fest. »Ich werde hier garantiert nichts mehr essen. Wir haben ja gesehen, was mit Berta und Emma passiert ist.«

»Gar nichts hast du gesehen«, entgegnete Bobo, die für chronisch verängstigte Gottesanbeterinnen noch weniger übrig hatte als für kämpfende Walküren. »Du hast dich doch sofort ins Bad geflüchtet und dort verbarrikadiert, bis alles vorbei war. Eine echte Hilfe …«

»Ich musste eben mal, ich hab eine schwache Blase.«

»Ach was. Du hast dir beinahe in die Hose gemacht vor Angst.«

»Hab ich nicht.«

Es war zum Aus-der-Haut-Fahren. Seit wir uns vor gerade mal achtundvierzig Stunden zum ersten Mal an diesen Tisch im Botanical Wellness Resort gesetzt hatten, gebärdete sich unsere Seniorenrunde wie ein Haufen Teenager im Zickenkrieg um Robbie Williams. Oder wen auch immer. Es war zwar nicht so, dass unsere Damenriege üblicherweise ein harmoniesüchtiges, friedliches und zuvorkommendes Grüppchen gewesen wäre, das beim Teekränzchen mit lauter Nettigkeiten um sich warf, aber derart biestig, und das auch noch pausenlos, hatte ich sie noch nie erlebt.

»Jetzt macht mal einen Punkt«, versuchte ich zu intervenieren.

DOCH DAS MESSER
SIEHT MAN NICHT

I.L. CALLIS

DOCH DAS MESSER SIEHT MAN NICHT

KRIMINALROMAN

emons:

»Wenn Elsbeth nichts essen will, ist das allein ihre Angelegenheit. Jesus hat schließlich auch vierzig Tage lang gefastet. Und warum sie auf der Toilette war, geht auch nur sie etwas an.«

Elsbeth blickte mich dankbar an.

Bobo zuckte die Schultern. »Gut, wie du meinst. Lassen wir Elsbeths Ess- und Stuhlgewohnheiten mal beiseite. Also, was haben unsere Pillendreher so erzählt?«

Ich berichtete ihnen von meiner längeren Unterredung mit den beiden Apothekern, die sich zwar auskunftsfreudig, aber nicht wirklich verdächtig gezeigt hatten.

»Ach. Das hätte ich beinahe vergessen.« Ungeduldig begann ich, in den Tiefen meiner Tasche zu kramen, in der sich eine ständig wachsende Sammlung aus archäologischen Relikten, überflüssigem Krimskrams und unverzichtbaren Kleinteilen befand. Tampons und Mullbinden, Zahnstocher, Blasenpflaster, selbst angesetzte Tropfen gegen Gichtanfälle, Sodbrennen und etwas, das mit Mi… begann, der Rest war im Laufe der Zeit unleserlich geworden, dazu zwei Paar Schnürsenkel in Gelbgrün und Blaugrün, eine Rolle Jutegarn, eine rostige Rosenschere, ein beinahe leeres Parfumflakon, ein Fingerhut, eine Schachtel Streichhölzer, eine Handvoll Blumenzwiebel, ein Kalender aus dem Jahr 1989, ein Dutzend Hundekekse und ein Hirschhornknopf, den ich vermutlich vor Jahrzehnten an Alfreds Trachtenjanker nähen wollte.

»Wow. Du solltest mal einen Taschenflohmarkt machen«, grinste Bobo. »Ich seh da Vermögenswerte auf dich zukommen. Da sind ja wahre Antiquitäten darunter.«

»Und bestimmt jede Menge Bakterien an der rostigen Rosenschere«, warf Elsbeth ein. »Du solltest sie wegwerfen. Wenn du dich damit verletzt, riskierst du eine Blutvergiftung.«

Wahrscheinlich sollte ich gleich das gesamte Behältnis wegwerfen, zum Aussortieren würde ich ohnedies nie kommen. Andererseits waren Handtaschen und Gießkannen meiner Meinung nach der wahre Grund, warum Frauen mit Garten selbst in reiferem Alter noch eine sehr ausgeprägte Oberarmmuskulatur besaßen.

Endlich fand ich die Pillendose der Reinprechts.

»Hier. Für dich. Direkt aus der Apotheke. Nimm gleich zwei oder drei davon.« Ich reichte Elsbeth die Dose mit den Nervendrops über den Tisch.

»Danke, aber ich weiß nicht so recht. Da kann ja alles Mögliche drin sein.« Zweifelnd drehte sie die kleine weiße Dose hin und her, bis sie ihr Bobo aus der Hand nahm. Die schwarze Witwe besaß einen beneidenswerten Adlerblick, ganz ohne Lesebrille, und konnte selbst das Kleingedruckte auf Gebrauchsanweisungen, Versicherungspolicen oder Beipackzetteln problemfrei lesen.

»›2 mg Hopfenblüten-Trockenextrakt, 3 mg Baldrianwurzel-Trockenextrakt, Methylcellulose, 50 mg Saccharose, sprühgetrocknete Glukose, hochdisperses Siliciumdioxid, Magnesiumstearat, Gummi arabicum, Calciumcarbonat, Eudragit E 12,5, 4,8 mg Lactose, Maltodextrin, Glycerol und basisches Butylmethacrylat-Copolymer‹«, las sie fehlerfrei vor. »Na, das klingt doch super. Eine tolle Vielfalt. Und nahrhaft außerdem. Könnte schon fast als Astronautennahrung durchgehen.«

Viel Zucker, wenig für die Nerven. Zwei beziehungsweise drei Milligramm Wirksubstanz konnte man schon fast als homöopathische Dosis bezeichnen, aber vielleicht funktionierte bei Elsbeth ohnedies der Placeboeffekt. Glaube konnte ja bekanntlich Berge versetzen, und tiefgläubiger als unsere Betschwester konnte man kaum sein.

»Nimm sie ruhig ein, die schaden dir nicht«, versicherte ich ihr mit einem Anflug schlechten Gewissens. Von wirklich gesunden Inhaltsstoffen konnte man hier kaum reden, aber wenn diese Angst- und Heulanfälle dadurch reduziert würden, ginge es auch uns besser.

»Und wenn diese Grünzeugterroristen diesmal die Pillen vergiftet haben? Sie haben ja geschrieben, dass ihnen zwei Morde nicht genügen. Ich will nicht das dritte Opfer sein. Ohgottohgottohgott.«

Elsbeth schien unverändert davon überzeugt, ganz oben

auf einer imaginären Todesliste zu stehen. Völliger Humbug. Selbst wenn es so eine Liste gäbe, würde sie nie und nimmer ins Beuteschema der mysteriösen Liga zum Schutz pflanzlicher Gefühle passen. Bei den zwei Toten hatte es sich schließlich um zwei Männer gehandelt, beide von verwahrlostem, ärmlichem Aussehen, beide mit gewaltigem Bierbauch, und keiner von ihnen war ein Kurgast gewesen.

Beim ersten, einem Herbert oder Hubert Hofer, hatte es sich um einen Lkw-Fahrer gehandelt, der dem Resort jeden Donnerstag Hafer- und Sojamilch lieferte, und da sich Unterdistelbrunn am Endpunkt seiner Route befand, aß er meistens hier zu Abend, durfte in einer kleinen Kammer nächtigen und fuhr erst frühmorgens wieder retour ins bayrische Berchtesgaden. Mit Fastengruppen hatte er zu keiner Zeit etwas zu tun gehabt, und Epileptiker konnte er schon aufgrund seines Berufs nicht gewesen sein. Aber das toxische, ausnehmend bitter schmeckende Thujon rief im Falle einer schweren Vergiftung täuschend ähnliche Symptome hervor.

Und was den zweiten Mann betraf, über den wusste man bislang rein gar nichts. Er war kein Hotelgast gewesen, sondern hatte nur eine Stundenkarte für den Saunabereich gelöst und sich dann offenbar im Außenbereich, im weitläufigen Park oder in den Nebengebäuden herumgetrieben, ohne die Anlage wieder zu verlassen. Außerdem hatte er weder Führerschein noch Reisepass bei sich gehabt, durch die man ihn hätte identifizieren können.

Eine ortsansässige, stockbiedere, gottesfürchtige und nahezu unterernährte Pensionistin, die Oberdistelbrunn in ihrem ganzen Leben nur verlassen hatte, um an Bet- und Pilgerfahrten nach Lourdes, Rom oder Međugorje teilzunehmen, würde höchstens in einem Zeltlager von extrem militanten Dschihadisten bedroht werden. Und selbst da war ich mir keinesfalls sicher.

»Die Pillen sind nicht vergiftet. Können es gar nicht sein. Wie in aller Welt hätte es jemandem gelingen sollen, sich unbemerkt ins Zimmer der Reinprechts zu schleichen, alle dort lagernden Tabletten zu entwenden, die original verpackten und versiegelten Behältnisse aufzubrechen, den Inhalt durch giftige, gleich aussehende Präparate zu ersetzen, wieder alles originalgetreu zu verpacken, ein neues Rein-o-san-Siegel anzubringen und nochmals unbemerkt das Zimmer zu betreten, um die Pillen wieder im Schrank zu verstauen. Das ist unmöglich.«

»Außer sie selbst sind die Mörder.«

»Genau. Nachdem sie dem alten Kropiuk ein Vermögen für seine Apotheke bezahlt und noch eins in ihre neuen Heilpflanzenprodukte gesteckt haben, womit sie sich bestimmt hoch verschuldet haben, gehen sie dazu über, Angst vor pflanzlichen Produkten zu schüren und ihren Kundenstock zu eliminieren.« Ich stöhnte. »Elsbeth, das sind Apotheker, keine Bestatter. Eine Leiche kauft denen doch nichts mehr ab.«

Unser Hasenfuß nickte nachdenklich. Ich dachte schon, ich hätte sie endlich zur Vernunft gebracht, als sie ein weiteres Argument vorbrachte. »Aber es wäre doch möglich, dass man sich ganz kurz ins Zimmer schleicht, wenn die Reinprechts gerade nicht da sind, und schnell irgendetwas Tödliches in die Pillen spritzt. Das würde nicht mal eine Minute dauern.«

Wenn Elsbeth so weitermachte, würden Nervenmittel nicht mehr helfen, da bräuchte es schon eher eine Vollnarkose.

»Und welches Gift ist so tödlich, dass die winzige Menge, die in so eine kleine Tablette passt, ausreichend wäre, um jemanden umzubringen?«, fragte ich sie genervt. »Selbst vom Eisenhut bedarf es ein paar Gramm. Und das ist die giftigste Staude Europas.«

Keine Reaktion. Meine logisch absolut stichhaltigen Überlegungen schienen an Elsbeths Großhirnrinde keinen Halt zu finden. Sie saß einfach da und starrte mit gerunzelter Stirn vor sich hin. Bis Bobo der Geduldsfaden riss.

»Meine Güte, du kannst einen wirklich in den Wahnsinn treiben«, fauchte sie, öffnete die kleine Dose und steckte sich eine Handvoll Pillen in den Mund. »Bitte. Ich ess die jetzt. Einfach so. Zufrieden?«

Dann bot sie mir davon an. Ich griff gleichfalls zu. Das Zeug schmeckte fad und leicht süßlich.

»Fast wie Hostien«, sagte ich und drückte Elsbeth die Nervenwohl-Tabletten erneut in die Hand. »Der Geschmack wird dir gefallen.«

Endlich gab sie ihren hartnäckigen Widerstand auf und griff mit spitzen Fingern nach der Dose.

»Wenn ihr so sicher seid«, murmelte sie.

»Ja. Sind wir«, erklärten Bobo und ich im Duett.

Dann wandten wir uns dem Essen zu. Nachdem zwei Giftmorde im Resort weder den Appetit noch das Vertrauen in heilsame Basenküche gesteigert hatten, hatte man die abendliche Speisenfolge ausschließlich aus extern zugekauften, erntefrischen Bioprodukten zusammengestellt und unter strengster polizeilicher Aufsicht zubereiten lassen. Eine Lautsprecherdurchsage informierte uns in Dauerschleife darüber. Die Gäste hielten sich dennoch merklich zurück, stocherten unentschlossen in ihrem Buchweizensüppchen herum, schoben den warmen Fisolensalat auf dem Teller hin und her und betrachteten das Ofengemüse mit sichtbarer Skepsis.

Ich war eine der wenigen, die ordentlich zulangten. Schließlich hatte ich nicht gefrühstückt und nur wenig zu Mittag gegessen, nun verspürte ich trotz der furchtbaren Ereignisse einen Bärenhunger.

»Die Suppe ist ausgezeichnet«, bemerkte ich. Vielleicht eine Prise zu viel vom Maggikraut, aber sonst sehr aromatisch.

»Das Ofengemüse auch«, ergänzte Bobo, die gleichfalls keine Berührungsängste mit dem Essen zeigte und eine Süßkartoffel nach der anderen verschlang. In unserem Alter lebte man halt schon lange nicht mehr von Luft oder gar Liebe.

»Ihr traut euch was«, meinte Elsbeth beinahe bewundernd, während sie auf den Nervenwohl-Dragees herumbiss wie eine wiederkäuende Kuh.

Ich sorgte mich zwar sehr um Berta und Emma, von denen man seit ihrer Festnahme nichts mehr gehört hatte, aber nicht um unsere Sicherheit bei Tisch. Einerseits wurde das Essen tellerweise serviert, weshalb es nur dem Kellner möglich wäre, einer bestimmten Person toxische Substanzen ins Essen zu mischen, andererseits schmeckte Thujon sehr bitter, was bei keiner der Speisen der Fall war. Und bei Kirschlorbeer waren vor allem Blätter und Samen giftig, aber man müsste schon mehrere Dutzend davon erst ordentlich zermahlen und dann auch noch schlucken, wobei die toxischen Stoffe nicht sonderlich hitzestabil waren. Viel zu aufwendig und zu unsicher. Die Opfer mussten das Gift entweder in konzentrierter Form getrunken haben, oder es war ihnen injiziert worden.

Die Ankunft der Reinprechts riss mich aus meinen Gedanken. Mit einem aufgesetzten Dauerlächeln, wie es sonst nur Politiker bei einer Wahlkampfkundgebung zustande bringen, querten sie den Saal und ließen sich rundum grüßend am Tisch schräg gegenüber nieder. Der Sohn, Dieter-Theodor, schlurfte mit gesenktem Kopf ein paar Schritte hinterher. Statt Kapuzenpulli und Jeans hatte man ihn in einen altbackenen Anzug gesteckt, dem der schlaksige Junge mit dem dicken Hintern schon etwas entwachsen war. Eine insgesamt traurige Erscheinung.

»Der Bub tut mir leid«, flüsterte ich. »Der hat daheim nicht viel zu lachen. Seine Eltern behandeln ihn wie ein völlig vertrotteltes Kleinkind und zwingen ihn, die peinlichsten Klamotten zu tragen. Dabei studiert er schon.«

Bobo, in deren Wortschatz der Begriff »Diskretion« definitiv nicht aufschien, drehte sich mit vorgerecktem Hals und neugierigem Starren nach hinten, um sich selbst ein Bild zu machen. Dieter-Theodor, der derart abschätzige Blicke bestimmt längst gewohnt war, versank noch ein wenig tiefer in seinem Stuhl.

»Stimmt. Nicht gerade das, was man als Mädchenschwarm bezeichnen würde.«

»Psssst. Nicht so laut.« Würde ich einen Euro für jede Minute Fremdschämen hier erhalten, hätte ich mittlerweile ein lukratives Nebeneinkommen.

Endlich wandte Bobo sich wieder ihrem Teller zu, als Elsbeth zu starren begann. »Die Ärztin und ihr Mann«, fiepte sie. »Sie halten Händchen.«

Tatsächlich. Das schroffe Mannweib, das nur aus Ecken und Kanten zu bestehen schien, musste von einem der schlecht einsehbaren Tische im hinteren Teil des Saales gekommen sein und steuerte nun direkt auf uns zu. Hand in Hand mit einem eher kleinwüchsigen Mann mit schütterem Haar und beinahe damenhaft graziöser Figur. Zudem wirkte er deutlich jünger als sie.

»Ich hätte geschworen, dass jemand, der diese Frau heiratet, blind wie ein Maulwurf sein muss. Aber der da trägt ja nicht einmal eine Brille«, stellte Bobo erstaunt fest.

Auch ich hatte mir den Gatten der Medizinerin irgendwie anders vorgestellt. In jedem Fall älter, korpulenter, mit ähnlich rüden Umgangsformen, aber die Liebe war bekanntlich ein weites Feld. Niemand konnte sagen, wo, warum und wie lange sie gedieh.

»Flitterwochen hin oder her. Diese Zurschaustellung körperlicher Nähe in der Öffentlichkeit ist einfach ungustiös. Noch dazu in diesem Alter«, zischte Elsbeth, deren Stimmungsschwankungen mich immer wieder erstaunten. In Sekundenschnelle konnte sie von tiefster Verzweiflung in hellste Empörung umschlagen.

»Lass sie doch. Sie wird ihren Besitz halt festhalten wollen, bevor er ihr davonrennt«, erwiderte Bobo. Diesmal zumindest in gedämpfter Lautstärke.

»Vielleicht auch nur eine alte Gewohnheit«, sagte ich. Immerhin hatte die Ärztin heute Morgen auch mit einer Leiche Händchen gehalten. »Wenn sie früher im Hospiz gearbeitet hat. Oder auf einer geriatrischen Abteilung –«

Weiter kam ich allerdings nicht, denn die ergrauten Turteltäubchen blieben direkt vor unserem Tisch stehen.

»Mein Mann wollte Sie unbedingt kennenlernen«, meinte das Täubchen, das selbst ohne kotbraunen Cordbademantel einer alten Legehenne glich.

»Gestatten, Edelsbrunner. Armin Edelsbrunner.« Mit einer galanten Verbeugung warf er uns allen eine Kusshand zu.

»Angenehm«, murmelte ich, ohne meinen Namen zu nennen. Der Mann gefiel mir auch nicht viel besser als seine Frau.

Bobo und Elsbeth schwiegen, rangen sich aber zumindest ein paar halbwegs einladende Gesten ab.

»Dürfen wir uns ein wenig zu Ihnen setzen?«, erkundigte der galante Armin sich daraufhin mit ausgesuchter Höflichkeit und schenkte uns dabei ein Lächeln, das jedem Zahnarzt zur Ehre gereicht hätte. So blendend weiße Zähne hatte ich nicht einmal als Zwanzigjährige besessen. Und obwohl ich weder rauchte noch Schwarztee trank und großen Wert auf Mundhygiene legte, hatte ich diesen leicht gelblichen Schimmer meiner Beißerchen nie wegbekommen.

»Aber bitte.« Unsere Betschwester schien alle Vorbehalte gegenüber händchenhaltenden Senioren vergessen zu haben. Offenbar hatte sie eine Schwäche für angegraute Faserschmeichlertypen mit tiefen Stimmen, denn eine leichte Röte überzog ihre Wangen, während sie hektisch versuchte, ihre grauen Lockenwicklerlöckchen in Form zu zwirbeln. Dann wies sie mit übertriebenem Getue auf die beiden leeren Stühle an unserem Tisch, wo Berta und Emma hätten sitzen sollen.

Armin Edelsbrunner verbeugte sich zum zweiten Mal, bevor er seiner Gattin gekonnt einen Stuhl zurechtrückte.

»Liebste, nimm Platz«, flötete er.

»Ach, Armin ...« Die nach wie vor namenlose Gattin strahlte ihren Mann an, als hätte er gerade eigenhändig einen feuerspeienden Drachen erlegt.

»Tja, was soll ich sagen«, begann der Mann nun einen endlos schwülstigen Monolog, in dem er mich für meine mentale Stärke bewunderte, nach dem Leichenfund keinen Nervenzusammenbruch erlitten zu haben, mich gleichzeitig für das unfassbare Pech bemitleidete, ausgerechnet dort nach Kräutern gesucht zu haben, und sich in Lobhudeleien über mein kriminalistisches Gespür erging, da ich ja als Erste diesen Bittermandelgeruch wahrgenommen hatte.

Offenbar hatte ihm seine Gattin von meinem Verdacht berichtet.

»Ja, unsere liebe Miss Marple hat einen echten Riecher für Gift«, kommentierte Bobo. »Die würde ein Fingerhutblatt in einem Heuballen finden. Und den Übeltäter gleich dazu.«

Die Ärztin kniff die Lippen zusammen, was ihrer faltigen Haut eine reliefartige Tiefe verlieh. Bestimmt war der Besuch an unserem Tisch nicht ihre Idee gewesen.

»Gestorben ist der Mann dennoch an einem Schädel-Hirn-Trauma, auch wenn er Gift intus hatte«, präzisierte sie. »Und ich hab gar nichts gerochen.«

»Aber Viola, Schätzchen, diesen Geruch können überhaupt nur wenige Menschen erkennen. Nicht einmal, wenn sie derart erfahrene Mediziner sind wie du. Das ist genetisch bedingt. Außerdem scheinst du mir ein klein wenig verkühlt zu sein.« Sanft griff er nach ihrer Hand und drückte ihr einen zärtlichen Kuss drauf. »Ich hoffe, ich muss mir keine Sorgen um dich machen!«

Nun wussten wir es endlich. Die Ärztin hieß Viola, auch wenn sie weder an ein Blumenkind noch an das blühende Leben erinnerte. Distlinde oder Primhilda hätten besser zu ihr gepasst. Was mich aber noch mehr erstaunte – und den Blicken der anderen zufolge nicht nur mich –, war die beidseitige Zuneigung. Die Medizinerin und ihr Mann himmelten sich an wie Romeo und Julia. Ich hätte mir eine etwas einseitigere Liebe erwartet, schalt mich aber gleich für diesen abschätzigen Gedanken. Nur weil die Ärztin ein äußerst maskuliner Typ war mit einer Stimme wie ein Reibeisen und dem Charme einer Kettensäge, hieß das noch lange nicht, dass sie auch ein schlechter Mensch war. Verdrossen musste ich an Vincent, meinen Neffen, denken. Könnte sich nicht dieses Mannweib an seiner statt auf die Suche nach ihren weiblichen Seiten begeben? Aus Viola Edelsbrunner würde zwar keine Schönheit mehr werden, aber zumindest müsste man ihr Geschlecht nicht erst mühsam anhand einer Perlenkette erraten.

»Sie müssen wissen, meine Frau fühlt sich in letzter Zeit ein wenig angeschlagen«, wandte der rhetorische Rosenkavalier sich erneut uns zu, während er ihre Hand tätschelte. »Die letzten Wochen waren doch recht herausfordernd. Der ganze Papierkram, Pensionsantritt, Heirat, die Suche nach einem entsprechenden Alterswohnsitz, stundenlange Maklertermine, Besichtigungsfahrten, noch mehr Stress. Eine schier endlose Strapaze. Selbst mich als Psychologen hat das Nerven gekostet.«

»Oh ja, das klingt sehr anstrengend«, stimmte Elsbeth dem Mann mit beinahe klimpernden Wimpern zu, was ihr einen bösen Blick seiner Gattin einbrachte.

Bobo und ich beschränkten uns auf interessiertes Gemurmel.

»Und endlich, nach dem gefühlt hundertsten unpassenden Objekt, haben wir unser Traumhaus gefunden. In Oberdistelbrunn. Ein reizendes Dorf.«

Er gönnte uns ein weiteres Zahnpasta-Reklame-Lächeln.

»Leider ist das Gebäude in recht desolatem Zustand, es müssen noch etliche Renovierungsarbeiten durchgeführt werden. Vor allem die Fassade benötigt dringend einen neuen Anstrich, die Vorbesitzer haben dieses herrliche Haus dunkelbraun verputzt und dann noch mit violetten Streifen versehen, das sah ja fürchterlich aus, ein optischer Affront gewissermaßen, der nicht nur aufs Auge, sondern auch aufs Gemüt schlägt, daher haben wir beschlossen, den Handwerkern sozusagen freie Hand zu lassen und uns derweil in diesem hübschen Resort einzuquartieren.«

Ein übler Verdacht keimte in mir auf. Das vorletzte Haus in unserer Straße, das an die Rückseite von Bertas Garten grenzte und schon länger unbewohnt war, besaß genau so eine braunviolette Fassade. Und damit war es garantiert das einzige Anwesen in ganz Oberdistelbrunn und Umgebung.

»Verstehe«, sagte ich. Dann war es also deren Baustellenlärm, der meinem Mann das tägliche Nichtstun verleidete. »Das hört sich an, als würden wir ja bald Nachbarn werden. Wie schön.«

Schon wieder eine Lüge, aber was sonst hätte ich sagen sollen. Dass mir – und bestimmt auch Berta – die Ruhe und der verwunschene Garten des Hauses sehr gut gefielen und unsere

Sympathien eher den vielen Igeln und Eichkätzchen galten, die auf dem verwilderten Grundstück eine perfekte Heimat gefunden hatten, als zwei spät berufenen Turteltäubchen, von denen eines unter einem Anbiederungssyndrom litt und das andere eher zu gesellschaftlicher Abschottung tendierte. Allein dadurch waren Konflikte vorprogrammiert.

Und mit einer gewissen Wahrscheinlichkeit würden die zwei auch noch alles modernisieren wollen, Schotterbeete, Swimmingpool und Photovoltaik-Installationen anlegen und die blühende Blumenwiese vor dem Haus in einen Doppelcarport verwandeln. Die alten Besitzer hatten ihren Kleinwagen noch einfach am Straßenrand abgestellt, aber den heutigen riesigen SUVs würde man so einen ganzjährigen Parkplatz an der frischen Luft, schutzlos Wind, Regen und Schnee ausgeliefert, bestimmt nicht zumuten können. Vom doch recht verkehrsbehindernden Riesenwuchs ganz zu schweigen.

»Ach, Sie wohnen gleichfalls am Enzianweg? Das ist ja eine wunderbare Überraschung.« Armins strahlendes Lächeln nahm immer mehr Raum in seinem Gesicht ein. Wie eine Grinsekatze oder ein Breitmaulfrosch.

»Hast du gehört, Liebes? Wir haben soeben eine unserer neuen Nachbarinnen kennengelernt«, wandte er sich seiner Gattin zu. »Ist das nicht phantastisch? Ein Wink des Schicksals.«

Viola lächelte verhalten. Vielleicht verbarg sich unter ihrer harten Schale sogar ein weicher Kern, vielleicht auch nicht. Ich wurde nicht klug aus ihr, wollte mir nach unserem ersten Zusammentreffen unter unglücklichen Umständen jedoch auch kein vorschnelles Urteil anmaßen.

»Und was werden Sie in unserem sterbenslangweiligen Kaff denn so alles treiben?«, fragte Bobo mit unverhohlener Neugierde. »Bei uns ist ja nicht gerade die Hölle los.«

Was nicht war, konnte natürlich noch werden, dachte ich wenig optimistisch.

»Nichts. Ich denke, wir werden nichts tun, einfach unseren Lebensabend genießen, dem Gesang der Vögel lauschen, im Garten ein Gläschen Wein trinken, viel Zeit zusammen verbringen, solche Dinge halt.« Ein Plan wie aus einem Prospekt für »Betreutes Wohnen«. Entweder war dieser Armin tatsächlich Hals über Kopf in seine Viola verliebt, oder sein gefühltes Alter übertraf sein biologisches um Jahrzehnte. Der Mann war doch höchstens Mitte fünfzig. Da legten andere sich ein Motorrad zu, machten Abenteuerurlaub in Nepal, lernten eine Fremdsprache oder fütterten eine Geliebte durch. Aber diesem Mann schien nichts davon von Bedeutung zu sein. Er wirkte rundum zufrieden mit sich und seinem Dasein, dabei setzte der Beruf eines Psychologen eigentlich eine gewisse Weltoffenheit voraus, die man in Oberdistelbrunn vergebens suchte.

Viola jedoch war ganz begeistert von solchen Zukunftsaussichten.

»Blumen. Ein paar Blumen würde ich auch noch gerne haben«, ergänzte sie.

»Die wirst du haben, mein Schatz. In allen Farben und Formen. Blumen sind ja bekanntlich das Lächeln der Erde, hat ein amerikanischer Philosoph einmal gesagt. Aber gegen dein Lächeln würde ich keine Blume der Welt eintauschen.«

Dann hauchte er ihr einen Kuss auf die Wange, die sich bei seinen letzten Worten merklich gerötet hatte.

Sogar Elsbeth, die zu keiner Zeit Thema des Gesprächs gewesen war, geschweige denn selbst etwas zu dieser eher einseitigen Unterhaltung beigetragen hatte, hatte eine um vieles gesündere Gesichtsfarbe angenommen als noch Stunden zuvor. Mit glänzenden Augen und leicht grenzdebilem Blick las sie diesem Armin jedes Wort von den Lippen ab.

Ich hingegen wusste immer weniger, was ich von diesen demonstrativen Liebesbeweisen halten sollte. Ein wenig dick aufgetragen kam mir diese sentimentale Großoffensive schon vor. Andererseits hielt ich mich auch für keine kompetente Ansprechpartnerin in Sachen Liebe und Leidenschaft. Irgendwann, in grauer Vorzeit, vor über dreißig Jahren, war ich zwar auch sehr verliebt in meinen Alfred gewesen, aber damals hatten andere Zeiten und andere Umgangsformen geherrscht. Man knutschte ein wenig im dunklen Kino herum, war ständig knapp bei Kasse, fuhr zwei Mal gemeinsam auf Campingurlaub nach Caorle, wo die Romantik sich auf Kerzen in leeren Chiantiflaschen und jede Menge Sand auf der Matratze beschränkte, beschloss, sich unter großen Entbehrungen eine gemeinsame Existenz aufzubauen, bekam Kinder, Hypotheken und Krampfadern, und wenn man endlich seine Schulden abbezahlt und Enkelkinder angehäuft hatte, stellte man fest, dass aus der einstigen Liebe eine Gütergemeinschaft geworden war. An der man aus Feigheit, Gewohnheit oder Loyalität dennoch festhielt wie an einem längst abgenagten Knochen.

Nein, zum Thema Liebe in reiferen Jahren wusste ich definitiv nichts sagen.

Den anderen schien allerdings auch nichts mehr zu diesem Thema einzufallen, weshalb sich Armin Edelsbrunner nach einer gemeinsam verbrachten Schweigeminute erhob.

»Ich denke, wir haben den Damen nun mehr als genug Zeit gestohlen«, wandte er sich seiner Frau zu. »Lass uns noch einen kleinen Spaziergang machen, bevor das Wetter umschlägt.«

Sie verabschiedeten sich, er mit strahlendem Lächeln, sie mit einem kurzen Nicken, und verließen eng umschlungen den Speisesaal.

»Muss Liebe schön sein.« Bobo grinste nahezu unverschämt.

»Was für ein toller Mann«, seufzte Elsbeth.

»Vielleicht ist sie gar nicht so spröde, wie sie aussieht«, überlegte ich. »Sie hat bestimmt innere Werte.«

»Mhm. Ihr Bankkonto vermutlich. Als Ärztin hat sie sicher nicht schlecht verdient. Da kann ein Seelenklempner wahrscheinlich nicht mithalten.«

Bobo nahm immer nur das Schlechteste von ihren Mitmenschen an, egal, ob Mann oder Frau.

»›Anmut ist trügerisch, und Schönheit vergeht, aber eine Frau, die den Herrn fürchtet, wird gepriesen werden‹«, zitierte Elsbeth einen ihrer eintausendundein Bibelverse.

»Ob diese Viola ihren Herrn fürchtet, kann ich nicht sagen,

aber in jedem Fall vergöttert sie ihn.« Damit hatte Bobo zweifelsohne recht.

Die Frau betete ihren Gatten förmlich an, schien ihm jeden Kontakt zu seinen Mitmenschen zu verübeln, ein selbst für meine Generation eher ungewöhnliches Verhalten. Ich konnte nur hoffen, dass ihre obsessive Anbetung uns keine Nachbarschaftskonflikte bescherte.

Eine meiner zahlreichen Hoffnungen, die sich leider auch nicht bewahrheiten sollte. Ganz im Gegenteil.

***

»… erlöse uns von dem Bösen … und in Ewigkeit … Amen.«

Ich brauchte eine geraume Weile, um aus den Tiefen meiner Alpträume ins echte Leben zurückzufinden. Nur langsam verzogen sich die Aasgeier, die auf meinem Wohnzimmersofa saßen und große Stücke aus Alfreds Körper rissen, während unser mähfanatischer Nachbar Rudi mit einem propellerbetriebenen Aufsitzmäher meine prächtigen Tomatenstauden niedermetzelte. Damit nicht genug, hopste hinter ihm mein Neffe in einem geblümten Rüschenkleid herum und ließ einen Hula-Hoop-Reifen um seine Hüften kreisen.

Die Erkenntnis, dass das leise geflüsterte Vaterunser keine Grabrede für meinen so grausam verschiedenen Gatten war, sondern Elsbeth gerade ihr Morgengebet sprach, setzte sich erst nach und nach durch.

Ich befand mich nicht daheim, sondern im Botanical Wellness Resort in Unterdistelbrunn. Mein Mann lebte bestimmt noch und meine Tomatenstauden auch. Elsbeth hatte darauf bestanden, bei mir im Zimmer zu nächtigen, weil sie aus Angst vor Verbrechern nicht alleine hatte schlafen wollen. Emma und Berta waren ja immer noch verschwunden, wenngleich diesmal unter Polizeiaufsicht. Ob sie sich in einer Ausnüchterungszelle oder einem Krankenhausbett befanden, wusste ich allerdings nicht, und bislang war es mir auch nicht gelungen, irgendetwas über ihren Verbleib in Erfahrung zu bringen.

Vorsichtig setzte ich mich auf.

»Wie spät ist es denn?«

»Kurz vor halb sieben.«

»Hab ich dich geweckt?«

»Ja.«

»Das tut mir furchtbar leid. Das wollte ich nicht.«

»Schon gut. Ich habe eh schlecht geträumt.« Besser eine verfrühte Morgenandacht als Aasgeier im Wohnzimmer, sagte ich mir, stieg aus dem Bett, ging ins Bad und wusch mir mit eiskaltem Wasser das Gesicht. Nun war ich wach, aber keinesfalls beruhigt.

Am besten, ich rief mal zu Hause an, um meine Alpträume zu zerstreuen. Mit meinem Handy im Morgenrock verzog ich mich erneut ins Badezimmer. Wenn man den Toilettendeckel nach unten klappte und ein Handtuch drauflegte, saß man recht bequem und hatte außerdem einen tollen Blick auf die dekorativen Zierapfelbäume, die Teile der Einfahrt säumten. So konnte ich ungestört und vor allem unbelauscht telefonieren.

Einunddreißig Mal musste ich es läuten lassen, dann wurde endlich der Hörer abgenommen. Wir gehörten ja zu den wenigen Familien im Ort, die immer noch einen Festnetzanschluss besaßen, weil mein Mann Mobiltelefone kategorisch ablehnte, da man sie seiner Meinung nach ständig suchen oder aufladen musste und er sich ohnedies keine zehn Meter vom Wohnzimmersofa entfernte.

»Alfred? Ich weiß, es ist früh, aber ich wollte mal hören, ob es dir eh gut geht?«

»Ich lebe. Und du?«

Ich hatte den Armen wohl aus dem Tiefschlaf gerissen, denn er wirkte noch geistesabwesender als üblich. Mein Gatte neigte ja generell dazu, bestenfalls die Hälfte von allem zu hören, was ich ihm erzählte. Davon verstand er höchstens ein Viertel, und selbst das hatte er zehn Minuten später wieder vergessen.

»Ich lebe auch noch. Aber es hat hier bereits zwei Tote gegeben.«

»Ach. Verhungert?«

Auch für Alfred kam das Wort »Fasten« einer Todesdrohung gleich.

Er hatte sogar von kulinarischer Sterbehilfe gesprochen, als ich ihm vom diätetischen Vorhaben unserer Seniorenrunde berichtete.

»Aber nein. Ermordet. Also genau genommen vergiftet, auch wenn einer davon dann noch einen tödlichen Treppensturz erlitten hat.«

Schweigen.

»Alfred?«

»Pauline!« Er betonte jede einzelne Silbe meines Namens, als würde er ein Diktat für Legastheniker sprechen, was mir gegenüber allerdings einer Art Kampfansage gleichkam. »*Du* wolltest etwas für deine Gesundheit tun. Und *du* wolltest dich erholen. Stattdessen begibst *du* dich schon wieder in Lebensgefahr.«

»Aber nein. Mir passiert –«

Er ließ mich nicht einmal ausreden, ein Jahrhundertereignis.

»Aber ja. *Dir* wird etwas passieren. Wie immer. Weil *du* Verbrechen anziehst wie ein Marmeladenbrot die Wespen. Und dann reißt *du* mich aus dem Schlaf, weil *du* wissen willst, ob es *mir* gut geht. Ja, die Bandscheiben knirschen, das Essen, das dein Neffe kocht, schmeckt mir nicht. Er haut ja immer nur Gemüse in die Pfanne. Der Krawall von der Baustelle gegenüber stört, und die Vorladung von unserem Inspektor war die reinste Farce. Ich bin dorthin gelatscht, hab ein paar Zettel unterschrieben, und das war's. Jede Menge Zeit für nichts vertan, nur weil der Kapplhuber mal auf wichtig machen wollte. Hat sonst ja nichts zu tun, auf seinem Schreibtisch lag jedenfalls mehr Staub als auf unserem Dachboden. Du siehst also, ich bin wütend, ich vermisse deinen Kaiserschmarren, ich kann meine blaue Jogginghose nirgends finden, und die Bauarbeiter hindern mich täglich am Mittagsschlaf, aber deshalb werde ich nicht sterben. Weil«, Alfred erhob seine Stimme, was seltener vorkam als eine Sonnenfinsternis, »hier nämlich kein Mörder umgeht!«

»Deine Zuckerwerte –«

»Lass meine Zuckerwerte. Seit Vincent am Herd steht, haben die sowieso einen historischen Tiefstand erreicht«, erwiderte mein Mann mit unverhohlenem Ärger.

Derart emotionsgeladen hatte ich ihn zum letzten Mal erlebt, als während der Fernsehübertragung des alles entscheidenden Elfmeterschießens der Fußball-WM 2022 der Strom ausgefallen war.

»Mein Blutdruck sollte dir Sorgen machen. Der steigt in sehr ungesunde Höhen, wenn ich mir vorstellen muss, dass du mal wieder einem gemeingefährlichen Verbrecher nachstellst. Was bei dir ja offenbar unter ›Erholung‹ fällt.«

Ich wollte etwas erwidern, aber mein Mann fiel mir erneut ins Wort.

»Versprich mir wenigstens«, redete er weiter auf mich ein wie auf ein störrisches kleines Kind, »dass du dich immer in Bertas Nähe aufhältst. Neben ihr bist du einigermaßen in Sicherheit. Die hat Schlagkraft, die kann dich zur Not verteidigen, hat ihre fünf Sinne beisammen und steckt ihre Nase nicht immer in kriminelle Angelegenheiten.«

Ich biss mir auf die Zunge. Warum musste er ausgerechnet Berta ins Spiel bringen? Jetzt musste ich sogar meinem Mann eine Lüge auftischen. Zwar nur eine Notlüge, aber beim eigenen Gatten fiel mir das bedeutend schwerer als bei den Reinprechts.

»Mach ich. Und du mach dir keine Sorgen um mich.«

»Versprich es mir!«

Kleinlaut murmelte ich ein »Versprochen«, dann legte ich mit ziemlich schlechtem Gewissen auf.

Ich hätte Fred doch unmöglich sagen können, dass Berta und Emma auf einen Schlag verrückt geworden waren. Das hätte mein Mann nie verstanden. Verstand ja nicht einmal ich.

»Und? Daheim alles in Ordnung?«, fragte mich Elsbeth, kaum hatte ich das Badezimmer verlassen.

Hatte diese vorgeblich in ihr Morgengebet versunkene Frau doch tatsächlich mit aufgestellten Ohren an der Badezimmertür gehorcht. Dass Elsbeth nach Klatsch und Tratsch gierte wie andere nach ihren Zigaretten, war allgemein bekannt, aber ich hätte erwartet, dass sie zumindest als mein »Zimmergast« ein wenig Anstand beziehungsweise Abstand beweisen würde.

»An den Ohren fehlt dir eindeutig nichts«, antwortete ich unwirsch.

Elsbeth legte ihren Rosenkranz vorsichtig zur Seite und sah mich an. »Wenn sich eine Frau über sechzig in aller Herrgottsfrüh mit dem Telefon ins Bad schleicht und erst Minuten später wieder rauskommt, schlecht gelaunt und ohne die Spülung gedrückt zu haben, was wird sie dort drin wohl gemacht haben, außer mit ihrem Mann zu telefonieren?«

1:0 für Elsbeth. Sie hatte einfach nur eins und eins zusammengezählt. Gespräche mit dem Zahnarzt oder der Fußpflegerin führte man weder um halb sieben Uhr morgens noch an geheimen Orten.

»Tut mir leid. Ich bin wohl mit dem falschen Fuß aufgestanden«, entschuldigte ich mich. Ein schlechtes Gewissen sorgte offenbar auch für schlechte Laune, zumindest bei mir. Einerseits musste ich mir zwar eingestehen, dass mir Freds emotionaler Ausbruch lieber war als seine wachkomatöse Gleichgültigkeit, zeugte er doch von einer gewissen Sorge um mein Wohlbefinden, andererseits bedrückte mich der Anlass dafür. Ich wollte mich wirklich nicht immer in Gefahr begeben, damit mein Mann sich meine Existenz in Erinnerung rief. Ging alles, wie meist in unserer langjährigen Ehe, seinen normalen, geregelten Verlauf, lebten wir nahezu berührungslos in Paralleluniversen vor uns hin.

»Soll ich ein paar Fürbitten für dich sprechen?«, bot Elsbeth mir an, und obwohl ich kein sehr religiöser Mensch war, nickte ich.

Irgendwie beneidete ich alle, die nichts je in Frage stellten, ihren Lebensweg niemals anzweifelten oder sich über Grundsatzentscheidungen das Hirn zermarterten, weil sie sich einfach nach kirchlichen Vorgaben richteten. Die Bibel, der Pfarrer oder die Zehn Gebote wussten auf alles eine Antwort.

Ich hingegen zerbrach mir ständig über irgendetwas den

Kopf, grübelte nächtelang über den Sinn des Lebens, steckte voller Selbstzweifel und sah bereits schwarz, wenn andere noch mit der rosaroten Brille herumliefen.

Jetzt sah ich allerdings auf einmal grün, denn zufällig war mein Blick auf der Petersilienplantage am Fensterbrett hängen geblieben. Da stand es ja, das passende Antidepressivum und Aufputschmittel, bereit zum Verzehr. Schon Hildegard von Bingen hatte die Wirkung der grünen Würzstaude auf das Herz sehr gepriesen, doch das Küchenkraut sorgte dank eines Inhaltsstoffes namens Myristicin auch für ein heiteres Gemüt. Manchmal wurde es sogar Designerdrogen beigemischt, denn vor allem die ätherischen Öle der Samen krauser Exemplare konnten in großen Mengen durchaus psychedelische Effekte entfalten. Für den totalen Wahnsinn wie den von Berta und Emma hätte das Suppenkraut aber bestimmt nicht gereicht, da hätten sie schon eine ganze Badewanne davon austrinken müssen.

Entschlossen rupfte ich die Staude kahl, stopfte mir eine Handvoll der aromatischen Blätter in den Mund und schnitt mit der Nagelschere auch noch die Stängel ab. Wenn man diese lang genug kaute, hieß es, würde man von neuen Energien beflügelt werden, ganz ohne Red Bull oder Kokain.

Nur gut, dass uns niemand sehen konnte. Zwei Opfer der präsenilen Bettflucht, beide in Nachthemd und Pantoffeln, von denen die eine mit Lockenwicklern im Haar vor einem Heiligenbildchen Fürbitten herunterleierte und die andere einen abgeernteten Plastikblumentopf in der Hand hielt und kraftvoll in Petersilienstängel biss. Mit so einem Auftritt hätten wir in den Gemeindenachrichten bestimmt Schlagzeilen gemacht.

Und obwohl ich später nicht sagen konnte, ob es an den Fürbitten lag oder am Myristicin, eines von beiden hatte jedenfalls geholfen. Als ich eine Stunde später mit Elsbeth den Frühstücksraum betrat, hatte sich mein schlechtes Gewissen schon fast im Morgennebel aufgelöst. Bobo, farbenfroh geschminkt und völlig overdressed wie immer, saß bereits bei Tisch und winkte uns zu.

Doch bevor wir den Raum betreten durften, unterzogen uns zwei Sicherheitsbeamte, die zumindest etwas weniger martialisch aussahen als das gestrige Terrorkommando, einer akribischen Taschenvisitation. Verdächtige Flüssigkeiten und pulverisierte Substanzen würden umgehend konfisziert, erklärten sie uns, die Mitnahme von Handtaschen sei generell verboten. Ein Glück für mich, denn in meiner Strickweste bewahrte ich nichts auf außer Taschentüchern, der Inhalt meiner voluminösen Umhängetasche hingegen hätte garantiert für Generalverdacht und Untersuchungshaft gereicht. Aber die hatte ich im Zimmer gelassen.

»Und? Einigermaßen ausgeschlafen?«, begrüßte uns Bobo, die ein schlaftechnischer Hybrid war. Weder muffelte sie am Morgen, noch gähnte sie am Abend, sie schien eigentlich rund um die Uhr munter zu sein.

Elsbeth nickte. »Viel besser als die Nacht davor.«

»Du siehst auch besser aus«, stellte Bobo, die mit echtem Namen eigentlich Bibiana hieß, grinsend fest. »Da muss man sich glatt fragen, woran das liegen könnte. An den kleinen weißen Pillen, einem neuen Gebetbuch, Paulines nächtlicher Präsenz oder an dem frisch vermählten Psychogockel, der uns gestern mit seiner überaus galanten Anwesenheit bei Tisch beehrt hat.«

Ich persönlich tippte auf Letzteres, denn nun fiel auch mir auf, dass Elsbeth heute Morgen tatsächlich eine beachtlich lange Zeit für die Pflege ihrer grauen Altweiberlöckchen aufgewandt hatte.

Da ich keine Lust hatte, die ewigen Sticheleien der beiden auf nüchternen Magen auszusitzen, ging ich zum Büfett, um mir einen Teller Gesundheitskost zu holen.

Die Auswahl basischer Frühstücksgerichte kam einem »Who's who« der exotischen Küche gleich. Dattelmus und Erdmandelflockenmüsli mit Agavendicksaft und Kokosöl, Chiasamenporridge mit Mandelmilch und Bananen, Feigenpudding mit Zimt, Bratapfelmarmelade und ein Avocado-Curry-Leinsamen-Aufstrich buhlten um den Appetit der Gäste. Allerdings fand ich nirgendwo passendes Gebäck, das man mit Aufstrich oder Marmelade hätte bestreichen können.

»Gibt es auch so was wie Brot?«, fragte ich eine herbe Blondine mit Gretlfrisur, die am Rande des Büfetts stand, wo sie Kräutertee und Lupinenkaffee in klobige Steinguttassen ausschenkte. Die Blondine rang sich ein sauertöpfisches Lächeln ab. »Aber selbstverständlich.« Mit der linken Hand wies sie hinter ihre Schulter, wo eine unzureichend beleuchtete Vitrine stand. »Wir haben Quinoa-Dinkel-Rosinenbrötchen, Buchweizen-Amaranth-Schnitten und Hirseflocken-Flohsamen-Kürbiskerntaler. Alles selbst gebacken.« Und mit einem finsteren Blick zum Eingang fügte sie hinzu. »Diesmal sogar unter Polizeiaufsicht.«

Ich dankte ihr, nahm mir einen Becher Kräutertee, etwas vom Feigenpudding und einen Hirseflocken-Flohsamen-Kürbiskerntaler und kehrte zum Tisch zurück.

»Das nenn ich Gottvertrauen«, stellte Elsbeth mit gerunzelter Stirn auf mein Tablett fest, während sie sich eine Banane aus dem Obstkorb griff.

»Ich habe Hunger.«

»Nimm doch besser eine Banane. Oder eine Orange. Da ist die Schale noch dran. Kann man weniger schwer vergiften.« Sie schob den Obstkorb in meine Richtung.

»Das Essen ist in Ordnung. War es gestern auch schon. Die Küche wird bewacht, und jeder Gast ist kontrolliert worden. Wir doch auch.«

Zweifelnd schüttelte Elsbeth den Kopf. »Aber in meinem Büstenhalter, da hätte ich ohne Weiteres was verstecken können«, insistierte sie. »Die haben doch nur in unsere Taschen geschaut.«

Wozu ausgerechnet sie einen Büstenhalter trug, erschloss sich mir nicht. Da war ohnedies nichts, was eines Halts bedurft hätte.

»Meine Ohrringe wurden auch nicht durchleuchtet, dabei würde da bestimmt ein Stamperl Gift reinpassen.« Bobo zwinkerte mir zu, während sie mit ihren schillernden Ohrgehängen schlenkerte, die heute Morgen aussahen wie zwei von Botero entworfene Hefeteigkugeln.

Ein Anblick, bei dem mir Berta und Emma wieder einfielen. Augenblicklich verging mir der Appetit. Weder irgendwelche Taler, deren Name länger war als der Durchmesser des winzigen Gebäckstücks, noch ein nach Zimt duftender Feigenpudding konnten mir die Sorge um die beiden nehmen. Und obwohl ich mir immer wieder sagte, dass Berta und Emma hart im Nehmen waren, es sich bestimmt nur um einen temporären Zustand handelte und sie schon bald wieder wohlbehalten auftauchen würden, überkam mich auf einmal ein ungutes Gefühl, so, als stünden wir erst am Anfang einer mörderischen Tragödie.

***

»Das hier sind Eisbegonien. Sehr dekorative Pflanzen, die ganz phantastisch schmecken. Sie haben ein wunderbar zartes Aroma nach Zitronen.« Die Blondine vom Frühstücksbüfett zupfte eine der zierlichen rosa Blüten ab und verspeiste sie mit übertriebenem Geschmatze, damit auch wir auf den Geschmack essbarer Blüten kämen. »Müssen Sie unbedingt auch probieren. Aber Vorsicht, die Blätter brechen leicht.«

»Ich breche auch gleich«, murmelte Bobo und betrachtete abwechselnd das bunte Blumenmeer, in dem wir kulinarisch verwertbare Blüten für unser bevorstehendes Mittagessen sammeln sollten, und ihr nahezu leeres Körbchen, in dem sich nur eine Handvoll Kapuzinerkresse befand.

»Früher hat man sich Blumen in die Haare gesteckt, um attraktiver zu erscheinen, oder in Vasen, um seine Hütte aufzuhübschen, jedenfalls wollte man damit das Auge erfreuen und nicht den Magen«, mokierte sie sich. »Sollen sie halt größere Portionen zubereiten, dann müssten wir nicht zusätzliche Zutaten rupfen.«

»Marie-Antoinette hat angeblich Kartoffelblüten im Haar getragen«, sagte ich. »Stell ich mir weder dekorativ noch gesund vor.« Dann griff ich mir ein paar Kornblumenköpfchen und warf sie Bobo ins Körbchen. »Die schmecken leicht bitter. Gut für die Leber.«

Für mich selbst sammelte ich gelbe und rote Taubnesseln sowie ein paar Taglilien, deren leichte Schärfe ich mochte. Mehr Kahlschlag wollte ich dem herrlich blühenden Feld nicht zumuten. Es sah ohnedies schon aus, als hätte eine Horde Wildschweine darauf Fußball gespielt. Die kopflosen oder zu Tode getrampelten Pflanzen taten mir leid, die Leute, die in gebückter Haltung langsam von Blüte zu Blüte marschierten, sprühten auch nicht gerade vor Begeisterung. Nur die beiden Apotheker schienen mit großem Einsatz bei der Sache zu sein. Vielleicht hatten sie die Gunst der Stunde erkannt und bemühten sich, einen möglichst großen kostenlosen Vorrat für eines ihrer Naturprodukte anzulegen.

»Schau dir mal die Reinprechts an. Die übertreiben aber ordentlich.« Ich knuffte Bobo in die Seite.

»Ein beachtlicher Beitrag zum Insektensterben«, stellte sie kopfschüttelnd fest. »Jetzt werden sie satt, und die Bienen verhungern.«

Ida und Theodor Reinprecht zogen mit nahezu automatisiert wirkenden Bewegungen eine Schneise der Verstümmelung durch die Wiese, während ihr Sohn mit zwei riesigen Körben langsam hintendreinschlurfte.

»Ich hab den Jungen noch nie lachen gesehen«, bemerkte ich.

»Ich hab den Jungen überhaupt noch nie gesehen«, meinte Bobo. »Also so richtig bewusst wahrgenommen. Gestern ist er zwar mal an unserem Tisch vorbeigelatscht, und wir haben sogar über ihn geredet, aber schon heute hätte ich ihn nicht wiedererkannt. Der ist so unauffällig, dass er schon fast unsichtbar ist. Ich kenn das nur von Putzfrauen. Die bemerkt man auch erst, wenn sie mal nicht da sind.«

»Vermutlich ein Problem der fehlenden Gesichtserkennung, da beide immer zu Boden blicken«, sagte ich gerade, als Elsbeth auf uns zukam. Sie wirkte ungewohnt fröhlich, mit strahlenden Augen und leicht geröteten Wangen.

»Schaut mal, was ich habe«, trällerte sie in einer für sie höchst ungewöhnlichen Tonlage und hielt uns ein vierblättriges Kleeblatt vor unsere Nasen. »Das hat mir der Herr Edelsbrunner geschenkt. Ein vornehmer Mensch. Und so gebildet. Er hat Jesaja zitiert. ›Das Heu verdorret, die Blume verwelket, aber das Wort unseres Gottes bleibet ewiglich.‹«

»Amen«, brummte Bobo. Und zu mir gewandt fügte sie leise hinzu: »Ich wette, das kriegt einen eigenen Reliquienschrein und wird ins Abendgebet mit eingeschlossen.«

»Ich hoffe, das bringt kein Unglück«, flüsterte ich zurück. Die Gattin des Galans wirkte auf mich nicht sonderlich tolerant, was die Aufmerksamkeit ihres Armin betraf. Sie schien vielmehr das Exklusivrecht auf ihn zu beanspruchen, egal, um welchen Preis.

Der Mann besaß eindeutig die Gabe, verschrobenen alten Jungfern gewaltig den Kopf zu verdrehen. Unsere Gottesanbeterin hatte ja nicht einmal auf Bobos bösartige Unterstellung reagiert, hatte einfach selig auf ihr Kleeblatt gestarrt, als läge darin eine göttliche Offenbarung.

Eigenartig fand ich nur, dass der offenbar herzensbrecherische Charme des Psychologen bei mir nicht verfing. In Anbetracht der erotischen Dauerflaute zwischen Fred und mir, die beinahe seit einem halben Jahrzehnt andauerte, musste ich mir wohl oder übel eingestehen, selbst eine alte Jungfer zu sein. Unsere körperlichen Berührungspunkte beschränkten sich längst auf notfallmedizinische Maßnahmen. Wir gingen uns nur noch an die Wäsche, wenn mein Mann mich aus dem Bett hieven musste, weil mich der Ischiasnerv plagte, oder ich ihm bei einem akuten Männerschnupfen ein paar Wadenwickel anlegte. Manchmal griff ich auch nach seiner Hand, um nach dem Puls zu fühlen, da Fred oft für Stunden ins Verdauungskoma fiel, während er mir gerne übers Haar strich, wenn es ihn nach Kaiserschmarren gelüstete, was mindestens einmal pro Woche vorkam. Dabei mochte ich es nicht, wenn man mir den Hinterkopf tätschelte wie einem Hund.

Warum also stand ich diesem Armin Edelsbrunner so skeptisch gegenüber? Der Mann war nett, keine Frage, er besaß eine angenehme Stimme, gute Manieren und ein gepflegtes Erscheinungsbild, was seine geringe Größe und zierliche Figur wieder wettmachte. Allein seine überaus schmeichlerische Art behagte mir nicht so recht. Aber vielleicht handelte es sich dabei nur um eine Berufskrankheit. Psychologen mussten bestimmt ein durch und durch menschenfreundliches Naturell besitzen, um das Vertrauen ihrer Patienten zu gewinnen, so wie ich mich als ehemalige Lehrerin stets um ein Minimum an Disziplin und Ordnung bemüht hatte.

Oder waren mir spätherbstliche Gefühlsausbrüche tief in meinem Innersten doch suspekt? Sprach aus mir einfach nur Neid?

Fragen über Fragen, mit denen ich mich weder an einen Arzt noch an einen Apotheker und schon gar nicht an einen Psychologen wenden konnte. Berta ging mir furchtbar ab. Meine vertraute Klagemauer, Kummernummer und Seelentrösterin, die meine ganzen Selbstzweifel rascher zerstreuen konnte als ich einen Gugelhupf aufschneiden.

Dann boxte mir etwas in den Rücken.

»Du stehst herum wie eine Trauerweide«, stellte Bobo unbarmherzig fest. »Möchtest du hier Wurzeln schlagen, oder können wir essen gehen? Es soll wieder was mit Pilzen geben.«

»Wo ist Elsbeth?«

»Ach, die ist schon vorausgegangen. Vermutlich frischt sie noch schnell ihr Kleeblatt in Weihwasser auf.«

Im Speisesaal herrschte bereits reger Betrieb. Das Servicepersonal rannte mit Tellern und Schüsseln herum, umsichtig darauf bedacht, den Sicherheitsmännern, die eher ziellos durch den Raum wanderten, nicht in die Quere zu kommen, während die Kurgäste alle gleichzeitig am Salatbüfett anzustehen schienen.

»Verteilen die dort Lotterielose, oder wird jedem noch schnell die letzte Ölung erteilt?«, meinte Bobo in gewohnt sarkastischer Manier.

Wieder musste ich an Berta denken. Sie hatte mal gesagt,

wenn die schwarze Witwe sterben sollte, würde man ihr böses Mundwerk wohl extra erschlagen müssen. Damals hatte ich Bibiana noch verteidigt, heute gab ich Berta fast recht.

»Ich werde es dir gleich sagen«, erwiderte ich und begab mich gleichfalls ans Büfett. Der große Rummel galt allerdings gar nicht den Salaten, die Leute scharten sich um die Saftpresse. Und Elsbeth befand sich wundersamerweise an vorderster Front. Ich wollte gerade zu ihr gehen, als sie sich umdrehte und gemeinsam mit den Reinprechts aus der Menschenschlange trat. Mit hocherhobenem Kopf und vorgerecktem Kinn kam sie auf mich zu, einen bunt bemalten Tonkrug wie den Heiligen Gral an die Brust gepresst.

»Was ist das?«, fragte ich, immer noch erstaunt über ihre Wesensänderung.

Gestern noch ein panisches Bündel Nerven, das hinter jedem Blumentopf den Tod lauern sah und sich keine drei Meter von unserer Gruppe zu entfernen wagte, heute freundlich, entspannt und angesichts des Tumults, der sich an der Theke abspielte, mit nahezu draufgängerischem Unternehmensgeist unterwegs.

»Der Herr Edelsbrunner hat gemeint, heute gibt's hier frisch gepressten Karotten-Orangen-Paradiesapfel-Sellerie-Saft. Und der würde wegen des hohen Vitamingehalts gut für die Abwehrkräfte sein.«

Ich verkniff mir die Frage, was in aller Welt ein Paradiesapfel sein sollte.

»Leider hat sich irgendein Teil in der Saftpresse verklemmt, und ich hab nur noch einen halben Krug abbekommen«, fügte sie bedauernd hinzu. »Aber mehr als genug für uns drei.«

»Was ist das?«, wollte auch Bobo wissen, als Elsbeth den Krug vorsichtiger als ein rohes Ei auf dem Tisch platzierte.

»Karotten-Orangen-Paradiesapfel-Sellerie-Saft. Voller Vitamine. Gut für das Immunsystem. Der Herr Edelsbrunner hat gesagt –«

»Schon gut. Was auch immer er gesagt hat, es war bestimmt der Weisheit letzter Schluss.« Bobo griff sich den Krug und schenkte uns allen ein. »Und nun lasst uns auf das ewige Leben anstoßen«, grinste sie.

Elsbeth leerte ihr Glas in einem Zug. Ohne Zögern, ohne Bedenkzeit und ohne die geringsten Anzeichen von Angst. Dabei neigte sie generell zu einem sehr übervorsichtigen Umgang mit Lebensmitteln, selbst dann, wenn es weit und breit keinen Giftmord gegeben hatte. Als ehemalige Krankenschwester war sie gewohnheitsmäßig auf der Hut vor Salmonellen und Schimmelpilzen, Listerien, Botulinum-Bakterien und Parasiten jeglicher Art. Vor Jahren, als wir unseren Lesezirkel noch in ihrem Wohnzimmer abhielten, hatte ich mit eigenen Augen gesehen, dass sie sich sogar das Ablaufdatum der Gewürzgurken in den Kalender eingetragen hatte.

Bobo und ich nahmen einen verhaltenen Schluck. Der Saft schmeckte leicht fruchtig, vor allem aber nach Gemüse. Wahrscheinlich handelte es sich bei den Paradiesäpfeln um normale Tomaten, denen irgendwer ein romantischeres Etikett verpasst hatte.

»Hätte nie gedacht, dass ich mal so tief sinken würde, um mit Grünzeug-Cuvée anzustoßen. Wie ernüchternd!«, seufzte Bobo gerade, als in kürzester Abfolge drei Dinge geschahen.

Zuerst erklang ein Knistern und Rauschen, gefolgt von Hauptkommissar Hartmanns Stimme, die lautsprecherverstärkt durch den Saal dröhnte. Dieser unerträglich arrogante Verlustposten des Landeskriminalamts teilte den anwesenden Gästen in rhetorisch aufgehübschten Leerfloskeln und mit übertriebener Gestik nur mit, dass der Genuss der Speisen mit keinerlei Gefahr verbunden sei und er sich im vollen Umfang seiner verantwortungsvollen Position für unser Wohlergehen verbürge.

»Glauben Sie mir, liebe Gäste und Gästinnen, bei den von uns ergriffenen Maßnahmen haben wir weder an Einsatzkräften noch an Ressourcen gespart. Insgesamt siebzehn Mann befinden sich zu Ihrem persönlichen Schutz rund um die Uhr vor Ort, das gesamte Areal wird durch modernste Videotechnik überwacht, und jedes noch so kleine Verdachtsmoment hätte umgehend einen Großalarm zur Folge. Dank meiner jahrzehntelangen Erfahrung im Umgang mit organisierter Kriminalität und terroristischen Vereinigungen kann ich Ihnen also mit Fug und Recht garantieren, dass sich sogar eine Amöbe in unserem engmaschigen Sicherheitsnetz verfangen würde. Und nun wünsche ich Ihnen kraft meines Amtes und im Namen all meiner Männer einen guten Appetit.«

Er verbeugte sich mit pompösem Gehabe, Applaus brandete auf, und die Polizisten, die während Hartmanns verbaler Selbstbeweihräucherung reglos und in Habtachtstellung an der Wand gestanden hatten, nahmen ihre Kontrollrunden durch den Raum wieder auf.

»So ein Wichtigtuer«, empörte ich mich. »Organisiertes Verbrechen. In Unterdistelbrunn. Das Einzige, worin der Mann eine jahrzehntelange Erfahrung hat, ist die Vermeidung von Gehirntätigkeit.«

»Aber wir Gäste und Gästinnen haben dank dieser Zwerchfellmassage immerhin nahezu unbekanntes enzyklopädisches Wissen gewonnen«, frotzelte Bobo. »Oder wusste jemand von euch, dass sich mittlerweile sogar Amöben in terroristischen Vereinigungen organisieren können? Das ist schon sehr bemerkenswert.«

»Gott bewahre«, ächzte Elsbeth. »Die Amöbenruhr ist eine furchtbare Krankheit. Da kann man durchaus von organisiertem Verbrechen reden.« Offenbar hatte sie gar nicht richtig zugehört, der Kleeblatt-Effekt musste immer noch wirken.

»Lasst uns lieber vom Essen reden«, sagte ich, denn der junge Kellner in seinem vorhangartigen Flattergewand war soeben an unseren Tisch getreten. Mit stolzer Miene präsentierte er das Mittagessen.

»Meine Damen, nach der ganzen Aufregung haben Sie sich mit Steinpilz-Tofu-Farce gefüllte Zucchiniblüten auf Avocado-Mangold-Püree verdient. Die Pilze sind heute früh noch alle im Wald gestanden, das Gemüse ist frisch aus unserem Garten.« Er stellte die Teller ab. »Und nun nehmen Sie bitte die essbaren Blüten aus Ihrem Körbchen und tunken Sie sie in das Püree.

Sie werden staunen, welch zusätzliche Geschmacksnuancen sich dadurch auftun werden. Das gesamte Team des Botanical Wellness Resorts wünscht Ihnen einen gesegneten Appetit.«

Eine etwas unglückliche Wortwahl, fand ich. Das hörte sich an, als würden wir Gottes Beistand benötigen, um eine einfache Mahlzeit zu verspeisen. Außerdem sah sich Elsbeth dadurch veranlasst, noch rasch ein weiteres Tischgebet zu sprechen.

An den gefüllten Zucchiniblüten war allerdings nichts auszusetzen. Sie schmeckten köstlich. Und unsere florale Ausbeute an blumigen Aromen verlieh dem etwas blässlichen Püree zumindest mehr Farbe. Versonnen knabberte ich an einer Taglilie herum.

»Wenn dich die Liga zum Schutz pflanzlicher Gefühle jetzt sieht, bist du im Arsch«, stellte Bobo in einem Anflug von Galgenhumor fest.

Ich spuckte die Lilienreste in die Serviette. Konnte diese Frau nicht etwas feinstofflicher veranlagt sein? Ihre psychischen Grobheiten drückten auf Dauer schwer aufs Gemüt.

Schon wollte ich etwas Aufklärungsarbeit leisten und Bobo darüber informieren, dass es auch empfindsame Menschen gab, nicht nur Emotionsminimalisten wie sie, als Elsbeth raunte: »Sie sind wieder da.«

Einen Moment lang wussten wir nicht, was genau sie damit meinte, dann erklang Emmas Stimme. »Hurra! Wir leben noch.«

»Yappadappadu.« Das war Berta. Unüberhörbar.

Wie auf ein geheimes Kommando hin legte der ganze Saal Messer und Gabel ab und starrte zur Tür.

Über den Tischen lag ein gespenstisches Schweigen, gepaart mit einer Art von geistiger Windstille.

Es war auch wirklich äußerst schwierig, sich auf den makabren Aufritt der beiden einen Reim zu machen.

Bekleidet waren sie mit einem Potpourri aus völlig unzusammenpassenden Kleidungsstücken, die allesamt aussahen wie vom Kostümverleih für Kasperlfeiern. Fassförmige Pluderhosen aus kariertem Wollstoff, gepaart mit ballonartigen

Hemdblusen, gewaltigen Halskrausen, gepunkteten Kopftüchern und Umhängen, unter denen man ein ganzes Krokodil hätte verbergen können. Damit nicht genug, waren beide von Kopf bis Fuß voller Verbände, Pflaster und blauer Flecken.

»Da kriegt man ja Augenkrebs«, stöhnte Bobo. »Lieber sterbe ich, als mir dieses Horror-Ensemble länger anzusehen. Wie sprach schon Platon: ›Reicht mir den Becher mit dem Gift.‹«

»Sokrates«, brummte ich. »Der mit dem Gift war Sokrates.« Ohne weiter darüber nachzudenken, schob ich ihr das Glas mit dem Karotten-Orangen-Paradiesapfel-Sellerie-Saft hin. Mit einer theatralischen Geste griff Bobo danach und trank.

Gleichzeitig flüsterte Elsbeth mit brüchiger Stimme: »Mir wird schlecht.«

Doch vor lauter Freude, Berta und Emma zwar ramponiert, aber lebendig und im Ganzen wiederzusehen, achtete ich zu wenig auf mein Umfeld.

Kaum hatten die beiden unseren Tisch erreicht, sprang ich auf und drückte sie an mich.

»Ihr seht fürchterlich aus«, begrüßte ich sie erleichtert.

»Wir fühlen uns auch so«, meinte meine Freundin.

»Ich fühl mich auch fürchterlich«, murmelte Elsbeth, doch niemand beachtete sie.

»Was zum Teufel habt ihr eigentlich getrieben? Fürs Dschungelcamp trainiert? Einen auf Terminator gemacht, oder wie?«, erkundigte sich Bobo.

»Was ist bloß in euch gefahren?«, fragte ich. »Ich hab mir solche Sorgen gemacht.«

»Ein Stechapfel«, antwortete Emma. »Ein Stechapfel ist in uns gefahren. Und glaub mir, wir haben uns noch viel größere Sorgen gemacht.«

»Da. Trinkt erst mal was. Stärkt die Abwehrkräfte.« Ich nahm mir vom Nebentisch zwei unbenutzte Gläser und verteilte den Rest aus dem Krug. »Das ist frisch gepresster Gemüsesaft.«

»Das ist pures Gift«, entgegnete Berta. Und sie behielt recht.

Keine zehn Sekunden später erbrach Elsbeth sich auf ihren Teller.

Ein übler Geruch machte sich breit, während Dutzende Gänseblümchen, die Teil der essbaren Tellerdekoration gewesen waren, nun sanft in der stinkenden Brühe schaukelten. Und das Schlimmste daran war, dass diese Kotzbrühe wirklich wie der Orangen-Karotten-Paradiesapfel-Sellerie-Saft aussah. Nur ein wenig weniger frisch und zum zweiten Mal gepresst.

Nun musste auch ich würgen. Mein Mageninhalt drängte spürbar darauf, den verdauungstechnischen Retourgang einzulegen. Ob aus Abscheu vor diesem grauenvollen Anblick oder aus Angst, auch vergiftet worden zu sein, war mir in diesem Moment egal.

»Entschuldigt mich«, stammelte ich und rannte los. Als ich die Toilette endlich erreichte, hatte ich das Gefühl, den ersten Halbmarathon meines Lebens gelaufen zu sein. Atemlos stürmte ich die erste offene Kabine und hieß die gefüllten Zucchiniblüten erneut willkommen.

***

Nachdem mein Mittagessen erfolgreich die Schwerkraft besiegt hatte, verließ ich mit zittrigen Knien die Kabine, um mir im Waschraum Gesicht und Hände zu reinigen. Dabei blickte ich in den Spiegel über dem Becken, und schon ereilte mich der nächste Schock. Neben meinem Spiegelbild starrte mir eine Fratze entgegen, eine mir leider wohlbekannte. Die dazugehörige knochige Hand bohrte ihre krallenartigen Finger derweil in meine rechte Schulter.

Eine neue Welle der Übelkeit überkam mich, ich hatte nur leider nichts mehr im Magen, das ich noch hätte heraufwürgen können.

»Da schau einer an, unsere liebe Miss Marple.«

Die Stimme von Hauptkommissar Hartmann verursachte mir körperliche Schmerzen, sie fühlte sich an wie ein aufgeplatztes Magengeschwür. Schlimmer ging halt definitiv immer. Ich versuchte, seine Hand abzuschütteln, doch stattdessen wurde der Druck auf meinem Schulterblatt nur stärker, und die ausgezehrte Fratze rückte noch näher an mein Ohr.

»Schon wieder auf Verbrecherjagd, statt daheim brav Socken zu stricken«, zischte der Kommissar. »Wobei ich mich langsam schon frage, wie es sein kann, dass ausgerechnet Sie immer im Epizentrum von Mord und Totschlag stehen. Sie und Ihre halbkriminelle Bagage.«

Ich schluckte. Die Feindschaft zwischen uns beiden war offensichtlich noch nicht verjährt. Im Interesse meiner ganzen Familie sah ich besser davon ab, es ihm mit gleicher Münze heimzuzahlen. Hartmann tendierte generell zur Sippenhaftung, wie ich aus leidvoller Erfahrung wusste.

»Sie sollten Pfefferminzbonbons kauen«, erwiderte ich stattdessen.

Bei jedem Wort, das mir diese Kanaille ins Ohr zischte, umfing mich eine giftgasähnliche Brise. So ein starker Mundgeruch fiel garantiert schon unter das Betäubungsmittelgesetz. Da brauchte es keinen Elektroschocker mehr, um Kontrahenten außer Gefecht zu setzen. Mit zusammengekniffenen Nasenlöchern kramte ich ein Eibischzuckerl aus meiner Jackentasche hervor. »Da. Nehmen Sie. Besser als nichts.«

Schlagartig ließ die Klaue des Kommissars meine Schulter frei. Mit diesem strategischen Foul hatte er nicht gerechnet, das sah man ihm an.

»Was soll das?«, fauchte er mich an. »Sind Sie jetzt völlig übergeschnappt?«

»Aber nicht doch. Ihre olfaktorischen Emissionen liegen einfach extrem weit über dem Toleranzbereich hinsichtlich sozialer Interaktionen. Oder anders gesagt, Sie sind im wahrsten Sinne des Wortes *atem*-beraubend. Hat Ihnen das noch niemand gesagt?«

Hartmann glotzte mich an wie ein Cyborg mit Maschinenschaden. Er hatte ganz offensichtlich einen temporären Gehirnstillstand erlitten. Was eine komplexe Sprache alles bewirken konnte. Worte waren halt manchmal auch Waffen, und ich genoss das Gefühl, dieses Scheusal mit der Rhetorikkeule wenigstens kurzfristig k.o. geschlagen zu haben. Mit meinem allerfreundlichsten Lächeln legte ich das Bonbon auf die Ablage unter dem Spiegel, ließ den verdutzten Kommissar stehen und ging.

Dass Hartmanns Heimsuchung auf der Damentoilette stattgefunden hatte, fiel mir erst auf dem Rückweg auf. Was hatte er dort zu suchen gehabt? Für einen Voyeur hielt ich den Mann keinesfalls, der hatte doch nur Augen für sich selbst. Außerdem tummelten sich während der Fastenwoche nur ältere Semester im Resort, die seinen erotischen Vorstellungen bestimmt nicht genügten. Sofern Hartmann überhaupt Interesse am weiblichen Geschlecht hatte. Und obwohl ich wusste, dass er leidenschaftlich gerne Bleistifte fellationierte, hatte ich ihn nie dabei ertappt, einem Mann länger nachzusehen. Wahrscheinlich war er einfach asexuell oder nahm die Dinge lieber selbst in die Hand. Doch darüber wollte ich nicht einmal nachdenken. Jedenfalls schien sein Erscheinen auf der Damentoilette nichts mit Damen, sondern nur mit mir zu tun zu haben. Er musste mir nachgegangen sein, das war die einzig mögliche Erklärung, die allerdings noch mehr Fragen nach dem Warum aufwarf.

Wenigstens ließ die Antwort nicht lange auf sich warten. Vor der Tür zum Speisesaal hatte erneut ein Rudel schwer bewaffneter Polizisten Stellung bezogen, doch diesmal befand sich auch die Spurensicherung vor Ort. Zwei Männer, von Kopf bis Fuß in ein weißes Ganzkörperkondom gekleidet, wie man es aus den Fernsehkrimis kannte, nahmen das Türblatt im wahrsten Sinne des Wortes unter die Lupe.

Vorsichtig trat ich näher. »Ist schon wieder etwas passiert?«

Das linke Ganzkörperkondom raschelte ein wenig, während es einen Schritt zur Seite trat, damit ich es auch sehen konnte. An der Tür klebte ein Stück Karton mit einer unmissverständlichen Botschaft. »Auge um Auge, Zahn um Zahn, Blüte um Blüte, Blatt um Blatt. Wir morden weiter.« Unterzeichnet von der Liga zum Schutz pflanzlicher Gefühle. Fassungslos schüttelte ich den Kopf. Pathetischer Schwachsinn, verfasst in kindlich ungelenken Buchstaben. Doch die Morde und Giftattentate waren kein Kinderstreich.

»Aber …«

»Gehen Sie jetzt rein«, forderte ein Polizist mich auf, bevor ich weitere Fragen stellen konnte, und schubste mich förmlich in den Speisesaal. Dort aß jedoch niemand mehr, ganz im Gegenteil.

Ein Teil der Gäste hatte sich zu einer Art Protestchor formiert und brüllte ununterbrochen: »Wir haben die Schnauze voll. Wir wollen hier raus«, nur mühsam von der Sicherheitswache im Zaum gehalten. Andere wiederum waren schluchzend auf die Tischplatte niedergesunken und sahen aus wie ein Feldversuch der klinischen Depressionsforschung.

Einige Plätze waren überhaupt leer. Auch an unserem Tisch saßen nur noch Berta und Emma. Reglos, glänzend vor Schweiß, mit angriffslustig vorgerecktem Kinn und über der Brust gekreuzten Armen ähnelten sie zwei Skulpturen aus gefärbtem Schweinefett.

»Wo sind Bobo und Elsbeth?«

»Im Krankenhaus. Zusammen mit den Pillendrehern.«

»Ist es sehr schlimm?«

Emma und Berta zuckten synchron die Schultern.

»Kann man nicht sagen. Jedenfalls wird ihnen der Magen ausgepumpt.«

Meine Freundin zupfte an ihrer seltsamen Großraumpluderhose herum, dann griff sie zaghaft nach meiner Hand. »Aber dir geht's gut, oder?«

Ich nickte. »Trotzdem fühle ich mich furchtbar schlecht. Wären wir nur daheimgeblieben.«

»Pauline, jetzt ist nicht der passende Zeitpunkt für Schuldgefühlmanagement.« Berta drückte kurz meine Hand. »Dass man auch von gesunder Kost krank werden kann, wissen wir jetzt. Zumindest hier in diesem verdammten Resort. Aber das ist nicht deine Schuld, dafür ist nur dieser Giftmischer verantwortlich.« Sie ließ meine Hand wieder los. »Doch du schuldest mir ein paar Cremeschnitten. Wettschulden sind schließlich Ehrenschulden.«

»Kriegst du, versprochen. Mindestens zwei. Aber jetzt erzählt endlich, was mit euch geschehen ist. Und mit dem Stechapfel.«

Berta und Emma blickten sich an.

»Nun ja, also die Sache war so«, begann Berta. »Emma und ich wollten uns ein wenig die Beine vertreten, damit uns das Essen nicht im Magen liegt. Und weil wir Angst hatten, dass es erneut zu regnen beginnt, sind wir halt einfach im Resort herumspaziert.«

»Genau. Wir haben uns das Schönheitscenter angesehen, die ganzen sauteuren Gesichtscremen studiert, wir waren im Massagebereich, wo eine Blutorangenbehandlung über hundert Euro gekostet hätte, völlig verrückt, über hundert Euro dafür, dass man von irgendwem durchgeknetet und mit Saft übergossen wird, wir haben uns sogar die Heizräume angesehen und so eine Art Kneippbecken, in dem aber Seerosen schwammen, und dann waren wir noch in der Bibliothek, aber dort hat es nur Bücher gegeben«, berichtete Emma weiter.

Berta nickte zustimmend, ich runzelte die Stirn. Die Geschichte kam mir ebenso unglaubwürdig vor wie ein Wahlversprechen.

»Und dann sind wir halt müde geworden vom vielen Wandern und haben uns vor dem Wellnessbereich auf so Entspannungsliegen gelegt. Daneben stand ein kleiner Tisch mit einer Schatulle voll mit schwarzen Körndln und einer Räucherschale. Und da wollten wir halt zum Spaß mal was Esoterisches tun und haben die ganzen Körndl in die Schale geworfen und angezündet. Und halt zu viel vom Rauch inhaliert«, beendete Emma ihren Bericht.

Esoterische Anwandlungen, Kneippbeckenvisite, Besuch der Bibliothek, diesen Bären würden sie noch nicht mal Kommissar Hartmann aufbinden können.

»Was soll das?«, erwiderte ich gereizt. »Das ist doch lächerlich. Und außerdem, wo bleibt der Stechapfel?« Frustriert fixierte ich Berta, doch die vermied jeden Blickkontakt. Irgendetwas musste sehr im Argen liegen, wenn meine beste Freundin es nicht mehr wagte, mir in die Augen zu sehen.

»Die schwarzen Körner waren Stechapfelsamen«, erklärte sie. Kein Wort zu viel, kein Blick zu mir.

»Ja und?«

»Haben sie im Krankenhaus festgestellt. Weil wir angeblich so gewütet und wirres Zeug geredet haben, haben die dort gleich auf halluzinogene Substanzen wie LSD, Tollkirschen, Stechäpfel, Bilsenkraut oder Engelstrompeten getippt.«

Selbst Emma, die heute als Wortführerin fungierte, sah mich immer nur ganz verstohlen von der Seite an. Berta nickte erneut. Langsam kam sie mir vor wie ein Wackeldackel auf der Hutablage.

»Und der Rauch von den Samen hat euch also in den Wahnsinn getrieben?«

»Genau.«

»Da müsst ihr eure Nasen aber ziemlich tief in die Räucherschale gesteckt haben. Und das über Minuten.«

Stechäpfel, die man nicht umsonst auch Zombiegurken nannte, besaßen zwar eine extrem starke halluzinatorische Wirkung, wenn man sie aß, als Tee aufbrühte oder einen Joint daraus drehte, aber in geräuchertem Zustand löste sich ihr psychedelisches Potenzial doch ziemlich rasch in Luft auf.

»Wir sind halt sehr nahe dabei gesessen«, murmelte Berta. »Und es hat angenehm gerochen, leicht süßlich, da dachten wir, vielleicht ist das ja Aromatherapie. Wollte ich immer schon mal ausprobieren.«

»Berta!« Meine pazifistische Grundstimmung kam mir definitiv abhanden. »Du kannst nicht einmal Duftbäume in Autos leiden. Oder den Geruch von Weichspüler. Deine Aromatherapie besteht aus frisch aufgebrühtem Kaffee oder Koteletts auf dem Grillrost. Alles andere nehm ich dir einfach nicht ab. Und was das Sightseeing im Resort betrifft, das könnt ihr eurer Großmutter erzählen.«

»Aber –«, setzte meine Freundin an, als Emma sie unterbrach.

»Berta, lass gut sein, wir sagen ihr jetzt die Wahrheit. Schließlich sind wir erwachsen und niemandem Rechenschaft schuldig.«

Mein Magen krampfte sich schmerzhaft zusammen, aber diesmal war keine vergiftete Mahlzeit dran schuld, sondern Emmas Worte. Meine Freundin, meine beste und liebste Freundin, hatte mich angelogen. Es fühlte sich an, als hätte man mir ein starkes, sofort wirksames Nervengift direkt ins Herz geträufelt.

Als Emma mit ihrem Tatsachenbericht begann, rauschten ihre ersten Worte an mir vorüber wie eine unverständliche Kombination aus Vokalen und Konsonanten. Die Wahrheit war mir auf einmal völlig unwichtig geworden, es zählte nur Bertas Verrat. Sie hatte mich hintergangen, betrogen, mir Lügenmärchen aufgetischt. Wo wir uns doch immer in allem vertraut hatten, uns alles erzählt und unsere geheimsten Wünsche gestanden hatten – und auf einmal, nach Ewigkeiten, log sie mich unverfroren an und machte mit Emma gemeinsame Sache. Ausgerechnet Emma, mit der sie über Jahrzehnte nichts außer einer innigen Feindschaft verbunden hatte, war quasi über Nacht zu ihrer engsten Vertrauten mutiert. Und das nur wegen ihrer Verfressenheit.

Emma hatte also tatsächlich und wie von Bobo vermutet eine geheime Quelle für Jausensemmeln aufgetan und Berta notgedrungen in diese eingeweiht. Der Bruder vom Schwager oder der Schwager vom Bruder, ich hatte nicht genau aufgepasst, jedenfalls ein entfernter Verwandter von Emma lieferte täglich die frische Wäsche ins Resort und nahm ihr bei dieser Gelegenheit ein paar Schnitzelsemmeln mit, die er ihr im Heizungskeller, der direkt neben dem Wäscheraum lag, überbrachte. Gestern war dann eben auch Berta in den Genuss dieser Geheimmahlzeiten gekommen, und weil sie befürchtete, dass ich den Geruch nach Frittierfett bemerken könnte, kam sie auf die unsinnige Idee, sich mitsamt ihrer Kleidung ordentlich einzuräuchern, um den Geruch zu kaschieren. Nur hatte jemand das Räucherwerk aus der Schale entfernt und stattdessen Stechapfelsamen eingefüllt. Mit den uns allen bekannten Folgen. Wobei eine kleine Prise psychedelischer Samen keine derart starken Wahnvorstellungen hervorrufen konnte. Vermutlich hatten die beiden mit der Menge maßlos übertrieben und den Rauch dann auch noch inhaliert. Der Verrat an mir machte mir allerdings am meisten zu schaffen. Mehr noch als diese ganze Giftmischerei.

Meiner engsten Freundin und Vertrauten war eine Schnitzelsemmel mehr wert gewesen als unsere langjährige Freundschaft.

Ich begann zu verstehen, warum der biblische Sündenfall durch eine Frau begangen wurde, die ihren Appetit nicht hatte zügeln können. Womöglich war es Eva gar nicht um Erkenntnis gegangen, sondern ums Essen. Im Grunde schien sich das ganze Leben nur um die Anhäufung von Bauchspeck zu handeln, zumindest in meinem Umfeld. Auch mein Mann fürchtete weder Klimakrise noch Kriegstreiberei oder eine Krebserkrankung, er hatte ausschließlich Angst vor dem Moment, wenn er keine Süßigkeiten mehr würde auftreiben können.

»Ein Jammertal«, murmelte ich voller Resignation, und Emma erwiderte: »Du sagst es.« Sie hatte meinen deprimierten Ausdruck offenbar auf ihre Beichte bezogen.

Berta hingegen sagte gar nichts mehr. Hoch konzentriert versuchte sie, aus Bobos unbenutzter Serviette einen Papierflieger zu falten, als ginge sie die ganze Sache nichts an. Reumütiges Schweigen sah jedenfalls anders aus.

***

Eine Stunde lang mussten wir eingesperrt im Speisesaal ausharren, dann schwang die Tür auf, und Kommissar Hartmann erschien. Inmitten der teils aufgebrachten Masse wirkte er in seinem grabsteingrauen Anzug noch klappriger als sonst. Sogar seinen Schuhbändern, die stets wie gebügelt aussahen, fehlte es an der gewohnten Symmetrie. Die linke Schlinge sah bedeutend größer aus als die rechte. Mit präzise bemessenen Schritten querte er den halben Saal, flankiert von drei Uniformträgern, von denen einer ein Standmikrofon mit sich schleppte. Offenbar erwartete uns eine weitere Ansprache.

Mit einem Räuspern, das einem akustischen Handkantenschlag glich, trat der Mann meiner Alpträume ans Mikrofon. Der Sprechchor, der ohnedies schon etwas heiser klang, verstummte.

Aber auch der Kommissar hörte sich weitaus weniger dezibellastig an als sonst. Zwar immer noch ausreichend laut für einen spontanen Migräneanfall, aber es klang um ein paar Nuancen erträglicher. Und um einiges weniger großspurig. Schließlich hatte er uns vor gar nicht langer Zeit noch sein absolut engmaschiges Sicherheitsnetz präsentiert und allen versichert, dass es nicht einmal eine Amöbe würde überwinden können. Aber dem Giftmischer und Drohbriefschreiber war es offensichtlich gelungen.

Der Großteil der Gäste sah es ähnlich. Kaum hatte das Überraschungsmoment sich gelegt, stimmte der Protestchor zwölftonartige Buhrufe an, und kurz darauf flogen bereits die ersten gefüllten Zucchiniblüten.

Hartmann geriet ins Stottern, die Hände schützend vors Gesicht gehalten. Ein Anblick, der mich normalerweise mit großer Genugtuung erfüllt hätte, doch nach Bertas Betrug und Emmas Geständnis konnte ich mich nicht einmal mehr daran erfreuen.

Das einzig Erfreuliche an der ganzen Sache war, dass uns der Kommissar mit grimmiger Miene die sofortige Abreise in Aussicht stellte, was garantiert auf Anweisung einer höheren Stelle hin geschah. Freiwillig hätte dieser Fanatiker uns niemals gehen lassen, selbst wenn wir täglich um unser Leben hätten fürchten müssten.

Der offiziellen Ankündigung, dass es allen freistehe, jederzeit die Koffer zu packen, folgte allerdings kein Applaus mehr, sondern frenetisches Stühlerücken. Niemand wollte auch nur eine Minute länger an diesem Ort bleiben. Allen voran verließen die Buhrufer den Saal, nicht ohne Hartmann noch ein paar deftige Beleidigungen an den Kopf zu werfen. »Arschgesicht« oder »Scheißbulle« waren dabei noch die freundlicheren Worte.

Auch ich machte mich erleichtert auf den Weg. Nur fort von hier, fort von Drohbriefen, Giftmorden und fort von Berta.

Ich nahm mir nicht einmal die Zeit, meine Kleidung ordnungsgemäß zu falten, sondern stopfte alles in einem Haufen in die Reisetasche. Meine treulose Freundin tat hinter meinem Rücken das Gleiche. Wir wechselten kaum ein Wort, nur das Knistern und Rascheln von Stoff war zu hören. Fünf Minuten später hatten wir unsere Siebensachen fertig verstaut, Berta trug wieder eines ihrer eigenen Kleider statt der peinlichen Behelfsklamotten aus der Mottenkiste des Krankenhauses, und wir machten uns schweigend auf den Weg ins Foyer, wo uns ein Kleinbus abholen und zurück nach Oberdistelbrunn bringen würde.

Erst auf der Fahrt dorthin wagte ich die alles entscheidende Frage nach dem Warum.

»Ich hatte Hunger«, antwortete Berta. »Ich hatte verdammt noch mal solchen Hunger, dass ich einen Pakt mit dem Teufel eingegangen wäre. Schließlich«, sie sah mich eher vorwurfsvoll als reumütig an, »sollten wir Fettzellen verlieren, nicht gleich das ganze Leben.«

***

Als ich den Bus verließ, hatte ich außerdem ein schlechtes Gewissen im Gepäck. Alles in allem trug ich vielleicht eine Mitschuld an diesem Giftanschlag, denn ich hatte Berta nachdrücklich zum Basenfasten überredet, weil ich davon überzeugt war, ihr damit etwas Gutes zu tun. Nie hätte ich geahnt, dass ein Mensch derart süchtig nach hochkalorischen Nahrungsmitteln sein könnte, dass er bereits nach kürzestem Entzug nicht nur die Nerven, sondern auch den Charakter verlor.

Verdrossen drückte ich unser Gartentor auf, um Fred nicht vom Sofa klingeln zu müssen, falls er die Haustür versperrt hätte. Dann blickte ich mich fassungslos um. Nicht einmal sechs ganze Tage war ich fort gewesen, aber im Unterschied zu mir war mein Garten nicht mehr wiederzuerkennen. Die bei meiner Abreise üppig blühenden Fetthennen schienen ertrunken zu sein, die Sonnenhüte hingegen sahen eher verdurstet aus. Gurken und Zucchinipflanzen waren Opfer des Mosaikvirus geworden, auf den Tomaten tummelten sich Schildläuse und weiße Fliegen, und auf dem Beet mit den zuvor prächtigen Herbstanemonen schien ein Elefant ein Nickerchen gehalten zu haben. Dabei hatte ich eine elendslange Anleitung verfasst, wie man mein geliebtes Grünzeug zu pflegen hatte. Über der linken oberen Ecke der Terrassentür, dort, wo die Markise montiert war, bemerkte ich sogar ein Wespennest. Offenbar hatte sich seit fast einer Woche niemand auf der Terrasse aufgehalten.

Vorsichtig und mit eingezogenem Kopf, um den Wespen keinen Grund für einen Angriff zu liefern, trat ich ins Wohnzimmer, das entgegen meinen Erwartungen oder, besser gesagt, Befürchtungen menschenleer war. Kein Fred, der zuerst ins Zuckerkoma und danach auf den Teppich gefallen war, auch kein Fred futternderweise auf dem Sofa oder fernsehschlafend auf dem Fauteuil. Nur Dutzende zusammengeknüllte Schokoladenpapiere und eine offene Keksdose zeugten von seiner Anwesenheit.

Erst in der Küche fand ich meinen Mann. Er saß mit gefurchter Stirn am Tisch, neben ihm stand ein Glas Nutella, und vor ihm lag eine dünne Broschüre, die er hoch konzentriert studierte.

»Fred? Ich bin wieder da«, sprach ich ihn an.

Fred schreckte hoch, blickte erst mich und danach das Glas mit der Schokocreme an und stammelte: »Pauline? Du? Wir haben dich erst nächste Woche zurückerwartet.«

»Das sehe ich«, murmelte ich und trat zu ihm an den Tisch. Wenigstens ringsum herrschte Ordnung. Auf dem Herd stand ein Topf mit Gemüsesuppe, die Anrichte war sauber, und auf dem Boden befand sich nur der Napf für den Hund.

Gerade wollte auch ich mich setzen, als etwas absolut Ungewöhnliches geschah, also genau genommen ein Vorfall von nahezu epochaler Einzigartigkeit. Mein Mann erhob sich unaufgefordert und fiel mir derart stürmisch um den Hals, als hätte ich ihm gerade einen Lottogewinn verkündet.

»Ich bin so froh, dass dir nichts passiert ist. Wirklich«, hauchte er mir ins Ohr.

»Nun ja. Es hat mich niemand vergiftet. Das ist schon mal etwas«, erwiderte ich einigermaßen überrascht über diese spontane Gefühlsanwandlung.

Mit dieser Manifestation an Zuneigung hatte Fred vermutlich sein Jahrespensum an körperlicher Annäherung erschöpft. Zwar hatte er mir bei unserem letzten Telefonat ordentlich die Leviten gelesen, was für eine ehrliche Besorgnis um mich sprach, aber dieser Zustand hielt normalerweise nur einige Minuten an. Nicht so wie jetzt. Fred schien ernsthaft beunruhigt zu sein.

»Pass weiterhin auf dich auf«, bat er mich. »Die Gefahr ist noch nicht vorüber. Und sie lauert irgendwo hier. Eine tödliche Gefahr.«

»Was, hier? Im Haus?« Ich verstand nicht, ging aber davon aus, dass sich kein Einbrecher in der Speisekammer versteckt hielt. Oder im Badezimmerschrank.

»Nein, natürlich nicht, aber irgendwo in deiner Nähe.«

Das klang verdächtig nach einer Prophezeiung seiner Tarotkarten, an die mein Mann so blind glaubte wie Elsbeth an die Zehn Gebote. Allerdings sah ich gar keine Karten, nur diese dünne Broschüre, die er bei meiner Ankunft studiert hatte.

»Was liest du da eigentlich?«

»Das ist ein Branchenverzeichnis von Oberdistelbrunn.«

»Möchtest du ein Gewerbe als Wahrsager eröffnen, oder suchst du nach einem Großhändler für Süßigkeiten?«, kommentierte ich ein wenig zu spitz, während ich das Nutellaglas verschloss und in den Kühlschrank stellte. »Da ist übrigens jede Menge Zucker und Palmöl drin.«

An meinem Fred prallte Ironie allerdings ab wie Wasser auf einem frisch gewachsten Autodach.

»Ich hab nachgesehen, ob es hier irgendwo einen Reitstall

gibt. Oder eine Pferdezucht. Einen berittenen Mittelalterverein, irgend so was.«

Verdutzt setzte ich mich auch an den Tisch. An Tieren, also solchen, die nicht zum Verzehr mit Kartoffelknödeln gedacht waren, hatte mein Mann noch nie Interesse gezeigt.

»Möchtest du reiten lernen?« Gleichzeitig schüttelte ich den Kopf. Mein Mann brauchte üblicherweise schon eine Seilwinde, um sich vom Sofa zu erheben. Undenkbar, dass er ein Pferd besteigen könnte.

»Natürlich nicht. Aber von einem Pferd oder, besser gesagt, von einem Reiter geht größte Gefahr aus. Als du mir von den Giftanschlägen berichtet hast, habe ich danach natürlich meine Karten gelegt. Es kam der Ritter der Stäbe in Kombination mit dem Tod.«

»Ach ja.« Gleich würde mir Fred sagen, dass seine Karten nie logen.

»Und du weißt, dass meine Karten nie lügen.«

Jetzt hätte ich einwenden können, dass seine Karten bei der Prognose des Urlaubswetters ebenso versagt hatten wie bei der Frage nach der günstigsten Pensionsvorsorge, doch ich fühlte mich zu erschöpft für derart sinnlose Diskussionen, die so wenig zielführend waren wie drei Runden im selben Kreisverkehr.

»Wenn der Tod nur gemeinsam mit einem Pferd antrabt, droht mir aber eh keine Gefahr«, wandte ich ein. »Ich kenne niemanden, der ein Pferd besitzt, ich selbst bin mit sieben zum ersten und zum letzten Mal auf einem Pony gesessen, sogar meine Schwester Valerie Patrizia, die eine Leidenschaft für seltene oder gefährliche Sportarten hegte, ist nie geritten, und einen Pferdefleischhauer kenne ich auch nicht.«

Fred sah mich an wie ein bockiges Kind, das sich weigert, die Wahrheit über den Weihnachtsmann zu erfahren.

»Pass dennoch auf. Und wenn du auch nur von einem Pferd hören solltest, dann renn bitte um dein Leben.«

»Fred. In meinem Alter rennt man nicht mehr um sein Leben, der Tod holt einen ohnedies ein, aber ich verspreche, Ohren und

Augen offen zu halten und bei Gefahr laut um Hilfe zu schreien. Mehr Angst macht mir allerdings diese Giftmischerei.«

Zögernd berichtete ich meinem Mann die ganze Wahrheit über unseren Aufenthalt im Botanical Wellness Resort. Inklusive Horrortrip wegen der verbotenen Schnitzelsemmeln.

Und erneut geschah etwas Außergewöhnliches. Fred hörte für seine Verhältnisse ziemlich aufmerksam zu, zeigte vollstes Verständnis für Bertas und Emmas Verhalten und fand selbst eine Liga zum Schutz pflanzlicher Gefühle vorstellbar.

Andere Menschen würden bei einer so haarsträubenden Abfolge von Ereignissen nicht mehr aus dem Staunen herauskommen, mein Fred kam nicht ins Staunen hinein. Er nahm alles so, wie es kam. Ein beneidenswerter Zug, den ich vor über fünfunddreißig Jahren für ein Zeichen von Stärke und Männlichkeit gehalten hatte.

»Vielleicht verbirgt sich der Giftmörder ja in einem trojanischen Pferd«, meinte er und starrte sehnsüchtig auf den Platz, wo kurz zuvor noch die Schokonusscreme gestanden hatte.

»Ein Holzpferd wäre mir bestimmt aufgefallen«, sagte ich und legte einen Themenwechsel ein, bevor mein Mann etwas erwidern konnte. »Wo ist eigentlich Vincent?«

Meine Schwester hatte ihren Sohn ja vor etwa zwei Jahren einfach bei mir geparkt, weil sie zu einem Sabbatical nach Nepal aufgebrochen war. Und obwohl Valerie Patrizia mittlerweile wieder in Österreich lebte, verbrachte ihr Sohn Urlaub und Freizeit immer noch bei uns. Ich hatte den Jungen samt seinem fledermausartigen Hund auch wirklich sehr lieb gewonnen, obwohl seine Vorstellungen von Leben und Lieben oft äußerst gewöhnungsbedürftig waren. Der Junge lebte vegan, war schwul, und das mit seiner weiblichen Seite wollte ich im Grunde gar nicht genau wissen. Sofern er sie nur innerhalb dieser Mauern auslebte.

Eine Hoffnung, die mir mein Gatte umgehend zunichtemachte. »Der ist bei einem Bauchtanzkurs. Der Hund auch. Und später wollte er noch irgendwohin. Hab aber vergessen, wohin genau.«

»BAUCHTANZGRUPPE?«

Fred nickte. Auch das fand er weder ungewöhnlich, noch machte es ihn staunen.

»Sag, trägt er immer noch Frauenkleider?«, erkundigte ich mich beklommen.

»Ich denke nicht. Man hat ihm seine Sachen ja gestohlen. Direkt von der Wäscheleine.«

»Wie? Du denkst? Aber du musst doch sehen, wie er angezogen ist. Ob er Hosen anhat oder einen Rock?«

In Momenten wie diesen fragte ich mich, ob Fred überhaupt von dieser Welt war. Dass Männer gerne mal unter selektiver Vergessenheit litten, war ja allgemein bekannt, aber meiner besaß auch noch das Talent zur selektiven Blindheit. Dass ihm eine andere Frisur oder neue Schuhe nicht auffielen, mochte noch angehen, aber einen Mann in Frauenkleidern nicht zu bemerken schien mir absolut unmöglich.

Offensichtlich aber nur mir, denn Fred meinte völlig ungerührt: »Ich habe nicht aufgepasst, ich habe Wichtigeres zu tun gehabt. Außerdem ist der Bub volljährig und kann anziehen, was er will. Solange ich nicht für ihn waschen oder bügeln muss.«

Eine klare Ansage, auf die selbst mir keine passende Antwort mehr einfiel. Zumindest konnte ich mir die Frage nach den Ursachen der Gartenmisere schenken. Wenn mein Gatte nicht einmal wusste, welche Kleidung mein Neffe trug, obwohl sie im selben Haus lebten, dann würde ihm der jämmerliche Zustand meiner Beete selbst dann nicht auffallen, wenn ich ihn darin begraben würde.

Am besten für uns beide, ich unterließ weitere Diskussionen und begann stattdessen mit den Aufräumarbeiten. Entschlossen griff ich mir einen Müllbeutel und wandte mich zum Gehen, als Fred nach mir rief.

»Pauline!«

»Ja? Ist noch was?«

»Ich finde, wir sollten deine unversehrte Rückkehr feiern.«

»Wir haben aber keinen Champagner gekühlt.« Ich witterte

Unheil. Fred und Feiern war gleichfalls eine sehr unübliche Kombination.

»Das nicht. Aber wir haben Eier. Und Zucker und Mehl und Rosinen. Damit könnte man …«

»… einen Kaiserschmarren machen«, vollendete ich seinen Satz. Gott, was war dieser Mensch voraussagbar.

»Genau.«

»Also du meinst, ich stell mich an den Herd, und du feierst.«

»Du siehst das falsch. So ein Schmarren ist ja schnell zubereitet. Aber trotzdem ein echtes Feiertagsessen. Und außerdem gesund.«

»Gesund? Du meinst, fett. Kalorienreich. Süß. Und die paar Rosinen machen aus einem Schmarren keinen Obstteller.«

Fred dachte auch nur ans Essen. Andere Männer hatten wenigstens Fußball oder Sex im Kopf.

»Also verglichen mit deiner giftigen Basenfastenkost ist ein hausgemachter Kaiserschmarren bestimmt gesund. Und schmecken tut er auch besser.«

»Ich überleg's mir.«

Widersprechen konnte ich ihm nicht. Unsere Fastenkur hatte sich ja tatsächlich als eine Art russisches Roulette der Gesundheitskost entpuppt. Besser, ich ging, um den Müll aus dem Wohnzimmer zu entfernen.

***

Ich stopfte gerade das letzte Stanniolpapier einer Schokoladenkekspackung in die Mülltüte, als es an der Tür klingelte. Demnach konnte es nicht Vincent sein, denn der hatte einen Schlüssel. Und Alfred erwartete niemals Besuch. Vielleicht Berta? Vielleicht sogar mit einem Versöhnungskuchen? Allein der Gedanke hob meine Stimmung. Rasch legte ich den Müllbeutel weg und ging zur Tür, da Fred stets recht lange brauchte, um sein Trägheitselement zu überwinden. Mit einem erwartungsvollen Lächeln im Gesicht schloss ich auf. Vor mir stand Hauptkommissar Hartmann, die Pestbeule unter den Beamten. Umgehend kippten meine Mundwinkel nach unten.

»Sie schon wieder«, sagte ich und bereute es im selben Moment.

Der klapprige Kommissar bekam ein böses Funkeln in den Augen. »Ja, ich schon wieder.«

Eine Woge Pfefferminzduft schlug mir entgegen. Er hatte meinen Rat also tatsächlich befolgt, was mich sehr verwunderte. Vielleicht wollte er aber auch nur vermeiden, dass eventuelle Geständnisse später ungültig wurden, weil die Angeklagten sich auf olfaktorische Foltermethoden während des Verhörs beriefen.

»Was verschafft mir die Ehre?«, erkundigte ich mich mit einer Doppeldosis geheuchelter Liebeswürdigkeit, während ich keinen Millimeter von der Türschwelle wich.

»Das erfahren Sie früh genug«, erwiderte Hartmann. »Und jetzt lassen Sie mich gefälligst rein!«

»Haben Sie einen Durchsuchungsbefehl?«, fragte ich siegessicher. Auch wenn diese polizeiliche Nullnummer mich nicht ausstehen konnte, musste er mich nicht bis nach Hause verfolgen. Dafür lag meiner Meinung nach nicht der geringste Grund vor. Es gab keinerlei Verdachtsmomente gegen mich, sosehr Hartmann das auch herbeisehnen mochte.

»Nein, habe ich nicht. Aber ich kann im Handumdrehen einen Haftbefehl erwirken, wenn Ihnen das lieber ist.« Nun lächelte dieser Widerling sogar und entblößte dabei zwei Reihen gelblicher, spitzer Zähne. Wie ein Krokodil kurz vor dem Zuschnappen, schoss es mir durch den Kopf.

Dennoch war ich nicht gewillt, kommentarlos zur Seite zu treten.

»Und weshalb wollen Sie mich verhaften? Halten Sie mich für eine Giftmörderin, die Chefin der höchst kriminellen Liga zum Schutz pflanzlicher Gefühle, oder habe ich mich auf der Damentoilette ungebührlich verhalten und muss nun wegen Ehrenbeleidigung vor Gericht?«

Hartmanns Lächeln wurde eine Spur breiter. Und bedrohlicher.

»Sie müssen gar nichts, außer mich ins Haus lassen. Damit ich ein paar Worte mit Ihrem Neffen wechseln kann, der unter dringendem Tatverdacht steht.«

Meine Standfestigkeit kollabierte wie gekochte Spaghetti. Vincent. Mein Neffe Vincent. Schon wieder unter Mordverdacht. Ich glaubte zwar keine Sekunde daran, denn der blindgängerische Kriminaler hatte mit seinen Verdächtigungen bereits vor zwei Jahren völlig falschgelegen, doch derart schwere Anschuldigungen besprach man besser nicht zwischen Tür und Angel.

Mit zittrigen Knien und dem Gefühl aufkommender Panik ließ ich den unwillkommenen Gast eintreten.

Gut, dass ich zumindest den Verpackungsmüll von Freds Fernsehfressanfällen bereits in eine Tüte gestopft und die Sofakissen aufgeschüttelt hatte, dachte ich, während ich den Kommissar ins Wohnzimmer zu dirigieren versuchte. Aber dieses wandelnde Katastrophengebiet ignorierte meine richtungsweisenden Gesten. Stattdessen marschierte er stur geradeaus in die Küche, wo mein Mann noch immer gedankenverloren das Gewerbeverzeichnis durchblätterte.

»Ist doch viel gemütlicher hier«, stellte Hartmann mit triefendem Sarkasmus fest, kaum hatte er den Raum betreten, zog sich einen Stuhl heran und ließ sich ungefragt am Esstisch nieder.

Fred fiel beinahe das Verzeichnis aus der Hand, so erschrak er beim Anblick seines alten Widersachers, der ihn völlig zu Unrecht der häuslichen Gewalt beschuldigt hatte. Damals hatten wir uns in exakt der gleichen Situation befunden, nur dass diesmal keine Blutspuren auf dem Küchenboden zu finden waren und niemand von uns daran dachte, dem Kommissar einen Kaffee anzubieten.

»Was ist denn passiert? Was tun Sie hier?«, fragte Fred betont unfreundlich. Dank Hartmanns Heimsuchung war die aufkeimende Feiertagsstimmung rückstandslos verpufft. Und mit ihr die Aussicht auf seinen geliebten Kaiserschmarren.

»Ich stelle hier die Fragen«, konterte der Kommissar und zog einen messerscharf gespitzten Bleistift aus der Brusttasche seines Anzugs, der diesmal kanaldeckelgrau war. »Also. Wann haben Sie Vincent Wallenstein das letzte Mal gesehen?«

Mein Mann zuckte die Schultern. »Vor ein paar Stunden. Warum? Was geht Sie das an?«

»Ich sagte Ihnen doch, ich stelle die Fragen. Nur ich!«, zischte Hartmann, griff nach dem Bleistift und biss knirschend hinein, eine grässliche Marotte von ihm.

Ich getraute mich aus Angst vor horrenden Zahnarztrechnungen ja nicht einmal mehr, eine Karotte entzweizubeißen, doch der Kommissar schien Biber in der Ahnenreihe zu haben. Möglicherweise knabberte er daheim sogar Stuhlbeine oder Vorhangstangen an, so wie andere an Spareribs nagten, eine Vorstellung, die mich unter anderen Umständen ziemlich amüsiert hätte.

Jetzt hatte ich allerdings keinen Kopf für Hartmanns kulinarische Vorlieben.

»Was wollen Sie von Vincent?«, fauchte ich ihn an. »Er ist zu keiner Zeit vor Ort gewesen. Oder glauben Sie, ich hätte ihn in meiner Handtasche versteckt und bei Nacht und Nebel ins Resort geschmuggelt, wo er dann auf die Schnelle zwei völlig unbekannte Männer umbringt und meine beste Freundin vergiftet?«

Kommissar Hungerhaken bedachte mich mit einem Blick, der wenig Gutes verhieß. »Sie halten den Mund. Seien Sie froh, dass ich Sie nicht der Mittäterschaft verdächtige. Noch nicht. Als alte Kräuterhexe hätten Sie ausreichend Zeit, Kompetenz und die nötigen Mittel, um eine ganze Wagenladung toxischer Substanzen herzustellen. Ihr Neffe brauchte nur noch das Motiv zu liefern.«

»Sie sind doch ...«, setzte ich zu meiner Verteidigung an, hielt dann aber vorschriftsmäßig den Mund. Eine Anzeige wegen Beamtenbeleidigung wollte ich nicht riskieren.

Um dennoch nicht an meiner unterdrückten Wut zu ersticken, atmete ich ein paarmal tief durch und sagte mir in

Gedanken das Vierzehn-mal-vierzehn auf – eine Art Gehirnakrobatik, die mich meistens ablenken konnte. Noch lieber hätte ich allerdings einen Schierlingsbecher zur Hand gehabt. Selbst mein phlegmatischer Fred war angesichts dieser unverschämten Anschuldigung aus seinem chronischen Energiesparmodus erwacht. Mit zusammengepressten Kiefern griff er sich die große hölzerne Pfeffermühle und schwang sie hin und her, als wolle er gleich damit zuschlagen.

Und obwohl ich innerlich kochte, hätte das Raumklima einen Entfroster benötigt. Eine Minute lang herrschte eisiges Schweigen, dann fiel die Eingangstür ins Schloss. Mein Neffe war da. Mit einem fröhlich bellenden Dino im Schlepptau betrat er in Jeans und T-Shirt die Küche. Mir fiel ein Kieselstein vom Herzen. Zumindest seine Kleidung würde keinen weiteren Anlass für absurde Spekulationen liefern. Dachte ich.

»Herr Vincent Wallenstein, setzen Sie sich«, begrüßte Hartmann ihn.

Dino, eine sabbernde französische Bulldogge mit Fledermausohren, Stummelschwanz und sonnigem Gemüt, stellte das Bellen ein. Stattdessen drang ein leises Knurren aus seinem Maul. Der Hund besaß eindeutig mehr Menschenkenntnis als sein Herrchen, denn mein Neffe schien zwar überrascht, aber nicht beunruhigt zu sein. Und das, obwohl er von genau diesem Unmenschen schon einmal verhaftet worden war. Ohne jede Widerrede nahm Vincent auf der Küchenbank Platz, während mein Mann die Pfeffermühle, ein fast meterhohes Geschenk meiner Schwester zu unserer Hochzeit vor über dreißig Jahren, noch fester umklammerte, ich die Anschaffung einer Voodoo-Puppe erwog und Dino sein glänzend braunes Fell sträubte.

Nur auf dem Gesicht des Kommissars machte sich ein siegessicheres Grinsen breit. Nahezu euphorisch tastete er nach einem neuen Bleistift in seiner Anzugtasche. Dann richtete er sich auf dem Küchenstuhl kerzengerade auf, als wolle er sitzend strammstehen. Mein Neffe war einen Kopf größer als er, allein das wertete dieser Widerling bestimmt als strafwürdiges

Vergehen. Dass es Hartmann dennoch gelang, ihn von oben herab zu mustern, grenzte schon an ein Wunder.

»Und jetzt?«, meinte Vincent, der das Damoklesschwert, das über ihm schwebte, noch immer nicht bemerkte.

»Herr Wallenstein, ich habe einige Fragen an Sie!«

Mein Neffe nickte, nichts Böses ahnend.

Der Kommissar langte nach seiner schiefergrauen Aktentasche, zog eine Plastiktüte hervor und entnahm ihr eine grellbunte Stoffbahn, die er mit spitzen Fingern nahezu im Zeitraffer entrollte und achtsam auf dem Tisch ausbreitete.

»Ist das Ihr Kleid?«, wandte er sich an Vincent.

Mein Neffe nickte erneut, der Kommissar warf sich mit überlegenem Getue in seine Hühnerbrust.

Wäre die ganze groteske Szenerie Teil eines schlechten Fernsehkrimis, würde nun der Triumphmarsch erklingen.

Ich konnte meine Augen nicht von dem peinlichen Teil auf der Tischplatte lassen, ein angebliches Corpus Delicti, wie es blamabler nicht sein konnte. Was hatte sich dieser dumme Junge nur dabei gedacht?

»Wir haben Ihr Kleid in einem Restmüllcontainer des Botanical Wellness Resorts gefunden. Und Sie können uns bestimmt sagen, wie es dorthin gekommen ist.«

»Kann ich nicht«, erwiderte Vincent ungerührt. »Meine zwei Kleider wurden mir vor einigen Tagen von der Wäscheleine gestohlen. Der Dorfpolizist hier, also dieser Kapplmeier, hat ein Protokoll darüber verfasst, weil ich den Diebstahl angezeigt habe.«

»Kapplhuber, der Mann heißt Kapplhuber, nicht -meier«, korrigierte ihn Hartmann und biss seinen Bleistift mittig durch. »Im Übrigen eine sehr ausgeklügelte Ablenkungstaktik, alle Achtung. Leider verfangen diese Methoden nicht bei mir. Wenn Ihr Kleid am Tatort war, dann wird es auch jemand getragen haben. Und dieser Jemand sind Sie, denn nur Ihre Spuren haften dran.«

Das Ganze grenzte an absurdes Theater. Meine Nerven schwollen an wie Krampfadern kurz vor dem Platzen. Warum verteidigte Vincent sich nicht? Warum tat sich die Erde nicht auf und verschlang den Kommissar?

Mein Neffe hingegen wirkte immer noch recht gelassen. »Ich war aber nicht dort«, sagte er. »Und außerdem: Seit wann ist es ein Verbrechen, sich so anzuziehen, wie es einem gefällt? Schließlich leben wir in Österreich, nicht im Islamischen Staat.«

Hartmann tastete nach einem neuen Bleistift, Fred und ich hielten ziemlich synchron den Atem an.

Dann donnerte der Kommissar los. »Von mir aus können Sie gerne einen Lendenschurz tragen. Oder einen Büstenhalter. Oder beides. Ganz wie Sie wollen. Aber wenn eines Ihrer Kleidungsstücke exakt dort auftaucht, wo es zwei Giftmorde und einige Mordversuche gegeben hat, dann wird es problematisch. Umso mehr, wenn sich eine Liga zum Schutz pflanzlicher Gefühle dazu bekennt und der einzige bekennende Veganer weit und breit Vincent Wallenstein heißt.«

In meinem Neffen machte sich eine Art geistige Windstille breit, das war unübersehbar. Die Stirn in tiefe Falten gelegt, starrte er seinen Peiniger mit offenem Mund an, als hätte ihm der soeben die Relativitätstheorie erklärt.

Auch mir entglitten die Gesichtszüge. Was sich dieser Mensch da zusammenphantasierte, konnte nicht einmal mehr einem kranken Hirn entsprungen sein, das musste das Ergebnis einer schweren intellektuellen Anämie sein. Wenn es nach mir ginge, müsste Hartmann für seinen Beamtenschädel eigentlich Leerstandsprämie zahlen, denn drin war da offenbar nichts.

»Wenn Sie an die Schuld meines Neffen glauben, so glauben Sie wohl auch noch an den Osterhasen«, fuhr ich den Kommissar an. »Wer sonst könnte Ihnen so ein verrücktes Ei gelegt haben? Haben Sie in Ihrer ganzen Karriere überhaupt schon mal einen Täter hinter Schloss und Riegel gebracht oder nur Unschuldige in den Wahnsinn getrieben? Aua!«

Mein Mann hatte mir spürbar gegen das Schienbein getreten. Vermutlich redete ich mich gerade um Kopf und Kragen, aber schließlich ging es hier auch um unsere Familienehre.

Nun hatte ich Hartmanns volle Aufmerksamkeit für mich.

Er sezierte mich förmlich mit tödlichen Blicken, bevor er seine eingefallenen Backen aufblähte, um mir zum Jüngsten Gericht zu blasen.

Ein Schwall bösartiger Gemeinheiten flog mir an den Kopf, gefolgt von jeder Menge Drohungen, dass ich selbst mich entweder im Gefängnis oder einer geschlossenen Anstalt wiederfinden würde. Zweiteres schien mir weniger schlimm, denn von Irren umgeben fühlte ich mich seit einigen Tagen sowieso schon.

Also sagte ich mir einfach das Siebzehn-mal-siebzehn auf und ließ den Kommissar bis ans bittere Ende brüllen. »… das verspreche ich Ihnen« waren seine letzten wütenden Worte. Dann wandte er sich erneut meinem Neffen zu, der verzweifelt versuchte, seinen kläffenden und knurrenden Hund zu beruhigen.

»Schaffen Sie diesen Köter weg«, befahl Hartmann, denn Dino gebärdete sich, als würde er dem Kommissar gleich beweisen wollen, dass auch seine Zähne sich hervorragend zum Zubeißen eigneten.

Erstaunlicherweise reagierte mein Mann als Erster, stellte die Pfeffermühle ab und brachte den tobenden Hund nach draußen.

Danach herrschte einen Augenblick lang eine gespenstische Stille, bevor der Kommissar mit seinen ermittlungstechnischen Hirngespinsten weitermachte.

»Und nun zurück zu Ihnen, Herr Wallenstein.« Das »Herr« hatte Hartmann besonders betont. »Sie haben sich also in Frauenkleidern ins Resort geschlichen, um nicht erkannt zu werden, eine durchaus ungewöhnliche Tarnung, vermutlich auch noch Perücke, Nagellack und Stöckelschuhe getragen, zwei Menschen ermordet und sieben vergiftet. Warum? Um Ihrem Auftrag als Schutzherr von Grünzeug besser gerecht zu werden, oder was?«

Vincent schüttelte den Kopf. »Ich war nicht im Resort. Zu keiner Zeit. Und ich habe ein Alibi. Ich habe bis heute früh an einem Retreat in Wien teilgenommen. Fünf Tage lang. Fast rund um die Uhr. Und das können Ihnen mindestens vierzehn andere Teilnehmer bestätigen. Und am späten Vormittag bin ich noch bei der Pediküre und einer Depilation gewesen und habe meinen Bauchtanzkurs besucht.«

Eine Aussage, bei der mir ein klein wenig leichter ums Herz wurde. Ein Alibi, das vierzehn andere Menschen mit einbezog, schien mir zumindest schwer zu widerlegen zu sein.

»Ah ja. Und die Frauenkleider? Ihre Frauenkleider? In den Akten über den vermutlich nie stattgefundenen Diebstahl von der Wäscheleine sind ausdrücklich Sie als Besitzer angeführt. Und erzählen Sie mir jetzt nicht, dass Sie Frauenkleider sammeln wie andere Bierdeckel, Barbiepuppen oder Augarten-Porzellan.«

Wenn das Verhör in diese Richtung weiterlief, stand auf meiner Sterbeurkunde vermutlich: »Zu Tode geschämt«.

Mein Neffe hingegen schien sich nicht im Geringsten zu genieren. »Ich sammle keine Kleider, ich trage sie, sagte ich doch schon«, erwiderte er so unbefangen, als würden wir hier über das Wetter plaudern. »Das nennt sich Crossdressing. Eine Art soziales Statement, ein Gender Bender sozusagen, um stereotype Geschlechterrollen und binäre Ordnungen zu überwinden, wobei man auch die Bedeutung der eigenen Femininität und Androgynität nicht vernachlässigen darf.«

Wovon redete der Junge bloß? Ich hatte genau nichts verstanden. Und Hartmann schien es ähnlich zu gehen. Er murmelte »Ach ja« und »Soso«, biss ein paarmal in einen neuen Bleistift und wartete vermutlich gleich mir auf geistige Erleuchtung.

»Wissen Sie nicht, dass auch Daniel Küblböck gerne Kleider trug? Oder dass Brad Pitt bei der Premiere von ›Bullet Train‹ einen Leinenrock anhatte? So was ist total hip. Oder das neue Album der Dexys, ›The Feminine Divine‹, kennen Sie das auch nicht?«, fragte Vincent nun allen Ernstes. »Coole Songs, cooles Cover, Kevin Rowland trägt auch Frauenkleider und hinterfragt traditionelle Konzepte der Männlichkeit. Wirklich noch nie davon gehört?«

Hartmann reckte seinen kantigen Schädel noch etwas höher, um Vincent mit Blicken zu durchbohren.

»Hören Sie mit diesem Geschwucht… äh, Geschwurbel auf«, fauchte er. »Mich interessiert Ihr Alibi. Wo wollen Sie gewesen sein? Und mit wem?«

»Ich war bei einem Rainbow Retreat einer LGBTQIA+-Community in Siebenhirten in Wien.«

»Was für eine Community? Jetzt reden Sie schon.« Hartmann begann, wie ein Pferd zu schnauben.

Ob Fred mit seinen apokalyptischen Prophezeiungen den Kommissar gemeint hatte? Lebensbedrohlich war der mickrige Kriminalbeamte in jedem Fall. Gerade bei sehr mageren, schmächtigen Menschen kam das Schlechte in ihnen ja oft in stark konzentrierter Form vor. Optisch ähnelte er allerdings keinem Pferd, sondern eher einem mumifizierten Krokodil, das man in einen knitterfreien Anzug gesteckt hatte.

Inzwischen versuchte Vincent geduldig, uns die Begriffe *lesbian*, *gay*, *bisexual*, *transsexual/transgender*, *queer*, *intersexual* und *asexual* zu erklären, allerdings ohne jeden Erfolg. Eher würde ich seinem Hund das Stricken beibringen, als auf meine alten Tage noch diese neuen Geschlechterdefinitionen zu kapieren.

Auch Hartmann winkte ab. »Mir ist es völlig egal, welches Geschlecht ein Mörder hat, also sparen Sie sich Ihre Genderitis. Ob so eine Transtype dann in den Frauen- oder Männerknast muss, das wird der Richter entscheiden. Schreiben Sie mir jetzt und auf der Stelle eine Liste aller Teilnehmer, die Ihre Anwesenheit an diesem, äh, also dort vor Ort bestätigen können. Und die Adresse der Pediküre auch.«

Ich zog die Schublade vom Küchentisch auf und reichte Vincent Papier und Kugelschreiber. Er zückte sein Smartphone, wischte ein wenig herum und begann zu schreiben.

Nicht einmal eine Minute später hatte er die Liste beendet und übergab sie Hartmann, der den Zettel sorgfältig zusammenfaltete und in seiner Aktentasche verstaute.

»Ein Alibi ist halt nur so glaubwürdig wie der Mensch, der

es einem liefert«, bemerkte er spöttisch. »Eine Fortbildungswoche über Brandbekämpfung der heimischen Feuerwehr wäre eine bessere Wahl gewesen.«

Womit eindeutig klar wurde, was der Kommissar von diesen neumodischen Geschlechtsidentitäten und deren visuellen Ausformungen hielt. Ein bisschen verstand ich das sogar. Dass mein einziger und absoluter Lieblingsneffe schwul war, damit konnte ich mittlerweile recht gut leben, dass er sich größtenteils vegan ernährte, irritierte mich auch nicht mehr, aber ein Mann in Frauenkleidern, das kam mir wirklich vor wie der viel zitierte Fisch auf dem Fahrrad.

»Das Gleiche gilt übrigens für Sie«, rieb Hartmann mir abschließend unter die Nase und erhob sich.

»Moment.« Erneut verstellte ich ihm den Weg. »Ich hätte da auch noch eine Frage.« Und moralisch betrachtet ein Recht auf Antwort, fand ich.

Unwirsch schob der Kommissar mich zur Seite, ließ sich aber zumindest zu einem »Dann fragen Sie halt« herab.

Zwischen Tür und Angel musste er ohnedies einen Halt einlegen, denn Vincent hatte die Eingangstür doppelt abgesperrt und den Schlüssel abgezogen.

Bemüht langsam kramte ich in der getöpferten Krimskramsschale nach meinem Schlüssel, während ich mich nach Bobo und Elsbeth erkundigte.

Einen Moment lang sah es so aus, als hätte Hartmann mich gar nicht gehört, doch dann brummte er: »Eibe. Sie tranken Eibenextrakt, aber in einer ganz geringen Dosierung. Viel zu gering, um jemanden damit umzubringen.«

Erleichtert atmete ich auf, dann versetzte mir dieses Ekelpaket erneut einen Tiefschlag. »Seltsam finde ich nur, dass Sie als Einzige nicht vergiftet wurden. Da macht man sich schon seine Gedanken.«

Und weg war er.

***

Nachdem der Kommissar verschwunden war, tauchte mein Mann wieder auf. Er hatte sich mit dem Hund im Wohnzimmer verschanzt und dort vermutlich gewartet, bis er die Eingangstür ins Schloss fallen hörte. Kaum war die Luft wieder rein, schlich er sich mit einem Löffel in der Hand zum Kühlschrank, in dem das Nutellaglas stand. Vincent hingegen musste sich in sein Zimmer zurückgezogen haben, denn ich hörte leise Musik. Beides kümmerte mich momentan nicht. Ich musste mit Bobo sprechen und mehr über den Giftanschlag auf sie erfahren. Es war doch ziemlich ungewöhnlich, dass ein Täter für jedes seiner Verbrechen ein anderes Gift wählte.

Mit dem Handy in der Hand ging ich Richtung Terrasse, dann fiel mir gerade noch rechtzeitig das Wespennest ein, das sich oberhalb der Tür angesiedelt hatte, also machte ich kehrt und rief vom Wohnzimmer aus an. Nach dem dritten Läuten nahm sie ab.

»Booohleeen?« Jeder Vokal maximal gedehnt. Bobo bedauerte ja seit Jahrzehnten, mit ihrem berühmten Namensvetter in keinerlei verwandtschaftlicher Beziehung zu stehen, ein Wunsch, der mir absolut unverständlich war. Bei Rennpferden oder Polizeihunden mochte eine Abstammung vielleicht von Bedeutung sein, aber was hatte ich davon, wenn der Nobelpreisträger in Quantenphysik oder der Gewinner von »Dancing Stars« denselben Nachnamen trug wie ich? Deswegen konnte ich weder besser tanzen, noch würde ich endlich Physik verstehen. Andererseits durfte man mit einem Nachnamen wie Klingel vermutlich auch auf keine illustre Verwandtschaft hoffen. Jedenfalls hörte die schwarze Witwe sich an wie immer, was mich schon einigermaßen beruhigte.

»Bobo, hier ist Pauline, bitte sag mir, dass es dir wieder gut geht. Der unfähige Kommissar war heute bei mir und hat was von Eibe gefaselt. Mehr weiß ich allerdings nicht.«

»Wir leben noch, mein Bedarf an analkoholischen Gesundheitsdrinks ist allerdings auf Lebenszeit gedeckt, das sag ich dir. Nie wieder frisch gepresstes Zeugs, dort war das Gift nämlich drin, ich trink nur noch Sachen, die in Holzfässern gelagert wurden«, berichtete sie. »Wir haben unser Innerstes nach außen gekotzt und stundenlang unter quälenden Bauchkrämpfen gelitten, ich dachte schon, ich hätte nach zehn Jahren nochmals die Regel gekriegt. Aber weil die Giftmordfälle aus dem Resort zuerst im Krankenhaus obduziert worden sind und kurz darauf auch noch Emma und Berta eingeliefert wurden, haben sie bei uns gleich nach Pflanzengift gesucht und sind auch rasch fündig geworden. Danach wurden wir mit Aktivkohle vollgestopft, ich glaube, dagegen habe ich nun auch eine lebenslange Allergie.«

»Das kann ich mir vorstellen«, sagte ich und meinte es auch so. Pflanzengifte konnten selbst in geringer Dosierung sämtliche Innereien in einen furchtbaren Aufruhr versetzen, angefangen mit dem Magen-Darm-Bereich. Eine schmerzhafte und unappetitliche Angelegenheit.

»Aber was ich mir überhaupt nicht vorstellen kann, ist die Verabreichung des Giftes«, spann ich meine Gedanken weiter. »Wir haben doch selbst gesehen, wie das ganze Zeug in den Mixer getan wurde. Und wir hätten auch bemerkt, wenn jemand ein Fläschchen geöffnet und den Inhalt in den Krug geleert hätte. Beim Eintritt in den Speisesaal wurde doch jeder kontrolliert.«

»Bis auf die essbaren Blüten und Elsbeths BH«, ätzte Bobo. »Aber du hast recht, wer auch immer das getan hat, fällt entweder in die Kategorie Zauberlehrling, oder wir haben alle etwas übersehen. Und am Mixgerät selbst kann es auch nicht gelegen haben. Schließlich haben fast alle frisch gepressten Saft getrunken und die meisten auch problemlos verdaut. Nur die Reinprechts hatten die gleichen Symptome wie wir, obwohl die ganz woanders gesessen sind.«

Es wurde immer undurchsichtiger. Vier unterschiedliche Gifte, eine mysteriöse Liga, zwei Tote, von denen einer immer noch unbekannt war, keinerlei Spuren oder Verdächtige, immer neue Anschläge, das Ganze gestaltete sich verworrener als ein Strickmusterbogen.

»Aber Elsbeth hat uns den Krug gebracht, oder? Die ist

direkt vor der Saftpresse gestanden«, erinnerte ich mich. »Vielleicht hat die was gesehen, das uns entgangen ist. Ich werde sie mal fragen.«

»Kannst du dir sparen. Elsbeth hat doch nur Augen für diesen Psychofritzen gehabt. Die hätte nicht mal bemerkt, wenn man ihr eine tote Ratte in den Saft geworfen hätte. Und normale Gespräche kann man mit ihr sowieso nicht mehr führen, die wechselt nur noch zwischen himmlischen Sphären und infantiler Schwärmerei hin und her.«

»Ich werde mein Glück dennoch versuchen«, erwiderte ich. »Manchmal hat sie auch erstaunlich lichte Momente.«

Elsbeth mochte ängstlich, hysterisch und viel zu nah am Wasser gebaut sein, doch sie war keineswegs senil. Als ich mich zum Telefonieren ins Bad zurückgezogen hatte, hatte sie sofort die richtigen Schlussfolgerungen gezogen. Obwohl sie ins Gebet vertieft gewesen war.

»Aber weil du gerade von Glück redest ...« Bobo legte eine unheilschwangere Pause ein. »Ist dir eigentlich schon aufgefallen, dass du die Einzige unserer Runde bist, die nicht ins Krankenhaus gemusst hat? Wenn ich es nicht besser wüsste, würde ich glatt dich für die Täterin halten.« Das sagte sie in einem derart sachlichen Tonfall, als hätten wir uns gerade über das Wetter unterhalten. Bobos Erbarmungslosigkeit im Umgang mit ihren Mitmenschen erstaunte mich immer wieder.

»Ich habe ja kaum was von dem Saft getrunken, und auf Schnitzelsemmeljagd bin ich auch nicht gewesen«, versuchte ich, mich zu rechtfertigen, doch dass nach Hartmann nun auch noch sie an meiner moralischen Integrität zweifelte, machte mir schwer zu schaffen. Auf einmal schien sich die ganze Welt gegen mich verschworen zu haben. Berta ging mit Emma fremd, mein Neffe hatte wieder einmal einen Sack schier unlösbarer Probleme frei Haus geliefert, während mein Mann nach apokalyptischen Reitern suchte, und wegen der neuen Nachbarn war es mit der Ruhe in unserer friedvollen Gasse auch vorbei.

Kurz gesagt, ich spürte bereits, wie eine Woge Selbstmitleid auf mich zuzurollen drohte. Mit ein paar nichtssagenden Floskeln beendete ich unser Gespräch, um auf andere, positivere Gedanken zu kommen. Bobo plante ohnedies, noch eine Runde Golf zu spielen, und ich würde mich auf die Suche nach dem wahren Giftmischer begeben. Schließlich stand wieder einmal unsere Familienehre auf dem Spiel.

***

Auf halber Strecke zu Elsbeth war meine geballte Ladung an ermittlerischem Elan allerdings schon auf Erbsengröße geschrumpft. Mir fehlte es an strategischen Überlegungen und konkreten Anhaltspunkten, vor allem aber fehlten mir die inspirierenden Zwiegespräche mit Berta. Allein auf mich gestellt hatte ich das Gefühl, bestenfalls Putzpläne aufstellen zu können, aber keine Manöverpläne.

Kurz vor der Gemischtwarenhandlung des Ottokar Protzmann hatte mein Gehirn endlich einen praktikablen Gedanken generiert, dem meine Füße wie von selbst Folge leisteten. Ich würde den ersten Schritt tun, die vergangenen Vorfälle begraben und einen Versöhnungskuchen für Berta backen. Ein paar Cremeschnitten hatte ich ihr ohnedies versprochen. Besser eine dicke Freundin mit bösem Cholesterin als eine schlanke Freundin mit bösem Blick. Elsbeth konnte warten, die pendelte ohnedies nur zwischen Pfarrgemeinde, Vorgarten und Messe hin und her.

Statt weiter geradeaus die Hauptstraße entlangzugehen, war ich also nach links in die Brunnengasse abgebogen, wo sich das einzige Geschäft im Ort befand. Protzmanns meditative Greißlerei, wie wir Einheimischen den Laden hinter seinem Rücken nannten, weil man sich hier selbst für die Zubereitung einer Wurstsemmel einen halben Tag freinehmen musste. Würde Ottokar irgendwann sterben, stünde garantiert »Eile mit Weile« auf seinem Grabstein. Schon machte ich mich auf einen längeren Aufenthalt zwischen vergammelten Salatköpfen und unauffindbarer Gelatine gefasst, als mir Ida Reinprecht vor die Füße lief oder, besser gesagt, stolperte.

»Gehen Sie nicht rein«, stöhnte sie. »Er hat es wieder getan. Es ist so furchtbar. Hört das denn gar nicht mehr auf?«

Dann schwang die Tür zum Gemischtwarenladen erneut auf, und ihr Sohn, Dieter-Theodor, stürzte auf uns zu. Er musste gerade eine sehr intensive Heimsuchung von spätpubertärer Akne durchmachen, denn sein Gesicht war derart dick mit Pickelpaste zugekleistert, dass es schon fast wie Spachtelmasse aussah.

»Wer hat was getan?«, fragte ich verständnislos, während ich die Apothekerfrau am Arm ergriff und versuchte, sie in eine einigermaßen stabile Position zu bringen. Ida Reinprecht schwankte, als hätte sie einen Tauchgang in einem Barriquefass hinter sich.

»Diese Liga der Giftmischer. Sie hat sich dazu bekannt, ein Erdbeerjoghurt mit Eibenextrakt versetzt zu haben.«

»Hier beim Ottokar?«

»Ja. Im Kühlregal. Dort lag ein Bekennerschreiben.« Ida Reinprecht verlor erneut das Gleichgewicht und klammerte sich noch fester an mich. Es fühlte sich an, als wären ihr drei weitere Arme gewachsen.

»Aber ich dachte«, begann ich, schaffte es aber nicht, den Satz zu beenden.

Das tat Ida an meiner Stelle. »Ja, das dachte ich auch. Wir alle dachten, hier in Oberdistelbrunn in Sicherheit zu sein. Aber offenbar ist uns der Mörder bis nach Hause gefolgt.«

Sprach's und brach in Tränen aus, während ihr Sohn reglos am gelben Postbriefkasten lehnte und auf seine Turnschuhe starrte. Mindestens Größe 45, schätzte ich, der Junge lebte zumindest in dieser Hinsicht auf großem Fuß. Allerdings machte er keinerlei Anstalten, diese auch in Bewegung zu setzen, daher manövrierte ich die heulende Apothekerin auf eine der neuen Bänke, die die Gemeinde Oberdistelbrunn in der illusorischen Erwartung zahlreicher Touristengruppen an allen strategischen Plätzen aufgestellt hatte.

Eine befand sich am Hauptplatz, wo sie denkbar ungünstig stand, denn die Leute saßen lieber im Straßencafé oder einem Gastgarten als auf dem Trockenen, eine weitere hatten sie direkt vor die Post gestellt, die in einem wunderschönen historischen Gebäude untergebracht war. Leider fiel die Post schon einen Monat später der grassierenden Einsparungswelle der zuständigen Vorstände zum Opfer, und nun stand nicht nur das denkmalgeschützte Haus leer, sondern auch die Sitzbank davor. Und mit der dritten wurde unser Nahversorger zwangsbeglückt. Der Distelbrunner Tourismusverband hatte weder Kosten noch Mühe gescheut und neben allen Bänken außerdem zwei herzähnlich gestutzte gelbe Scheinzypressen in rosaroten Plastiktöpfen platziert, was einfach nur bescheuert aussah. Hier wurden pflanzliche Gefühle definitiv verletzt, doch ein Giftattentat auf barbiepuppenartige Blumentöpfe oder verstümmelte Bäume erzielte vermutlich nicht die gewünschte Wirkung. Die paar Zierkürbisse, die der Ortsverschönerungsverband aus Protest gegen diese geschmacklose Installation verteilt hatte, änderten nichts daran. Außer dass man im Dunkeln oder im Vollrausch riskierte, darüber zu fallen.

Hätten sie besser einen Taschentuchbaum gepflanzt, dachte ich mit einem Anflug von Sarkasmus, da Ida Reinprecht immer noch schniefte. Die Aussicht, dass der oder die gemeingefährlichen Wahnsinnigen nun auch hier ihr Unwesen trieben, war allerdings wirklich besorgniserregend.

»Aber wie ist es möglich, vor Ottokars Augen ein Joghurt zu vergiften und dann auch noch ein Stück Papier anzubringen, ohne dass es jemandem auffällt?«

Ida zuckte die Schultern. »Keine Ahnung. Vielleicht zur Mittagszeit, wo sich die ganzen Schüler und Arbeiter mit Wurstsemmeln eindecken, da ist meistens viel los.«

Damit hatte sie wahrscheinlich recht. Der Greißler verlor schon den Überblick, wenn zwei Kunden zwei verschiedene Sorten Wurst für ihre Jause verlangten, bei zehn oder mehr Personen würde man vermutlich schon Goethes »Gesammelte Werke« im Regal platzieren können, ohne dass es ihm auffiel. Und seine Teilzeitkraft, die Clementine, tat meist nichts anderes, als Gemüse umzuräumen, damit es sich stets von seiner frischesten Seite zeigte.

»Gut möglich«, sagte ich. »Wenn der oder die Täter das Schreiben unter die Joghurtbecher geschoben haben, dann entdeckt man es eben erst, wenn das Regal nicht mehr vollständig gefüllt ist.«

Endlich zog die Apothekerin ein Taschentuch aus ihrem Jutebeutel und putzte sich die Nase. Dann blickte sie mich mit rot geweinten Augen an wie ein Schaf auf der Schlachtbank. »Wissen Sie, es ist mir im Grunde völlig egal, wie der exakte logistische Ablauf funktioniert hat. Völlig egal, verstehen Sie. Aber ich fürchte mich.«

Was ich durchaus verstand. Immerhin waren nach meinen Freundinnen auch die beiden Apotheker im Krankenhaus gelandet.

»Machen Sie sich keine Sorgen«, versuchte ich die Frau zu beruhigen. »Auch wenn Sie schon einmal mit einer leichten Vergiftung ins Krankenhaus mussten, bin ich mir fast sicher, dass der Täter die Giftmenge nicht erhöhen wird. Es geht ihm offenbar nur noch darum, Angst und Panik zu verbreiten.«

»Aber nein.« Energisch schüttelte sie den Kopf. »Ich fürchte mich nicht vor giftigem Joghurt, wir essen ohnedies keine chemisch angereicherten Produkte. Ich habe Angst vor den Konsequenzen auf unser Geschäft. Dieser Hungerhaken vom Landeskriminalamt wird wieder uns beschuldigen, die Leute werden sich das Maul zerreißen, die Gerüchteküche wird überkochen, dann werden uns die Kunden wegbrechen, und am Ende können wir Konkurs anmelden. Wir haben jetzt schon Umsatzeinbußen von fast dreißig Prozent.«

Mein Mitleid löste sich in Luft auf. Es ging ihr also nicht um Gesundheit, sondern um Geld.

»Verstehe«, murmelte ich. »Sicher eine schlimme Vorstellung. Aber was ich nicht verstehe: Wie konnte es eigentlich passieren, dass sich nur bei Ihnen und uns Eibenextrakt im Gemüsesaft befunden hat? Wir saßen doch recht weit entfernt voneinander, was bedeutet, dass die Liga ihre Opfer recht willkürlich auswählt. Außerdem wurde der Saft doch für alle frisch gepresst. Theoretisch könnte ihn also nur die Angestellte an der Saftpresse manipuliert haben, aber das halte ich für unwahrscheinlich.«

Erneutes Kopfschütteln.

»Nein, nein, so ist das nicht gewesen. Wir hatten gerade einen vollen Krug erhalten, als die Saftpresse auf einmal streikte, dabei warteten noch viele Leute hinter uns. Die Nächste in der Reihe wäre jedenfalls Frau Schönborn gewesen, eine gute Stammkundin von uns, daher haben wir ihr die Hälfte von unserem Saft abgegeben. Der Anschlag kann also uns gegolten haben oder auch nicht. Vielleicht standen wir einfach nur zur falschen Zeit am falschen Ort herum. Wir werden es wohl nie erfahren.«

»Doch, das werden wir«, versicherte ich ihr. »Die Wahrheit kommt immer ans Licht, darauf können Sie sich verlassen.«

Meist brauchte es nur einen kleinen ermittlungstechnischen Funken der Erkenntnis, um irgendwann auch die großen Zusammenhänge zu begreifen. Leider tappte ich bislang völlig im Dunkeln.

Welches Ziel verfolgte diese geheimnisvolle Liga überhaupt mit ihren Aktionen? Warum mit Morden beginnen und danach auf Magenverstimmungen umschwenken? Das ergab doch keinen Sinn.

Außerdem schienen gerade die Reinprechts in finanzieller Hinsicht bereits ausreichend unter den Folgen der Anschläge zu leiden, wozu goss man ihnen dann auch noch Gift in den Saft? Die Dosis war viel zu gering gewesen, um lebensbedrohlich zu sein. Und sollte es dem Täter nur darum gegangen sein, sie in Todesangst zu versetzen, dann hatte er sich mit den beiden Apothekern die falschen Opfer ausgesucht. Die fürchteten nicht um ihr Leben, die fürchteten um ihren Kontostand.

Zumindest wusste ich jetzt, wie Elsbeth zu dem halb vollen Krug gekommen war. Ihr Mann war ja schwer herzkrank, da brauchte sie bestimmt jede Menge verschreibungspflichtiger Medikamente für ihn, was ihr im Laufe der Jahre vermutlich schon einen Mengenrabatt in der Apotheke eingebracht hatte. Sie selbst verweigerte sich ja nahezu allen Pillen, denn Gott gab und Gott nahm, selbst wenn es sich dabei um die Gesundheit handelte. Die einzigen chemisch-pharmazeutischen Produkte, zu denen sie eine Art blindes Urvertrauen hegte, waren Desinfektionsmittel. Ich würde sogar wetten, dass diese Bakterienphobikerin vor Gebrauch ihren Rosenkranz desinfizierte, wenn keiner dabei zusah.

Aber das war letztlich Elsbeths Angelegenheit und betraf mich genau so wenig wie der Umsatzrückgang der Apotheker wegen übler Nachrede und böswilliger Unterstellungen. Außerdem hatte mein Neffe als neuer Tatverdächtiger sie ohnedies schon auf die Plätze verwiesen, aber das wussten sie offenbar noch nicht. Und von mir würden sie es auch nicht erfahren. Dank ihnen konnte ich mir den Weg zu Elsbeth jedenfalls sparen und meine Energien auf den Versöhnungskuchen sowie auf verdächtige Spuren am neuen Tatort konzentrieren.

»Ich muss dann leider wirklich mal«, heuchelte ich mit gespieltem Bedauern, während ich mich rücklings auf den Eingang der Greißlerei zubewegte. Solange kein »Geschlossen«-Schild an der Eingangstür hing, herrschte kein offizielles Betretungsverbot, und ich würde mich wenigstens keines schweren Vergehens schuldig machen.

Die Apothekerin hatte sich inzwischen ohnedies sichtlich erholt und schien sogar erleichtert über meinen Abgang. Vermutlich genierte sie sich dafür, in aller Öffentlichkeit die Selbstbeherrschung verloren zu haben. Von einer angesehenen Akademikerin in den besten Jahren, die noch dazu an der Entwicklung der Rein-o-san-Nervenwohl-Dragees beteiligt war, würde man etwas mehr Contenance erwarten. Und von den Pillen mehr Wirkung.

Ich hatte bereits den Eingang erreicht, als Dieter-Theodor ein verbales Lebenszeichen von sich gab. Ihn hatte ich völlig vergessen. Und seine Mutter offenbar auch. Seit Beginn unseres Gesprächs hatte der Junge teilnahmslos am Briefkasten gelehnt und auf sein Handy gestarrt, als wäre er taubstumm.

»Mama, können wir jetzt endlich gehen, oder müssen wir auf die Bullen auch noch warten?«, rief er plötzlich, ohne auch nur einen Schritt auf sie zuzugehen.

Hartmann oder einer seiner Untergebenen war bestimmt schon im Anflug, da durfte ich auch keine weitere Zeit mehr verschwenden. Mit gestrengem Lehrerinnenblick schob ich mich an Clementine vorüber, die auf einem Hocker vor den Kartoffelkisten saß und mich mit einer laschen Handbewegung aufhalten wollte.

»Ich brauch nur Gelatine und etwas Topfen. Wirklich. Dann bin ich gleich wieder weg«, flötete ich und eilte zum Kühlregal.

Ottokar Protzmanns Gemischtwarenhandlung verströmte das übliche verschlafene Flair, dem sichtlich nicht einmal Todesdrohungen etwas anhaben konnten. Der Ladeninhaber saß hinter der Wursttheke und blätterte in aller Seelenruhe eine Fernsehzeitschrift durch.

»Wir haben geschlossen«, brummte er, befeuchtete sich den rechten Daumen und blätterte in Zeitlupe eine Seite um, ohne mich überhaupt anzusehen.

Und da auch Clementine keine Anstalten machte, mich zu vertreiben, genoss ich freie Sicht auf das Bekennerschreiben. »Neu im Angebot«, stand drauf, »heute ein exklusives Erdbeerjoghurt mit Eibenextrakt.« Unterzeichnet von der Liga zum Schutz pflanzlicher Gefühle. Mit Inhaltsstoffen und botanischen Kategorien nahm es die Liga allerdings nicht sehr genau. Erdbeerpflanzen wurden letztlich ja nicht verletzt, wenn man ihnen die Beeren raubte, also im Unterschied zu Krautköpfen. Und da Ottokar keinen Bioladen führte, konnte man auch davon ausgehen, dass in den meisten Fruchtjoghurts im Regal gar keine Früchte drin waren, sondern bestenfalls künstliche Aromen, Geschmacksverstärker und Lebensmittelfarbe.

Ich hatte jedenfalls genug gesehen, griff nach einer Packung Topfen und begab mich zur Wursttheke, um ein paar Worte mit dem Inhaber zu wechseln. Schließlich brauchte ich noch Gelatine, und Ottokars Angestellte würde mindestens fünf Minuten brauchen, um diese zu finden. Beim Hagelzucker, der mir vor etwa zwei Wochen ausgegangen war, hatte die Suche sogar noch etwas länger gedauert, weil Clementine die vorderste Reihe mit Staubzucker aufgefüllt hatte, ohne ihren Irrtum zu bemerken.

»Ich störe nur ganz kurz«, wandte ich mich an den Ladenbetreiber, der verdrießlich von seiner Zeitschrift aufsah. »Aber ich bräuchte dringend Gelatine und kann sie nirgendwo finden.«

Wie erwartet delegierte Ottokar mein Anliegen umgehend an seine Hilfskraft. Das Auffinden von Backzutaten war halt keine Chefsache.

»Ist ja furchtbar, was da bei Ihnen passiert ist«, begann ich derweil, ihn in ein Gespräch zu verwickeln. Wie in den meisten kleinen Dörfern galten Lebensmittelgeschäfte ja generell als Drehscheibe der örtlichen Informationsbereitstellung. Hier wurden Klatsch und Tratsch sortiert, nach individuell relevanten Gesichtspunkten gewichtet, ein wenig aufgebauscht und danach umgehend neu verteilt. Ottokars Laden machte da keine Ausnahme. »Sie müssen ja zutiefst erschrocken sein«, buhlte ich weiterhin um seine Aufmerksamkeit. »So was ist ja schrecklich geschäftsschädigend. Wie kann man Ihnen das nur antun …?«

Wenn es die Apothekerin so empfunden hatte, würde es der Greißler wohl ähnlich sehen. Und tatsächlich schlug er beim Wort »geschäftsschädigend« das Fernsehmagazin zu.

»Keine Ahnung, wer das gewesen ist«, dröhnte er. »Aber wenn ich wegen diesen Trotteln auch nur eine einzige Wurstsemmel weniger verkaufe, dann werde ich jeden einzelnen von denen eigenhändig durch den Fleischwolf drehen. Das garantiere ich Ihnen.«

»Glauben Sie denn, dass es mehrere sind?«, fragte ich rasch, denn Clementine schlurfte bereits mit einer Packung Gelatine heran. »Oder haben Sie einen konkreten Verdacht?«

»Verdacht?« Ottokar stieß einen Laut aus, der mich irgendwie an ein niesendes Nashorn erinnerte. »Von uns war das keiner, das ist eh klar. Bei uns schlägt man sich im Wirtshaus den Schädel ein. Oder man prügelt sich am Fußballplatz ein wenig herum, aber so ein Anschlag auf Lebensmittel, das ist hinterhältig. So richtig hinterhältig. Und feig. Außerdem …« Geräuschvoll sog er Luft an, als wolle er ein Schlauchboot aufblasen. »Außerdem ist bei uns am Land wohl keiner so deppert, sich für die Gefühle von Grünzeug zu interessieren. Das waren irgendwelche Fanatiker aus der Stadt. So wie die Klimakleber. Vielleicht sperre ich morgen ja meinen Laden auf, und so ein Vollkoffer klebt mir vorm Gefrierfach, weil dort Tiefkühlerbsen drin sind.«

Auf nähere Nachfrage musste er allerdings eingestehen, keinen Ortsfremden im Geschäft bemerkt zu haben.

Eine wichtige Aussage, denn sie bestätigte meine Vermutung, dass der Täter unter uns Oberdistelbrunnern zu suchen sein musste. Überschwänglich bedankte ich mich für Ottokars Bereitschaft, mich mit Gelatine und Informationen versorgt zu haben, und bezahlte meinen kleinen Einkauf. Als ich das letzte Fünfzig-Cent-Stück aus den Tiefen meines Portemonnaies hervorgekramt hatte, betrat Inspektor Kapplhuber, unser Dorfpolizist, den Laden.

»Der Kommissar hat mich hergeschickt«, sagte er anstelle einer Begrüßung. »Ich soll ein Beweisstück sichern und ein Protokoll, nein, kein Protokoll …«, er zog einen kleinen orangefarbenen Spiralblock aus der Tasche seiner Uniformjacke, »… eine Sachverhaltsdarstellung schreiben.«

Das klang nicht gut. Ferdinand Kapplhuber war ein ehemaliger Schüler von mir, der nicht nur schwer an Legasthenie gelitten hatte, sondern auch eine Handschrift besaß, die mehr an Hieroglyphen erinnerte als an Buchstaben. Eine von ihm verfasste Sachverhaltsdarstellung würde den Sachverhalt wohl ziemlich verzerren.

»Soll ich schreiben?«, bot ich mich an.

Dadurch könnte ich das Nützliche mit dem Angenehmen verbinden, also vielleicht noch ein paar weitere Details erfahren und dem Inspektor gleichzeitig einen Gefallen tun. Kapplhuber war kein schlechter Kerl, er hatte in seiner über zwanzigjährigen Dienstzeit niemals falsche Verdächtigungen ausgesprochen oder unliebsame Mitmenschen schikaniert. Der einstige Postenkommandant, dessen Ein-Mann-Revier wie durch ein Wunder noch nicht wegrationalisiert worden war, zählte zu den überzeugten Pensionswünschlingen ohne großen Eigenantrieb. Kapplhuber war es nie um berufliche Aufstiegschancen gegangen, er saß ohnedies lieber auf seinem gepolsterten Armlehnsessel, wo er die liebevoll zubereiteten und dick belegten Jausenbrote seiner Mutter verzehrte. Sein Sitzfleisch war demnach bestens trainiert, seine Amtshandlungen fanden sozusagen in Schrittgeschwindigkeit statt. Aber Kommissar Hartmann war es bereits einmal gelungen, dem armen Kapplhuber Feuer unter dem Allerwertesten zu machen.

Jedenfalls nahm der Inspektor mein Angebot gerne an und reichte mir seinen Notizblock. Ich lehnte mich an die Wursttheke, um besser schreiben zu können, während Protzmann erzählte. Allerdings kam wenig Neues dabei heraus. Er hatte nichts bemerkt und niemanden gesehen, dank Clementine aber inzwischen zumindest festgestellt, dass fünf der verdächtigen Erdbeerjoghurts bereits verkauft worden waren. An wen, daran konnte er sich allerdings nicht mehr erinnern.

»Aber die Kunden müssen doch gewarnt werden«, warf ich beunruhigt ein. »Da kann doch eine tödliche Dosis Gift drin sein. Was, wenn da jemand stirbt?«

Protzmann zuckte die Schultern. »Möglich. Aber ich hab wirklich nicht aufgepasst. Diese Fruchtdinger kaufen ja immer nur die Schüler. Und die sind doch alle gleich. Komische Klamotten, keine Manieren und immer das Handy in der Hand. Erst heute sind mir wieder zwei fast in die Erdäpfelsteige gefallen, weil diese Trottel nur auf ihr deppertes Telefon geschaut haben.«

Ich blickte auf die Uhr. Die Schule war längst zu Ende, die Joghurts also bereits gegessen.

»Aber wir müssen etwas tun. Sie können doch kein Menschenleben riskieren«, empörte ich mich, doch Protzmann machte einen wenig lösungsorientierten Eindruck. »Was soll ich Ihrer Meinung nach jetzt noch tun?«, fragte er mich gereizt. »Man muss sich ja nicht ausweisen, nur um Erdbeerjoghurt zu kaufen. Und wenn einer daran gestorben wäre, hätte ich das längst gehört.«

Damit hatte er vermutlich recht, aber ich machte mir dennoch Sorgen. Eine echte Lehrerin fühlte sich halt auch im Ruhestand für die Kinder verantwortlich.

»Ich könnte den Pfarrer fragen, ob er die Glocken läutet. Oder die Sirene für den Katastrophenalarm aktivieren«, schlug der Inspektor vor. Ersteres schien mir heutzutage allerdings schon recht wirkungslos zu sein, Zweiteres dann doch etwas übertrieben.

»Aber eine Lautsprecherdurchsage vielleicht. Die Feuerwehr macht das ja immer, wenn ihr Zeltfest ansteht.«

»Könnte gehen«, murmelte Kapplhuber und starrte sehnsüchtig auf die ausgestellten Fleischwaren.

»Wollen S' ein Semmerl?« Protzmann hatte den Blick gleichfalls bemerkt.

Kapplhuber nickte. »Extrawurst und ein Gurkerl bitte.«

Während der Greißler in Zeitlupe nach einer Semmel griff, fiel mir ein, was mir zuvor unbewusst aufgefallen war. »Hat es nur fünf Erdbeerjoghurts gegeben? Mir sind im Regal gar keine mehr aufgefallen. Nur Vanille stand noch dort.«

Umgehend legte Protzmann die Semmel wieder nieder. Er war wirklich der Prototyp Mann, der sich sichtlich nur auf eine einzige Sache konzentrieren konnte. »Die sind weggeräumt. Zwecks der Sicherheit. Oder, Clementine?«

Seine Angestellte nickte. »Die restlichen Joghurts sind hinten im Lager. Wie Sie befohlen haben.«

»Aber dann besteht ja die Möglichkeit, dass das vergiftete Exemplar gar nicht verkauft wurde, sondern noch hier ist«, überlegte ich laut. »So wie ich das Schreiben verstanden habe, hat er wahrscheinlich nur eins davon manipuliert. Schließlich hatte der Täter ja nicht unendlich viel Zeit, um in Ruhe alle Joghurtbecher in die Hand zu nehmen. Kann ich vielleicht mal nachschauen?«

Der Greißler schüttelte den Kopf, befahl Clementine allerdings, die verbliebenen Exemplare aus dem Lager zu holen.

Nur blöd, dass ich meine Lesebrille zu Hause gelassen hatte. Ich konnte doch nicht damit rechnen, statt nach Informationskrümeln bei Elsbeth nach Einstichstellen in Aludeckeln suchen zu müssen.

»Da. Ohne Brille seh ich in der Nähe nicht mehr gut. Vielleicht könnten Sie mal einen Blick drauf werfen?« Mit jahrzehntelang einstudiertem Lehrerinnenblick schob ich meinem ehemaligen Schüler die Palette mit den Joghurtbechern zu, die Clementine achtlos auf der Wursttheke platziert hatte. Kapplhuber tat sich zwar seit jeher mit Buchstaben schwer, aber dafür hatte er ein scharfes Auge. Musste er auch haben, denn in seiner Freizeit baute er die angeblich besten und präzisesten Drohnen weit und breit, dank deren technischer Brillanz er sogar sein Image als lahmarschiger Dorfgendarm ein wenig aufpolieren konnte. Den verschollenen Dackel der Maierhuber Poldi hatte er mit einem seiner nervig brummenden Metallinsekten in nicht einmal zwei Stunden wiedergefunden und sogar die mysteriöse Sache mit den scheinbar schlafwandelnden Grenzsteinen zwischen zwei Äckern nach ein paar nächtlichen Entdeckungstouren gelöst. Nun hatte Kapplhuber allerdings keine elektronischen Augen zur Hand, er musste selber schauen. Angestrengt starrte er auf das Dutzend unverkaufter Becher, drehte sie vorsichtig mal hierhin und mal dahin, bis er tatsächlich einen fand, dessen Schutzfolie ein winziges Loch aufwies.

»Das da«, meinte er und schob mir den Becher zu, während Protzmann noch immer mit dem Belegen der Wurstsemmel beschäftigt war.

»Ab ins Labor«, sagte ich und schubste das Joghurt retour. »Und machen Sie trotzdem eine Durchsage. Alle, die sich schlecht fühlen und Erdbeerjoghurt zur Jause gegessen haben, sollen sich beim Arzt melden.« Dann reichte ich ihm noch seinen Notizblock, wo ich in Druckbuchstaben alles notiert hatte, was der Greißler und seine Gehilfin berichtet hatten.

»Danke.« Der Inspektor steckte den Block wieder in die Tasche seiner zerknitterten Uniformjacke zurück. Sollte der unleidliche Kommissar vom Landeskriminalamt länger hier verweilen, würde er Kapplhuber wohl eigenhändig ein Bügeleisen aufs Revier bringen.

»Ist Hartmann länger hier?«, fragte ich. Schließlich hing auch mein Seelenfrieden eng mit der An- beziehungsweise Abwesenheit dieses Ekelpakets zusammen.

Der Inspektor nickte. »Er hat gesagt, er bleibt, bis der Fall geklärt ist.« Und ganz leise fügte er hinzu: »Zumindest hat er mir das angedroht.«

Beim mangelnden Spürsinn des Kriminalers würde das wohl bis Weihnachten dauern, befürchtete ich.

Aufmunternd klopfte ich Hartmanns temporärem Befehlsempfänger auf die Schultern, während der Gemischtwarenhändler die fertig belegte Semmel sorgfältig in ein Stück Butterbrotpapier wickelte.

»Ich werde mich mal umhören«, versprach ich Kapplhuber. »Sollte ich irgendwelche Hinweise finden, dann melde ich mich. Soviel ich weiß, verfolgt Hartmann schon wieder Spuren ins Nirgendwo.«

Verschwörerisch blinzelte ich dem Inspektor zu. Er wusste bestimmt schon vom Generalverdacht, der über mir und meinem Neffen schwebte, aber sonst durfte einfach niemand im Dorf davon erfahren. Und wenn es erst einmal der Greißler wusste, würden es binnen Stunden alle im Ort erfahren haben. Von ihm und Elsbeth konnten modernste Bespitzelungstechniker noch was lernen. Die beiden brauchten weder Abhörtechnik noch Glasfaserkabel, um relevanten Klatsch in Sekundenschnelle zu erfassen und zu verbreiten.

Zu meiner Beruhigung zwinkerte mein ehemaliger Schüler zurück, bevor er Semmel und Joghurt ergriff und sich verabschiedete. Er hatte schon fast den Ausgang erreicht, als Protzmann ihm nachrief: »Macht einen Euro fünfzig, wenn's recht ist.«

Kapplhuber biss demonstrativ in die Semmel, bevor er antwortete. »Ist schon recht. Schreib einfach an.«

Geizhals, dachte ich bei mir, bevor auch ich mich zum Gehen

wandte. Mit spitzen Fingern legte ich eine Zwei-Euro-Münze auf das Warentransportband. »Passt schon. Ich zahle die Semmel vom Inspektor.«

Das war ich ihm für seine Verschwiegenheit schuldig.

***

Eine halbe Stunde später hatte ich den Teig für die nachbarschaftlichen Versöhnungs-Cremeschnitten bereits in den Backofen gestellt, als Dino, die französische Bulldogge meines Neffen, lautstark hechelnd und japsend an mir hochsprang. Zum Glück war es erneut fast spätsommerlich warm, und ich trug keine Seidenstrümpfe, die diesen hündischen Anfall an Wiedersehensfreude nicht überlebt hätten.

Anfangs, nachdem meine Schwester mir meinen Neffen über Monate als Kuckucksei ins Gästezimmer gesetzt hatte, hatte ich mich gegen diesen Hund ziemlich gesträubt. Neben verdreckten Böden, verlausten Sofaüberwürfen und ausgegrabenen Blumenzwiebeln befürchtete ich vor allem, einen weiteren Fresser am Hals zu haben, um dessen Bedürfnisse ich mich rund um die Uhr kümmern müsste. Doch zu meiner großen Freude war nichts davon der Fall. Mein Neffe versorgte sich und seinen Hund zuverlässig selbst, und das Tier war weitaus pflegeleichter als angenommen. Nach über zwei Jahren, in denen Vincent mit seinem Dino immer wieder längere Zeit auf Besuch gekommen war, hatte ich mich an die sabbernde Frohnatur schon richtiggehend gewöhnt.

Ich kraulte dem Hund ein wenig seinen speckigen Nacken und warf zugleich einen Blick in das Backrohr. Der Blätterteig nahm bereits einen verführerischen Goldton an, als plötzlich auch mein Mann um mich herumsprang. Allerdings ohne zu hecheln oder mit dem Schwanz zu wedeln.

»Was duftet hier denn so verführerisch?«, säuselte er und drückte mir einen Kuss auf die Wange.

»Nichts für dich, mein Lieber. Den Kaiserschmarren kriegst du später.« Rasch griff ich nach der Schüssel mit der Puddingcreme, bevor Fred seine Finger erneut eintauchen konnte. »Lass das. Die ist für Berta.«

»Nur eine Schnitte, eine einzige. Du wirst doch nicht so hartherzig sein und deinem Mann nach tagelanger Gemüsekost nicht einmal diese winzige Freude gönnen«, flehte er mich mit gespielter Entrüstung an.

»Hat dir mein Essen vielleicht nicht geschmeckt?«, erklang Vincents Stimme.

Auch ihn hatte ich nicht kommen hören. Wurde ich vielleicht langsam taub, hatte sich die Aufregung der letzten Tage auf mein Gehör geschlagen? Leicht verunsichert begann ich, den Blätterteig mit der cremigen Masse zu füllen. Dann stellte ich zwei Stück für meine beiden Männer auf den Tisch und setzte mich zu ihnen. Die zwei diskutierten gerade die Vor- und Nachteile veganer Küche, wobei Vincent nur Vorteile darin sah, mein Mann nur Nachteile.

»Aber du siehst doch, dass es mir blendend geht«, sagte Vincent gerade und reckte demonstrativ seinen sehnigen Oberkörper, an dem kein Gramm Fett zu viel war. »Außerdem erlaube ich mir durchaus ein paar kleine kulinarische Sünden. Wenn's um Süßspeisen geht, esse ich schon mal Eier oder Milchprodukte auch. Aber nur bei Tante Pauline.« Dabei grinste er von einem Ohr zum anderen. Das sonnige Gemüt hatte der Junge eindeutig mit seinem Vierbeiner gemeinsam. Aber es hieß ja nicht umsonst: »Wie der Hund, so das Herrchen.«

Mein Mann sah das naturgemäß anders. »Als ich so alt war wie du, habe ich auch kein Kotelett gebraucht, da habe ich nur von Luft und Liebe gelebt«, erklärte er im Brustton der Überzeugung.

Verdutzt blickte ich ihn an. Wir hatten uns kennengelernt, als wir nur wenig älter waren als Vincent heute, und schon damals hatte er seine leidenschaftlichsten Seiten stets am Esstisch gezeigt. Daher war es auch ein Leichtes gewesen, ihn im wahrsten Sinn des Wortes einzukochen, denn bei ihm war die Liebe von Anfang an durch den Magen gegangen. Aber mir fehlte die Energie, ihn nun darauf hinzuweisen.

Zu meiner Überraschung sprach Vincent meine Gedanken aus. »Onkel, jetzt flunkerst du aber. Die Mama hat ein Fotoalbum daheim, wo du und Tante Pauline auf vielen Fotos von früher zu sehen seid. Und du sitzt immer vor einem vollen Teller.«

Fred schwieg und vertiefte sich in den Anblick der Cremeschnitte. Ich nutzte die Gelegenheit zu einem Themawechsel.

»Sag, Vincent, warum in Gottes Namen trägst du Frauenkleider? Möchtest du kein Mann mehr sein?«

In Gedanken stellte ich mir bereits eine offizielle Geschlechtsumwandlung vor. Von derartigen Dingen las man heutzutage ja recht oft. Dabei war der Junge so ein hübscher Bursche. Mit seinen Essgewohnheiten und seiner Homosexualität hatte ich mich längst arrangiert, aber ihn zukünftig als Frau zu betrachten überstieg mein Vorstellungsvermögen. Es gab ja nicht einmal eine weibliche Form von »Vincent«, ganz zu schweigen von Damenschuhen in Größe 43.

»Aber nein, Tante.« Mein Neffe schien sichtlich irritiert. »Ich fühle mich wohl, so wie ich bin. Aber schau mal, seit Jahrtausenden werden wir Männer in eine Art ideologisches Konzept gezwungen. Wir sollen stark sein, nicht weinen, keine Gefühle zeigen und inzwischen auch noch daherkommen wie frisch aus dem Wald. Also Holzfällerlook mit Vollbart, kariertem Hemd, üppiger Bemuskelung und streichelzarter Haut, weil die Holzfäller von heute natürlich alle Cremes und Lotions verwenden und sich die Brust enthaaren lassen. Das ist doch schizophren.«

Ich nickte, obwohl ich nur Bruchteile dessen verstand, was Vincent uns damit sagen wollte. »Und die Frauenkleider? Ist das eine Form des Protests dagegen?« Dass auch Männer Gefühle zeigen und Schwäche eingestehen durften, fand ich absolut richtig. Ich würde es sogar sehr begrüßen, wenn mein Fred etwas mehr Wert auf Pflegeprodukte legen würde. Seit er in Rente gegangen war, pflegte er zu meinem Missfallen nur noch seinen Bauch.

»Gar nicht.« Mein Neffe lächelte amüsiert. »Ich finde einfach, dass Frauenkleider weitaus hübscher und farbenfroher sind als die von Männern. Und man hat eine viel größere Auswahl, etwas zu finden, das absolut zu seinem Typ passt. Schließlich tragen Frauen Röcke und Hosen, und niemand denkt sich etwas dabei. Aber wir Männer dürfen nur sogenannte Bein-Kleider tragen. Warum? Das widerspricht dem Gleichstellungsgedanken. Ich will nicht immer nur Hosen anhaben, weder privat noch sonst wie. Da verliert man sein ganzes Körpergefühl.«

Fred, der seine Cremeschnitte inzwischen verdrückt hatte und die Kuchengabel bereits verräterisch nahe an Vincents Teller platziert hatte, mischte sich unvermittelt ein. »Das stimmt auch nicht ganz. Die Schotten tragen Röcke oder die Pfarrer, die Araber und die Wüstennomaden, mein Großvater hatte noch Nachthemden an, und im Krankenhaus kriegst du auch einen Kittel angezogen.«

Nun konnte auch ich mir ein Lächeln nicht mehr verkneifen. Fred hatte die Sache wie so oft völlig missverstanden.

»Onkel, ich will aber weder Pfarrer noch krank werden«, sagte Vincent. »Ich will mich einfach wohlfühlen und meine weibliche Seite ausleben. Jeder Mann hat eine weibliche Seite, darauf würde ich wetten. Außerdem finde ich es schrecklich, dass Geschlechterrollen heute noch über die Kleidung definiert werden.«

»Aber –«, wollte ich einwerfen, doch mein Mann kam mir zuvor.

»Genau. Daher trage ich Wohlfühlhosen, auch wenn Paula sie nicht leiden kann, und ich stehe auch zu meiner weiblichen Seite. Ich liebe Schokolade und Kuchen, und ich lege keinen Wert darauf, ein Muskelprotz zu sein. Mir sind schnelle Autos und Aktienkurse egal, ich will mein pazifistisches Naturell einfach in meinen vier Wänden ausleben können.«

Vincent und ich prusteten beinahe gleichzeitig los.

»Wenn das so ist, dann schenke ich dir zum nächsten Geburtstag ein Backbuch. Da kannst du dann deine Liebe zu süßen Sachen gleich selbst in die Hand nehmen. Dass nur Frauen am Herd stehen, ist ja auch so eine längst überholte Geschlechterrolle«, zog ich meinen Gatten auf. »Und statt dem Nachthemd deines Großvaters oder deinen Wohlfühlschlabberhosen kriegst du noch eine Kittelschürze dazu. So was ist ungemein bequem, glaub mir.«

Dann erhob ich mich, um nach einem hübschen Teller für die Cremeschnitten zu suchen. Es war Zeit für meinen Versöhnungsbesuch.

***

Mit einem leichten Kribbeln im Bauch trat ich auf die Straße. Irgendwie fühlte es sich an, als wäre ich auf dem Weg zum ersten Date. Ich war nervös, mein Herz schlug heftig, meine Hände waren vor Aufregung ganz feucht. Zur Feier des Tages hatte ich sogar etwas Lippenstift aufgetragen und meine blassblaue Seidenbluse angezogen. Berta sollte auf den ersten Blick erkennen, wie wichtig sie mir war.

Auf den wenigen Schritten bis zu ihrem Gartentor dachte ich noch über eine entsprechend emotionale Begrüßung nach, als unsere neuen Nachbarn, die Edelsbrunners, gleichfalls auf die Straße traten. Armin, der Mann, winkte mir euphorisch zu, seine Frau rang sich ein eher gequält wirkendes Lächeln ab. Ich wusste einfach nicht, was ich von den beiden halten sollte, grüßte aber freundlich zurück und wünschte einen schönen Tag. Wir lebten halt auf dem Land, in einem kleinen, überschaubaren Dorf, wo jeder jeden grüßte, egal, ob Freund, Feind, Paketzusteller, Straßenarbeiter oder Auftragsmörder.

Dann betrat ich Bertas Vorgarten, der seit jeher einer botanischen Komposition in Lilatönen glich. Feinblattastern, quirlblättriger Salbei, Lavendel, Glockenblumen, patagonisches Eisenkraut und ein riesiger Tontopf voller Zinnien zeugten von ihrer Vorliebe für diese Farbe. Sogar Fußabstreifer und Briefkasten waren in ähnlichen Nuancen gehalten.

Voll freudiger Erwartung umrundete ich das Haus, um auf die Terrasse zu gelangen. Den Teller mit den Schnitten hielt ich wie eine Trophäe vor mir, weshalb ich nicht den Hintereingang, einen schmalen Durchlass ihrer Glanzmispelhecke, durch den ich mich normalerweise zwängte, verwendet hatte. Das Risiko, dabei die sorgfältig aufgeschichteten Gaben zu beschädigen oder gar fallen zu lassen, war mir dann doch zu hoch.

Leise Musik und das Klirren von Geschirr sagten mir, dass meine Berta zu Hause war. Vorsichtig trug ich mein kulinarisches Friedensangebot um die Ecke, als ich sie sah. Emma. Bertas ehemalige Erzfeindin schickte sich gerade zum Gehen an.

»Und ich verbürge mich für ihn«, hörte ich sie sagen. »Du wirst sehen, ein unbezahlbares Goldstück.« Das waren ihre letzten Worte, bevor sie ihre walrossförmige Statur durch den engen Hinterausgang zwängte. Meine Wiedersehensfreude fiel in sich zusammen wie Salzburger Nockerln.

Berta und ich waren seit über fünfzehn Jahren Nachbarinnen, aber dass sie ausgerechnet Emma zum Kaffeetratsch lud, war meines Wissens so gut wie nie zuvor vorgekommen. Erst seit unserer unseligen Basenfasten-Kur hatte sich deren langjährige Unverträglichkeit ins Gegenteil verkehrt. Offensichtlich stimmte es wirklich, dass ein gemeinsamer Feind – im Fall der beiden Vielfraße also der Hunger – einen automatisch zu Verbündeten machte.

»Da. Deine versprochenen Cremeschnitten«, begrüßte ich Berta, die gedankenverloren den Kaffeesatz in ihrer Tasse studierte.

Erschrocken hob sie den Kopf. »Pauline. Ich hab dich gar nicht kommen hören.«

Genau so war es mir vor nicht einmal einer Stunde ergangen. Weder Fred noch meinen Neffen hatte ich bemerkt, als sie die Küche betraten, bis sie direkt neben mir standen. Womöglich hatten sich die kriminellen Vorkommnisse im Botanical Wellness Resort nicht nur auf den Magen oder das Gehirn, sondern auch aufs Gehör geschlagen.

»Seltsam«, sagte ich. »Ich höre heute auch so schlecht.«

»Das ist überhaupt nicht seltsam«, erwiderte Berta. »Durch

diesen ständigen Hintergrundlärm von der Baustelle da drüben versteht man ja sein eigenes Wort nicht.« Mit einer abschätzigen Handbewegung wies sie zum Haus der Edelsbrunners, von wo das monotone Brummen einer Betonmischmaschine herüberklang. Nun bemerkte ich es auch. Da das störende Geräusch derart gleichmäßig erklang, hatte ich es bislang tatsächlich noch nicht bewusst wahrgenommen. Aber es verringerte die Wahrnehmung ringsum. Jedenfalls besser als ein Hörsturz. Irgendwann würden sie ja fertig sein mit dem Fassadenputz. Und verglichen mit dem Krawall, den Rudi, unser Nachbar linker Hand, mehrmals die Woche mit seinem Rasenmähmassaker anrichtete, könnte die Mischmaschine noch fast als Ohrwurm durchgehen.

Ich murmelte ein paar zustimmende Worte, während ich Berta musterte. Sie sah irgendwie verändert aus. Strahlender, frischer, mit lackierten Nägeln und ohne zeltplanenartige Gartenkleidung. Sogar ihr streichholzkurzes karottenrotes Haar stand weniger zu Berge als üblich.

»Geht's dir gut?«, fragte ich scheinheilig. Es war offensichtlich, dass es ihr wunderbar ging. Und genauso offensichtlich war, dass dieser Zustand nichts mit mir und den Cremeschnitten zu tun haben konnte.

Wieder überkam mich ein Anflug von Eifersucht. Was in aller Welt war mit Berta in dieser kurzen Zeit nur passiert?

»Ach, was soll ich sagen.« Verträumt blickte sie in die Ferne. »Es geht mir gut. Wirklich gut. Und jetzt, wo diese herrlichen Cremeschnitten auf dem Tisch stehen, geht es mir noch besser.« Sie erhob sich beschwingt, nahezu leichtfüßig, eine Kunst bei mehr als hundert Kilo Lebendgewicht. »Ich geh schnell Teller und Gabeln holen. Und setze frischen Kaffee auf.«

Kaum war sie in der Küche verschwunden, sah ich mich im Garten um, doch zumindest hier schien es keine Veränderungen zu geben, die ein solches Stimmungshoch gerechtfertigt hätten. Die Beete waren gepflegt, an den Tomaten- und Paprikastauden hingen noch ein paar Früchte, und am Fingerhut waren etliche Fraßspuren zu sehen. Also nichts Besonderes. Aber irgendwo musste es einen Hinweis auf die Ursache von Bertas Euphorie geben. Meine eigenartige Freundin war zwar generell kein Kind von Traurigkeit und im Gegensatz zu mir auch keine eingefleischte Pessimistin, doch mit derart glänzenden Augen hatte ich sie seit Jahren nicht erlebt. Also eigentlich seit ihrer schweren Grippe nicht mehr, aber damals hatte der fiebrige Blick auch nur mit einer stark erhöhten Temperatur zu tun gehabt. Heute hingegen wirkte sie keinesfalls krank auf mich.

Einen Augenblick lang schämte ich mich für das, was ich nun zu tun gedachte, aber dann siegte die Neugierde über jeglichen Skrupel. Ich folgte ihr ins Haus.

»Kann ich dir vielleicht beim Tragen helfen?«, fragte ich, bemüht, jede noch so kleine Abweichung in Küche und Wohnzimmer zu registrieren und zu analysieren.

Die Sofakissen waren wie üblich ziemlich zerknautscht, auf dem Couchtisch standen eine gut befüllte Schale mit Knabbereien, daneben eine Vase mit zartgelben Rosen und der giftgrüne Porzellankaktus, in dem sie stets ihre Zahnstocher aufbewahrte. Die Zahnstocher lagen allerdings auf dem Boden, schwungvoll über die Fernsehzeitschrift zerstreut, was gleichfalls nicht ungewöhnlich für Berta war, die bereits den fertig aufgebrühten Kaffee in zwei unbenutzte Tassen goss. Rasch nahm ich die Küche in Augenschein, doch auch dort war nichts Neues oder Ungewöhnliches zu finden. Kein Lottoschein mit sechs Richtigen auf der Anrichte, kein Gratis-Abo für eine Gartenzeitschrift, keine Einladung für ein Bad im Schokoladenbrunnen.

Dann fiel mir das unbezahlbare Goldstück wieder ein, das Emma bei ihrem Abgang erwähnt hatte.

»Ich dachte, du hättest eine neue Küchenmaschine?«, sagte ich, während ich meinen Blick erneut durch den Raum schweifen ließ.

»Wie kommst du denn darauf?« Meine Nachbarin griff nach einem Tablett und belud es.

»Du hast doch mal erwähnt, dass deine alte nicht mehr gut funktioniert.«

Soviel ich wusste, teilten Emma und Berta nur ihre Liebe

fürs Essen und Kochen. Und da man einen Schweinsbraten kaum als Goldstück bezeichnen würde, blieb eigentlich nur noch ein Küchengerät übrig. Fragen wollte ich jedoch nicht, das hätte sich zu demütigend angefühlt. So als wolle ich sie kontrollieren.

Während wir Kaffee, Cremeschnitten und Altweibersommer genossen, erzählte ich Berta von meinen Problemen. Von Vincent, der Sache mit den Frauenkleidern, dem Hausbesuch des Kommissars, seinem Generalverdacht, der wieder mal über unseren Häuptern schwebte, und das Zusammentreffen mit der heulenden Apothekerfrau und dem vergifteten Joghurt bei Protzmann enthielt ich ihr auch nicht vor.

»Mannomann«, brummte mein Gegenüber mit vollen Backen. »Dein Neffe hat aber auch ein Talent, sich mit Anlauf in jeden Abgrund zu stürzen.« Sie bugsierte ein weiteres Stück auf ihren Teller. »Muss wohl in der Familie liegen.«

»Tja. Scheint so. Aber zumindest hat er es nicht absichtlich gemacht. Er denkt einfach nicht daran, dass Oberdistelbrunn nicht mit der Wiener Innenstadt zu vergleichen ist. Bei uns werfen halt schon kleine Dinge riesige Schatten.«

Berta nickte, während sie sich mit zufriedenem Gesichtsausdruck ein paar Cremespritzer aus dem Gesicht wischte. »Pauline, sei mir bitte nicht böse, aber diese Situation hatten wir bereits. Dein Neffe steht wieder einmal unter Mordverdacht, und du machst dir Sorgen um deinen Ruf. Sollen sich die Leute doch das Maul zerreißen. Wer wenig zu sagen hat, redet bekanntlich viel.« Rasch nahm sie einen weiteren Bissen. »Die Frage lautet: Hat der Junge ein Alibi? Warum trägt er Frauenkleider, und wer zum Teufel stiehlt ihm die von der Wäscheleine?«

»Er hat ein Alibi. Er war bei so einem Elgebeteku-und-noch-irgendwas-Workshop.«

»Er war wo? Gibt's da auch ein deutsches Wort dafür? Muss ich das kennen?«

»Nein. Und das ist angeblich schon deutsch, hat was mit lesbisch und transgender und so zu tun. Also mit all diesen neuen Geschlechtern. Ich kann mir ehrlich gesagt nichts darunter vorstellen. Will ich vermutlich auch nicht. Aber es gibt genügend Zeugen, dass er dort war.«

»Ich stell es mir vor allem recht kostspielig vor, wenn die dann alle mal ihr Recht auf getrennte Toiletten einfordern«, grinste Berta. »Aber Spaß beiseite. Die Jugend von heute ist halt nicht mehr so am anderen Geschlecht orientiert, wie wir es waren, also Frau sucht Mann und Mann sucht Frau, von mir aus auch Mann sucht Mann und Frau sucht Frau, aber wir haben nicht an unserem eigenen Geschlecht gezweifelt. Wir waren entweder Fisch oder Fleisch. Die Jugend von heute will ja alles sein, Fisch mit Fleisch und Gemüse und Soße und noch ein Klacks Schokoladenpudding obendrauf, also die ganze Palette an denkbaren und undenkbaren Möglichkeiten. Und ist dabei so mit der Suche nach sich selbst beschäftigt, dass sie gar nicht bemerkt, was rund um sie herum passiert.«

Damit hatte meine Nachbarin die Problematik mit den aktuellen Geschlechterrollen sehr präzise auf den Punkt gebracht. Wir verstanden die heutigen Bedürfnisse der Jugend nicht, und die Jugend verstand unser Unverständnis nicht.

»So wird es wohl sein. Und da Vincent auch seine weiblichen Seiten ausleben will, kleidet er sich dementsprechend. Nur, wer stiehlt ausgerechnet seine Sachen von der Wäscheleine? Und bringt sie dann ins Resort, wo eins davon im Zusammenhang mit den Giftmorden wieder auftaucht? Das kann doch eigentlich nur jemand sein, der sich hier gut auskennt und wusste, dass ich nicht daheim war und Fred selten in den Garten gehrt.«

»Oder jemand, der zufällig in der Nähe war und einfach die günstige Gelegenheit genutzt hat«, meinte Berta.

Eine Zeit lang diskutierten wir die Frage nach dem Warum des Kleiderdiebstahls und kamen überein, dass es nur zwei Erklärungen dafür gab: Entweder ein Mann wollte sich als Frau verkleiden, oder eine Frau wollte durch die auffallende, nahezu psychedelische Musterung von Vincents Kleid die Aufmerksamkeit von ihrem Gesicht ablenken.

Und weil wir gerade beim Thema Ablenkung waren, fragte ich Berta geradeheraus, warum sie mich so belogen hatten. Mit

Emma auf Futtersuche zu gehen war eine Sache, aber darüber auch noch die Unwahrheit zu sagen und sich beinahe selbst zu vergiften eine andere.

»Weißt du, Pauline, ich hätte es dir wirklich gerne gesagt. Ich habe mich furchtbar schlecht gefühlt, dich zu hintergehen, aber du bist manchmal so …« Sie schien verzweifelt nach Worten zu suchen. »Also, du bist oft so, sagen wir, so streng in deinen Ansichten. Und so konsequent, so fehlerfrei, wenn du etwas durchziehen willst. Man fühlt sich dann wie ein minderwertiges Würstchen neben dir. Du hättest mir doch eine Moralpredigt mit Gehirnwäsche verpasst und mich außerdem für einen Schwächling gehalten, wenn ich dir von meinen unvorstellbaren Hungergefühlen erzählt hätte.«

»Aber du bist doch nicht minderwertig«, fiel ich ihr ins Wort. »Du hast mir mal das Leben gerettet, schon vergessen? Und du hast dein Leben riskiert, als wir unseren ersten Mord aufgeklärt haben. Ich wollte doch nur …« Jetzt fehlten mir die Worte.

»Du wolltest nur das Beste für mich. Klar. Aber du bist nicht meine Mutter. Ich weiß, dass ich zu dick bin, aber weil ich es nicht schaffe, abzunehmen, betrachte ich meine Speckwürste einfach als Speicherplatz für Bauchgefühle.«

»Tut mir leid. Ich wollte dich nicht verletzen. Ich bin wirklich nicht deine Mutter, und wäre ich es, dann würde ich wohl eine schlechte Mutter abgegeben haben.«

Dennoch war ich zu Tränen gerührt, denn das Eis zwischen uns schien endlich gebrochen zu sein, auch wenn ich insgeheim eine andere Erklärung bevorzugt hätte.

»Ich muss mal aufs Klo«, sagte ich schließlich, um Bertas Worte besser zu verdauen.

Diesmal hielt ich nicht nach verdächtigen Veränderungen Ausschau, doch da ich auf dem Weg zur Toilette am Schlafzimmer vorüberkam, dessen Tür sperrangelweit offen stand, konnte ich gar nicht anders, als das Chaos zu bemerken. Das Zimmer wirkte, als hätte der Schrank einen Niesanfall gehabt. Kleidungsstücke, Kissenüberzüge, selbst gestrickte Wollsocken und ein kariertes Flanellhemd bedeckten jeden freien Zentimeter Teppichboden. Das Bett sah zerwühlt aus, der Bücherstapel auf dem Nachtkästchen war umgefallen, und ein riesiger Strauß blassgelber Rosen zierte das Fensterbrett. Es hatte wohl eine wilde Jagd nach Motten oder einer Stechmücke stattgefunden. Oder eine Maus hatte Bertas Nachtruhe gestört.

Erst als ich auf der Klobrille Platz nahm, fiel mir ein, dass Berta weder karierte Hemden im Holzfällerlook trug noch gelbe Rosen im Garten hatte. Und Emma als Rosenkavalier war schlichtweg unvorstellbar.

Schlagartig kehrten meine Zweifel an Bertas Aufrichtigkeit zurück.

»Sag, was ist denn mit deinem Schlafzimmer passiert?«, fragte ich, kaum hatte ich mich wieder an den Kaffeetisch gesetzt.

»Nichts«, antwortete sie. »Hab nur noch keine Zeit gehabt, um aufzuräumen.«

»Aber irgendetwas muss dort geschehen sein, das sieht ja aus wie nach einem Einbruch. Oder einer Ungezieferjagd. Und dann überall diese gelben Rosen.« Weiter wagte ich mich nicht vor, ich hatte selbst bemerkt, wie vorwurfsvoll das klang.

»Meine liebe Pauline. Du bist zwar schon fünfundsechzig, somit drei Jahre älter als ich und außerdem kinderlos, aber auch du solltest dich noch daran erinnern, dass Schlafzimmer nicht nur zum Schlafen da sind.«

Ich schluckte. »Du meinst, äh, also, redest du von Geschlechtsverkehr?«

Ich tat mir schon schwer dabei, dieses Wort auszusprechen, vielleicht war ich wirklich zu prüde, aber meine Nachbarin damit in Verbindung zu bringen fiel mir ungleich schwerer. Mein Kopfkino erlitt einen Filmriss.

»Ja, genau. Sex.« Herausfordernd grinste Berta mich an.

»Mit Emma?«

»Ich bitte dich!«

»Also mit einem Mann?«

»Ja mit wem denn sonst? Mit einem Roboter? Oder dem Heiligen Geist?«

»Das unbezahlbare Goldstück?«

»Richtig.« Wieder dieses Strahlen in Bertas Augen. »Und jetzt willst du vermutlich wissen, wer das ist?«

Und ob ich das wissen wollte. So erfuhr ich, dass meine Freundin sich in den Bruder von Emmas Schwager verliebt hatte, also in genau den Mann, der im Resort für die Geheimlieferungen der Schnitzelsemmeln zuständig gewesen war. Er hieß Anton, genannt Toni, arbeitete als Haustechniker bei einer Großwäscherei, hatte die zärtlichsten Hände der Welt, den gleichen Geschmack wie Berta und trug sie förmlich auf Händen. Bei beiden sei es Liebe auf den ersten Blick gewesen.

Oder auf den ersten Biss, ergänzte ich in Gedanken.

»Das freut mich für dich. Wirklich.« Ich gönnte meiner Freundin jeden Mann der Welt, der sie glücklich machen würde. Aber insgeheim verspürte ich einen Stich. Als wäre ich eifersüchtig auf diesen Toni, mit dem sie nun nicht nur ihr Bett, sondern auch ihre Gedanken teilen würde. Vielleicht verspürte ich sogar etwas wie Verlustängste, während ich mich gleichzeitig für diese egoistischen Gefühle genierte. Immerhin wusste ich seit Jahren von ihrem geheimen Wunsch nach einem Mann. Bertas Ehe war ja schon vor Ewigkeiten gescheitert, da ihr Ex sie bei jeder Gelegenheit betrogen hatte. Und danach war ich über Jahrzehnte zu ihrer engsten Vertrauten geworden.

Und als hätte sie meine Gedanken gelesen, meinte Berta nun: »Du siehst aber gar nicht erfreut aus, eher besorgt.«

Nun half mir nur noch eine Notlüge. »Aber nein. Es kam nur recht überraschend. Und um ehrlich zu sein, habe ich mich gefragt, aber wirklich nur einen Augenblick lang, ob du auch kein Risiko eingehst? Schließlich kennst du diesen Toni erst ganz kurz, und wenn er aus beruflichen Gründen täglich ins Resort muss, könnte er doch auch was mit den Morden oder den Giftanschlägen der Liga zu tun haben …«

Berta schnaubte. »So gesehen könntest auch du damit zu tun haben. Du warst vor Ort. Und du kennst dich mit Pflanzengiften bestens aus. Im Unterschied zu Toni, der Petersilie nicht von Pfefferminze unterscheiden kann.«

Wenn unsere gerade erst neu erwachte Freundschaft nicht noch einmal Schiffbruch erleiden sollte, musste ich eilig gegensteuern.

»Es war nicht so gemeint. Es ist einfach zu viel passiert in letzter Zeit. Diese Morde, wo man bis heute nicht weiß, wer das zweite Opfer überhaupt war, diese Liga, diese Unmengen an unterschiedlichen Giften, die zum Einsatz kamen, mein Neffe mit seinen Eskapaden und dann auch noch dieser Reiter mit dem tödlichen Pferd.«

»Welches Pferd?« Augenblicklich schien Berta ihren Groll vergessen zu haben. Ich berichtete ihr von Fred und seinen Karten, denen zufolge sich die Gefahr unmittelbar in meiner Nähe befand. Und zwar in Form von Pferd und Reiter, die den Tod brächten.

»Kavalleristen gibt's aber nur noch beim Bundesheer«, beruhigte sie mich, als ein zaghaftes »Da seid ihr also« erklang.

Eine Sekunde später stand Elsbeth vor uns. Eine ungewöhnlich aufgehübschte Elsbeth.

»Ich war gerade bei euren Nachbarn«, eröffnete sie uns, während sie sich einen Stuhl heranzog. Kaffee und Kuchen lehnte sie dankend ab, erzählte uns aber ungefragt von der armen Frau Edelsbrunner, die sie bereits zwei Mal in der Kirche angetroffen hatte, wo sie mutterseelenallein in der hintersten Bank gesessen hatte. Elsbeth hatte sie nur bemerkt, weil sie frische Blumen für den Altar gebracht und sich nach einer passenden Vase umgesehen hatte. Einen völlig verzweifelten Eindruck habe sie gemacht, auf kaum eine Frage geantwortet und immer nur »Ach Gott« geseufzt. »Und dann hat sie mich gefragt, ob ich glaube, dass eine Sünde weniger verwerflich ist, wenn man sie aus Liebe heraus begeht.«

»Sünde? Was für eine Sünde?«, fragte ich.

»Das hat sie nicht gesagt. Aber sie hat so betrübt ausgesehen. Wie kann man so traurig sein, wenn man so einen tollen Mann hat? Der Armin liest ihr doch jeden Wunsch von den Augen ab. Ein wundervoller Mensch.« Unsere Erzkatholikin hatte ganz glänzende Augen bekommen, als sie seinen Namen aussprach. Außerdem trug sie Lippenstift, Schmuck und eines ihrer beiden Pepitakostüme, die sonst hohen kirchlichen Feiern vorbehalten waren.

Langsam hatte ich die Nase voll von diesem emotionalen Frühlingserwachen mitten im Herbst. Berta verliebt, Elsbeth verliebt, Viola Edelsbrunner verliebt, spielten deren Hormone nun alle verrückt?

»Und warum hast du sie zu Hause besucht?«, erkundigte ich mich, um weitere postpubertäre Schwärmereien im Keim zu ersticken.

»Ich wollte ihr noch einmal die heilige Beichte nahelegen. Gott vergibt allen Sündern, und unser Herr Pfarrer ist die Güte in Person.«

»Und? Hat sie zugesagt?«, wollte Berta wissen.

»Nein. Aber ich verstehe sowieso nicht, was so Menschen vom rechten Weg abbringt. Die ist doch mehr als privilegiert. Als pensionierte Ärztin hat sie keine Geldsorgen, ist glücklich verheiratet, betet ihren Armin an und hängt dennoch herum wie Wäsche im Regen. Wenn ich so einen Mann hätte …«

Und schon waren die beiden in ein Gespräch über Männer vertieft. Dass die sündige Frau Doktor vielleicht eine Mörderin war und als ehemalige Medizinerin bestimmt genug über Gifte und deren Wirkung wusste, schien keine zu interessieren. Selbst die Tatsache, dass der Täter oder eben die Täterin sich nun in unserem Heimatort herumtrieb und wir morgen schon alle tot sein könnten, kümmerte sie nicht. Wenn man im siebten Himmel schwebte, vergaß man anscheinend irdische Probleme.

»Wir sehen uns«, sagte ich zum Abschied und machte mich frustriert auf den Heimweg. Den Teller mit den Cremeschnitten und meine Hoffnung auf kriminalistische Unterstützung ließ ich am Tisch zurück.

»… und diese erotische Stimme, die klingt wie Samt und Seide …« war das Letzte, was ich von den beiden hörte.

***

Doch statt nach Hause zu gehen, beschloss ich, im Wald auf andere Gedanken zu kommen. Jetzt im September leuchtete das Laub in unvergleichlichen Rot-Gold-Tönen, die Vögel bildeten noch einmal ein vielstimmiges, konzertantes Ensemble, und Faulbäume, Pfaffenhütchen, Holunder und wilde Rosen hingen voller Früchte. Ich mochte diese Jahreszeit, wenn die Farben leuchtender wurden, Obst und Gemüse reiften, die Luft voller Schmetterlinge war und das erste Laub in langsamen Kreisen auf den Waldboden fiel. Zügig schritt ich aus. Bewegung half gegen Rheuma, Diabetes und Herzkrankheiten, und sie half gegen miese Laune. Schon bald fühlte ich mich leichter, zuversichtlicher, glücklicher.

Nach einer halben Stunde wandte ich mich nach links, wo ein schmaler Pfad zu einer aufgelassenen Wildfütterung führte. Dort befand sich einer meiner verborgenen Pilzplätze, dessen genaue Lage ich bis heute nur Berta verraten hatte. Da es in den letzten Tagen ausreichend geregnet hatte, hoffte ich auf eine kleine Beute. Ein deftiges Schwammerlgulasch oder eine aromatische Pilzsoße trösteten erfahrungsgemäß über alles hinweg, selbst über Liebeskummer. Und was meine ehemalige Busenfreundin betraf, litt ich vermutlich gerade darunter.

Da wähnte man sich erwachsen, stand dem Alter entsprechend bereits mit einem Fuß im Grab, hatte jede Menge Lebenserfahrung gesammelt und einen jahrzehntelangen Reifungsprozess durchgemacht, und kaum kam ein Mann ins Spiel, schrumpfte das Gehirn auf Erbsengröße, während das Selbstbewusstsein anschwoll wie ein Luftballon.

Wäre ich ehrlich zu mir, müsste ich mir spätestens jetzt eingestehen, dass ich Berta vielleicht ein wenig beneidete. Meine Beziehung zu Fred war von Anfang an eher pragmatischer Natur gewesen. Wir hatten uns lieb, keine Frage, aber an feurige Gefühle konnte ich mich zu keiner Zeit erinnern. Es hat sich stets nach einem ruhigen, still vor sich hin plätschernden Bach angefühlt, nicht nach dem reißenden Strom der Leidenschaften. Aber wer ist schon ehrlich zu sich selbst.

Zumindest mein Schwammerlplatz enttäuschte mich nicht.

Zwei frische Steinpilze und ausreichend Eierschwammerl für eine feine Soße erwarteten mich bereits. Wenigstens auf die Natur war Verlass. Da ich keinen Korb mitgebracht hatte, sah ich mich nach ein paar Blättern der Pestwurz um, denn die waren groß genug, um damit ein Behältnis zu formen. Früher hatte man sie deshalb als prähistorisches Toilettenpapier genutzt. Nach wenigen hundert Metern fand ich ein paar. Und da die Sonne langsam versank, ging auch ich langsam zurück. Fred und Vincent würden sich bestimmt über meine Ausbeute freuen.

***

»Extrablatt, Extrablatt. Mörderische Nachrichten …« Mein Neffe stürmte polternd in die Küche. Ich hatte soeben die Sahne in die Soße verrührt und erschrak dermaßen, dass mir der Kochlöffel in den Topf fiel.

»Was ist geschehen?«

»Der Messwein ist vergiftet worden. Sie haben den Pfarrer gerade mit der Rettung abtransportiert.« Vincent fischte den Kochlöffel mit spitzen Fingern aus dem Topf, ich starrte ihn an.

»Woher weißt du das?«

»Von der Feuerwehr. Ich habe eine Runde mit dem Hund gedreht und bin dabei an der Kirche vorbeigekommen«, erzählte er in nahezu belustigtem Tonfall. »Und da hat mir irgendeiner erzählt, dass der Pfarrer sich während der Bibelstunde ständig übergeben und dann auch noch die Hosen vollgemacht hat. Aber Lebensgefahr besteht keine.«

Behutsam legte ich die Knödel ins kochende Wasser, bevor ich antwortete. »Aber das kann doch auch eine harmlose Magen-Darm-Grippe sein.«

Vincent schüttelte den Kopf. »Sie haben wieder ein Bekennerschreiben gefunden. Also so einen Wisch von der Liga.«

Die machten offenbar nie Pause, dachte ich gerade, als es an der Tür klingelte. Sekunden später stand unser Dorfsheriff vor uns.

»Ich wollte eigentlich …«, setzte er an, bevor er den Topf mit der Schwammerlsoße auf dem Herd bemerkte. »Oh, Schwammerlsoße.«

Fünf Minuten später saßen wir alle gemeinsam bei Tisch. Mein Neffe, der Inspektor, Fred und ich.

Als jeder seinen Teller restlos leer gegessen hatte, informierte uns Kapplhuber über die Giftanschläge. Das Joghurt aus Protzmanns Laden hatte man mittlerweile untersucht und tatsächlich eine winzige Menge Eibenextrakt darin gefunden, jedoch nicht mehr als bereits zuvor beim giftigen Gemüsesaft im Resort. Ernsthafte Schäden hätte diese Dosis nicht einmal bei einem Kind anrichten können. Daher sei man auch im Fall des Herrn Pfarrer durchaus optimistisch, dass er nach einer ordentlichen Magenspülung rasch wieder auf den Beinen sein würde.

»Ein Nusskipferl in der Konditorei haben s' übrigens auch vergiftet«, berichtete der nun mehrfach gesättigte Kapplhuber. »Ist aber nichts passiert, weil die Verkäuferin genau dieses Kipferl für eine Freundin zum Kaffeeklatsch eingepackt hat, die leidet allerdings unter einer Nussallergie und hat es nicht gegessen, sondern heimlich auf den Kompost geworfen. Und am nächsten Tag, als sie den Biomüll ausgeleert hat, war das Nusskipferl angebissen, und zwei Mäuse lagen tot daneben.«

»Vielleicht sollte sich diese Liga ein zweites Standbein als Kammerjäger aufbauen«, warf Fred ein, bevor er sich freiwillig und unaufgefordert erhob, um Kaffee aufzusetzen.

»Keine schlechte Idee«, stimmte ihm der Inspektor zu.

»Wenn das bei Schnecken auch wirkt, werden die glatt Milliardäre.«

Und Kapplhuber hätte ein Problem weniger, denn im Garten seiner betagten Mutter, bei der er nach wie vor wohnte, musste er sich nach diesen gefräßigen Schleimern bücken.

»Aber warum hat die Konditorei überhaupt noch etwas verkauft?«, fragte ich betroffen. »Das war doch absolut fahrlässig, die Gesundheit der Kunden zu gefährden, wenn im Bekennerschreiben steht, dass etwas in ihrem Angebot vergiftet wurde. Es hätte ja auch eine Semmel oder ein Stück Torte sein können.«

»Sie wussten es zu dem Zeitpunkt noch nicht. Die Reinigungskraft, die den Zettel neben einer Schütte mit Semmeln gefunden hat, kann nicht Deutsch und hat das Schreiben einfach zusammen mit der Post und den Lieferscheinen auf den Schreibtisch im Lager gelegt. Und die Chefin schaut den Stapel nur zwei Mal die Woche durch. Das mit der Allergie und dem Komposthaufen war also ein absoluter Glücksfall.«

Nun mischte sich auch Vincent ein. »Für mich ist das eigentlich auch ein Glücksfall. Ich habe bislang noch keinen Fuß in die Konditorei gesetzt. Und da ich der einzige schwule Veganer im Ort bin und sogar schon einmal auf der Anklagebank gesessen habe, erinnert sich sicher jeder an mich. Oder eben nicht, weil ich nie dort war.«

Das war ein gutes Argument, fand ich und nippte verhalten an meinem Kaffee. Ihn zu trinken, wagte ich abends nicht mehr. Meine Koffeintoleranz wurde von Jahr zu Jahr geringer, und ich hatte keine Lust auf eine schlaflose Nacht.

»Vielleicht geruht unser bärbeißiger Kommissar nun ja endlich, Vincent und mich von seiner Liste der Verdächtigen zu streichen«, wandte ich mich fragend an den Inspektor.

Er musste doch am besten wissen, wie die Sache für uns aussah. Und einen Gefallen war er mir ohnedies noch schuldig. Schließlich hatte ich vor zwei Jahren den Fall mit der ersten Oberdistelbrunner Serienmörderin gelöst und dadurch Kapplhuber von seinem Vorgesetzten erlöst. Hartmann hätte seinen Untergebenen damals garantiert in die Invaliditätspension gehetzt. Er war mit dem Inspektor wie mit einem Leibeigenen verfahren, hatte ihn rund um die Uhr in den Allerwertesten getreten, gedemütigt und ihn seiner unverzichtbaren Essenspausen beraubt.

»Nun reden Sie schon«, drängte ich ihn.

Der Inspektor rutschte sichtlich gequält auf der Eckbank herum, während er gleichzeitig versuchte, sich möglichst imposant aufzurichten, ohne dabei seinen Kaffee zu verschütten. Insgesamt wirkte er nun ein wenig wie Donald Duck, dem Daisy die Leviten liest.

»Na ja, wie soll ich sagen, also ganz vom Tisch ist der Verdacht nicht.«

»Wenigstens halb vom Tisch?«, bohrte ich nach.

Kapplhuber begann, seine Uniformmütze zu kneten. Er machte mittlerweile einen äußerst verlegenen Eindruck.

»Ich dürfte ja gar nicht darüber reden«, sagte er. »Aber ich habe den Eindruck, dass Hartmann und die eben erst gegründete Soko es nur auf euch und die beiden Apotheker abgesehen haben. Also fifty-fifty sozusagen.« Auf seinem Uniformhemd bildeten sich Schweißflecken.

»Ich habe doch ein Alibi für die beiden Morde«, bemerkte Vincent erstaunt. Manchmal konnte der Junge wirklich noch sehr blauäugig sein.

Der Inspektor zuckte die Schultern. »Ich weiß. Und das wurde auch überprüft. Aber dieser Besserwisser ist der Ansicht, dass Sie« – zögernd blickte er mich an – »seine Komplizin sind. Weil Sie halt immer am Tatort waren.«

Die Hartnäckigkeit, mit der Hartmann sich in mich und meinen Neffen verbissen hatte, spottete jeglicher Logik. Seine kriminalistischen Irrwege bewiesen stets aufs Neue seine geheime Identität als Idiot. Mit voller Kraft voran, nur meist in den Abgrund oder zumindest die falsche Richtung. Allerdings musste ich mir eingestehen, dass ich vermutlich um einiges nachsichtiger mit dem Kommissar wäre, würde er nicht bei jedem Mord meine Familie verdächtigen.

»Was für eine Soko?«, mischte mein Mann sich erneut ein. »Hat der Hartmann sich jetzt geklont und vervielfacht?«

Manchmal, wenn Fred dem Gesprächsverlauf länger als nur für zwei Sätze folgte, konnte er äußerst pointierte Kommentare abgeben. Leider kam das viel zu selten vor.

Die Vorstellung amüsierte sogar den Inspektor. Endlich lächelte er, verhalten zwar, aber immerhin.

»Er hat eine Soko Heckenschnitt gegründet«, erzählte er. »Weil Eibe, Kirschlorbeer und Thuje ja Heckenpflanzen sind.«

»Und die Stechapfelsamen, mit denen sich Berta und Emma eingeräuchert haben? Das sind definitiv keine.«

»Da ist der Chef der Ansicht, dass die beiden sich einen Joint drehen wollten, und dann sei das halt ausgeartet.«

Zwei übergewichtige, verfressene Seniorinnen, die in ihrem ganzen Leben noch keine Zigarette in der Hand gehabt haben, beschließen auf ihre alten Tage, sich mit Drogen einzulassen? Noch dazu, wo zumindest Berta gut über die Gefahren von Giftpflanzen Bescheid wusste? Einfach absurd.

»Irgendwie scheint mir Kommissar Hungerhaken intellektuell bestenfalls teilmöbliert«, stellte ich schon fast belustigt fest. »Aber sag, äh, sagen Sie mir eins, wurde der Tote, über den ich fast gestolpert wäre, inzwischen identifiziert?«

Noch heute fiel es mir oft schwer, ehemalige und langjährige Schüler von mir später nicht automatisch zu duzen, wenn ich nicht gut aufpasste. Zum Glück hatte Kapplhuber diesbezüglich eine dicke Haut, die er sich wegen seines Spitznamens »Ohrwaschl-Franzi« schon zur Schulzeit zugelegt hatte.

»Nein. Die Kirschlorbeerleiche gibt uns immer noch Rätsel auf. Man hat in den Umkleidekabinen des Saunabereichs zwar seine Reisetasche gefunden, aber mehr nicht. Der Mann hat spanische Papiere, doch die sind gefälscht, DNA und Fingerabdrücke scheinen nirgendwo auf, er hatte Lungenkrebs und schlechte Zähne und wurde anscheinend nie in Österreich behandelt.«

»Also ein Ausländer«, sagte ich.

»Vielleicht, vielleicht auch nicht.« Unter dem Siegel der Verschwiegenheit vertraute Kapplhuber uns an, dass man in der Zwischenzeit in einer unbenutzten Umkleidekabine des Badebiotops eine kleine Reisetasche entdeckt hatte, die dem Unbekannten gehören musste und in der sich nicht nur einige Ausgaben der Kronen Zeitung, sondern auch zwei CDs von Wolfgang Ambros und eine kleine Flasche Jägermeister befunden hatten, was doch eher zu einem Einheimischen passte.

»Aber bitte behalten Sie das für sich«, flehte er uns an.

»Natürlich«, beruhigte ich ihn. »Aber was führt Sie eigentlich zu uns?«

Den Duft von frischer Schwammerlsoße konnte er keinesfalls bis zum Polizeirevier vernommen haben.

»Hartmann hat mich beauftragt, sämtliche Hecken im Dorf zu erfassen. Mit Adresse, Namen der Hausbesitzer und botanischer Bezeichnung.« Er seufzte. »Wahrscheinlich bin ich bis zu meinem Pensionsantritt damit beschäftigt.«

Womit er recht haben könnte. In einem Ort wie Oberdistelbrunn, der nicht nur über Dutzende abgelegene Höfe und Weiler verfügte, sondern auch noch größtenteils aus Einfamilienhäusern bestand, würde das ein Gewaltmarsch werden. Eine außerdem völlig sinnlose Maßnahme, denn wenn ich jemanden mit Heckenschnitt vergiften wollte, dann würde ich ihn einfach aus dem gemeindeeigenen Grünschnittcontainer entnehmen. Kapplhofer sah das ähnlich, hatte allerdings keine Wahl.

»Aber wir besitzen keine giftigen Hecken«, warf ich ein. »Ich hab nur Sanddorn, Weißdorn und Berberitzen.«

»Ich weiß. Aber Hartmann weiß es nicht.« Der Inspektor zuckte mit den Schultern. Dann erhob er sich und bedankte sich überschwänglich für die köstliche Soße. »Und bitte keine Hanfstauden mehr, das würde dich noch mehr belasten«, legte er Vincent noch ans Herz, bevor er ging.

Kaum war er draußen, platzte es aus meinem Neffen raus. »So ein hinterwäldlerischer Vollpfosten, also dieser Kripo-Heini, nicht der Inspektor. Nur weil ich schwul und vegan bin, hält mich dieser Fetzenschädel gleich für kriminell. Das letzte Mal wegen meiner Männerfreundschaften, jetzt wegen meiner Essgewohnheiten. Der soll seine Liga besser beim Fleischer suchen, nicht bei mir.«

»Beim Fleischer?«, fragten Fred und ich gleichzeitig.

»Aber klar, wo sonst? Kapiert ihr das nicht?«

Nein. Das kapierten wir beide nicht und schüttelten überfragt die Köpfe.

»Klär uns bitte auf.«

»Aber das ist doch ganz logisch. Wenn sich etwas Liga zum Schutz pflanzlicher Gefühle nennt, was wollen die dann?«

»Die Gefühle von Pflanzen schützen?«, murmelte mein Mann.

»Richtig. Und wie kann ich Brokkoli, Karotten, Basilikum oder Salatköpfe am besten schützen?«

»Mit Brennnesseljauche, Zimtpulver gegen die Schnecken, einem Netz, effektiven Mikroorganismen, blauer Physalis gegen weiße Fliegen oder –«

»Tante Pauline. Ihr geht alle davon aus, dass man Pflanzen vor Verletzungen schützen muss. Oder vor chemischen Pestiziden. Vor Versiegelung, Bodenfraß und Rasenmähern. Aber der größte Feind sind doch wir Menschen. Wir fressen Grünzeug ohne Ende. Essbare Blüten, Beerenobst, Wildkräuter, Kakaobohnen, Naturheilmittel und Berge an Gemüse. Also wenn ich Pflanzen was Gutes tun und ihre Gefühle nicht verletzen will, dann esse ich Schnitzel und Schweinebraten und trink Wasser, keinen Kräutertee.«

So hatte ich das noch nie gesehen. Und Fred offenbar auch nicht. Ich ließ mir diese neue Sichtweise eine Weile durch den Kopf gehen. Möglicherweise war da wirklich was Wahres dran.

»Also du meinst, die Liga ist gegen Schnittblumen, vegetarische Kost und Medikamente auf pflanzlicher Basis?«

Vincent nickte. »Genau. Dahinter steckt jemand, der von dieser ökologisch grünen Biogesundheitskost-Welle die Nase und den Magen voll hat. Jemand, der auf Leberkäse und Blutwürstl steht, seinen Spinat nicht mehr aufessen will und lieber Antibiotika konsumiert als Knoblauchzehen.«

Wenn das wirklich der Fall wäre, würden mein Neffe, aber auch das Apothekerpaar aus dem Schneider sein, also durchaus erfreuliche Aussichten. Weniger erfreulich schien mir unter diesem Gesichtspunkt die Tatsache, dass stattdessen fleischeslustige Vielfraße wie Emma, Berta und deren Liebhaber, der geheime Schnitzelsemmelbote, nicht mehr über jeden Verdacht erhaben schienen.

Natürlich traute ich ihnen kein Verbrechen zu, niemals, nicht einmal im garantiert unfreiwilligen Drogenrausch, aber sollte Kommissar Hungerhaken gleichfalls auf diesen Gedanken kommen, hätten meine Freundinnen nichts mehr zu lachen. Wobei ich für Bertas neue Flamme jetzt nicht die Hände ins

Feuer legen würde. Schließlich kannte ich das unbezahlbare Goldstück überhaupt nicht, und Liebe machte bekanntlich blind, egal, in welchem Alter.

Das sah man ja bei dieser seltsamen Ärztin und ihrem Privatpsychologen, ein ungleicheres Paar war mir bislang nicht untergekommen. Sie ein barsches, misanthropisches Mannweib mit ungehobelten Umgangsformen, das seinen Mann am liebsten hinter Stacheldraht sichern würde, er ein weltgewandter Charmeur, der mit allen und jedem ins Gespräch kommen wollte, den halben Ort mit einem Füllhorn an gesäuselten Nettigkeiten in seinen Bann zog und als Seniorinnenfänger von Oberdistelbrunn bestimmt Karriere machen würde, ganz ohne Flöte.

Dennoch waren die zwei ein Herz und eine Seele, stellten also in gewissem Sinn die Krönung der Topf-Deckel-Theorie dar, was mir zwar völlig egal sein könnte, doch einerseits fühlte ich mich irgendwie von dieser grassierenden Turteltaubenmanie ausgegrenzt, andererseits verdächtigte ich die Medizinerin immer noch, irgendwas mit den Verbrechen zu tun zu haben.

Aber ich hatte keine Beweise, nicht einmal eine logische Erklärung für meinen Verdacht. Ihr Verhalten, als ich die Leiche gefunden hatte, war sehr seltsam und recht unprofessionell gewesen, doch ich konnte sie mir weder als Mörderin noch als Giftmischerin vorstellen. Um ehrlich zu sein, kam es mir nach wie vor eigenartig vor, dass sich jemand als Mörder outete, dem beinahe das perfekte Verbrechen gelungen war, indem er zwei Männer umbrachte, ohne es nach Mord aussehen zu lassen. Und kurz darauf verteilte derselbe Täter Bekennerschreiben und Eibentinktur, um haufenweise Polizei anzulocken und willkürlichen Opfern zu Kurzaufenthalten im Krankenhaus zu verhelfen. Wozu?

Weiter kam ich mit meinen Überlegungen nicht, denn von draußen gesellte sich zum Dauerbrummen der Betonmischmaschine nun auch ein ohrenbetäubendes Dröhnen, das sich anhörte wie ein Motorrad, bei dem ein adrenalinsüchtiger Jugendlicher ständig aufs Gas drückte.

Verstört trat ich ans Fenster. Wie in den meisten ländlichen

Gegenden Österreichs, die unter Abwanderung, Arbeitsplatzmangel und fehlenden Tourismusattraktionen litten, kämpfte auch Oberdistelbrunn gegen eine zunehmende Vergreisung der Bevölkerung. Den Jugendlichen wurden hier weder Berufsaussichten noch Unterhaltung geboten, das Durchschnittsalter in unserer Straße lag bei fünfzig aufwärts, und niemand besaß ein Motorrad.

Was ich nun sah, war allerdings kein Fahrzeug, sondern ein Laubbläser, den Rudi, unser rasenmähfanatischer Nachbar, über den Gehsteig manövrierte, als würde er damit ein Rudel angriffslustiger Alligatoren vertreiben. In Anbetracht der paar Blätter, die auf dem Fußweg lagen, ein völlig unverhältnismäßiger Aufwand. Es hätte gereicht, sich danach zu bücken oder den nächsten Windstoß abzuwarten. Aber das Leben auf dem Land war halt längst keine friedliche Postkartenidylle mehr.

Am Morgen wurde man nicht von Hähnen, sondern von Baumaschinen und Motorenlärm geweckt, statt gemächlich grasender Kühe auf blühenden Wiesen dominierten schuhschachtelartige Häuser mit Schottergärten, Gabionenmauern und bedrohlich wirkenden, nachtschwarzen SUVs vor der Doppelgarage das Landschaftsbild, und die Durchschnittsrate an Kleinkriminalität und Vandalismus war in den letzten Jahren schneller gestiegen als Inflation oder Erderwärmung. Vom alltäglichen Lärmpegel ganz zu schweigen.

Selbst die Gemeinde machte bei diesem subtilen Krieg gegen die Natur fleißig mit. Sobald sich das erste Gänseblümchen am Straßenrand zeigte, fiel ein ganzer Trupp Arbeiter mit tonnenschweren Geräten ein und mähte jeden Stängel bis in den nahezu unterirdischen Bereich ab. Wahrscheinlich köpften sie dabei sogar die Regenwürmer, so tief hatten sie das Mähwerk eingestellt.

Und unseren einst so majestätischen Alleebäumen erging es wenig besser. Über ein halbes Jahrhundert hatten prachtvolle Linden und Platanen die Hauptstraße flankiert, Vögeln ein sicheres Quartier geboten und den Menschen im Hochsommer kühle Luft und Schatten gespendet. Immerhin konnte so ein Hochstammgewächs die Umgebungstemperatur um bis zu fünfzehn Grad reduzieren. Dann war eines Tages ein orkanartiger Sturm aufgekommen. hatte den Ast einer Linde abgerissen und auf den Asphalt geweht. Keine Stunde später befand sich das halbe Dorf im Panikmodus. Horrorvisionen von entwurzelten Bäumen, die den Leuten um den Kopf fliegen und sie mitsamt ihren Autos vernichten könnten, machten die Runde, Kindern wurde auf dem Schulweg ein Fahrradhelm aufgesetzt, und tagelang wagte sich kein einziger Hundebesitzer durch die Allee. Alles wegen eines einzigen Astes. Schließlich musste der Gemeinderat reagieren und beschloss in einer blitzartig anberaumten Sondersitzung die Entfernung aller Alleebäume. Schon zwei Tage später fielen die grünen Riesen Massenhysterie und Motorsäge zum Opfer, eine Woche später pflanzte man an ihrer statt kleine Kopfweiden, die bereits in vorauseilender Vorsicht jeden Frühling durch einen Radikalschnitt derart verkrüppelt wurden, dass sie kaum mehr als lebende Bäume zu erkennen waren. Seitdem gab es auch keinen Schatten mehr entlang der Straße, dafür hatte sich der Wasserverbrauch unserer Kommune sicher verdreifacht, denn Weiden waren noch schlimmere Säufer als die heimische Stammtischrunde.

Dennoch hatten die meisten Leute dem Bürgermeister zu seiner entschlossenen Tat im Dienste der allgemeinen Sicherheit applaudiert. Angesichts eines Mörders und Giftmischers, der hier nun sein Unwesen trieb, schien mir die Besorgnis der Bevölkerung damals jedoch um vieles größer ausgefallen zu sein.

»Idiotisch. Total idiotisch«, dachte ich. Oder zumindest dachte ich, nur gedacht zu haben, bis ich Bertas Hinterteil empört wackelnd aus der Küche verschwinden sah und realisieren musste, offenbar zu laut gedacht zu haben.

»Das ist also der Dank für meine Bemühungen«, rief sie mir aus dem Vorzimmer noch zu, dann hörte ich, wie die Eingangstür ins Schloss fiel.

Vincent und Fred starrten mich fassungslos an.

»Tante Pauline, was ist denn los mit dir?«, erkundigte sich

mein sichtlich verstörter Neffe nach einigen Schrecksekunden. »Warum bist du so gemein zu Berta gewesen?«

Auch Fred schaute mich vorwurfsvoll an. »Ich denke, du solltest dich entschuldigen, sie wollte doch nur nett sein«, sagte er.

Ich fühlte mich hundeelend. »Das habe ich nicht gewollt. Ich habe Berta gar nicht bemerkt, weil ich total in Gedanken versunken war. Ich habe nur an den Rudi, den Krawall und die Umweltzerstörung ringsum gedacht und Berta nicht einmal kommen hören.«

Der Gesichtsausdruck meiner beiden Männer wurde zunehmend besorgter.

»Ich mach dir mal einen Nerventee«, meinte Fred und befüllte den Wasserkocher, während Vincent in der Speisekammer nach einer passenden Kräutermischung suchte.

»Nimm die, wo Notfälle oben steht«, wies ich ihn an.

Da war auch eine Prise Giftlattich dabei, das einstige Opium des kleinen Mannes, das jeden Erregungszustand so verlässlich dämpfte, dass man es sogar für botanische Kastrationen verwendet hatte.

Nach der zweiten Tasse ging es mir bereits bedeutend besser, nach der dritten Tasse erhob ich mich, um mich erneut mit Berta zu versöhnen. Sie war extra rübergekommen, um mir mit einer gesunden Prise Galgenhumor ein selbst verfasstes Bekennerschreiben zu überreichen, auf dem stand, dass sie sich der großen Liebe bekannte und mich für den kommenden Samstag zu einem Kennenlernessen mit Toni einladen wollte, damit ich ihr meinen Segen gäbe. Eine wirklich süße Idee, auch wenn ich mir immer noch etwas schwer mit der Vorstellung tat, nicht mehr die engste Vertraute und Verbündete meiner Nachbarin zu sein.

Zum Glück war Berta nicht nachtragend und nahm meine Entschuldigung umstandslos an.

»Aber dafür, dass du weder verliebt bist noch vergiftet wurdest, kommst du mir in letzter Zeit leicht verwirrt vor«, meinte sie nur. »Muss ich mir Sorgen machen? Du wirst doch nicht dement werden? Jetzt, wo uns ein goldener Herbst blüht?«

»Bist du sicher, dass uns nicht eher wieder irgendein Giftanschlag blüht? Oder gar ein weiterer Mord?«

»Pauline. Dein Pessimismus in Ehren, aber gerade deshalb sollte man seine Zeit genießen und die Feste feiern, wie sie fallen. Und Sonntag ist das große Herbstfest. Da gehen wir auf jeden Fall hin. Oder glaubst du, dass der Giftmischer am Vortag noch schnell das Kürbiskernöl oder den Jungwein vergiften wird?«

Ich schüttelte den Kopf, da ich ohnedies nicht mehr wusste, was ich noch glauben sollte.

»Der Kommissar hat übrigens eine Soko gegründet. Heckenschnitt nennt er sie. Und der arme Inspektor muss alle Hecken im Dorf katalogisieren.«

»Ich weiß. Bei mir war er auch schon. Totaler Schwachsinn. Viele haben Hecken, die sie setzen, pflegen und schneiden. Aber daraus Gift zu extrahieren, das erfordert schon ein gewisses Können. Und Stechapfelhecken hab ich noch nie gesehen.«

Ich berichtete ihr von Vincents Vermutung, dass der Täter im Gegensatz zur vorherrschenden Meinung ein überzeugter Fleischesser sei, denn nur durch Fleischkonsum könne man Pflanzen vor Leid schützen.

»Dann müsste ich das Oberhaupt dieser Liga sein«, grinste Berta.

»Und meine Verdächtige könnte ich mir abschreiben. Mir gefällt deine neue Nachbarin, diese schroffe Ärztin, nach wie vor nicht«, gab ich zu bedenken.

»Sie ist bestimmt keine Sympathieträgerin, aber eine Mörderin, ich weiß nicht. Außerdem scheint sie sich mit Pflanzen gar nicht auszukennen. Bis jetzt habe ich nur ihn im Garten gesehen. Heute hat er den ganzen Tag lang umgegraben und Beete angelegt«, überlegte meine Freundin.

Auf einmal erklang eine Melodie, die mir irgendwie bekannt vorkam. Berta wuchtete sich vom Sofa hoch und rannte fast zum Fernsehtisch, wo sie nach ihrem Handy griff. Bisher hatte ihr Mobiltelefon immer nur »Kuckuck, kuckuck« gerufen, wenn es läutete. Nach ein paar kurzen gesäuselten »Ja« und »Bis später« legte sie schon wieder auf.

»Was war denn das für eine Musik? Die kenne ich von irgendwoher.«

»Das sind die Edlseer. ›Herz an Herz‹. Romantisch, nicht?«

»Mhm. Mal was anderes. Ich störe dich dann nicht länger, wir sehen uns übermorgen zum Essen.« Ich bedankte mich nochmals für die Einladung, und aus einer spontanen Gefühlsregung heraus umarmte ich meine frisch verliebte Freundin. »Genieß die Zeit«, flüsterte ich ihr zu und meinte es diesmal ehrlich.

Die Wochen voller Schmetterlinge im Bauch dauerten meist nicht so lange wie die Jahre voller Schmutzwäsche im Bad.

Berta schniefte gerührt ein »Danke«, und ich spürte, dass auch sie es ernst meinte.

***

Am nächsten Tag wurde ich später als gewöhnlich wach. Sogar Fred hatte seine Betthälfte bereits verlassen, also musste es in jedem Fall nach acht Uhr sein. Munter fühlte ich mich allerdings immer noch nicht, eher so, als hätte ich Watte im Kopf. Im Bad stellte ich mich erst einmal unter die Dusche, bevor ich mich an einer rudimentären Renovierung meines Aussehens versuchte, aber der Spiegel erwies sich als wenig kooperativ, und Schminktalent hatte ich noch nie besessen. Vielleicht sollte ich Vincent fragen, ging es mir durch den Kopf, der hatte mit gezupften Brauen, Augenringen und widerspenstigen Haaren wahrscheinlich schon mehr Erfahrung als ich.

Eine Sekunde später schalt ich mich für diesen albernen Gedanken. Da ich ohnedies nur bei meinen Beeten nach dem Rechten sehen und die verwahrlosten Rabatten wieder auf Vordermann bringen wollte, brauchte ich kein präsentables Aussehen. Nach einem starken Kaffee, den Fred netterweise bereits aufgebrüht hatte, schnappte ich mir meine Gummistiefel und ein

Kopftuch und trat auf die Straße, um durch den Hintereingang in den Garten zu gelangen. Unter dem Wespennest durchzugehen, das unverändert den Terrassenausgang blockierte, wagte ich nicht. Dazu hätte ich Limbo-Dance-artige Fähigkeiten benötigt, keinen chronischen Bandscheibenschaden.

Als ich gerade das Gartentor öffnete, fiel mir die Stille auf. Die Betonmischmaschine rumorte noch gar nicht. Vermutlich hatte ich deshalb so lange geschlafen. Sofort hob sich meine Stimmung, und die Arbeit ging mir flott von der Hand. Zuerst entfernte ich einige Wicken von den Tomaten, danach erntete ich die letzten Gurken und Zucchini ab, entsorgte die kranken Stauden in einer Tonne, um sie irgendwann zu verbrennen, grub die beinahe ertrunkenen Fetthennen aus und an einer trockenen, steinigen Stelle wieder ein, jätete das Unkraut zwischen dem bereits keimenden Wintergemüse und erfreute mich am Anblick der vielen Astern, die quasi über Nacht erblüht waren. Ich war so in mein grünes Paradies vertieft, dass die Zeit wie im Flug verging.

Erst der Klang der Mittagsglocken riss mich aus meinen botanischen Betrachtungen. Gartenarbeit verursachte bei mir ja oft meditative Zustände; man vergaß einfach alles um sich herum. Auch, dass mein Mann bestimmt schon kurz vor dem Hungertod stand. Eigenartig, dass er gar nicht nach mir gesehen und sich nach dem Essen erkundigt hatte. Sein Magen machte sich bestimmt schon seit Stunden bemerkbar, so wie mein Rücken jetzt.

Ich verließ den Garten wieder durch den Hintereingang, warf auf der Straße einen raschen Blick rüber zu Berta, vor deren Haustür ein grauer, älterer Kombi parkte, und wechselte ein paar Worte mit der Frau Giselhüb, die wie meist um diese Uhrzeit ihre überfettete Promenadenmischung ausführte. Adele Giselhüb war seit Jahrzehnten die tragende Säule des Ortsverschönerungsvereins und kontrollierte nahezu täglich den Zustand aller Blumenkästen und Pflanztröge, die fußläufig erreichbar waren. Wir unterhielten uns kurz über das bevorstehende Fest zum »Blühenden Herbst«, die damit verbundenen organisatorischen Schwierigkeiten und Hartmanns wie stets recht eigenwillige Sicherheitsmaßnahmen.

»Sagt mir dieser Intelligenzverweigerer doch glatt, wir dürfen die Bänke und Tische, die ganze Blumendekoration, die Weintheke, die Bühne, den Tanzboden und sogar die Feldküche erst kurz vor Beginn aufstellen, damit nichts passieren kann. Was glaubt der denn? Dass so ein Arrangement für Hunderte Menschen in fünf Minuten erledigt ist? Oder wir eine Armee aus Heinzelmännchen haben?«

Das sah dem Kommissar wieder ähnlich. Keine Ahnung haben, aber dies zum Gesetz erheben. In der Politik hätte der Mann echt Karriere gemacht.

»Du meine Güte«, stimmte ich ihr zu. »Hartmann hat wirklich kein logisches Denkvermögen. Und praktisch veranlagt scheint er mir auch nicht.«

»Ein echter Schreibtischtäter, leider. Kann vermutlich nicht einmal eine Glühbirne auswechseln und ruft den Tierarzt, wenn der Wasserhahn tropft.«

Ein treffender Vergleich.

»Und was machen Sie jetzt?«

»Die Feuerwehr wird uns helfen, die sind wirklich eine Stütze der Gesellschaft. Sie haben sogar Verstärkung aus Unterdistelbrunn angefordert. Alles nur wegen diesem geistigen Eierschwammerl«, brummte sie verärgert.

»Und wegen dem Giftmischer. Ohne den würde uns noch mehr erspart bleiben«, ergänzte ich.

Adele Giselhüb legte ihre Stirn in Falten. »Wissen Sie«, meinte sie dann, »ich glaube ja, dass die Forstinger Resi dafür verantwortlich ist. Die ist mir seit Jahren die Leitung unseres Ortsverschönerungsvereins neidig und geht garantiert über Leichen, wenn sie mich dadurch verdrängen kann. Außerdem steht bei ihr hinterm Haus eine alte Eibe.«

Eine völlig haltlose Hypothese, die ebenso unwahrscheinlich war wie die lachhaften Vorverurteilungen des Kommissars. Die Forstinger Resi war kürzlich achtzig geworden, benötigte einen Rollator beim Gehen und hätte es insofern nie geschafft, unbemerkt ins Botanical Wellness Resort zu gelangen. Damit nicht genug, hatte die ehemalige Landwirtin acht Kinder großgezogen, zwanzig Rinder versorgt und ihr ganzes Leben in Oberdistelbrunn verbracht. Somit hatte ihr wohl jede Gelegenheit gefehlt, die beiden Mordopfer, von denen eines aus Salzburg kam und eines offenbar aus Spanien angereist war, kennenzulernen.

Höflich verlieh ich meinen Zweifeln Ausdruck, als Vincent nach mir rief. Rasch nutzte ich die Gunst der Sekunde und verabschiedete mich.

Im Haus erwartete mich ein verführerischer Duft nach Apfelstrudel.

»Hast du gebacken?«, fragte ich überrascht.

Mein Neffe nickte. »Ich muss doch meine weiblichen Seiten unter Beweis stellen, oder?«

»Nun, wenn du die nur am Herd und nicht im Minirock auslebst, bin ich vollauf damit einverstanden.« Der Tag wurde immer besser. Sogar den Tisch hatten meine Männer bereits gedeckt. Zufrieden ließ ich mich auf der Küchenbank nieder. »Wo ist Fred?«

Dass er zu spät zum Essen kam, war undenkbar. Außer er wäre gestorben.

»Der telefoniert mit dem Pferdezuchtverband. Er ist einer ganz wichtigen Sache auf der Spur.«

»Dem mysteriösen Ritter und seinem Pferd, nehme ich an. Aber ich denke nicht, dass ihm da ein Zuchtverband weiterhelfen kann. Tarotpferde sind wohl keine anerkannte Rasse.«

Insgeheim wünschte ich mir, Fred würde in anderen Angelegenheiten ebenso beharrlich sein und energisch Initiativen ergreifen, wie wenn es darum ging, die Glaubwürdigkeit seiner Tarotkarten zu beweisen. Vermutlich zählte ich zu den wenigen Frauen, die zeit ihres Lebens keine Migräne vortäuschen mussten, um mal in Ruhe ihre Bettlektüre beenden zu können.

Vincent stellte gerade den verlockend nach Bratäpfeln und Zimt duftenden Strudel auf den Tisch, als mein Mann die Küche betrat. Mit stolzgeschwellter Brust und erhobenem Haupt setzte er sich, ohne der süßen Delikatesse einen gierigen Blick zuzuwerfen. Sogar das Schälchen mit der Vanillesoße ignorierte er. Demnach musste Fred eine nobelpreisverdächtige Entdeckung gemacht haben.

»Ich wusste es doch!«, eröffnete er mir in bedeutungsschwangerem Tonfall. »Ich habe es immer gewusst.«

Ich gestattete mir ein leises »Was?«, bevor er schon weitersprach. »Die Karten haben immer recht. Man muss sie nur zu deuten wissen.«

Ergeben nickte ich. Seine Karten hatten mich bislang ebenso wenig überzeugt wie die Prognosen unseres staatlichen Fernsehwetterfrosches.

»Also werden wir wirklich von einem bösen Ritter und seinem Pferd bedroht?«, frotzelte ich, aber Fred ignorierte meinen Einwurf.

»Du musst das symbolisch betrachten, Pauline. Das hab ich dir schon hunderte Male erklärt.« Endlich nahm er sich vom Strudel und tat ein paar Kleckse von der Soße dazu. »Aber darum geht es jetzt gar nicht.« Verzückt kostete er Vincents Meisterwerk.

»Sondern worum? Du hast doch den Pferdezuchtverband angerufen, oder nicht?«

Meinem Mann gelang es selten bis nie, eine Erzählung am Anfang zu beginnen. Er setzte einfach irgendwo in der Mitte an, und die Vorgeschichte musste man sich umständlich erfragen.

»Wen hätte ich denn sonst anrufen sollen? Außer denen ist mir niemand eingefallen, der sich mit Pferden auskennt«, erwiderte er, genüsslich kauend.

»Und sie haben dir wertvolle Hinweise geliefert, wo du nach dem lebensgefährlichen Ritter suchen sollst?«

Vincent grinste mit vollem Mund. Ein ergebnisorientiertes, leicht verständliches Gespräch mit seinem Onkel zu führen erforderte eine nahezu buddhistische Geduld.

»Natürlich nicht. Aber ich weiß jetzt, dass die Karten nicht gelogen haben, wie du immer behauptest. Wir müssen nur den Ritter und das Pferd finden, dann haben wir den Täter.«

Die Sache drehte sich irgendwie im Kreis.

»Du hast also mit dem Pferdezuchtverband telefoniert, um über den Wahrheitsgehalt von Tarotkarten zu sprechen.«

»Aber nein doch!« Mein Mann starrte mich an, als wäre ich diejenige, die einfach schwer von Begriff war.

»Ich habe mich nach Giften erkundigt. Genau genommen habe ich gefragt, ob es einen Zusammenhang zwischen« – er zog einen zerknitterten Zettel aus der Tasche seiner ebenso zerknitterten Jogginghose – »Eiben, Thujen, Kirschlorbeer und Stechäpfeln einerseits und Pferden andererseits gibt. Weil ja alle immer von Heckenschnitt reden, aber da passt doch der Stechapfel nicht dazu. Das hast du selbst gesagt.«

»Ja und?« Nun wurde es spannend.

»Die haben mir erzählt, dass die Sträucher tödlich giftig für Pferde sind.«

Das wusste ich allerdings schon, stand immer wieder in der Zeitung, und die beiden Apotheker hatten es auch erwähnt. Enttäuscht murmelte ich ein »Soso, wirklich toll«. Und wandte mich wieder dem Strudel zu, doch Fred war noch nicht fertig.

»Und sie haben mir auch erzählt, dass man früher alten Gäulen Stechapfelblätter und Samen in den Mastdarm geschoben hat, damit sie lebendiger, gesünder und feuriger wirken. Dass das eine gängige Praxis von Rosstäuschern war. Was wiederum beweist, dass der Verbrecher jemand ist, der sich mit Pferden auskennt.« Vor lauter Stolz wuchs mein Mann jetzt förmlich aus dem Stuhl hervor.

Die Sache mit den Blättern der Datura hatte ich wirklich nicht gewusst. Ich gönnte Fred ein anerkennendes Nicken. »Danke. Darauf wäre ich nicht gekommen. Aber wo finden wir diesen Pferdeflüsterer nun?«

»Keine Ahnung. Ich weiß nur eins: *Du* wirst ihn nicht finden, weil *du* nicht nach ihm suchen wirst.«

»Wer sagt das?«

»Ich.« Mein Mann, Weltmacht mit drei Buchstaben.

»Seit wann machst du mir Vorschriften?« Nun war ich doch

ein wenig verärgert. Schließlich war ich nicht seine Leibeigene, und im Mittelalter lebten wir auch nicht mehr.

»Seit du dich vor zwei Jahren mit einer Serienmörderin angelegt hast. Schon vergessen? Wir haben alle schreckliche Todesängste um dich ausgestanden, und um ein Haar wärst du auch noch ihr letztes Opfer geworden. Ich möchte das nicht nochmals erleben, das hält mein Herz nicht durch.« Flehentlich schaute Fred mich an.

Tief im Inneren rührte mich seine Besorgnis um mein Wohlergehen durchaus, aber ich konnte doch nicht einfach herumsitzen und warten, bis dieser mörderische Pflanzenschützer erneut zuschlug. Immerhin war ich persönlich betroffen von seinen Untaten. Er hatte mir den langersehnten Kuraufenthalt im Wellnessresort versaut, meine Freundinnen in Lebensgefahr gebracht, mir eine Leiche vor die Füße geworfen und den blindgängerischen Kommissar auf den Hals gehetzt.

An guten Gründen, diesem Unmenschen das Handwerk zu legen, mangelte es mir also nicht.

»Tante, hör auf Onkel Fred«, mischte sich nun auch mein Neffe ein. »Wir möchten nicht, dass dir was passiert. Wirklich nicht. Schau, ich stehe auch unter Verdacht und kann nur abwarten, bis die Wahrheit ans Licht kommt. Aber ich riskiere nicht mein Leben, um mich vorsätzlich in Teufels Küche zu begeben.«

»Schon gut«, beruhigte ich die beiden. »Ich verspreche hoch und heilig, mich stets nahe am heimischen Herd aufzuhalten und nicht blindlings in ein tödliches Abenteuer zu stürzen.«

Fred griff über den Tisch nach meiner Hand. »Pauline. Dein Schwur ist nichts wert. Wir wissen doch alle, dass du dich nicht blindlings, sondern mit geöffneten Augen in Gefahr begibst.«

Das konnte ich natürlich nicht leugnen. Aber in meinem Alter rückte der Tod zunehmend näher, und an irgendetwas musste ich ja sterben. Ob Brustkrebs, Schlaganfall oder ein tödlicher Giftcocktail – eines war so unerfreulich wie das andere.

Außerdem hatte ich nicht die geringste Lust, meine Pension

zwischen Stricknadeln, Gießkannen und dem Einkochen von Marmelade zu vergeuden. Da ich im Unterschied zu meiner Umgebung nicht von leidenschaftlichen Gefühlsausbrüchen getrieben war, musste ich meinen Adrenalinspiegel halt auf andere Weise ein wenig anregen.

Aber ich versprach noch einmal, mein Miss-Marple-Gen im Zaum zu halten.

Danach ging ich wieder in den Garten, um für Berta einen Strauß aus pinken Cosmeen, Rosen und Phlox zu pflücken. Das Abendessen mit Toni, dem Goldstück, rückte näher.

***

Romantische Hintergrundmusik, der Geruch nach Schweinebraten und eine rundum strahlende Berta empfingen mich.

Ich drückte ihr die Blumen in die Hand. »Du siehst toll aus«, begrüßte ich sie.

Es gab zwar kaum lila Kleidungsstücke, die sich nicht mit Bertas pumucklroter Stachelfrisur schlugen, aber sah man von ihren Fehlgriffen in der Farbenlehre einmal ab, kam sie mir wirklich um einiges jünger und glücklicher vor als noch vor zehn Tagen.

»Wo ist Fred?«, fragte sie mich, während sie die Blumen versorgte.

»Er lässt sich vielmals entschuldigen. Er muss noch etwas fertig machen und kommt dann nach.«

Was nicht ganz der Wahrheit entsprach. Nach dem vierten Stück Strudel mit Soße hatten seine Insulinwerte jede Hoffnung auf ein üppiges Abendessen zunichtegemacht. Und da ich ihm meine Zurückhaltung in Sachen Mörderjagd zugesichert hatte, musste er mir seine kalorische Abstinenz für heute Abend versprechen.

Berta nickte, ohne weitere Fragen zu stellen, und geleitete mich ins Esszimmer, einen Raum, der bislang nur als Winterquartier für Oleander und Co. benutzt worden war.

»Toni, das ist die Pauline. Nachbarin, Freundin und Hobbydetektivin«, stellte sie mich ihrem Goldstück vor, das mich eher an einen Goldbarren erinnerte.

Toni besaß die Statur eines Kleiderschranks, strohblondes Haar, eine rosige Gesichtsfarbe und stellte insgesamt eine recht raumfüllende Erscheinung dar. Mit einem freundlichen Lächeln erhob er sich, nahm meine Hand in einen schraubstockartigen Griff, schüttelte sie einige Sekunden kräftig durch und erklärte mir mit dröhnender Bassstimme, dass er schon viel von mir gehört habe und sich ganz schrecklich freue.

Vorsichtig entzog ich ihm meine Hand und nahm Platz. Der Mann hatte wirklich nichts Bedrohliches oder gar Bösartiges an sich, er wirkte eher wie ein riesiger Teddybär, dem die eigene Größe gar nicht bewusst war. Oder, ich relativierte meine Ersteinschätzung ein wenig, er konnte natürlich immer noch ein Mörder sein, Psychopathen sah man ihre Veranlagung ja selten an, aber ich hielt ihn keinesfalls für einen Giftmischer. Mit solchen Pranken würde er seine Opfer wohl eher erwürgen oder wie ein Schnitzel zu Tode klopfen, aber mit einer Spritze oder Pipette tropfenweise toxische Substanzen in Gemüsedrinks, Messwein oder Joghurt zu injizieren, das traute ich Tonis Wurstfingern nicht zu. Obwohl Berta von den zärtlichsten Händen der Welt gesprochen hatte. Nun gut. Über Geschmäcker und Gefühle ließ sich nicht diskutieren. Und außerdem verfügte sie natürlich auch über doppelt so viel erotische Nutzfläche wie ich.

Während meine verliebte Freundin nun einen wirklich delikaten Schweinebraten mit Knödeln und Sauerkraut servierte, der zwar weniger zum noch fast sommerlichen Wetter, dafür aber perfekt zum Appetit ihres Traumprinzen passte, plauderten wir über eine unendliche Vielzahl an Nebensächlichkeiten. Nach dem zweiten Knödel bot Toni mir das Du-Wort an, nach dem vierten Knödel erzählte er launige, manchmal auch lausige Anekdoten aus seinem Arbeitsalltag, nach dem fünften Knödel schwärmte er uns von seinem letzten Konzert mit Helene Fischer vor, dann räumte Berta die Schüsseln mit den Beilagen ab.

»Du bist also der Bruder von Emmas Schwager«, fragte ich, um das Thema von weiteren musikalischen Katastrophen abzuwenden.

Toni nickte. »Der bin ich. Emmas jüngere Schwester, die Edith, ist mit dem Bertl verheiratet, also mit dem dritten von uns sechs Geschwistern. Der Älteste von uns ist ja der Heinz, der seit ein paar Monaten mit der Adelheid zusammen ist, nachdem er sich von der Rosi hat scheiden lassen, obwohl die Rosi eine saumäßig gute Köchin ist, was sie bestimmt von ihrer Mutter, der Vreni hat, die ja früher als Köchin im Gasthof Zum Goldenen Krug gearbeitet hat, nur ist ihr Mann dann ziemlich krank geworden, Prostata, du weißt schon, und da hat sie den Job aufgeben müssen. Aber der Heinz, der hat auf einmal keinen Appetit mehr auf die Rosi gehabt und sich diese Adelheid ins Haus geholt, die immer so auf feine Dame macht, dabei hat sie gar nichts Gescheites gelernt. Das haben wir alle nicht verstanden. Nicht mal Spiegeleier bringt die zusammen. Nach dem Heinz kommt dann der Jürgen, der lebt aber nicht mehr hier, der ist weggezogen in die Obersteiermark. Dort hat er –«

Da würde ja einiges an Verwandtschaft auf Berta zukommen, aber so weit wollte ich gar nicht denken. Womöglich zog sie dann weg, eine Horrorvision.

»Und ihr habt euch im Resort kennengelernt«, unterbrach ich seine ausführliche Familienaufstellung.

»Aber ja. Der schönste Tag meines Lebens. Das war mein privater Lotto-Sechser.« Er drückte Berta, die schweigsam, aber selig lächelnd neben ihm saß, einen dicken Kuss auf die Wange. »Dabei war das Ganze ein echter Zufall, weil ich normalerweise ja nicht die Wäsche zustelle, sondern für den technischen Bereich zuständig bin. Aber der Fahrer, also der Holger, ein waschechter Piefke, aber trotzdem ein netter Kerl, der hat sich beim Fußballspielen den Knöchel verstaucht und ist ein paar Tage ausgefallen, da hab ich ihn halt vertreten. Er hat mir auch schon oft einen Gefallen getan. Und gerade wie ich den letzten Stapel Weißwäsche einpacke, ruft mich die Emma völlig verzweifelt an. Die ist ja die Schwester von der Frau von meinem

Bruder, dem Bertl, na ja, habe ich, glaube ich, schon gesagt, jedenfalls jammert sie mir die Ohren voll, dass sie in so einem kulinarischen Umerziehungslager wäre, ohne Auto und ohne jede Möglichkeit, was Vernünftiges zu essen. Nur Grünzeug, Rohkost, Wasser. Und dass sie sich schon total schwach fühlt. Sie hat gemeint, sie überlebt das keine Stunde länger, und da hab ich ihr halt zwei Leberkäsesemmeln mitgenommen. Mit Gurkerl und Senf. Obwohl ein Gurkerl eigentlich nichts in einer Leberkäsesemmel verloren hat, aber sie mag es halt so.«

Ich nickte, Berta strahlte. Ihr Toni musste über eine Art von Kiemenatmung verfügen, ich hatte ihn bislang nicht ein Mal Luft holen gesehen. Ob meine Nachbarin da auch noch zu Wort kommen würde?

»Und am nächsten Tag hat sie mich halt wieder angerufen und berichtet, dass sie wegen der Semmeln erpresst und sogar bedroht worden ist, weil Fleisch dort ja total verboten wäre und sie sich halt nicht als Schwächling outen wollte, und daher besteht die Erpresserin jetzt auch auf zwei Semmeln, damit sie den Mund hält. Und da hab ich halt vier Schnitzelsemmeln gekauft und ihnen die in den Heizungskeller gebracht, wo auch das Wäschelager ist. Und dort habe ich Berta zum ersten Mal gesehen. Es war fast schon Liebe auf den ersten Blick.«

Nun verpasste sie ihm einen Kuss. »Stimmt. Und es waren die besten Schnitzelsemmeln meines Lebens.«

Ich hatte bereits Bedenken, dass die rührselige Stimmung noch weiter ausufern konnte, aber Berta erhob sich, um nach dem Dessert zu sehen, und Toni brachte Teller und Likörgläser, ohne danach zu suchen. Er kannte sich im Haushalt offenbar schon aus.

Dann stellte sie eine üppige Schokoladencremetorte auf den Tisch. »Die hat der Toni mitgebracht. Eine richtige Kalorienbombe.« Sie klopfte sich lachend auf den Bauch. »Aber den Eierlikör habe ich selbst gemacht. Mit Schlagsahne und echtem Cognac, da schmeckt er gleich viel besser.«

Hoffentlich kam Fred erst, wenn die Torte vom Tisch war, dachte ich gerade, als es an der Tür klingelte. Verstohlen blickte ich auf die Uhr. Ich hatte meinen Mann gebeten, frühestens neunzig Minuten nach mir zu erscheinen und keinen einzigen Bissen zu sich zu nehmen. Mit seinem Diabetes würde er sonst in nicht allzu ferner Zukunft eher ins Gras als in einen Kuchen beißen.

Doch es war nicht Fred, es war Elsbeth, die geläutet hatte.

»Abendmesse schon zu Ende?«, fragte Berta und deutete auf einen freien Stuhl. »Das ist übrigens der Toni.«

Unsere Erzkatholikin warf dem neuen Mann in Bertas Leben einen kurzen Blick zu, murmelte etwas, das wie »Angenehm« klang, und wandte sich dann direkt an mich, während sie das angebotene Stück Torte nahezu angeekelt von sich wies und auch nicht Platz nahm. »Pauline, du musst was tun. So kann es nicht weitergehen.«

Entweder ich wurde wirklich langsamer beim Denken, oder meine Mitmenschen wurden immer verworrener in ihrer Ausdrucksweise. Ich wusste überhaupt nicht, was sie meinte.

»Wovon redest du?«, fragte ich verunsichert.

»Von dieser Viola Edelsbrunner. Sie war wieder in der Kirche. Eigentlich kommt sie jeden Tag. Reden will sie nicht, die Beichte ablegen auch nicht, aber sie wirkt immer noch depressiv. Ihr Mann, der Armin, macht sich auch schon große Sorgen um sie, hat er mir heute anvertraut. Ich habe ihn zufällig in der Konditorei getroffen, wo er etwas Süßes für seine Frau gesucht hat. Die weiß gar nicht, was sie für ein Glück hat mit diesem Mann.«

»Und was soll ich deiner Ansicht nach dagegen unternehmen?«, wollte ich nun wissen.

»Du hast doch bestimmt irgendwelche Tropfen, Tinkturen oder Tees gegen Trübsinnigkeit, oder? Bring ihr so was rüber, ihr seid schließlich Nachbarn.«

»Aber ich kenne sie doch kaum«, warf ich ein.

»Wenn du willst, komm ich mit«, eilte Berta mir zu Hilfe. »Ich bin eh neugierig, wie es bei denen aussieht. Von hier aus sehe ich ja nur in den vorderen Teil des Gartens, und da tut sich noch nicht viel.«

Wir einigten uns also, dass wir unseren neuen Nachbarn morgen vor dem großen Fest zum »Blühenden Herbst« noch einen Kurzbesuch abstatten würden.

Damit war Elsbeth zufrieden und verabschiedete sich gleich darauf.

Kaum war sie weg, meinte Berta: »Fällt das jetzt unter christliche Nächstenliebe, Errettung einer Sünderin vor der ewigen Verdammnis, oder ist das dem unwiderstehlichen Charme des Seelenklempners geschuldet?«

Wir diskutierten die Frage immer noch, als Fred erschien, der wie erwartet mehr am Schokoladenkuchen als an Bertas neuer Flamme interessiert war. Dennoch hielt er seine Gier brav unter Kontrolle und vertiefte sich mit Toni kurzfristig in ein Gespräch über die dritte Staffel von »Star Wars«. Da konnten wir zwei Frauen nicht mitreden, stattdessen berichtete ich meiner Freundin über die neuesten Erkenntnisse in Sachen Giftmord und Giftmischerei, die mein Mann in Erfahrung gebracht hatte.

»Ich kenne trotzdem niemanden, der Pferde hält oder ein Reiter ist«, bekannte Berta. »Und es könnte nach wie vor eine Sackgasse sein. Auch ein Gärtner wüsste von den Gefahren pflanzlicher Toxine. Ein Apotheker. Ein Chemielehrer. Du, ich, jeder, der Internet besitzt.« Nachdenklich schob sie ein paar Kuchenkrümel auf der Tischplatte zusammen. »Toni, sag, kennst du jemanden, der mit Pferden zu tun hat?«, fragte sie ihren Liebsten.

Der überlegte eine Sekunde, dann meinte er: »Ja, einen Fleischhauer, der macht extraguten Leberkäse.«

Womit wir wieder beim Thema Essen gelandet wären.

»So, Zeit für einen Verdauungsschlaf«, sagte ich und erhob mich. »Wir müssen morgen ja fit sein für das große Herbstfest.«

Mein Mann, der ohnedies schon verhalten gähnte, stand gleichfalls auf. Berta drückte ihm noch zwei Stück Schokoladencremetorte auf einem kleinen Teller in die Hand, für den mitternächtlichen Heißhungeranfall, wie sie augenzwinkernd meinte, dann verabschiedeten wir uns.

»Ein netter Kerl«, meinte Fred auf dem kurzen Heimweg. »Ich glaube, die haben viel gemeinsam.«

Ich dachte an die fünf Knödel und die Schokoladencremetorte und konnte ihm ausnahmsweise nicht widersprechen. Die einen konstruierten eben gemeinsam ihr Traumhaus, die anderen bauten ihr Feinkostgewölbe aus.

***

Der nächste Tag zeigte sich pflichtbewusst von seiner allerbesten Seite. Bereits am frühen Morgen kündigte sich ein wolkenloser, sonniger Sonntag an, der Stimmung und Bierkonsum bestimmt in luftige Höhen treiben würde. Das allgemeine Besorgnisniveau der Oberdistelbrunner hielt sich ungeachtet der beiden Morde im Unterdistelbrunner Wellness Resort in erstaunlich bescheidenen Grenzen, vermutlich weil niemand einen persönlichen Bezug zu den zwei unbekannten Opfern hatte.

Ein durchaus übliches Phänomen. Egal, wo sich auf dieser Welt ein Flugzeugunglück oder ein Erdbeben ereignete, Mitleid kam meist erst auf, wenn sich ein Österreicher, also ein Einheimischer, unter den Toten befand. Insofern kratzte auch das tragische Ende der beiden Männer nicht wirklich am Gemüt der Einheimischen. Und was die vereinzelten Giftanschläge betraf, hatten sie auch nicht die von der Liga vermutlich erhoffte Wirkung. Dafür waren die gesundheitlichen Auswirkungen zu gering. Ein eintägiger Krankenhausaufenthalt mit Magenspülung und Schonkost, zuvor starke Übelkeit sowie eine stark beschleunigte Verdauung – so was haute einen echten Oberdistelbrunner nicht aus den Socken. Da war ein ordentlicher Kater nach einem ebenso ordentlichen Besäufnis weitaus schlimmer. Ich sah dem Tag dennoch mit gemischten Gefühlen entgegen. Der Pflichtbesuch bei den Edelsbrunners gefiel mir ebenso wenig wie die Aussicht auf eine Prise Eibensaft.

Berta sah das wie stets entspannter. Ihre Resilienz, wie man heutzutage zu sagen pflegte, hatte sich dank ihrer emotionsbedingten hormonellen Umstellung ohnedies verdreifacht, außerdem neigte sie im Unterschied zu mir nicht zu vorauseilender Schwarzseherei. Pünktlich um neun fand sie sich ein, um mich bei meinem Antrittsbesuch bei den Zugezogenen zu begleiten. Sie hatte sich richtiggehend in Schale geworfen, trug einen dunkelvioletten Hosenanzug, den ich noch nie an ihr gesehen hatte, ihre karottenrote Igelfrisur wurde durch einen breitkrempigen Filzhut mit Schleife und Strohblumengesteck gekrönt, und um die Schultern hatte sie ein sonnenblumenfarbiges Tuch gelegt. Sogar ihr Gang kam mir anders vor als sonst.

»Drückt dich ein Hühnerauge?«, erkundigte ich mich besorgt. Berta hatte ja oft was an den Füßen, weil sie gerne mal zu unpassendem Schuhwerk griff. Die Folge waren blutige Blasen, geschwollene Knöchel oder eben Hühneraugen. »Ich hab da eine ganz tolle Salbe, erst vor Kurzem gemischt, mit Lärchenpech und Ringelblume.«

Aber meine Freundin lehnte lächelnd ab. »Überhaupt nicht. Ganz im Gegenteil. Ich habe mir neue Schuhe gekauft, schau mal!« Sie zog ihr linkes Hosenbein etwas in die Höhe und präsentierte mir ein Objekt, das aussah wie eine Mischung aus Flosse und Bigfoot. »Das sind Barfußschuhe, also eigentlich Zehenschuhe, damit schwebst du wie auf Wolken. Und es drückt dich gar nichts mehr.«

Ich hatte zwar den Eindruck gewonnen, dass sie sich eher watschelnd fortbewegte, hielt aber meinen Mund. »Sehen bequem aus«, murmelte ich. »Und nun sag, was sollen wir bei unseren neuen Nachbarn eigentlich tun? Wir können doch nicht mit einer Dose Nerventee in der Hand rübergehen und sagen, wir hätten von ihren Kirchenbesuchen gehört, und wenn sie schon nicht beichten will, dann soll sie wenigstens Tee trinken. Ihr Göttergatte weiß vielleicht gar nichts davon.«

»Du machst dir immer zu viele Sorgen«, meinte Berta. »Ich habe zwei Stück Schokoladencremetorte mit, du fabrizierst jetzt noch schnell einen hübschen Blumenstrauß, und dann gehen wir einfach dorthin.«

Ich tat, was sie sagte. Viola hatte ja selbst mal erwähnt, dass sie gerne viele Blumen im Garten hätte.

Bewaffnet mit Torte, Tee und Bukett läuteten wir Minuten später bei Armin und Viola. Der Mann schien bereits an der Tür gewartet zu haben, denn sie wurde geöffnet, bevor ich meinen Finger vom Klingelknopf genommen hatte.

»Welch reizende Überraschung«, empfing uns der Herr Edelsbrunner und grinste dabei wie das berühmte Honigkuchenpferd.

Ich fühlte mich umgehend unwohl in meiner Haut, aber Berta hatte die Situation bestens im Griff.

»Es kann und darf doch nicht sein«, flötete sie, »dass wir schon während der Fastenwoche im selben mörderischen Boot, äh, Resort saßen und auch noch Nachbarn sind, und wir haben immer noch keinen Kaffee miteinander getrunken.«

Mit siegessicherem Lächeln überreichte sie ihm den Teller mit den Tortenstücken. Dem Psychologen blieb gar keine andere Wahl, als ihn zu ergreifen und uns hineinzubitten.

Mit vollendeten Manieren geleitete er uns in ein eher spartanisch möbliertes Wohnzimmer, wo Viola auf einem bestimmt recht wertvollen Thonet-Stuhl saß und in einer Zeitung blätterte.

Ich trat auf sie zu und hielt ihr den Blumenstrauß hin. »Für Sie.« Mehr fiel mir momentan nicht ein, aber die Ärztin schien sich wirklich über die Blumen zu freuen und suchte gleich nach einer Vase.

»Wie schön. Haben Sie vielen Dank.«

Als der Mann mit einem Tablett und drei Tassen kam, hatten wir allerdings immer noch keine weiteren Worte gewechselt. Viola Edelsbrunner sah tatsächlich ziemlich niedergeschlagen aus, wirkte gleichzeitig aber auch abweisend wie eh und je. Berta mühte sich redlich ab, eine Unterhaltung in Gang zu bringen, aber erst als auch Armin sich am Gespräch beteiligte, wurde die Atmosphäre entspannter. Viel hatten wir uns ohnedies nicht zu sagen. Die Ärztin nahm mir meine Rechthaberei mit dem nach Bittermandelaroma riechenden Toten offenbar immer noch übel und wandte sich bevorzugt an Berta, der sie ihr Bedürfnis nach einem blühenden Garten anvertraute.

»Ich finde, Blumen spenden so viel Trost. Oft genügt der Anblick einer offenen Blüte, und das Herz geht einem auf. Leider hatte ich noch nie einen Garten und kenne mich mit Pflanzen auch nicht aus.«

»Aber das macht doch nichts, Liebste, ich werde einen Garten mit tausendundeins Blumen anlegen, nur für dich. Wobei mir bei deinem Anblick auch das Herz aufgeht«, schmeichelte ihr der Seelenklempner.

Ich überdrehte gedanklich die Augen. Etwas weniger Pathos wäre auch noch zu viel.

»Sie trinken ja gar keinen Kaffee«, wandte ich mich mit vorgetäuschter Sorge an Viola. »Fühlen Sie sich nicht gut, oder sind Sie generell nicht koffeinsüchtig? Ich persönlich würde ja niemals in die Gänge kommen ohne meinen Morgenkaffee.«

»Meine Frau fühlt sich derzeit ein wenig marode, was auch kein Wunder ist nach diesen schrecklichen Vorkommnissen«, antwortete Armin an ihrer Stelle. »Kaffee verursacht ihr Herzrasen.«

Viola nickte. »Ich trinke momentan lieber Tee, das stimmt.«

»Nun.« Berta erhob sich. »Da wollen wir nicht länger stören. Heute ist schließlich ein großer Tag für Oberdistelbrunn. Das legendäre Fest zum ›Blühenden Herbst‹ dürfen Sie sich auf keinen Fall entgehen lassen, wenn Sie Blumen lieben. Unser Ortsverschönerungsverein produziert seit Tagen die schönsten Gebinde und Kränze weit und breit, und natürlich werden die besten Kürbisse und Kartoffeln und jede Menge Obst zur Schau gestellt.«

Die beiden Turteltäubchen nickten und sagten ihr Erscheinen zu.

Bevor wir aufbrachen, wollte ich aber unbedingt noch einen Blick in deren Garten werfen. Ich kannte ja nur das winzige Stück, das von Bertas Grund aus einsehbar war, der Großteil ihrer Grünfläche lag hinter dem Haus. Die früheren Besitzer hatten sich seinerzeit ein blühendes Paradies erschaffen, doch mit den Jahren waren sie zu alt geworden, und der Garten war verwildert.

Als wir bereits im Vorzimmer standen, brachte ich mein Anliegen vor.

»Darf ich Sie noch um einen riesigen Gefallen bitten?«, fragte ich Armin, der mir weitaus entgegenkommender schien.

»Aber bitte, gerne.«

Zum Glück war mir eine absolut glaubwürdige Notlüge eingefallen, mit der ich sogar den Eindruck gelebter Nachbarschaftshilfe erwecken konnte.

»Wissen Sie, vor einigen Tagen habe ich grüne Reiswanzen auf einigen meiner Stauden entdeckt. Das sind ganz grässliche Schädlinge, bei aller Liebe zur Natur. Sie haben keine natürlichen Feinde, fressen die ganzen Knospen ab, und dann blüht nichts mehr. Stundenlang habe ich diese Biester händisch abgesammelt und entsorgt. Aber leider besitzen sie Flügel. Und nun wollte ich fragen, ob ich vielleicht einen ganz kurzen Blick in Ihren Garten werfen dürfte. Möglicherweise sind dort auch schon welche gelandet. Das wäre schlimm für Ihre Bemühungen.«

Berta warf mir einen irritierten Blick zu, schwieg aber. Viola Edelsbrunner zuckte gleichgültig die Schultern, ihr Mann nickte zustimmend.

Zwischen Baumaschinen, Farbeimern, Dutzenden Leitern und Bergen an gestapelten Paletten führte er uns hinter das Haus, dessen Fassade mittlerweile fertig verputzt war. Eine in lärmtechnischer Hinsicht hervorragende Sache.

»Vorsicht, aufpassen, nicht stolpern«, wies er uns dabei ununterbrochen an, als wären wir blind.

Aber vielleicht war er einfach nur überfürsorglich, ich konnte es nicht sagen. Als wir den durch einen hässlichen Doppelstabmattenzaun vom Baustellenbereich abgetrennten Garten erreichten, entschuldigte er sich vielmals für den desolaten Zustand der Beete und Rabatten, aber er habe noch keine Zeit gehabt, sich ausreichend um alles zu kümmern. Nur ein paar Pflanzen habe er schon gesetzt.

Während Berta ihm wiederholt versicherte, dass doch alles schon ganz reizend aussah, tat ich so, als würde ich einige Stauden auf Ungeziefer untersuchen. Langsam, mit gesenktem Kopf, spazierte ich zwischen Zinnien, Tagetes, Leberbalsam, Mittagsblumen, Kapmargeriten, Cosmeen und mehreren Sonnenhüten hindurch und nahm immer wieder ein paar Blätter in die Hand.

Nachdem ich eine ganze Runde gedreht hatte, sagte ich erleichtert: »Da ist nichts. Sie können beruhigt sein, kein Ungeziefer wird Ihre Arbeit zunichtemachen, und Ihre Frau kann sich an diesen tollen Blüten noch lange erfreuen.«

»Das hoffe ich. Mein Schatz hat momentan jede Art von Aufmunterung nötig«, meinte er teilnahmsvoll. Mir fiel mein Tee wieder ein. »Ach, weil Sie das gerade sagen. Ich habe ja auch den Eindruck, dass Ihre liebe Gattin etwas deprimiert wirkt. Zufällig habe ich hier eine ganz formidable, selbst gesammelte Teemischung, die garantiert gute Laune macht.« Ich drückte ihm die Dose in die Hand. »Johanniskraut, Tulsi und Passionsblume. Sie werden sehen, die wirkt ganz ohne Nebenwirkungen.«

Armin bedankte sich überschwänglich. »Das ist sehr freundlich von Ihnen. Viola ist mein Herzensmensch, ich ertrage es kaum, sie so melancholisch zu erleben. Und ich habe wirklich schon alles versucht, um sie aufzuheitern, aber meine ganze Psychologie hilft mir nicht weiter.«

Er seufzte. Dann griff er nach einem Spaten, der am Doppelstabmattenzaun lehnte, und trug ihn in den alten Gartenschuppen, dessen Tür weit offen stand.

Berta und ich folgten ihm nach. Der Schuppen war bis obenhin gefüllt mit Säcken voller Urgesteinsmehl, Tontöpfen, Schneckenkrägen, Gartengeräten, rostigen Regenwasserfässern und etlichen Zaunrollen sowie einem Dutzend verstaubten Rosenkugeln.

»Ach, Sie verwenden auch EMO?«, fragte Berta interessiert und nahm eine bauchige Flasche in die Hand. Eine Sekunde lang hatte ich den Eindruck, dass der Psychologe nicht wusste, wovon sie sprach, aber dann hellten sich seine Gesichtszüge auf.

»Aber natürlich. Ganz tolle Sache. Wenn Sie mal was benötigen« – er wies mit der Hand auf das gärtnerische Sammelsurium – »ich helfe gerne aus. Sie sehen ja, es ist genug für alle da.«

Ein sehr großzügiges Angebot, für das wir uns nun überschwänglich bedankten.

»Wir sehen uns auf dem Fest«, verabschiedeten wir uns danach und winkten ihm vom Gartentor aus sogar kurz zu.

Doch kaum war Armin aus unserem Sichtfeld verschwunden, meinte Berta: »Das mit den Reiswanzen, das war doch gelogen, oder?«

»Ja, schon, frei erfunden. Aber ich war halt neugierig auf den Garten.«

Meine Freundin zog nachdenklich die Brauen zusammen. »Jedenfalls hat sich deine Flunkerei gelohnt. Ich frage mich, was der sich bei der Anlage der Beete gedacht hat.«

»Wie meinst du das? Das, was er bereits gesetzt hat, schaut doch ganz ordentlich aus. Und die Pflanzen wirken auch gesund.«

»Pauline, du enttäuschst mich. Wo bleibt dein kriminalistischer Instinkt?« Sie zwinkerte mir zu. »Ist dir tatsächlich nichts aufgefallen?«

»Nein. Ich war in Gedanken aber ehrlich gesagt noch ein wenig bei seiner Frau. Die hat so eine Bemerkung gemacht, dass sie sich mit Pflanzen gar nicht auskennt. Dennoch hat sie im Resort behauptet, jeden Morgen Kräuter für den Tee ihres Herzblatts zu holen. Aber laut ihren Worten weiß sie gar nicht Bescheid über Blüh- und Heilpflanzen.«

»Die Kräuterspirale wird beschriftet gewesen sein, sind sie ja meistens. Erinnern kann ich mich nicht mehr, ich hab nur auf die Leiche und die Hände der Frau Doktor gestarrt. Aber nun im Ernst. Der gute Mann hat nur einjährige Stauden gesetzt. Warum tut man das? Will er die Beete im kommenden Jahr zubetonieren, oder ziehen sie wieder aus? Ich verstehe das nicht. Noch dazu jetzt im Herbst. In zwei Monaten sind die alle tot.«

In Gedanken ging ich ein zweites Mal durch den Garten. Meine Freundin hatte recht, eine doch recht kurzlebige Mischung. »Vielleicht hat er nicht darauf geachtet und im Blumenmarkt einfach eine Wagenladung voll Blühpflanzen erworben. Oder er hofft, dass die sich von selbst wieder aussäen.«

»Oder sie hat ihn beim Pflanzenkauf begleitet und einfach nach optischen Kriterien ausgesucht. Und weil sie keine Ahnung von Garten und Gärtnern hat, hat sie halt schlecht gewählt«, meinte Berta.

Das wäre natürlich auch eine Erklärung, aber eigenartig kam es uns trotzdem vor.

Doch das blühende Herbstfest, zu dem uns mein Mann, mein Neffe und Bertas Eroberung begleiteten, brachte uns bald auf andere Gedanken.

***

Das Fest war bereits in vollem Gang, als wir den herausgeputzten Rasenplatz hinter dem Feuerwehrhaus erreichten. Bis vor einigen Jahren wurde dieses traditionelle Herbstereignis ja noch auf dem Hauptplatz gefeiert und hatte sich Erntedankfest genannt, aber die jährlich wachsende Anzahl an Schnapsleichen, die wenig dekorativ, dafür aber sehr verkehrsbehindernd zwischen Gastgärten, Geschäftseingängen, Feuerwehrzufahrten und dem Bereich der Behindertenparkplätze vor dem Gemeindeamt herumlagen, hatte zu ständigen Protesten von Anrainern, Gewerbetreibenden und der Müllabfuhr geführt.

Vor zwei Jahren hatte der Bürgermeister dann genug von all den Beschwerden gehabt und das Fest auf den ehemaligen Fußballplatz hinter der Feuerwehr verlegt. Dort lagen die Komasäufer nicht so arg im Weg herum. Und weil Unterdistelbrunn ebenfalls begonnen hatte, zum exakt gleichen Zeitpunkt ein Erntedankfest auszurichten, um den Oberdistelbrunnern

Konkurrenz zu machen, benannte er die beliebte Veranstaltung auch um.

Wir nahmen auf einer der hinteren Bänke Platz, um nicht direkt im Beschallungsbereich der heimischen Blasmusik zu sitzen. Toni und Fred vertieften sich umgehend in die Speisekarte, Vincent studierte die Menschen ringsum, und Berta und ich bewunderten die blumige Kulisse. Diesmal hatte sich der Ortsverschönerungsverein wirklich selbst übertroffen. Und das, obwohl wir heuer erstmals nicht mitgeholfen hatten, weil wir uns ja noch beim Basenfasten wähnten. Eine michelinmännchenartige Skulptur aus Kürbissen mit einem Hut aus Häkelblumen markierte den Zugang zum Büfett, den Tanzboden hatte man mit Girlanden aus Herbstastern und Efeu dekoriert, und fünf gigantische Kränze aus Hortensien, Rosen, Fetthennen und wildem Wein hingen wie olympische Ringe über dem Rednerpult, auf dem der Bürgermeister stand.

Der Ortskaiser von Oberdistelbrunn bedankte sich gerade mit ausgesprochen blumigen Worten bei Hauptkommissar Hartmann für dessen unermüdlichen Einsatz, ohne den dieses einzigartige Fest nicht hätte stattfinden können. Ein Dutzend Leibwächter hatte bereits seit dem ersten Hahnenschrei alle Lebensmittel, das Bierfass, sämtliches Geschirr und die Köche überwacht, um jedes noch so kleine Risiko auszuschließen. Dank dieser aufwendigen Sicherheitsmaßnahmen durften sich nun alle nach Herzenslust und vor allem völlig unbesorgt den Bauch vollschlagen.

Die ersten Reihen applaudierten verhalten, ein Tusch der Musikkapelle erklang, und der Kommissar verbeugte sich, als hätte er soeben einen Oscar verliehen bekommen.

»Ach Gott, das Risikomanagement von diesem Hampelmann haben wir im Resort ja live erlebt«, frotzelte Berta. »Inklusive großer Kotzorgie und Krankenhausaufenthalts.«

»Für die Liga wäre so ein Fest aber eine tolle Werbeplattform«, warf Vincent grinsend ein. »Da würden sie mal echte Breitenwirkung erreichen.«

»Über so was macht man keine Witze«, wies ich ihn zurecht.

Anscheinend war ich die Einzige, die nicht nur die allgemeine Übelkeit, sondern auch die zwei Todesfälle in Erinnerung hatte.

»Ich glaube«, mischte sich nun auch Toni ein, »wir sollten uns besser an Koteletts und Bier halten. Das ist direkt vom Grill beziehungsweise frisch angezapft, da kann am wenigsten passieren. So ein Fass kannst du nicht einfach mit einer Spritze durchbohren. Beim Holundersirup oder verkorktem Wein wäre ich da weniger sicher.«

Mein Mann stimmte euphorisch zu. Einen derartig plausiblen Vorwand für seine Völlerei hatte ihm schon lange keiner geliefert. In trauter Eintracht erhoben sie sich, um zur Theke zu schlendern. Verfressenheit war wohl wirklich die beste Basis für Freundschaften. Der Rest von uns hatte sich noch nicht entschieden, was er wollte.

»Wildschweinragout mit Knödel, Tafelspitz mit Kürbispüree oder Backhenderl mit Salat. Eine schwierige Wahl«, meinte meine Freundin.

»Wenn du das Backhenderl nimmst, kannst du mir den Salat geben«, bot Vincent sich an. »Ich habe keinen großen Hunger.«

Ich liebäugelte mit dem Ragout, auch wenn das vermutlich am leichtesten manipulierbar war, denn es befand sich sicher schon seit einiger Zeit im Topf. Andererseits hatte ich bislang Glück gehabt, was Vergiftungen betraf, und die Reinprechts, deren Krug Elsbeth und Bobo zu einer Magenspülung verholfen hatte, saßen beruhigenderweise eine Reihe vor uns.

»Ich nehme das Wildschwein«, verkündete ich. »Wild hat zumindest in Freiheit gelebt, bevor es in der Pfanne landet. Und vielleicht ein Glas Zweigelt. Die Säure im Weißwein vertrag ich nicht so gut.«

Berta entschied sich letztlich für das Backhenderl, vielleicht um Vincent einen Gefallen zu tun, und ich wollte schon aufstehen, um die Bestellungen aufzugeben, als mein Neffe mich zurückhielt.

»Lass gut sein, Tante, ich gehe. Ich möchte mir die Blumengebinde mal aus der Nähe anschauen.«

Sprach's und verschwand. Auf meiner Liste täglicher Sorgen

kam umgehend eine neue dazu. Mein Neffe hatte sich noch nie für florale Dekorationen interessiert, er studierte zwar Biologie, aber sein Schwerpunkt lag auf Insekten, genau genommen auf Schlupfwespen und deren Nutzen im Agrarbetrieb. Wenn er was aus der Nähe betrachten wollte, dann vermutlich die Hintern der jungen Männer in ihren kurzen Lederhosen, die in kleinen Gruppen das Bierfass belagerten.

Auch Berta sah sich interessiert um, allerdings nicht nach Männern.

»Mich wundert, dass Emma, Bobo und Elsbeth noch nicht da sind«, bemerkte sie verwundert.

»Stimmt nicht ganz«, erwiderte ich. »Zumindest Elsbeth ist hier, sie steht ganz vorne und bewacht die Riesenplutzer für die Prämierung.« Klein und zart, wie sie war, konnte man sie hinter der Pyramide aus preisverdächtigen Kürbissen allerdings kaum sehen. »Und die anderen kommen bestimmt noch.«

Bei einem derartigen Großereignis konnte einen nur der eigene Todesfall von einem Besuch abhalten. Schließlich hatte man an kaum einem Tag größere Chancen, sich aktiv an der dörflichen Gerüchteküche zu beteiligen und beim Verstreuen böswilliger Verleumdungen mitzumischen. Man kam, sah und tratschte, das gehörte sich einfach so. Zumindest, was uns Frauen betraf, die Männern zettelten lieber eine kleine Rauferei an.

Und zehn Minuten später kamen sie auch alle, erst unser Essen, danach erschien Emma und zum Schluss Bobo.

»Dass die Leute nicht zu Fuß gehen können«, mokierte Letztere sich. »Überall hat irgendwer seine Karre reingezwängt. Ich habe einfach keinen Parkplatz gefunden.«

»Du könntest auch zu Fuß gehen«, warf Berta ein.

Bobo, deren Schmuckbehang zu diesem Anlass die englischen Kronjuwelen in den Schatten stellte, hielt kommentarlos ein Bein in die Höhe, an dessen Ende sich ein lackschwarzer Schuh mit waffenscheinpflichtigem Stiletto befand.

»Verstehe«, meinte Berta. »Aber du musst mit diesen Dingern mal über meine Beete hopsen, dann erspar ich mir das Vertikutieren.«

»Oder mir beim Zwiebelnsetzen helfen«, kommentierte Emma. »Die machen bestimmt perfekte Setzlöcher.« Danach wandte sie sich noch kurz ihrem Halbschwager zu und verabschiedete sich gleich wieder. »Ich kann meinen Mann nicht so lange alleine lassen«, entschuldigte sie sich und zwängte sich zwischen den voll besetzten Bierbänken hindurch.

Innerlich atmete ich auf. Mir würde sie ohnedies nicht abgehen. Schmeckte das Essen gleich besser. Kaum war sie fort, murmelten Fred und Toni: »Mahlzeit allerseits«, und machten sich über ihr Gegrilltes her, das einem statischen Kunstwerk glich. Auf die Koteletts hatten sie noch Grillwürstel, Hühnerkeulen, zwei Fleischlaibchen und einen Klacks Kartoffelsalat gepackt und unfallfrei zu Tisch gebracht. Dagegen wirkte Bertas Backhenderl nahezu minimalistisch.

»Wo ist eigentlich der Kleine von den Pillendrehern?«, fragte Bobo, die sich mit einer Kürbissuppe begnügte, dafür aber eine Flasche Wein und zwei Gläser mit an den Tisch gebracht hatte. Ein Glas schob sie Vincent hin. »Trink wenigstens was Gescheites. Sonst bleibt dir dein Grünzeug noch im Hals stecken.«

Dieter-Theodor war tatsächlich nirgends zu sehen. »Vielleicht hat er Hausarrest, weil er sich nicht vorschriftsmäßig in sein Sonntagsgewand kleiden wollte«, mutmaßte Berta.

»Ist er hübsch?«, fragte Vincent, was einen allgemeinen Lachanfall zur Folge hatte.

»Mich machen diese ganzen Bullen nervös«, lamentierte Goldstück Toni. »Wie soll man sein Essen genießen, wenn einem die bis in den Mund schauen?«

An seiner Wachmannschaft hatte Hartmann auch hier nicht gespart, die Blamage vom Resort steckte ihm sicher noch tief in den mageren Knochen. Aber zumindest traten sie nicht mehr als Antiterrortruppe auf, was ihre Anwesenheit erträglicher machte.

»Ignorieren, einfach ignorieren«, empfahl mein Mann, der

Großmeister des Stoizismus. »Solange sie nicht mitessen wollen, sind sie mir egal.«

»Der Kommissar hat halt Verlustängste«, meinte ich. »Wenn er weiterhin keine konkreten Ergebnisse präsentiert, dann wird er bald seinen Posten los sein. Außer uns und den beiden Pharmazeuten hat er keinen einzigen Verdächtigen auf Lager.«

»Im Unterschied zu dir«, grinste Berta und zeigte mit einem panierten Hühnerbein auf mich. »Unsere Miss Marple hat immer einen Verdacht. Und garantiert den richtigen. Bei ihr hat das Verbrechen keine Chance.«

»Und wer ist der oder die Unglückliche in dem Fall?« wollte Toni wissen.

Ich erzählte ihm von meinem Argwohn der Ärztin gegenüber, ihrem verdächtigen Verhalten am Tatort, ihrer Unprofessionalität und dem sündigen Gewissen, das ihr zu schaffen machte.

»Aber da du das Resort ja auch gut kennst: Kannst du dich vielleicht erinnern, ob die Kräuterspirale dort eine Beschriftung trägt?«, fragte ich ihn.

»Dort war ich nie. Aber«, er griff in seine Hosentasche und zog ein uraltes Mobiltelefon hervor, was ihn mir sofort sympathischer machte, »ich ruf einfach an und erkundige mich. Der Sohn des Portiers und die zweite Tochter vom Heinz, meinem ältesten Bruder, sind in dieselbe Klasse gegangen, seitdem kennen wir uns, weil ich sie manchmal von der Schule abgeholt habe, und hin und wieder gehen wir heute noch was zusammen trinken. Also ich und der Horstl, nicht ich und die Kinder, wobei die jetzt ja auch schon erwachsen sind, die eine, Sophie-Marie, wird jetzt –«

»Das ist total lieb von dir, dass du anrufst«, unterbrach ich ihn. So eine Großfamilie brachte gewiss auch große Vorteile mit sich, aber die verwandtschaftlichen Konstellationen mochte ich mir nicht jedes Mal anhören.

Einige Minuten später wussten wir jedenfalls, dass die Kräuterspirale nicht beschriftet war, der Yogalehrer sich bei einem Sprung aus seiner Hängematte den Knöchel verstaucht und der Gästeschwund nach den Todesfällen dem Resort tiefrote Zahlen beschert hatte.

»Wusste ich es doch. Diese Kurpfuscherin hat nicht nach Kräutern gesucht, die wollte etwas anderes«, stellte ich befriedigt fest. »Das würde erklären, warum sie sich so gegen meine Giftmordtheorie gestellt hat. Wenn ich nur wüsste, was sie dort gesucht hat …«

»Aber warum sollte eine Frau mit Geld auf dem Konto und Schmetterlingen im Bauch zwei unbekannte Männer vergiften? Und dann auch noch eine idiotische Liga gründen, um Pflanzen zu schützen, die sie gar nicht kennt?« Nachdenklich betrachtete Berta die Hühnerknochen auf ihrem Teller. »Ich kann mir das nicht vorstellen.«

Bobo nickte zustimmend. »Ich auch nicht. Nach einer Nacht mit der würde sowieso jeder Mann freiwillig den Löffel abgeben. Wenn, würde sie Frauen umbringen, also diejenigen, die charmanter, attraktiver, jünger und mit mehr Liebreiz als sie gesegnet sind, um die Ehe mit ihrem Psychogockel zu verteidigen. Somit müsste sie fast alle Frauen zwischen achtzehn und achtundachtzig ermorden.«

Die schwarze Witwe war offensichtlich wieder ganz die Alte. Ätzend wie Salzsäure.

»Na ja«, bemerkte Berta, die die Liebe etwas milder gestimmt hatte, »ganz so arg ist sie nicht. Hat halt auch ihre Probleme.«

»Ich –«

Weiter kam ich nicht, denn auf einmal drängte sich Dieter-Theodor an uns vorbei, warf beinahe Bobos Flüssignahrung um und brüllte: »Ich habe was gefunden. Ich habe was gefunden.«

Hunderte Köpfe drehten sich synchron in seine Richtung, während der Junge euphorisch ein kleines Fläschchen in der Hand hielt. Erstmals erlebte ich ihn hocherhobenen Kopfes, und das, obwohl ihn seine Eltern wieder in einen fürchterlich unpassenden, konfirmandenartigen Anzug gesteckt hatten. Sekunden später machte das Wort »Gift« die Runde, und Ida Reinprecht rief aufgeregt nach der Polizei. Bobo, die mit dem

Rücken zu den Reinprechts saß, vollführte auf der Bierbank eine halbe Pirouette, bei der sie meinem Neffen mit ihren High Heels beinahe ein Auge ausstach, um nur ja keine Informationseinbußen zu riskieren, während Berta ihre Serviette zu einer Art Hörtrichter faltete. Doch obwohl ringsum alle das Essen und Trinken eingestellt hatten, damit kein Hintergrundgeräusch die Abhörbemühungen schmälerte, bekamen wir kaum etwas mit.

Hartmann, Kapplhuber und eine weitere Einsatzkraft hatten sich so dicht um Reinprecht junior geschart, dass wir nichts von dem verstanden, was am Nebentisch gesagt wurde.

»Kann der Bub nicht lauter reden?«, flüsterte Berta verärgert.

»Genau«, pflichtete Bobo ihr bei. »Immerhin geht Gift uns alle was an.«

Nach einigen Minuten, in denen wir uns beinahe die Ohren ausrenkten, ergriff der Kommissar Dieter-Theodor am Arm und schleppte ihn zum Rednerpult, wo sie noch kurz mit dem Bürgermeister tuschelten, der wiederum den Kapellmeister zu sich winkte. Die Spannung stieg, die Neugierde ließ uns kaum noch Atem holen, dann erklang ein sonores »Hicks«.

Ottokar Protzmann, der uns schräg gegenübersaß, hatte Schluckauf bekommen. In Windeseile legten sich zwei Hände auf seinen Mund, während ein vielstimmiges »Psssssst« erklang. Man hatte Menschen bestimmt schon für weniger umgebracht. Endlich krächzte das Mikrofon, und Dieter-Theodor erlöste uns von unseren Qualen. Erst leise, dann mit zunehmend festerer Stimme berichtete er von seiner Entdeckung.

Er sei zum alten Bahnwärterhaus spaziert, dort, wo so viele von diesen hohen, gelb blühenden Blumen wachsen, um ein wichtiges Telefonat mit der Uni zu führen, wofür ihm der Lärmpegel beim Fest zu hoch erschienen sei. Beim Telefonieren sei er dann herumgegangen, und auf einmal habe etwas auf der Wiese zwischen den Pflanzen geglänzt. Also habe er sich danach gebückt, eine kleine Glasflasche bemerkt und sie aufgehoben. Das Behältnis sei zwar leer gewesen, doch auf dem Etikett habe »Taxus baccata 30 %, ab 50 Tropfen tödlich« gestanden.

Reinprecht junior hielt das Corpus Delicti für alle sichtbar nach oben. Ein Chor aus »Ahs« und »Ohs« erhob sich.

Dann erzählte er weiter. Seine Neugierde sei natürlich sofort geweckt worden, und er habe sich im Umkreis des Fundortes genauer umgesehen und sei dabei auf eine Feuerstelle gestoßen, wo man offenbar etwas verbrannt habe.

Wieder machte Dieter-Theodor eine Pause, während er hektisch in den ausgebeulten Taschen seines altmodischen Sakkos mit den etwas zu kurzen Ärmeln herumwühlte. »Einen Moment noch bitte«, murmelte er.

Seine strähnigen Haare verdeckten fast völlig sein Gesicht, aber am Hals zeichneten sich große rote Flecken ab. Der Junge musste schrecklich nervös sein. Man sah ihm an, wie schwer es ihm fiel, vor so vielen Menschen zu reden, die an seinen Lippen hingen, als würde er die Zehn Gebote verkünden. Zu Hause hatte der ungeliebte Sohn ja nichts zu melden, und inmitten einer leutseligen Studentenrunde konnte ich ihn mir auch nicht vorstellen. Dieter-Theodor war der Prototyp des verklemmten Mauerblümchens, das man weniger zur Kenntnis nahm als die Mauer selbst.

Endlich schien er gefunden zu haben, wonach er suchte, und zog ein angekokeltes Stück Papier hervor. »Davon hat man am Straßenrand einen ganzen Haufen verbrannt«, erklärte er und wedelte mit dem halb verbrannten Zettel in der Luft herum. »Und auf dem hier kann man ›Liga‹ lesen. Das sind alles Bekennerschreiben. Also es waren solche Schreiben, weil sie jetzt ja verbrannt sind, äh, wurden, äh, ich meine, ganz zu Asche geworden sind sie natürlich nicht, sonst hätte ich ja nichts lesen können, und ich habe eben das Wort ›Liga‹ erkannt und …« Erneut durchwühlte er seine Taschen, bis er ein weiteres halb verkohltes Stück Papier in Händen hielt. »Hier steht was von Aufhören und erfüllter Mission und, äh, dass derzeit keine weiteren Anschläge geplant sind, wenn, aber das kann man nicht mehr lesen, irgendwas mit Essgewohnheiten ändern. Ich, äh, also, ich m-m-meine ...«

Dann brach er unvermittelt ab und ließ das Papier zu Boden flattern.

Hartmann und Kapplhuber kollidierten beinahe beim Versuch, den Zettel noch im Flug zu erhaschen, während die Blasmusik ein halbes Dutzend weiterer Tuschs erklingen ließ und der Bürgermeister dem Helden des Tages erst anerkennend auf die Schulter klopfte und ihn danach mit den Ellbogen vom Rednerpult schubste.

»Bessere Nachrichten hätten uns heute und hier wohl kaum erreichen können«, posaunte er ins Mikrofon. »Die Gefahr scheint gebannt, und dafür hat sich Thomas-Dieter, äh, Dieter-Tristan, egal, also unser Held einen dreifachen Applaus verdient.«

Umgehend wurde geklatscht, gejohlt und gejubelt, als hätte Österreich den Eurovision Song Contest gewonnen.

»Na bitte«, verkündete Bobo. »Hat diese Grünzeugguerilla offenbar selbst eingesehen, dass wir Oberdistelbrunner uns von solchen Lappalien nicht ins Bockshorn jagen lassen.« Sie ergriff ihr Glas und erhob es. »Auf dein Wohl, Dieter-irgendwas. Gut gemacht.«

Der Junge tat mir immer mehr leid. Nicht einmal seinen Namen behielt man in Erinnerung. Aber zumindest heute bekam er mehr Aufmerksamkeit als vermutlich sein ganzes Leben zuvor.

»Braver Bub«, schmatzte Toni mit einem Stück Grillwurst im Mund.

»Komisch, aber egal«, meinte Berta und studierte sehnsüchtig den Wurstrest auf Tonis Teller.

»Aber warum sollte diese Liga gerade jetzt aufhören?«, fragte ich. »Dafür muss es doch einen Grund geben.«

»Sie haben nicht aufgehört«, antwortete mein Mann. »Das schlimme Ende wird erst kommen.«

»Warum meinst du das?« Mein Bauchgefühl sagte mir zwar, dass Fred recht haben könnte, aber ich konnte keinen Grund dafür angeben.

»Weil der Ritter der Stäbe noch immer gemeinsam mit dem Tod daherkommt. Ich habe die Karten gestern erneut gelegt. Da ist nach wie vor was im Busch, glaubt mir. Etwas sehr Bedrohliches.«

Ein Argument, das mich weniger überzeugte als eine Werbekampagne für Mittel gegen Haarausfall, obwohl ich die Befürchtungen meines Mannes teilte.

Hinter diesen halbherzigen Giftanschlägen verbarg sich keine nachvollziehbare Logik. Wenn jemand wie im Resort zwei Menschen ermordete, war das ein schreckliches Verbrechen, aber für diesen Jemand hatte es Sinn ergeben. Sein Ziel, zwei Männer, warum auch immer, dauerhaft aus dem Weg zu räumen, hatte er erreicht. Aber sich nachträglich zu diesen Morden zu bekennen und als Abgesang der Tragödie planlos hier und dort ein wenig Gift zu verspritzen, ohne jemandem ernsthaft zu schaden, das hatte doch nichts bewirkt und nichts geändert. Und ein letztes Bekennerschreiben zu verfassen, das man verbrannte, statt unter die Leute zu bringen, schien mir noch unlogischer.

Irgendetwas passte da nicht zusammen. Erneut fragte ich mich, ob wir es nicht doch mit mehreren Tätern zu tun hatten, einem Giftmörder und einem Nachahmungstäter, der sich nur ein wenig amüsieren wollte. Und der Pflanzen abgöttisch liebte oder, wie Vincent meinte, Pflanzenfresser abgrundtief hasste.

Gerade wollte ich meinen Neffen noch einmal zu seiner Theorie befragen, als ich ihn mit Bobo über gelbe Blüten reden hörte. Und dass er da etwas nicht verstehe.

»Worüber sprecht ihr gerade?«

»Ich habe Bobo gerade erzählt, dass ich heute, kurz bevor wir hierhergekommen sind, noch schnell eine Gassirunde mit dem Hund gedreht habe. Und die führt immer zum alten Bahnwärterhaus, weil es dort so angenehm ruhig ist und ich Dino von der Leine lassen kann. Aber außer Wegwarten, Klatschmohn und Nachtkerzen habe ich dort nie etwas blühen sehen. Außerdem hat der Bauer gestern gemäht, heute blüht gar nichts mehr.«

Das war tatsächlich mehr als eigenartig. Wegwarten blühten blau, Klatschmohn rot, nur Nachtkerzen entsprachen der Beschreibung des Jungen. Sie wuchsen sehr hoch, oft in großen Gruppen und besaßen prachtvolle gelbe Blüten, die tagsüber allerdings geschlossen waren. Erst in der Nacht entfalteten sie sich. Jetzt war es zwei Uhr nachmittags und die Wiese gemäht.

»Also hat er gelogen«, stellte ich fest, wobei ich eine gewisse Wut auf Dieter-Theodor verspürte. Der Knabe hatte mein ganzes Mitgefühl besessen, weil ich ihn mit seinem Aussehen und seinen Eltern wirklich bedauert hatte. Und dann stellte sich heraus, dass auch er log.

»Aber er wusste von den Nachtkerzen, also muss er dort gewesen sein. Aber nicht heute. Und offenbar erst, als es dunkel war«, überlegte Vincent.

»Aber warum kennt der Sohn von so pflanzlichen Pillendrehern keine Nachtkerzen? Noch dazu, wenn er Pharmazie studiert?«, gab Bobo zu bedenken.

»Ach, muss er nicht zwangsweise kennen«, stellte Fred fest. »Ich weiß auch nicht, wie Ringelblumen oder Beinwell aussehen, obwohl Pauline seit Jahrzehnten Salbe damit macht und ich ihr oft dabei helfe. Und selbst die Salbe erkenne ich nur deshalb, weil sie etikettiert ist.«

Das war auch wieder richtig. Mein Mann hatte sogar mal das Glas mit der Erdbeermarmelade für Tomatensoße gehalten und über die Nudeln gekippt. Weder die Konsistenz noch der Geruch hatten ihn von diesem kulinarischen Massaker abgehalten. Er war genau genommen absoluter Profi, wenn es darum ging, Birnen mit Äpfeln zu verwechseln, weil ihn nur das fertige Gericht auf dem Teller interessierte.

Vincent sah das ähnlich. »Der ist doch erst am Anfang vom Studium, da kommt das wahrscheinlich noch gar nicht vor. Und wenn er sich nicht dafür interessiert, merkt er es sich auch nicht.«

»Und was machen wir nun mit diesem Kleinganoven?«, fragte Bobo. »Liefern wir ihn an Kommissar Kotzbrocken aus, damit der ihn durch den Fleischwolf dreht? Oder was sollen wir tun?«

»Mal nichts übereilen«, meinte Berta. »Wenn dieser Dieter-irgendwas dort gewesen ist, und davon gehe ich aus, dann sollten wir uns fragen, was er dort gemacht hat. Wenn er Giftflasche und Schreiben wirklich gefunden hat, wie er sagt, warum liefert er diese wichtigen Dinge dann erst so viel später ab?«

»Vielleicht hat er auf das Fest gewartet, um ein Mal im Leben fünf Minuten Bedeutsamkeit zu genießen?«, fragte ich.

»Und damit seine Eltern mal richtig stolz auf ihn sind?«, mutmaßte mein Mann.

»Und wenn er das Zeug gar nicht gefunden hat?«, warf Vincent ein.

Wir brauchten eine gefühlte Ewigkeit, um die Tragweite seines Einwurfs sickern zu lassen, bevor Berta als Erste »Ach du Scheiße« murmelte.

»Dieter-Dingsbums als Giftmischer?« Auch Bobo tat sich sichtlich schwer mit diesem Gedanken.

»Aber sicher kein Mörder«, sagte ich. »Da hätte er bestimmt mit seinen Eltern angefangen.«

»Als Mörder kann ich ihn mir auch nicht vorstellen«, meinte Toni.

Auch Fred schüttelte den Kopf. »Warum sollte er erst zwei umbringen und dann auf einmal so zurückhaltend bei der Giftverteilung sein? Und wenn seine Erzeuger wirklich so streng sind, hätte er wohl keine Gelegenheit gehabt, das ganze Zeug in ihrem Labor herzustellen, ohne dass sie das bemerken. Es waren ja lauter unterschiedliche Substanzen.«

»Als Pharmaziestudent hätte er aber das nötige Wissen, um Toxine zu extrahieren«, sagte Vincent.

»Aber offenbar keine Pflanzenkenntnisse«, hielt ich dagegen.

Fast eine Stunde lang diskutierten wir alle denkbaren wie undenkbaren Hypothesen, bis Bobo uns zum Ausgangspunkt zurückbrachte.

»Wir stimmen jetzt ab. Wer Dieter-ichweißnichtmehr für den Giftmischer zum Schutz pflanzlicher Gefühle hält, der hebt nun seine Gabel. Wer glaubt, dass er die Sachen nur gefunden und aus irgendwelchen Gründen erst heute damit rausgerückt ist, hebt den Löffel. Und wer ihn auch für einen Mörder hält, der hält sein Messer hoch.«

Der Erste war Fred, der sich einen Löffel aus dem Besteckkrug griff und nach oben hielt, dann nahm sich auch Toni einen. Bobo, Berta und ich wählten die Gabel, nur Vincent das Messer.

»Ich weiß, wozu Männer in meinem Alter fähig sind«, sagte er fast entschuldigend. »Die jugendliche Unschuld vom Lande endet meiner Meinung nach mittlerweile schon mit dem Eintritt in die Volksschule.«

»Gut, also drei zu zwei zu eins«, fasste Bobo zusammen. »Fünf halten den Jungspund für keines Schwerverbrechens schuldig, demnach die absolute Mehrheit. Daher wiederhole ich meine Frage: Was machen wir mit ihm? Verpetzen oder totschweigen?«

»Was würdest du machen?«, fragte ich zurück. »Immerhin hat er auch dir zu einer unfreiwilligen Magenspülung verholfen.«

»Schon vergessen. Was ich bei meinem ersten und letzten Sturmrausch gereihert habe, war zehn Mal schlimmer. Mir wird heute noch schlecht, wenn ich daran denke. Ich würde ihn erst ans Messer liefern, wenn ich seine Beweggründe kenne.«

»Aber wenn der Bauer hier ist, wird er sich ja erinnern, dass er die Wiese beim alten Bahnwärterhäuschen gemäht hat. Und das auch jemandem sagen«, erwiderte Berta. »Oder Hartmann macht einen Lokalaugenschein.«

»Wartet mal.« Toni drückte auf seinem vorsintflutlichen Handy herum.

Ich besaß fast das gleiche Modell. Dank ihm war ich nun nicht mehr die Einzige mit diesem schon fast historischen Relikt.

Kurz darauf wussten wir – dank einer Cousine vom Mann einer Schwester oder so ähnlich –, dass besagter Grünstreifen nicht in Privatbesitz war, sondern nach wie vor von der Betreibergesellschaft der längst eingestellten Regionalbahn gepflegt wurde und die dafür zuständigen Mitarbeiter auch nicht von hier waren. Und dass Hartmann die Abwesenheit gelber Blüten auffallen würde, war nicht sehr wahrscheinlich. Die Feuerstelle befand sich ja etwas weiter weg am Straßenrand, hatte der Finder zumindest gesagt, und dort wuchs ohnedies kaum etwas.

Wir besprachen unsere weitere Vorgehensweise immer noch, als die Kürbisprämierung, die Krönung des Herbstfestes, bereits zu Ende gegangen war.

»Jetzt aber mal dalli«, mahnte Bobo uns zur Eile. »Bestimmt wird uns Elsbeth gleich heimsuchen, jetzt, wo sie keine Kürbisse mehr bewachen muss. Und die vergibt dem Jungen garantiert nicht, dass er erst sie und dann noch ihren hochheiligen Pfarrer ins Krankenhaus gebracht hat. Egal, aus welchen Gründen.«

»Ich hab's. Morgen weiß ich garantiert mehr, da werde ich mal kriminalistische Grundlagenforschung betreiben«, verkündete mein Neffe und erklärte uns, dass er den schmächtigen Dieter-Theodor schon öfter an der Bushaltestelle bemerkt hatte.

Um zur Uni zu gelangen, musste er mit dem Pendlerbus montags nach Wien und vor dem Wochenende wieder retour fahren. Mein Neffe war überzeugt, dass ein derart verklemmtes Pickelgesicht bestimmt auch im Bus gemobbt wurde, daher werde er sich das Cabrio von einem Freund leihen, ihn nach Wien mitnehmen, für seine tolle Tat bewundern, und dabei würden sie schon ins Gespräch kommen. Er werde sich heute noch irgendwie an ihn ranmachen, damit er morgen kein völlig Fremder mehr sei.

»Aber du hast morgen doch gar keine Vorlesungen«, wandte ich ein.

»Das weiß unser Verdächtiger ja nicht. Wie willst du sonst an Informationen kommen? Entführen, foltern, ihm die Wimmerl mit einer glühenden Zange ausdrücken, oder wie?«

Der Plan wurde einstimmig angenommen. Keine Sekunde zu früh, denn Elsbeth trippelte bereits auf unseren Tisch zu, um uns bis ins Detail mit Geschichten über preisgekrönte Kürbisgewächse zu füttern.

***

Am nächsten Tag saßen wir alle wie auf Kohlen, und das nicht nur, weil es sommerliche neunundzwanzig Grad hatte, sondern natürlich wegen Vincents geheimer Mission. Schon im Morgengrauen hatte er sich ohne großes Wehklagen erhoben, etwas, dessen Einzigartigkeit der Wahl einer weiblichen Päpstin gleichkam. Hatte es noch nie gegeben. Knapp vor sieben schreckte mich bereits ein Sprühregen an Kieselsteinen von meiner Zeitungslektüre hoch, was bedeutete, dass mein Neffe schon wieder zurück war. Sein Fahrstil verursachte mir stets eine veritable Gänsehaut. Als ich einen Blick aus dem Fenster warf, schälte der Junge sich gerade aus einem winzigen Gefährt, das kaum höher als mein Liegebett war, dafür bestimmt ungleich sportlicher.

Mein Mann bezeichnete diese Art von Autos ja stets als Schlampenschlepper, ein treffender Ausdruck, wie ich fand.

Kurz darauf stand auch Vincent wieder in der Küche und hielt mir einen Schlüsselbund vor die Nase. »Porsche Cabrio 911, dreihundertfünfzig Pferdchen unter der Motorhaube. Das wird den kleinen Langweiler aus seinen Gesundheitslatschen reißen.«

»Ich wäre dir allerdings dankbar, wenn du deinen Fahrstil an den kleinen Langweiler anpassen würdest. Wenn du fährst wie sonst auch, dann kriegt er einen Herzinfarkt, und wir erfahren gar nichts mehr. Außerdem bist du nicht Niki Lauda.«

»Versprochen, Tante. Ich werde nur Seniorentempo fahren, auch wenn ich's deshalb am Herzen kriege. Es wird nämlich bluten bei schlafwandlerischen neunzig Kilometern pro Stunde. Aber Sammy, dem dieses Schnittchen gehört, hat mir ziemlich überzeugend erklärt, dass er mich an den Eiern in einem Schlachthaus aufhängen würde, zwischen blutigen Rinderhälften, und mir dann noch ein Hornissennest an den Hintern kleben würde, sollte sein Wagen auch nur den allerkleinsten Kratzer abkriegen.«

Ich kannte diesen Sammy nicht, aber er schien mir ein vernünftiger Mensch mit sehr guten Argumenten zu sein.

»Hast du dein Opfer gestern eigentlich noch kennenlernen können?«, erkundigte ich mich, während ich neuen Kaffee aufbrühte.

Elsbeth hatte uns ja ewig lange in Beschlag genommen, um erst von den Kriterien der Kürbiswahl zu schwärmen und danach über die Abwesenheit der Edelsbrunners zu jammern, denen es wohl am nötigen Integrationswillen mangelte, wenn sie bei dieser dörflichen Pflichtveranstaltung fehlten. Sogar der immer noch ein wenig kränkelnde Herr Pfarrer war natürlich erschienen, um die Kürbisse zu segnen, ein erhebender Moment. Wir verkniffen uns die Frage, ob die riesigen Plutzer wohl auch getauft waren und später ein ordentliches Begräbnis erhielten.

Jedenfalls saßen wir noch eine Weile mit ihr zusammen, und als Fred mit dem Verweis auf den Zeitpunkt für seine Diabetesmedikamente zum Aufbruch drängte, war Vincent bereits in der Menschentraube, die Dieter-Theodor belagerte, verschwunden.

Jetzt nickte mein Neffe und warf sich angeberisch in die Brust. »Klar doch, Tantchen. Wer könnte schon meinem Charme widerstehen? Wobei ich fast ein wenig den Eindruck hatte, dass er vor allem dem Anblick meines knackigen Arsches erlegen ist.«

Ich zuckte zusammen. Warum musste die Jugend von heute immer so vulgär sein? Meine Generation hätte sich bei einer solchen Ausdrucksweise wenigstens kichernd die Hand vor den Mund gehalten.

»Und? Was hat er gesagt? Womit hast du ihn geködert?«

»Über seine Alten natürlich. Ich habe mich denen fast an den Hals geschmissen und gefühlt hundertmal wiederholt, wie stolz sie auf so einen Sohn sein müssen. Und glaubt mir, das ist denen runtergegangen wie Honig. Und danach habe ich mich erst an den Sohn gewandt und gemeint, wir Studenten müssten ja eigentlich zusammenhalten und ob wir mal ein Bier zusammen trinken. Das übliche Geschwafel halt. Und weil der Altersdurchschnitt der sensationsgierigen Gaffer so zwischen Pensionsantritt und Grabrede lag, hatte ich Jungspund natürlich leichtes Spiel.«

»Mehr Respekt vor dem Alter bitte«, tadelte ich ihn lachend, dann brauste unser neu ernannter Geheimspion los.

Selten hatte ein Vormittag sich derart in die Länge gezogen. Während Fred ein Kreuzworträtsel nach dem anderen löste und mich mit Fragen nach dem höchsten Berg in Usbekistan oder dem italienischen Wort für »Friseur« nervte, las ich den Distelbrunner Anzeiger. Wie meist stand nichts Interessantes drin, und wie meist studierte ich ihn dennoch vom Anfang bis zum Ende. Jugendliche Sprayer hatten die Mauern der neuen Mittelschule mit obszönen Graffitis besprüht, dem Birnstingl Paul, einem Großbauern, war ein Eber weggelaufen und kurz darauf mit einem Radfahrer kollidiert, der Gemeinderat debattierte das Projekt einer Park-and-ride-Anlage, was allein deshalb kurios war, weil es kaum öffentlichen Verkehr bei uns gab, eine Invasion an Buchsbaumzünslern hatte die Hecke um den Friedhof sterben lassen, und der Ernteertrag der Hirschbirne versprach heuer Höchstwerte. Ein Blick ins Horoskop sorgte gleichfalls für etwas Heiterkeit, denn mir wurde nahegelegt, meinen Mann wieder mal in verführerischen Dessous zu beglücken und mit einer möglichen Schwangerschaft zu rechnen. Mehr als gedankenschwanger ging sich bei mir allerdings schon lange nicht mehr aus.

»Fred, hör mal!« Annoncen und Kontaktanzeigen studierte ich besonders gerne. »Sportlicher, kultivierter und gut situierter Mittsechziger mit einem Faible für mediterrane Kochkunst, abstrakte Malerei und niveauvolle Gespräche sucht liebreizende Sie bis fünfundsechzig Kilo und fünfundvierzig Jahre für gemeinsame Unternehmungen und zärtliche Stunden unter Sternenhimmel. Motoryacht und Winterappartement in den Alpen vorhanden. Kennwort ›Rosenblüte‹ an die Redaktion.«

Mein Mann blickte kurz von seinem Rätselheft auf. »Ein Hiesiger kann das aber nicht sein. Außer vielleicht der Protzmann, der hat ein Ruderboot mit Außenbordmotor. Apropos Boot. Kennst du einen Nebenfluss der Wolga mit sieben Buchstaben?«

Ich gab es auf, Fred zu einer Unterhaltung zu bewegen, und ging in den Garten.

»Vergiss nicht, deine Goldfische zu füttern«, ermahnte ich ihn.

Zu seinem letzten halbrunden Geburtstag hatten ihm ehemalige Kollegen ein Aquarium mit zwei Goldfischen geschenkt, damit er besser zur Ruhe kommen könne. Als hätte ich meinen Mann je ruhelos erlebt. Auf der Arbeit musste er ein völlig anderer Mensch gewesen sein.

Im Garten gab es auch nichts wirklich Neues, aber die laue Luft tat gut. Es war eindeutig zu warm für diese Jahreszeit, richtiggehend schwül. Die Mücken flogen ziemlich tief, wahrscheinlich bahnte sich ein Gewitter an. Da ich ohnedies keine Lust hatte, bei diesem drückenden Wetter Gießkannen zu schleppen, konnte mir ein kurzer Schauer nur recht sein. Um mein chronisch besorgtes Gehirn etwas auszulüften, widmete ich mich Emmas bevorzugter Gartenarbeit, der Ungezieferjagd. An den Wirsingköpfen entdeckte ich ein paar Raupen des Kohlweißlings, die ich zum Kren umsiedelte, danach verhalf ich einigen Nacktschnecken zu einer kostenlosen Flugerfahrung Richtung Kompost, und bald darauf kapitulierte ich vor dem Schwarm weißer Fliegen auf den Tomatenstauden. Die Saison ging ohnedies zu Ende, sollten sie sich halt ihres kurzen Lebens erfreuen.

Größere Sorgen machte mir das Wintergemüse. Der Endiviensalat wuchs zwar brav, doch Winterportulak, Mangold, Rote Bete und Grünkohl versprachen eine im wahrsten Sinne des Wortes lausige Ernte. Diese tierischen Mitesser mussten sich beinahe über Nacht angesiedelt haben, denn vor einigen

Tagen hatte ich sie noch nicht bemerkt. Verdrossen rupfte ich frische Brennnesselblätter ab, um Jauche anzusetzen, füllte das Behältnis mit Schmierseifenlösung auf und eilte zum Schrank im Holzschuppen, um die Flasche effektiver Mikroorganismen zu holen. EMO hatte sich im Kampf gegen Schädlinge und schwächlichen Pflanzenwuchs bestens bewährt, das war geballte Kraftnahrung fürs Grünzeug. Im Schrank, dem gärtnerischen Pendant zur häuslichen Schublade für Krimskrams und Kleinteile, fanden sich wie meist viele Dinge, nach denen ich schon lange gesucht hatte. Etwa ein Schal von meiner Schwester, den sie in den Monaten vor Vincents Geburt gestrickt hatte, vermutlich die einzige Zeit, in der sie einer ungefährlichen Freizeitbeschäftigung nachgegangen war. Sonst war sie eher der adrenalinlastige Typ, der sich beim Fallschirmspringen oder Löwenbändigen amüsierte.

Neben dem Schal tauchten auch noch zwei linke und ein rechter Gartenhandschuh auf, die Zeitschrift mit den Bärlauchrezepten, für die es jetzt zu spät war und die ich im März erneut suchen würde, diverse Haargummis, obwohl ich kurze Haare hatte und Fred beinahe eine Glatze, zwei Kaffeetassen mit Sprüngen, ein im Frühling gleichfalls schmerzhaft vermisstes Säckchen mit Zwiebeln dunkelroter Pompondahlien, dazu ein Eiskratzer (wir hatten seit sieben Jahren kein Auto mehr), eine Monatsbinde (ich war Mitte sechzig) und ein Mondkalender aus dem Jahr 2002. Aber keine Flasche mit effektiven Mikroorganismen. Ich fluchte. Bestimmt stand EMO ganz oben auf irgendeiner Einkaufsliste, die ich stets penibel verfasste und dann regelmäßig zu Hause auf der Vorzimmerkommode vergaß, sobald ich mich auf den Weg ins Dorf machte.

Das Wundermittel der Hobbygärtner gab es leider nur im Gartencenter oder im Lagerhaus zu kaufen, und keines von beiden hatten wir im Ort. Ich beschloss, Berta zu fragen, ob sie eventuell noch Restbestände übrig hatte, als Fred mit Dino, der fledermausohrigen französischen Bulldogge meines Neffen, im Garten erschien.

Der Hund, der bewegungsmäßig bestens mit Fred harmonierte, da er bereits nach hundert Metern hechelnd niedersank und für Ball- und Apportierspiele vermutlich ein Sauerstoffzelt benötigen würde, umrundete kurz meine Beete, hob an der Hecke die Pfote und ließ sich dann unter die Hollywoodschaukel fallen.

»Vincent hat angerufen, er ist bereits auf dem Rückweg«, sagte mein Mann, während er mit der Spitze seines Pantoffels einen großen schwarzen Käfer auf den Terrassenfliesen anstupste. »Was ist das für einer?«

»Das ist ein Großer Totenkäfer«, erklärte ich ihm. »Der tut nichts, man sagt allerdings, dass er ein Verkünder zukünftigen Unheils wäre.«

Schwerfällig ging Fred in die Knie, hob das Insekt kommentarlos auf und setzte es auf dem Grünstreifen vor dem Haus wieder ab.

»Der soll sein Unheil bei den neuen Nachbarn verkünden«, brummte er. »Dein Neffe lässt übrigens ausrichten, dass er seine Mission erfüllt hat und einen feinen Kaiserschmarren als Belohnung zu schätzen wüsste.«

Zweiteres hatte er garantiert nicht gesagt, denn Vincent lebte überwiegend vegan, kochte selbst und war nicht so naschsüchtig wie mein Mann. Aber da auf unseren zwei Apfelbäumen noch Dutzende saftige Früchte hingen, wollte ich mal nicht so sein.

Eine Stunde später stand der Schmarren auf dem Tisch, und mein Neffe betrat die Küche.

»Mannomann«, grinste er. »Der ist vielleicht schrullig. Jedes Wort musste man ihm aus dem Mund ziehen. Schlimmer als ein Kartäusermönch.«

Ich schaufelte ihm eine ordentliche Portion auf den Teller. »Für deine erfolgreichen Ermittlungen.«

Vincent sah erst Fred an, dann mich, dann wieder meinen Mann und meinte schelmisch: »Mich hätte auch ein Gemüseeintopf erfreut.«

»Die Äpfel mussten weg«, verteidigte sich Fred. Jetzt war

definitiv der falsche Zeitpunkt für kulinarische Tischgespräche.
»Ist doch egal. Erzähl endlich.«

Und der Nachwuchsermittler erzählte. Die halbe Strecke lang, die er wirklich im Schneckentempo dahingeschlichen war, habe dieser Pickel-Dieter nur vor sich hin geschwiegen, höchstens einsilbig irgendwelche Fragen beantwortet, keinerlei Interesse an Small Talk gezeigt, sondern nur auf die Straße gestarrt. Er habe einen nahezu verängstigten Eindruck gemacht.

»Irgendwann hat es mir gereicht, und ich habe ihn einfach mit der Wahrheit konfrontiert. Nämlich mit der Tatsache, dass ich von seiner Lüge weiß, die er zuerst vehement abgestritten hat.« Vincent nahm einen großen Löffel Apfelmus.

»Und dann?«, fragte ich ungeduldig. Am liebsten hätte ich ihm den Löffel aus dem Mund genommen.

»Dann habe ich ihm erzählt, dass ich ihn in der Nacht gesehen habe. Auf dem Grünstreifen beim alten Bahnwärterhaus, wie er Papier verbrannt hat.«

Eine kluge Taktik, aber definitiv die Unwahrheit. Ich begann mich zu fragen, ob ich derartige Behauptungen weiterhin als familiär vererbte ermittlerische Notlügen betrachten, die mir aufs gute Gewissen drückten, oder in Zukunft einfach als situationselastische Notwendigkeiten archivieren sollte, ohne mir weiter Gedanken darüber zu machen. Ich entschied mich für Zweiteres.

»Dann hat er zuerst nach Luft geschnappt wie Dino nach einem Dauerlauf, danach etwa zehn Kilometer lang geheult und erst kurz vor Wiener Neustadt gestanden.«

Als Vincent seinen Bericht beendet hatte, war der Kaiserschmarren auf unseren Tellern kalt geworden.

***

Berta saß auf ihrem plüschigen Sofa und starrte mich fassungslos an.

»Ich weiß gar nicht, was ich dazu sagen soll«, meinte sie schließlich.

Gerade hatte ich ihr im Schnelldurchlauf berichtet, was mein Neffe in Erfahrung gebracht hatte. Dass es nämlich tatsächlich der Spross der Apotheker gewesen war, der diese Liga erfunden und mit dem Eibenextrakt Menschenversuche angestellt hatte. Wobei mein Neffe mit seiner Vermutung, es müsse sich im Gegensatz zur polizeilichen Stellungnahme nicht um einen fanatischen Pflanzenfreund, sondern um einen Pflanzenhasser handeln, da man Grünzeug und Blumen nur schützte, indem man sie einfach wachsen ließ, ohne sie zu ernten, zu verarbeiten und zu essen, letztendlich richtiggelegen hatte.

Dieter-Theodor hasste Pflanzen, gesunde Ernährung, die Rein-o-san-Produktlinie seiner Eltern, er wollte nicht durch die Kraft der Natur gesunden, weil die ihn erst so richtig krank machte. Er wollte auch nicht Pharmazie studieren, sondern etwas mit Computern zu tun haben. Daher habe er gehofft, seine Eltern mit dem vergifteten Gemüsesaft im Resort von den üblen Nebenwirkungen sogenannter Gesundheitsprodukte zu überzeugen. Dass die Obstpresse ausfallen und seine notorisch knausrigen Erzeuger in einem Anfall unüblicher Großzügigkeit ausgerechnet Elsbeth die Hälfte ihres Karotten-Orangen-Paradiesapfel-Sellerie-Safts abtreten würden, hatte er natürlich nicht voraussehen können.

»Aber wie ist er an den Eibenextrakt gekommen?«, wollte meine Freundin wissen. »Oder hat er ihn selbst hergestellt?«

»Nein. Und jetzt wird es erst so richtig spannend. Weil seine Eltern nichts von virtuellen Realitäten wissen wollen und der Junge eine Leidenschaft für blutrünstige Computerspiele hat, hat er sich in der Nacht aus dem Zimmer geschlichen und sich im Gewächshaus oberhalb der Kräuterspirale versteckt, um auf so einem Tablett in Ruhe Zombies abzuschlachten.«

»Tablet heißt das, ist so ein kleiner tragbarer Computer ohne Tastatur, der wie ein Handy funktioniert, ohne dass du mit ihm telefonieren kannst. Aber lesen und im Internet surfen geht super damit«, erklärte mir Berta.

Wenn ich las, wollte ich das Buch in Händen halten, an den Seiten schnüffeln, mir wichtige Sätze unterstreichen und das

Rascheln beim Umblättern hören. Von der modernen Kommunikationstechnik hielt ich ebenso wenig wie von roboterartigen Servierkräften oder selbstfahrenden Autos. Ein kleiner technischer Defekt genügte, um Menschen in großes Chaos zu stürzen.

Daher ging ich nicht weiter auf Bertas Einwurf ein und setzte meine Erzählung fort. Dieter-Theodor hatte also bei völliger Dunkelheit im Glashaus gesessen und gespielt, als er zwei Gestalten bemerkte, die auf der Treppe standen und sich offenbar heftig stritten. Auf einmal habe die eine Person die andere gestoßen, sodass sie die Stufen hinuntergestürzt sei.

»Meine Fresse«, kommentierte Berta. »Dann war der Bursche ja ein Augenzeuge. Und hat den Täter gesehen.«

Vor lauter Aufregung verlor sie ein paar Maschen ihrer Strickarbeit. Seltsam. Wenn Frauen verliebt waren, griffen sie anscheinend vermehrt zu Nadel und Wolle, um Schals und Socken zu fabrizieren. Bei meiner Schwester war das auch so gewesen. Selbst ich hatte mit der Handarbeit begonnen, als ich Fred kennenlernte. Entweder weil der hormonelle Aufschwung irgendwelche archaischen Seiten der Weiblichkeit stimulierte oder weil man die Rastlosigkeit, die einen beim unerträglichen Warten auf den nächsten Anruf von seinem Traumprinzen befiel, dadurch sinnvoller überbrücken konnte. Ich wusste es nicht, aber seit unserer Hochzeit hatte ich nie wieder das Bedürfnis nach Häkeln, Stricken oder Sticken verspürt.

»Jetzt sag schon!«, riss meine Freundin mich aus meinen Überlegungen.

Rasch erzählte ich weiter. Erkannt hatte Dieter-Theodor niemanden, weil es stark geregnet hatte und die Schlieren an den Glaswänden keine gute Sicht ermöglichten. Wegen der starken Niederschläge hatte er nicht einmal hören können, worüber die beiden sich stritten und ob die Stimmen weiblich oder männlich gewesen waren.

»Mist«, entfuhr es Berta. »Scheißwetter. Aber wie kommt das Eibengift ins Spiel? Und warum schubst man einen eh schon tödlich vergifteten Menschen noch die Treppe runter?«

Ich zuckte die Schultern. »Wenn ich das wüsste. Entweder hat der Täter keine Ahnung gehabt, dass sein Opfer bereits dem Tod geweiht war. Vielleicht hat ihm das Gift zu langsam gewirkt. Oder er dachte einfach, doppelt hält bekanntlich besser.«

Man hatte den zweiten Toten, die Kirschlorbeerleiche, ja bis heute nicht identifizieren können.

»Der Junge hat jedenfalls Angst bekommen und sich noch bis zum Morgengrauen im hinteren Teil des Gewächshauses unter den Pflanztischen verkrochen. Und dort hat er das Fläschchen mit dem Eibengift entdeckt und eingesteckt, ohne zu wissen, warum.«

Ich nahm einen Schluck von Bertas Hardcore-Kaffee, der mich vermutlich noch bis zur Wintersonnenwende wach halten würde. Gerade ältere Leute sparten ja gerne an Kaffeebohnen. Das Ergebnis war eine Brühe, die so schwach war, dass man ihr fast aus der Tasse helfen musste. Bei meiner Freundin war das nicht der Fall. Sie kochte Kaffee, als gelte es, Tote zur Auferstehung zu bewegen.

»Erst am nächsten Tag, als ihm klar wurde, dass dieses Verbrechen einfach als Unfall abgetan worden war, kam ihm die Idee mit der Liga und den Bekennerschreiben. So konnte er zwei Fliegen mit einer Klappe schlagen. Die Polizei auf einen Mord hinweisen und gleichzeitig seinen verhassten Eltern eins auswischen. Er hatte auf Panik, Umsatzeinbußen und vielleicht sogar Untersuchungshaft für Mama und Papa gehofft, wollte sie aber keinesfalls töten. Nicht sie und andere auch nicht. Daher hat er nur zwei, drei Tropfen verwendet.«

»Das macht Sinn«, meinte Berta. »Doch warum dann weitere Anschläge?«

»Die musste er machen. Sonst wäre es ja aufgefallen, wenn er nur seinen Eltern zu einer Magenspülung verholfen hätte. Davon einmal abgesehen, hätte eine pseudoterroristische Gruppe, die nur einen einzigen Tag existiert, vermutlich mehr Fragen aufgeworfen als Antworten geliefert.«

»Also doch kein Killer«, stellte meine Freundin fest.

»Nein, nur ein verbitterter Verzweiflungstäter. Er hat meinem Neffen gestanden, dass er von seinen Studienkollegen ›Titte‹ genannt wird, eine Abkürzung für Dieter-Theodor. Und dass er seine Eltern allein wegen diesem Namen hasst.«

»Versteh ich«, murmelte Berta. »Meine Mutter wollte mich ursprünglich Josefine taufen. Gott sei Dank war mein Vater absolut dagegen und hat auf dem Namen meiner Taufpatin bestanden.«

»Aber schon eigenartig, dass ihn niemand bei seinen Taten gesehen hat. Wir wurden doch zumindest im Resort durchsucht, und er muss das Gift und das Schreiben bei sich getragen haben«, wunderte ich mich.

»An den kann sich doch nie jemand erinnern. Der ist so erschreckend unsichtbar, dass er bei der Geisterbahn Karriere machen könnte«, meinte meine Freundin. »Oder in einem Baumarkt.«

»Und«, jetzt fiel es mir wieder ein, »damals stand ja vor dem Essen das Sammeln essbarer Blüten auf dem Programm. Und er hat die vollen Körbe für seine Eltern getragen. Wenn er da irgendwo eine Pipette versteckt hat, wäre die niemandem aufgefallen, denn die Blüten wurden nicht durchsucht. Und ein Blatt Papier kann ich überall verstecken. In einer Zeitung, einer Packung Taschentücher, der Handyhülle. Man sah ja, dass es gefaltet worden war.«

Die Anschläge im Ort, so hatte Titte es zumindest meinem Neffen erzählt, erfolgten hingegen nach dem Zufallsprinzip. Er hatte einfach dort seine Giftspritze angesetzt, wo gerade niemand genau hingeschaut hatte. Als der Pfarrer im Beichtstuhl war, seine Mutter den Greißler mit dem Wunsch nach Süßkartoffeln auf Trab hielt und die Verkäuferin der Konditorei im Lager eine Schütte frischer Semmeln holte, nutzte er die günstige Gelegenheit. Nur waren die Giftreserven irgendwann erschöpft, die Semesterferien klangen aus, die Polizeiüberwachung machte ihn zunehmend nervös und die Sorgen, die er seinen Eltern bereitet hatte, kamen ihm ausreichend vor, daher beschloss er, dem Ganzen ein glamouröses Ende zu bereiten.

»Und was machen wir nun mit seinem Geständnis?«, überlegte Berta und nahm ihr Strickzeug wieder an sich.

»Also Vincent hat ihm geschworen, nichts zu verraten«, erwiderte ich mit gemischten Gefühlen. »Er meinte, der wäre mit seinen Eltern und so einem Namen schon gestraft genug.«

»Wenn der Kommissar ihn zu einem Lokalaugenschein zwingt, wird er dennoch auffliegen«, wandte mein Gegenüber ein.

»Da besteht keine Gefahr. Hartmann hat ihn nämlich schon gestern zum alten Bahnwärterhaus begleitet und dort natürlich festgestellt, dass die Wiese gemäht worden war, aber der Junge hat sich besser als erwartet rausgeredet, indem er gemeint hat, dass er die gelben Blüten nur erwähnt hat, damit alle im Ort verstünden, wo genau auf dem doch recht großen Gelände der exakte Fundort gewesen sei. Weil er sonst nicht gewusst hätte, wie er das hätte beschreiben sollen.«

Und da dieser Klugscheißer von Kommissar keine Ahnung von Botanik hatte und die Nachtkerzen bereits vertrocknet auf der Wiese lagen, konnte Hartmann nicht einmal erahnen, dass deren Blühzeitpunkt erst in der Abenddämmerung begann. Nur Kapplhuber hätte das möglicherweise gewusst, aber den hatte Hartmann zum Strafdienst ins Archiv geschickt, weil der Inspektor mit zwei abgerissenen Knöpfen und einem Fettfleck auf der Uniformjacke zum Appell erschienen war.

»So ist das also gewesen«, schloss ich meine Nacherzählung.

Nachdenklich begab Berta sich auf die Suche nach ihren verlorenen Maschen, bevor sie etwas erwiderte. »Wir hatten es also mit keiner gemeingefährlichen Terrororganisation zu tun, sondern mit einem Dummejungenstreich, der mit den beiden Morden im Grunde nichts zu tun hat«, fasste sie den Stand der Dinge zusammen.

Ich verschwieg ihr, dass mein Neffe der Ansicht war, Dieter-Theodor hätte durchaus das Zeug zum Serienmörder, aber nicht heimlich und hinterrücks mit Gift, sondern eher als Prototyp für ein Kettensägemassaker. Vincent hatte gemeint, dass ein derart farbloser Versager als Ausgleich bestimmt jede Menge

Blut vergießen würde, sollte er seine Mordgelüste wirklich in die Tat umsetzen.

»Was wird das eigentlich?«, erkundigte ich mich nebenbei.

»Ein Schal für Toni. Er zieht sich nie ordentlich an, wenn er ins Freie geht, um eine zu rauchen, dabei ist er nicht mehr der Jüngste, und die lauen Sommernächte sind auch schon vorbei.«

»Schaut schön aus«, sagte ich, auch wenn ich mir in Wahrheit keinen Mann vorstellen konnte, dessen Wohlbefinden durch einen lila-pink-türkis gestreiften Schal steigen würde, aber ich wollte meine Freundin keinesfalls mit meiner Meinung kränken. Unsere Freundschaft wäre beinahe zerbrochen, weil sie mich als zu streng in meinen Ansichten empfunden hatte, was mich heute noch bedrückte. Seitdem hielt ich lieber mal den Mund und meine Kommentare zurück.

Im Hintergrund war ohnedies schon erstes Donnergrollen zu hören, Zeit, den Heimweg anzutreten.

»Ich glaube, das Gewitter ist bald hier. Ich werde mal aufbrechen, um noch trocken nach Hause zu kommen. Der Tag war aufregend genug.«

Berta nickte. »Aber vergiss nicht, Regen bringt bekanntlich Segen. Und mein Bauchgefühl sagt mir, dass wir außer einer Gelsenplage nichts mehr zu befürchten haben. Giftanschläge wird es keine mehr geben, und der Doppelmörder ist garantiert schon über alle Berge. Wenn du mich fragst, waren die Morde sowieso eine Sache unter Männern. Eifersucht, Rache, Rivalitäten unter altersschwachen Brunfthirschen, ein zufälliges Zusammentreffen verfeindeter Fußballfanatiker, was weiß ich«, befand sie. »Hauptsache, wir haben unsere Ruhe.«

»Dein Wort in Gottes Ohr«, murmelte ich.

Aber Gott musste taub sein, denn am nächsten Tag lief der Mörder erneut zur Höchstform auf.

***

»Aaarrgghhh.« Lautes Gepolter, gefolgt von klirrendem Krachen und ohrenbetäubendem Schmerzensgeheul, riss mich am nächsten Morgen aus dem Schlaf. Die Geräusche kamen eindeutig aus der Küche. Was hatte mein unseliger Gatte nun schon wieder angestellt?, fragte ich mich wütend, während ich versuchte, meinen steifen Nacken nach links und rechts zu drehen. Wie nicht anders zu erwarten, war Freds Betthälfte leer. Vorsichtig erhob ich mich. Seit ich die wechselhaften Wechseljahre hinter mir gelassen hatte, suchten mich keine Bauchkrämpfe mehr heim, dafür aber Schwindelanfälle. Manchmal hatte ich das Gefühl, mit meinem niedrigen Blutdruck dürfte ich eigentlich gar nicht mehr am Leben sein.

In Zeitlupe zog ich meinen Morgenmantel an, schlüpfte in die Pantoffeln, die schon wieder verkehrt herum standen, und schleppte mich unausgeschlafen in die Küche. Dort erblickte ich erstmals niemanden. Zumindest keinen Alfred. Weit konnte er allerdings nicht sein, denn auf dem Fliesenboden vor der Anrichte lagen noch die Überreste seiner Schandtat, die Scherben eines zerbrochenen Tellers und ein paar Reste vom gestrigen Kaiserschmarren.

Ich seufzte und wollte gerade nach dem Kehrblech suchen, als der vermeintliche Übeltäter in den Raum schlurfte.

»Was ist denn hier passiert?«, fragte Fred. Ein sichtlich verschlafener Fred.

»Ich dachte, du könntest mir das erklären«, erwiderte ich leicht verwirrt. Wenn es nicht mein Mann gewesen war, und Freds tieftraurige Miene angesichts dieses kulinarischen Verlusts schien mir fast ein Beweis für seine Unschuld zu sein, wer dann? Einbrecher? Ein Poltergeist? Der Mörder?

Auf einmal erklang unter dem Küchentisch ein lautes Schmatzen.

So rasch, wie es uns unsere noch recht morgenstarren Knochen erlaubten, bückten wir uns, um einen Blick unter das Tischtuch zu werfen. Dort, im hintersten Winkel und nahezu unsichtbar, lag der Dieb. Seine Fledermausohren zuckten vor Begeisterung, der Stummelschwanz schlug euphorisch auf die Bodendielen, und lange Speichelfäden klebten an seinen Lefzen.

»Dino, böser Hund! Raus da!«, fuhr ich ihn an. Essensdiebstahl ging eindeutig zu weit. Der kleine Racker musste auf die Anrichte gesprungen sein und den Teller hinuntergestoßen haben.

Ohne jedes Anzeichen von Schuldbewusstsein, dafür aber mit einem fetten Brocken Kaiserschmarren im Maul kroch das ungezogene Tier langsam unter dem Tisch hervor und trollte sich Richtung Vorzimmer.

»Schade um den Schmarren«, seufzte Fred und begab sich zur Kaffeemaschine.

Ich kehrte die Bescherung zusammen, warf die Scherben in den Mülleimer und ging zur Tür, um die Zeitung zu holen. Kurz darauf saßen wir beim Frühstück und butterten schweigsam unser Gebäck.

Erst nach einer Buttersemmel mit hausgemachter Quittenmarmelade, zwei weichen Eiern und zwei Tassen Kaffee konnte ich mich dazu aufraffen, Fred zu fragen, warum er heute früh nicht an meiner Seite im Bett gelegen hatte.

Mein Mann, der gerade seinen morgendlichen Dreikampf absolvierte, indem er gleichzeitig ein Blatt Schinken aufrollte, an einem Nusskipferl kaute und den Sportteil der Zeitung las, musste erst mal runterschlucken, bevor er antworten konnte.

»Ich habe schlecht geschlafen, bin immer wieder aufgewacht, weil ich Wadenkrämpfe gehabt habe. Und irgendwann bin ich schließlich ins Wohnzimmer gegangen, um dich nicht zu wecken.«

»Muskelkrämpfe sind ein Zeichen von Magnesiummangel.«

»Oder ein Zeichen für Nutellamangel«, erwiderte er.

Dann schwiegen wir wieder eine Semmelhälfte lang, bis ich mich nebenher erkundigte, ob er auf dem Wohnzimmersofa denn besser geschlafen habe.

Fred schüttelte verneinend den Kopf. »Aber dort habe ich mir die Zeit mit meinen Tarotkarten vertreiben können.«

Achtlos schlug er die Zeitung zu und legte sie mit der Titelseite nach unten beiseite. Eine Randnotiz links oben ragte ins Quittengelee, eine rechts oben kam fast auf der Butter zu liegen, aber mein Mann hatte nur Augen für mich.

»Pauline!« Er starrte mich an, als wolle er sich als Hypnotiseur versuchen. »Ich möchte dich nochmals eindringlich daran erinnern, dass du vorsichtig sein musst. Ein weiterer Mord bahnt sich an. Jeder Schritt kann lebensgefährlich sein. Bitte pass auf.«

»Mach ich«, meinte ich versöhnlich. Ich hatte keine Lust, mich erneut auf Diskussionen über die Trefferquoten von wahrsagerischen Karten einzulassen. Vor allem dann nicht, wenn es um mysteriöse Ritter und deren Pferde ging. Nach dem Frühstück wollte ich ohnedies in den Garten gehen, wo mir schlimmstenfalls ein Angriff durch Wespen, Bienen, Stechmücken oder Hornissen drohte.

Gerade erhob ich mich, als Vincent die Küche betrat.

»Morgääähn«, nuschelte er. Sein strubbeliges Haar stand ihm zu Berge, an den Füßen trug er eine blaue und eine rote Socke, und seine Augen waren verquollener als ein Germteig.

»Gut geschlafen?«, fragte mein Mann, ohne den Blick von seinem Teller zu heben.

»Nein.« Mein Neffe nahm sich eine Tasse und goss Kaffee ein. »Ich habe die halbe Nacht wach gelegen und mich mit Hirnakrobatik herumgeplagt.«

»Vielleicht Magnesiummangel«, belehrte ihn Fred, der wieder mal nicht richtig zugehört hatte.

»Warum?«, erkundigte ich mich. Die Schlaflosigkeit in unserem Haus nahm ja schon pandemische Ausmaße an.

»Weil ich an den kleinen Giftmischer denken musste. Wir haben nämlich etwas vergessen.« Vincent gähnte erneut und riss den Mund dabei so weit auf, als wollte er die Semmel im Ganzen verdrücken.

»Was denn?« Zumindest meine Neugierde erwachte.

»Dass der Knabe in Gefahr ist. Nehmen wir einmal an, der Mörder hat die gleichen Schlussfolgerungen gezogen wie wir, nämlich dass Titte selbst im Besitz des Fläschchens war und die Bekennerschreiben verfasst hat. Dann muss der doch eine mordsmäßige Wut auf den Jungen und dessen erfundene Pflanzenschutzliga haben. Ohne diesen Verräter wären seine beiden Morde schließlich gar nie entdeckt worden.«

So gesehen sah die Lage für Dieter-Theodor alles andere als rosig aus, eher schon ziemlich dornig.

»Und was sollen wir jetzt tun?«

»Ich habe ihm heute Nacht noch ein paar WhatsApp-Nachrichten geschickt und ihn gebeten, zu seiner eigenen Sicherheit am besten in Wien zu bleiben«, sagte Vincent.

»Und wird er das tun?«

»Ja. Hat er mir zumindest vor zehn Minuten versprochen. Bis Samstag wird er dort bleiben. Ich glaube, er hat sich nie überlegt, wie seine Aktion auf den Mörder wirken könnte, und nun hat er Angst bekommen.«

»Siehst du?« Mein Mann blickte mich triumphierend an. »Auch dein kluger Neffe ist der Meinung, dass weiterhin Lebensgefahr besteht.«

Ich konnte es nicht mehr hören. »Bertas Bauchgefühl sagt, dass der Killer längst nicht mehr hier ist. Er hat erreicht, was er wollte, und ist unerkannt abgehauen. Vermutlich auf die Malediven oder die Seychellen. Liest man doch ständig von gesuchten Mördern. Also brauchen wir uns keine Sorgen mehr zu machen.«

Fred zog eine Augenbraue hoch, was ihm das Aussehen eines gealterten Hercule Poirot verlieh. »Berta hat bestimmt ausreichend Bauch, aber auf ihr Gefühl würde ich mich nicht verlassen. Das irrlichtert derzeit nur um ihren geliebten Toni herum.«

»Dein Hund hat übrigens den Kaiserschmarren gestohlen«, ließ ich Vincent wissen, um endlich das leidige Thema zu wechseln.

»Ah, deshalb.« Er grinste. »Ich habe mich schon gewundert, warum Dinos Schnauze auf einmal nach Apfelmus riecht. Na, dann kriegt er heute kein Frühstück mehr.«

Und da ich inzwischen ohnedies keinen Appetit mehr hatte vor lauter apokalyptischen Visionen, legte ich meine Gartenkleidung an und verließ das Haus. Wenigstens hatten meine beiden Männer mittlerweile die Wespen umgesiedelt, sodass man die Tür zur Terrasse wieder gefahrlos benutzen konnte.

Als Erstes kontrollierte ich die alte Zinkwanne, mein Regenwasserreservoir, das bis obenhin gefüllt war. Es musste in der Nacht ein ordentlicher Schauer niedergegangen sein. Das gestern noch blühende Herbstbeet mit den Astern und Anemonen glich einem Feuchtbiotop, die Töpfe mit dem Limonenbasilikum standen komplett unter Wasser, und auf dem Rasen hatten sich kleine Pfützen gebildet. Das Wetter neigte halt leider auch in Oberdistelbrunn schon zu Extremen. Wochenlange Trockenheit und tropische Temperaturen wechselten sich mit sintflutartigen Niederschlägen und orkanartigen Stürmen ab.

Wenigstens hat es nicht gehagelt, sagte ich mir und machte mich auf zu den Hochbeeten, in denen das Wintergemüse wuchs. Wenn Regen wirklich Segen brächte, dann hatte der nächtliche Guss vielleicht die Blattlausinvasion auf meinen Gemüsepflanzen weggewaschen.

Leider war das nicht der Fall. Da das Hochbeet ein kleines Dach besaß, hatte der Regen weder Schaden angerichtet noch irgendeinen Nutzen gebracht. Hunderte kleiner grüner Läuse hatten es sich auf Mangold und Grünkohl bequem gemacht, dabei standen diese Saftsauger angeblich eher auf Zierpflanzen. Aber bei achthundert in Mitteleuropa heimischen Unterarten hatte sich vermutlich auch eine auf Wintergemüse spezialisiert.

Geduldig besprühte ich Blatt für Blatt mit der Schmierseifenlösung, da die Brennnesseljauche noch ziehen musste. Dabei fiel mir auf, dass die Blattläuse offenbar ihre Verwandten auch eingeladen hatten, denn am Kohl erblickte ich nun auch schon Dutzende weißer Fliegen, eine mit Blattläusen verwandte Gewächshausmottenschildlaus, die mir gleichfalls meine Ernte streitig machen wollte. Auf den Tomaten tolerierte ich sie noch, die standen ohnedies schon kurz vor ihrer Übersiedlung auf den Kompost, aber den Kohl wollte ich selbst essen.

»Mit mir nicht«, murmelte ich und gab zur Stärkung der Pflanzen noch eine Handvoll Hornspäne und etwas Hühnermist in die Erde.

Fehlten nur noch die effektiven Mikroorganismen, mit denen ich schwächliche Blätter, Früchte und Wurzeln regelmäßig behandelte, um sie zu kräftigen. Was so gut wie immer funktionierte. Vielleicht sollte ich mein schwächelndes Bindegewebe an den Oberschenkeln auch mal damit besprühen.

Leider hatte Berta ihre Bestände bereits geleert, ich hatte sie gestern noch danach gefragt, und Vincent um einen Taxidienst zum dreißig Kilometer entfernten Lagerhaus zu bitten schien mir auch nicht angebracht. Der Junge hatte gestern lange genug im Auto gesessen – sollte er sich heute ausruhen, statt seine Tante in der Gegend herumzukutschieren.

Doch woher nehmen, wenn nicht stehlen? Da fielen mir die neuen Nachbarn ein. Im Schuppen der Edelsbrunners hatte doch eine Flasche davon gestanden. Und der faserschmeichlerische Armin hatte doch explizit was von gegenseitiger Nachbarschaftshilfe gefaselt. Rasch suchte ich einen opulenten Blumenstrauß zusammen, griff mir noch ein Glas Rotweinfeigenmarmelade aus der Speisekammer und tauschte die Gummistiefel gegen meine Straßenschuhe. Dann begab ich mich nach drüben.

Das Gartentor stand offen, was mich allerdings nicht überraschte, denn bei den Edelsbrunners gingen bestimmt noch etliche Handwerker ein und aus. Ich drückte ein paarmal den Klingelknopf, rief: »Hallo? Jemand zu Hause?«, warf einen Blick nach hinten in den Garten, der noch genauso aussah wie vor einigen Tagen, ging wieder zurück, klingelte erneut an der Haustür, und als wieder keine Reaktion erfolgte und sich nichts rührte, schlich ich mich einfach zum Schuppen, dessen Holztor nur angelehnt war, nahm die Flasche mit den Mikroorganismen vom Regal und schüttelte sie. Viel schien sich nicht mehr darin zu befinden, aber wenig war schließlich besser als nichts. Etwas weiter hinten, auf einer morschen Palette, stand ein Bataillon leerer Marmeladengläser, wie es sich meist in Häusern fand, deren Bewohner mit der Zeit zu gebrechlich für die eigenhändige Verarbeitung von Obst und Beeren geworden waren, aber dennoch an der Überzeugung festhielten, das ganze Zeugs irgendwann noch einmal brauchen zu können. Und manchmal, so wie jetzt, stimmte es ja wirklich.

Während ich auf Schritte oder das Geräusch eines nahenden Autos lauschte, füllte ich den Inhalt der EMO-Flasche eilig in ein leeres Marmeladenglas um. Sofern Armin Edelsbrunner die Flasche nicht schon in den nächsten Tagen benötigte, würde ihm nicht auffallen, dass sie nun leer war.

Dennoch trieb mich mein schlechtes Gewissen – immerhin hatte ich einen Diebstahl begangen, auch wenn dieser in die Kategorie Kleinstkriminalität fiel und ich das geleerte Behältnis bei nächster Gelegenheit wieder auffüllen würde – mit schnellen Schritten zurück auf meine sichere Seite, wo ich drei Esslöffel von diesem Stärkungstonikum für Pflanzen in eine Sprühflasche schüttete und mit Regenwasser verdünnte. Nun bekam mein vom Ungeziefer besiedeltes Gemüse eine weitere Dusche ab, während ich jedem Gewächs aufmunternde Worte zuflüsterte. Mit Pflanzen sollte man ja bekanntlich reden. Außer mit Basilikum, das wurde von den Süditalienern angebrüllt, damit es fleißig wuchs. Kräuter hatten zwar keine Ohren, um Lob oder Tadel des Gärtners zu verstehen, aber möglicherweise tat ihnen der CO_2-Ausstoß beim Reden und Schreien gut.

Nachdenklich arbeitete ich weiter. Als ich alles besprüht hatte, was ungewollte Mitbewohner auf sich sitzen hatte, goss ich die Reste der geklauten Mikroorganismen in die alte Zinkwanne. So hatte ich bei Bedarf gleich gutes Gießwasser zur Hand. Die nächste Dürreperiode kam bestimmt. Zuvor erschien allerdings Vincent mit seinem diebischen Hund und einem Buch in der Hand.

»So ein herrlicher Tag, da sollte man nicht in der Stube hocken, und sei sie noch so schön«, meinte er, bevor er sich auf einen Lehnstuhl fallen ließ und sein Buch aufschlug.

Dino schnüffelte derweil auf dem Rasen herum. Wenigstens neigte er nur zum Nahrungsmitteldiebstahl, nicht zu Erdbewegungsmanövern, denn Löcher gebuddelt hatte er bis heute netterweise nicht.

»Was liest du denn?«, fragte ich sein Herrchen.

»Eine Abhandlung über betrunkene Reispflanzen«, erhielt

ich zur Antwort. »Es gibt tatsächlich seriöse Versuche, dass Trunkenheit Nutzpflanzen um ein Vielfaches besser vor Austrocknung schützt als Nüchternheit.«

»Na, solange du nur darüber liest und in meinem Garten keinen Feldversuch startest …« Manchmal schlug auch die seriöse Wissenschaft seltsame Wege ein, aber die Vorstellung taumelnder Salatstauden oder grölender Löwenmäulchen erheiterte mich.

Ich beschloss, das herrliche Wetter gleichfalls auszunutzen und mich auf meiner Hollywoodschaukel dem angeblich so süßen Nichtstun hinzugeben, bis die letzte Feuchtigkeit von den Blättern verdunstet sein würde. Es war Zeit, an den Winter zu denken. Mit dem Absinken der Temperaturen stieg bekanntlich das Aufkommen von Erkältungsviren jeglicher Art, denen nur ein gutes Immunsystem Einhalt gebieten konnte. Und dabei half mir stets mein Tee aus Sonnenhut, Labkraut, einjährigem Beifuß, Zistrosen und Malven, die ich endlich sammeln sollte. Lindenblüten und Holunderblüten hatte ich für die perfekte Mischung schon vor Monaten angehäuft, aber ich benötigte noch weitere Kräuter, bevor es zu frieren begann.

Eine Weile erfreute ich mich an dem Gefühl wärmender Sonnenstrahlen auf meiner Haut, an den Vögeln, die nahezu frühlingshaft zwitscherten, und an dem vagen Hoffnungsschimmer, dass Berta mit ihrem Bauchgefühl richtiger liegen könnte als Fred mit seinen Karten.

Dann machte Dino meine Hoffnungen zunichte. Der kleine Hund hatte mit einer beachtlichen Ausdauer ein Tagpfauenauge gejagt und trottete nun hechelnd und schlapp auf die Terrasse zu, wo Vincent unverändert seine Abhandlung über berauschte Pflanzen las. Vor der alten Zinkwanne blieb der Hund stehen und stillte seinen Durst. Das Schlabbern und Schnaufen hörte sich irgendwie beruhigend an, dachte ich noch, wie ein leise vor sich hin blubbernder Bach. Dann musste ich eingeschlafen sein, denn zum zweiten Mal an diesem Tag rissen mich verstörende Geräusche aus meinen Träumen. Vincent brüllte, der Hund jaulte, die Vögel waren verstummt.

Entsetzt rappelte ich mich aus meiner bequemen Position hoch, um zu erkennen, was vor sich ging.

Mein Neffe kniete neben seinem Hund, der Schaum vor dem Maul hatte, lautstark röchelte und mit den Beinen um sich trat. Als ich die beiden erreichte, hob der Junge das zappelnde Tier gerade hoch und redete ihm beruhigend zu.

»Was ist mit ihm?«, fragte ich erschrocken, während Vincent zum Gartentor rannte.

»Tierarzt«, verstand ich. Und: »Vergiftet.« Dann heulte bereits der Motor auf.

Völlig verwirrt ging ich nach drinnen, um meinen Kopf klar zu bekommen. Dabei würde mir ein Schluck selbst angesetzter Wermut helfen. Normalerweise trank ich zwar kaum und so gut wie nie am helllichten Tag, aber mittlerweile zog sich mein Magen bereits beim Klang des Wortes »Gift« schmerzhaft zusammen.

Mit dem Glas in der Hand ging ich zu meinem Mann, der im Wohnzimmer auf dem Sofa lag und gebannt auf den Fernsehbildschirm starrte, wo sich alienartige Kreaturen mit flammenden Schwertern einen blutigen Kampf zu liefern schienen.

»Fred!«

Keine Reaktion.

»FRED!«

Schweigen. Nur aus dem Fernseher dröhnte es.

Ich musste mich direkt vor den Bildschirm stellen, damit er mich zur Kenntnis nahm, so gebannt verfolgte er das kriegerische Geschehen.

»Schon Essenszeit?«, fragte er.

Ich trat zu ihm, ergriff die Fernbedienung, beendete mit einem Knopfdruck den Kampf der Außerirdischen und schnitt ihm das Wort ab, bevor er protestieren konnte.

»Fred, es ist etwas passiert.« In holprigen, wahrscheinlich auch recht unzusammenhängenden Sätzen berichtete ich ihm von den beängstigenden Vorfällen im Garten.

Mit jedem Wort sah mein Mann etwas beunruhigter drein. »Ich habe es gewusst«, brummte er einige Male, dann stand er unvermittelt auf und ging in die Küche, aus der er eine Minute später mit einem großen Schöpflöffel zurückkehrte, den er wortlos in sein Aquarium tauchte.

»Hab einen«, stellte er kurz darauf fest. »Komm mit.«

Ich hatte zwar keine Ahnung, was er mit dem Goldfisch im Schöpflöffel wollte, doch er schien einen Plan zu haben, daher folgte ich ihm in den Garten und sah gerade noch, wie er den Fisch in die Zinkwanne warf.

Nun verstand ich. Wenn das Regenwasser in der Wanne tatsächlich schuld an Dinos Zustand war, dann musste auch der Fisch darauf reagieren. Und dann gäbe es nur eine einzige Erklärung für das tödliche Wasser: die Mikroorganismen von Armin Edelsbrunner. Sonst befanden sich keinerlei Schadstoffe in der Wanne, keine giftigen Blüten, kein Kaffeepulver, keine Kröten und keine Samenschoten von Ginster, Oleander oder Engelstrompete.

Schweigend betrachteten wir den kleinen Fisch, wie er flink seine Kreise zog. Zuerst schnell, dann langsamer, und nach einiger Zeit stellte er das Kreisen ganz ein und kippte reglos auf den Rücken. Das Wasser hatte ihn umgebracht.

»Oh Gott«, entfuhr es mir, dann gaben meine Knie nach.

Fred schleppte mich schnaufend zur Hollywoodschaukel, wo ich mich wie eine Hundertjährige auf die Kissen sinken ließ.

»Dann war es also doch die Ärztin?«, brachte ich mit schwacher Stimme hervor. Ich hatte die Frau ja von Anfang an verdächtigt.

»Warum sie?«, fragte Fred, der sich neben mich gesetzt hatte und tröstend meine Hand hielt.

»Weil offenbar nur er für die Gartenarbeit zuständig ist. Außerdem, hätte er das Gift in die Flasche mit den Mikroorganismen getan, würde er mir und Berta nicht angeboten haben, jederzeit gerne mit seinen Lagerbeständen auszuhelfen.«

»Pauline. Der Mann hat von Nachbarschaftshilfe gesprochen, nicht davon, einen Selbstbedienungsladen zu betreiben. Und mit deinen Verdächtigungen hast du etwas quergedacht.

Auch wenn er die Gartenarbeit erledigt, wird er wohl kaum aus einer Düngemittelflasche trinken. Wozu also hätte sie das Gift dort hineinkippen sollen?«

»Auch wieder wahr«, gestand ich ihm resigniert zu.

Mein Mann legte seine Stirn in Plissierfalten, so angestrengt dachte er nach. »Und von den Vorgängern, also den alten Hausbesitzern, kann das Zeug nicht stammen?«, meinte er dann.

Das wäre natürlich auch eine Erklärung, aber aus welchem Grund hätten sie das tun sollen? Fred wandte ein, dass man in dem Fall unbedingt in Erfahrung bringen müsse, ob effektive Mikroorganismen ein Ablaufdatum hätten. Wenn die schon jahrelang geöffnet im Schuppen standen, bei Frost und Hitze und Feuchtigkeit, könnten sie vielleicht auch nur schlecht geworden sein und natürliche Giftstoffe entwickelt haben? So wie altes Öl ranzig wurde oder Marmelade zu schimmeln begann.

Aber das konnte ich mir eigentlich nicht vorstellen. Bei EMOs handelte es sich ja um lebende Organismen, die in einem gewissen Alter vermutlich abstarben, aber deshalb doch kein Leichengift entwickelten.

Wir berieten noch, was nun am dringlichsten zu tun sei, als das Gartentor knallte und Berta über den Rasen auf uns zustürmte.

»Rückt zusammen«, herrschte sie uns an. »Ich muss mit euch reden.«

Die Haare standen ihr zu Berge und dicke Schweißtropfen im Gesicht. Sie musste den ganzen Weg hierher gelaufen sein, eine beachtliche Leistung für sie, selbst mit Barfußschuhen an den Füßen.

»Wir auch mit dir«, erwiderte ich und setzte mich auf, um ihr Platz zu machen.

Das Metallgestänge der Schaukel ächzte bedrohlich, als meine Freundin ihre Masse auf die Pölster plumpsen ließ. Kurz befürchtete ich bereits einen nahenden Herzinfarkt, so verzweifelt rang sie nach Luft, doch als ich aufstehen wollte, um ein Glas Wasser mit Weißdorntropfen zu holen, drückte sie mich resolut zurück auf die Schaukel.

»Ich weiß jetzt, wer der Mörder ist«, flüsterte sie und sah sich dabei um, als würde der Killer schon hinter uns stehen.

»Erzähl!«, raunten Fred und ich beinahe aus einem Mund.

Und was sie uns nun berichtete, ließ auch unsere Haare zu Berge stehen. Goldstück Toni, erzählte sie, war ja der Mann mit den besten Eigenschaften der Welt, zumindest bis auf eine. Er schnarchte. Und zwar ohrenbetäubend laut. Als würde er sich für eine Dampflok halten. Jedenfalls hatte er gestern Nacht bei ihr geschlafen und sie gegen drei Uhr morgens mit seinem Geschnarche aufgeweckt. Da er allerdings im Gegensatz zu ihr noch einer festen Arbeit nachging, wollte sie ihn nicht wach rütteln und war in den Garten geschlichen.

»Das Gewitter war bereits im Abklingen, die Luft herrlich frisch, und ich habe mich mit einer Decke unter den Feigenbaum gesetzt und die Sterne betrachtet.« Und auf einmal habe sie die Stimme von Armin Edelsbrunner vernommen. Ganz aus der Nähe.

»Er muss wohl bei der Hecke zwischen uns auf und ab spaziert sein. Und er hat ganz offensichtlich telefoniert, denn ich habe nur seine Stimme gehört.« Erneut blickte sie sich verstohlen um und sprach noch leiser weiter. »Er hat die ganze Zeit von einer rassigen Adele gesprochen, von geilen Ritten, heißen Stuten und dass diese Adele eine Königin der Nacht ist, für die er sein Leben gibt. Nichts auf der Welt ist ihm so wichtig wie sie.«

Und dass er wisse, mit ihr endlich das große Los gezogen zu haben, habe er auch noch gesagt. Nur hieß sein angetrautes Herzblatt definitiv nicht Adele.

»Also betrügt dieser Seelenklempner seine Frau, hält sich insgeheim eine geile Geliebte, und vielleicht weiß die Betrogene ja davon und ist deshalb immer so depressiv, obwohl sie ihn gleichzeitig anhimmelt«, schlussfolgerte ich, verstand den Zusammenhang mit den Morden allerdings nicht.

Mein Mann hingegen schüttelte den Kopf. »Ritte, Stuten, habe ich es nicht gesagt? Ein Pferd ist der Schlüssel zu allem.«

»Blödsinn«, warf ich ein, doch zu meiner völligen Überraschung nickte meine Freundin.

»Dein Mann hat recht«, wisperte sie. »In der Früh hat Toni verschlafen, da habe ich keine Gelegenheit mehr gehabt, mit ihm über mein nächtliches Erlebnis zu reden, aber vorhin hat er mich während seiner Mittagspause angerufen.«

»Ja und?« Ich saß mittlerweile wie auf Nadeln und gönnte Berta keine Verschnauf- und keine Erzählpause mehr.

»Toni hat einen alten Schulfreund, der sich mit Pferdewetten seine Existenz ruiniert hat und der ihn immer um Geld anpumpen will. Durch ihn weiß er, dass ein berühmtes Rennpferd Adele heißt. Die hat angeblich schon Dutzende wichtige Rennen gewonnen und befindet sich im Besitz einer Wettgemeinschaft.« An dieser Stelle brach sie ab und flehte mich um Wasser an. »Meine Kehle ist so ausgetrocknet, dass ich deine Regenwasserwanne austrinken könnte.«

»Auf gar keinen Fall«, bremste ich sie ein. »Ich hole dir schnell einen Saft.«

Als ich mit einem Krug meines Lieblingssommergetränks – einem Sirup aus Brennnesseln, Zitronenmelisse und Sanddorn – und drei Gläsern wieder nach draußen kam, hatte Fred meine Freundin bereits von dem vergifteten Wasser in Kenntnis gesetzt. Ich hörte gerade noch, wie sie »Das ist dann wohl eindeutig« sagte.

Dann leerte sie ihr Glas auf ex. »Schmeckt richtig gut, wenn mal keine Eiben, Thujen, Stechäpfel oder Mikroorganismen drin sind«, frotzelte sie und füllte ihr Glas noch einmal auf.

Wir hingen an ihren Lippen.

»Jetzt geht es wieder, kommen wir zu der Tragödie letztem Teil.« Erneut senkte sie die Stimme. »Anfangs habe ich mir gar nicht so viel dabei gedacht. Gut, der Mann ist ein Heuchler und Betrüger, spielt seiner Frau die große Liebe vor und hintergeht sie dann mit einem Pferd. Ich habe mich noch gefragt, ob das besser oder schlechter ist, als mit einer anderen Frau betrogen zu werden.« Sie trank ein drittes Glas aus und starrte einen Augenblick lang auf den toten Goldfisch in der Zinkwanne. »Nun ja, egal. Erst später, als ich im Garten ein paar Dahlien geschnitten habe, bin ich auf die Idee gekommen, Toni ein Foto von diesem falschen Fünfziger zu schicken und ihn zu bitten, seinen rennsportruinierten Freund mal zu fragen, ob er den Typen vielleicht kennt.«

Und er kannte ihn. Sogar recht gut. So erfuhren wir dank Bertas neuer Liebe, die offenbar wirklich mit Gott und der Welt verwandt oder zumindest bekannt war, dass der faserschmeichlerische Psychologe ein ganz übler Bursche war. Tonis Quelle beschrieb ihn als ausgemachten Lügenbaron mit hohen Spielschulden, etlichen Anzeigen wegen Betrugsverdachts, einem Hang zu notorischer Hochstapelei und dem Talent, ältliche Jungfern um ihr Geld zu bringen. Außerdem war er angeblich auch Teil der Wettgemeinschaft, in deren Besitz sich die Wunderstute befand, und damit nicht genug, munkelte man auch, dass er aus dem Salzburger Grenzland flüchten musste, weil er einigen konkurrierenden Pferden Gift in die Tränke getan hatte, um sie aus dem Rennen zu schlagen.

»Siehst du?« Die Brust meines Mannes schwoll förmlich an. Fehlte nur noch, dass er sich auch noch drauf trommelte wie ein Gorilla. »Die Karten haben es gewusst. Nur du wolltest mir nicht glauben.« Der Vorwurf in seiner Stimme war unüberhörbar. »Und ich habe dir auch von meinem Anruf beim Pferdezuchtverband erzählt. Dort haben sie mich ja explizit darüber aufgeklärt, dass die Gemeinsamkeit aller verwendeten Gifte darin liegt, dass sie äußerst schädliche Auswirkungen auf Pferde haben, andererseits aber gerade deshalb sehr beliebt bei Rosstäuschern waren.«

Jetzt redete er auch noch so geschwollen daher, fand ich.

»Sollst halt auch einmal recht haben«, gestand ich ihm konziliant zu. »Aber ohne Bertas gutes Gehör und Tonis großen Bekanntenkreis hätten wir weder Pferd noch Ritter gefunden und somit auch keinen Mörder.«

Und ich hatte eine falsche Spur verfolgt, was ich als persönliche Kränkung empfand. Zumindest auf mein kriminalistisches Gespür hatte ich mir immer viel eingebildet, doch diesmal hatte es mich ziemlich in die Irre geführt. Ich war zwar bis zur richtigen Hausnummer gelangt, doch bei meiner vermeintlichen

Täterin handelte es sich Bertas Erläuterungen zufolge wohl eher um ein zukünftiges Opfer. Obwohl die Frau sich am Tatort derart dubios verhalten hatte.

»Was fangen wir jetzt mit unserem Wissen an?«, fragte ich.

»Wir fangen den Mörder«, scherzte meine Freundin. »Dann kriegen wir vielleicht Kopfgeld oder das goldene Verdienstabzeichen von Oberdistelbrunn.«

»Untersteht euch!« Fred fauchte uns beinahe an. »Ich habe keine Lust auf ein Doppelbegräbnis oder eine Mörderjagd im eigenen Garten. Eine von euch ruft jetzt auf der Stelle diesen komischen Kommissar an. Der soll kommen und den Mann verhaften, bevor noch ein weiterer Mord passiert.«

»Aber wir haben keine Beweise«, wandte ich ein. »Nur die Flasche mit den giftigen Mikroorganismen, einen kranken Hund und eine hintergangene Ehefrau.«

»Aber ihr habt logische Schlussfolgerungen und jede Menge Hintergrundinformationen«, erwiderte mein Mann.

»Mit Logik brauchen wir dem Kommissar aber nicht zu kommen. Der ist doch seit Jahren schon hirntot. Haben seine Vorgesetzten nur noch nicht bemerkt«, ätzte Berta. Eine Einschätzung, die ich absolut teilte.

»Gut, ich werde versuchen, Inspektor Kapplhuber zu erreichen. Der ist zwar langsam zu Fuß, aber schneller beim Denken.«

Leider hob unser Dorfpolizist nicht ab. Ich versuchte es zuerst auf dem Revier, wo der Anrufbeantworter mich über die Öffnungszeiten informierte, danach auf seinem Handy, aber auch dort bekam ich nur zu hören, dass der Teilnehmer derzeit nicht erreichbar sei.

»Es ist kurz nach eins. Der sitzt garantiert daheim mit Muttern bei Tisch und mästet sein Feinkostgewölbe«, seufzte ich. »Was bedeutet, dass sein Vorgesetzter wohl anderswo unschuldige Menschen in den Wahnsinn treibt.«

»Und nun?«

»Abwarten, Nerventee trinken«, schlug ich vor, aber Berta lehnte dankend ab.

»Bei mir daheim stehen noch Kaffee und Kuchen auf dem Tisch, nur ist mir nach diesen Neuigkeiten der Appetit vergangen. Mir. Ich habe nicht mal den Zwetschkenstreuselkuchen aufgegessen, so fertig hat mich das gemacht. Ich meine, das ist unser Nachbar, nicht irgendwer von irgendwo. Ich will doch nicht täglich mein Gießwasser auf Giftstoffe analysieren lassen.«

Ein ziemlich beunruhigender Gedanke.

»Wir machen das jetzt so«, mischte mein Mann sich wieder ein. »Ich fahre zu Kapplhuber nach Hause, und ihr bleibt hier sitzen« – er wies mit der Hand auf die Kissen der Hollywoodschaukel – »und zwar genau hier, und rührt euch nicht von der Stelle. Wenn ihr die Edelsbrunners seht, geht ins Haus, nehmt einen Schürhaken oder den Schnitzelklopfer und sperrt euch ein.«

Einen Moment lang spielte mir mein Kopfkino Berta mit dem Schnitzelklopfer vor. Ein irgendwie stimmiges Bild.

»Sollte nicht lieber ich zum Inspektor fahren?«, wandte ich mich an meinen aufgeregten Mann. »Ich habe vielleicht mehr Übung beim Radfahren. Du könntest stürzen und dich verletzen.«

Fred sah mich verdutzt an. »Doch nicht mit dem Fahrrad. Mit dem neuen Gemeindetaxi, das einen angeblich um nur zwei Euro fünfzig von hier nach dort bringt.«

»Seit wann haben wir ein Gemeindetaxi?« Davon hatte ich noch nie gehört.

»Doch, doch, haben wir tatsächlich. Seit etwa einem Monat fährt der alte Miesbichler mit einem Kleinbus herum, um arthritischen Senioren zu einer besseren Mobilität zu verhelfen. So stand es zumindest in den Gemeindenachrichten«, bestätigte Berta.

»Du liest die Gemeindenachrichten?« Diese Werbebroschüre für den Bürgermeister landete bei mir meist auf direktem Weg im Altpapier.

Meine Freundin nickte. »Aber sicher. Sonst wüsste ich nie, wann ich die Restmülltonne rausstellen soll oder den Gelben

Sack. Und das Foto vom Edelsbrunner habe ich auch von dort. Aus der Rubrik mit den Todesfällen, Geburten und neuen Gemeindemitgliedern.«

Ich hatte mich bereits gefragt, warum sie ein Bild dieses gemeingefährlichen Hochstaplers besaß.

»Mir hat es der Inspektor gesagt, als ich damals zu Fuß auf sein Revier gelatscht bin, was mich ziemlich geärgert hat«, sagte Fred. »Jedenfalls rufe ich das jetzt an.« Er ging ins Haus zu unserem Festnetzanschluss.

Kaum war er außer Hörweite, wechselten wir das Thema.

»Denkst du, seine Frau schwebt in Gefahr?«, meinte Berta.

»Möglich. Wenn er auch an ihr Vermögen will. Und arm scheint sie mir nicht zu sein.« Bobo schien mit ihrer anfänglichen Vermutung, dass der Mann seine Viola nicht ins Bett, sondern auf die Bahre bekommen wollte, richtiggelegen zu haben.

»Doch warum hat er die Mikroorganismen vergiftet? Seine Frau heißt zwar Viola, aber einer Blume gleicht sie definitiv nicht.«

Fragen über Fragen.

»Wir sollten sie dennoch in Sicherheit bringen«, sagte meine Freundin gerade, als Fred wieder auf die Terrasse trat.

»Ich fahre jetzt gleich. Und ihr zwei wisst, was ihr zu tun habt.« Dann schaute er Berta direkt in die Augen. »Wenn dir etwas passiert, würde dein Toni mir das nie verzeihen, denk dran.«

Kurz darauf hielt ein alter dunkelblauer Bus vor unserem Gartentor, und mein Mann stieg ein.

»Wir könnten sie mit irgendeinem Vorwand außer Haus locken«, nahm Berta ihren Gedanken wieder auf.

»Die sind nicht daheim. Zumindest waren sie es vor einer Stunde nicht. Vielleicht sind sie wohin essen gefahren, ihr Auto hat auch gefehlt.«

»Dann sollten wir an unseren Mangel an Beweisen denken«, setzte Berta mir einen teuflischen Floh ins Ohr. »Hätten wir etwas in der Hand, könnten wir diesem Oberschlaumeier von

Hartmann mal zeigen, was wir alten Weiber noch draufhaben außer Socken stricken.«

»Klingt gefährlich«, gab ich zu bedenken.

»Ich nehme das Nudelholz mit«, grinste Berta.

Ihr Wille, dem Kommissar eins auszuwischen, schien schwerer zu wiegen als ihre Angst vor unserem benachbarten Mörder. Mir war zwar etwas unwohl bei der Sache, doch als Feigling mochte ich nicht dastehen. Meine chronische Schwarzseherei hatte mich im Leben bereits vieler Chancen beraubt, weil mir der Mut gefehlt hatte, aus Furcht vor negativen Konsequenzen etwas draufgängerischer zu sein, was ich danach meist monatelang bereut hatte. Diesmal beschloss ich, meine Bedenken einfach über Bord zu werfen. Was sollte schon passieren? Wir waren zu zweit, würden garantiert keine Getränke annehmen, und meine Freundin war dem mutmaßlichen Mörder kräftemäßig bestimmt weitaus überlegen. Sie hatte eine Statur wie ein Sumoringer, er glich eher einem Fliegenfischer.

Also brachen wir eine Minute später zu unserer geheimen Schnüffelmission auf. Berta hatte das Nudelholz mitgenommen, ich trug den Fleischklopfer bei mir. Derart bewaffnet schlichen wir uns auf den benachbarten Hof. Ich rief ein paarmal »Hallo«, sie klingelte erst und klopfte zusätzlich mit geballter Faust mehrmals an die Tür. Dann warteten wir ab, doch nichts rührte sich. Auch keine Gardine hinter einem der oberen Fenster, wie man es in Filmen gerne sah.

»Freie Bahn, würde ich sagen«, meinte meine Komplizin. »Die Haustür ist allerdings verschlossen.«

Damit hatte ich natürlich gerechnet. Auch bei uns auf dem Land schloss man seine Tür ab, wenn man nicht zu Hause war, wenngleich weniger aus Angst vor Dieben, sondern eher wegen der Neugierde der Nachbarn.

»Macht nichts«, fand ich. »Im Haus wird er keine belastenden Dinge verstecken. Die könnte ja seine Frau finden. Oder ein Handwerker, der nach dem Haupthahn fürs Wasser sucht oder Stromleitungen freilegen muss.« Ich dachte kurz nach. »Der einzige Ort, wo weder Handwerker noch seine Gattin hinkommen, ist vermutlich der Gartenschuppen. Der ist riesig, voller Krempel, und zur Not könnte man darin einen Elefanten verstecken.«

Wir hatten noch gar nicht lange im Dämmerlicht zwischen Spinnweben und Staubwolken gewühlt, als Berta rief: »Ich glaub, ich hab was.«

Und eine mir wohlbekannte Stimme erwiderte: »Ich auch.«

Dann spürte ich die kalte Klinge eines Messers an meinem Hals.

***

Die Sekunden, die ich benötigte, um den tödlichen Ernst der Situation zu begreifen, fühlten sich länger an als die Sekunden, die der Mörder brauchte, um auch Berta in seine Gewalt zu bringen. Als sie sah, dass er drohte, mir den Hals durchzuschneiden, sollte sie auch nur eine falsche Bewegung machen, ließ sie das Nudelholz fallen und gab jeden Widerstand auf.

Das Messer bohrte sich schmerzhaft in meine Haut, als Armin Edelsbrunner uns quer über den Garten bis zum Keller dirigierte, wo er uns eine steile Treppe hinunterzwang.

»Dort rein«, fauchte er, das Messer noch ein wenig fester an meinem Hals.

Ich spürte, wie die Klinge meine Haut durchdrang und Blut an mir herabrann. Berta stolperte panisch in den dunklen, stickigen und fensterlosen Raum, mich warf dieses Scheusal wie einen Sack Kohlen hinterher. Dann fiel die Tür ins Schloss.

»Dieses Arschloch«, fluchte meine Freundin.

Ich war den Tränen nahe und tastete vorsichtig an meinem Hals herum. Die Schnitte schienen nicht tief zu sein, aber sie bluteten dennoch stark.

»Wo sind wir?«, flüsterte ich.

»In der Scheiße«, erwiderte Berta. »Hast du dein Handy dabei?«

Verneinend schüttelte ich den Kopf, bis mir auffiel, dass sie das in der absoluten Finsternis ringsum nicht sehen konnte.

»Nein«, murmelte ich verzagt.

Sollten wir entgegen meinen Befürchtungen nicht hier an Ort und Stelle sterben, würde mich wohl mein Mann umbringen, weil wir uns so unsäglich dumm verhalten hatten. Wie hatte ich nur glauben können, dass jemand, der bereits das Leben von zwei Menschen auf dem Gewissen hatte, durch beschwichtigende Worte oder ein Nudelholz zu bezwingen war, sollte es auf eine offene Konfrontation hinauslaufen?

Leider hatten wir keinen Plan B. Zumindest keinen hilfreichen. Berta schrie eine Zeit lang um Hilfe, ich tastete mich an der Wand entlang, um den Raum zu erkunden. Beides brachte nichts. Wir befanden uns offenbar in einer Art Technikraum, denn an den Mauern liefen Dutzende Rohre entlang, und eine Seite wurde zur Gänze von großen Kesseln eingenommen. Einer davon begann in diesem Moment zu vibrieren, wobei er ein sanftes Brummen von sich gab.

»Scheiße«, stellte Berta erneut fest. »Der hat die Heizung eingeschaltet. Das klingt nach Wärmepumpe.«

Die Vorbesitzer, ein nettes, umweltbewusstes und recht betuchtes Ehepaar, hatten vor Jahren noch auf Erdwärme umgestellt, fiel mir nun ein. Und obwohl ich keine Ahnung von deren Funktionsweise hatte, glaubte ich, mich zu erinnern, dass Pumpenräume meist schallgedämmt waren.

»Der will uns räuchern«, zischte meine Leidensgenossin. »Statt dem Nudelholz hätte ich was zu trinken mitnehmen sollen. Ich habe schon wieder solchen Durst.«

Und ich verspürte einen schlimmen Druck auf der Blase wie stets, wenn ich sehr angespannt war.

»Mein Mann wird uns finden«, sagte ich.

Fred fand zwar nicht mal die Butter im Kühlschrank, aber nachdem er uns explizites Ausgehverbot auferlegt hatte, würde er unsere Abwesenheit vermutlich richtig zu deuten wissen, wenn er von seinem Besuch beim Inspektor zurückkam. Ich konnte nur hoffen, dass Kapplhubers Mutter keinen Kuchen im Haus hatte, den sie meinem Mann mitsamt Kaffee servierte. Isolde Kapplhuber war ausgesprochen gastfreundlich und Fred ebenso verfressen.

»Was hast du im Schuppen eigentlich gefunden?«, fragte ich, um uns auf andere Gedanken zu bringen.

»Rennzeitschriften. Hinter ein paar Säcken mit Biokompost und Hornspänen ist ein ganzer Stapel davon gelegen. Ohne ein einziges Staubkorn drauf.«

»Was sein Doppelleben beweist, aber immer noch keinen Mord.« An seiner Täterschaft hatte ich zwar keinen Zweifel, aber ich sah einfach kein Motiv.

»Vielleicht haben ihn die beiden Männer im Resort auch erkannt. Dieser Fahrer hat ja in ganz Österreich ausgeliefert, da kann er ihm anderswo schon über den Weg gelaufen sein«, mutmaßte Berta.

Das war natürlich eine Möglichkeit. Ob wir die Identität des zweiten Opfers noch erfahren oder zuvor sterben würden, wagte ich mich allerdings nicht zu fragen. Es war bereits unerträglich heiß im Raum.

»Ich wollte dem Toni heute Abend einen faschierten Braten machen, den mag er so gerne«, seufzte meine Freundin, die Hitze weniger vertrug als ich.

»Bis dahin sind wir längst wieder daheim«, erwiderte ich, ohne selbst daran zu glauben. »Fred muss jeden Moment hier sein.«

»Selbst wenn dein Mann sich mit dem gesamten Kaminbesteck bewaffnet oder eine Axt mitnimmt, falls ihr so was besitzt, wird er gegen diesen Irren kaum Chancen haben.«

Schon schlimm genug, dass meiner Freundin der Optimismus abhandengekommen schien, hatte sie mit ihrer Vermutung wahrscheinlich recht.

»Vielleicht ist er nicht mehr zu Hause«, hielt ich dagegen. »Und Fred kommt bestimmt nicht alleine, sondern garantiert in Begleitung Kapplhubers, und der hat auf jeden Fall eine Pistole.«

Deren Abzug vermutlich eingerostet war, denn die Oberdistelbrunner Kleinkriminalität hatte bis heute keinen Waffeneinsatz erfordert.

Aber diese Überlegung behielt ich für mich.

Stattdessen stellte ich mir meinen Mann vor, wie er in Sekundenschnelle den Ernst der Lage erkannte, sich unbemerkt und auf leisen Sohlen hinter das Haus schlich, allein durch die Kraft meiner Gedanken auf direktem Weg zum Heizkeller gelangte und die schwere Brandschutztür mit einem Schwung aufzog, während ihm der Inspektor mit gezogener Waffe den Rücken freihielt.

Neben Kursen für Trockenblumengestecke, Filethäkelei und Italienisch für den Urlaub sollte die Volkshochschule mal Telepathie für Ehepaare in ihr Programm aufnehmen, kam es mir in den Sinn.

Mit maximaler Konzentration fokussierte ich mich auf Fred, malte mir vor meinem inneren Auge jedes Detail seiner Erscheinung aus, drückte mir vor Anstrengung fast die Daumen ab und wagte kaum, zu atmen, um die Übertragung energetischer Schwingungen nicht zu behindern, während Berta in Endlosschleife »Verdammte Hitze« murmelte und dass sie dann doch lieber Basen fasten würde, als hier ihre Fettzellen zu verbrennen.

Dann geschah es. Mein Wille geschah. Ein beinahe göttliches Gefühl. Es machte sich eindeutig jemand am Schloss zu schaffen, das Kratzen und Schaben auf Metall war deutlich zu hören.

»Fred«, seufzte ich erleichtert, als die schwere Tür langsam aufschwang.

Doch es war nicht mein Mann, der sie geöffnet hatte.

***

Im von der Stiegenbeleuchtung diffus erhellten Türrahmen stand ein Ungeheuer. Mit einem riesigen, tiefschwarzen Schädel, suppentellergroßen, glänzenden Augen, dunklen Flügeln und gelben Krallen ähnelte es einem gigantischen Insekt mit dem Kopf von Darth Vader. Nur ohne Fühler und Lichtschwert.

»Raus da, kommt mit«, zischte es mit einer fast außerirdischen Stimme.

Im Dämmerlicht, das nun in unser Gefängnis fiel, sah ich, wie Berta angriffsbereit die Fäuste ballte. Das Fabelwesen griff allerdings nicht an, sondern machte mit einem knisternden Geräusch auf dem Absatz kehrt und stieg mit seltsam ungelenken Schritten die Treppe empor.

Wir schlichen in sicherem Abstand hinterdrein. Die Halloweengestalt stapfte schwerfällig wie Frankenstein bis zu einer kleinen, offen stehenden Tür, hinter der sich ein gesonderter Aufgang zu den Wohnräumen befand. Ich erkannte die dunkle Schrankwand, die im Flur stand, daneben die Pendeluhr und dahinter den Eingang zum Wohnzimmer. Dort angelangt, ließ unser Retter sich auf das Sofa fallen, während wir fluchtbereit an der Türschwelle verharrten.

Das Insekt, dass bei Tageslicht doch eher einem für Halloween verkleideten Menschen glich, zog die gelben Handschuhe aus, schleuderte die Gummistiefel von sich, warf den knisternden Regenüberwurf zu Boden und nahm zum Schluss seinen Darth-Vader-Kopf ab. Übrig blieb Elsbeth. Unsere Betschwester hatte uns gerettet.

»Dem Himmel sei Dank«, krächzte sie. Dann rief sie mit heiserer Stimme: »Ich hab sie gefunden.«

»Aber wie?«, stammelte meine Freundin.

»Ein Fingerzeig Gottes?«, fragte ich.

Doch unsere Retterin deutete nur auf die Schuhe meiner Freundin. »Nein, eher ein Fußtritt Bertas.«

Dann erklärte sie uns, dass sie die Ärztin erneut in der Kirche erblickt und daher beschlossen hatte, der armen Sünderin ein weiteres Mal ins Gewissen zu reden. Auf ihr Klingeln hatte allerdings niemand geöffnet, daher beschloss sie, uns einen kurzen Besuch abzustatten. Bei Berta sei allerdings auch niemand zu Hause gewesen, obwohl auf dem Gartentisch ein halb gegessenes Stück Streuselkuchen gestanden hatte, was sie ziemlich alarmierte.

»Ich dachte, man hätte dich entführt«, berichtete sie mit

kratzender Stimme. »Wenn du deinen Kuchen nicht aufisst, muss man sich ja Sorgen machen.«

Danach war sie zu mir gegangen, wo sie auf meinen Mann, den Inspektor und Vincent mit seinem Hund im Arm gestoßen war.

»Die waren alle so aufgebracht, dass ich erst gar nicht verstanden habe, was Sache ist.« Sie räusperte sich mehrmals, das Sprechen schien ihr schwerzufallen, dennoch erzählte sie weiter, wie sie dem Inspektor und Vincent hierhergefolgt war, um sich bei der Suche nach uns zu beteiligen.

Im selben Moment tauchten auch die beiden im Wohnzimmer auf.

»Vincent?« Die Anwesenheit meines Neffen überraschte mich. »Was ist mit dem Hund? Solltest du nicht bei ihm bleiben? Und wo ist mein Mann?«

Mein Neffe grinste. »Der Onkel ist bei Dino geblieben. Er hat gemeint, dass er nicht nach dir suchen könne, denn wenn er dich fände, müsste er dir den Kopf abreißen, so leid es ihm täte.«

Berta und ich blickten schuldbewusst zu Boden, der Inspektor starrte Elsbeth an.

»Wo haben Sie die zwei gefunden? Und wie?«

Man sah ihm an, dass er der schmächtigen Vorsitzenden des Pfarrgemeindeausschusses niemals eine derartige Leistung zugetraut hätte. Unter ständigem Husten berichtete sie von den unverkennbaren Fußabdrücken, die Bertas Barfußschuhe auf der feuchten Erde der frisch angelegten Beete hinterlassen hatten. Dank ihrem Gewicht hatten sich die Spuren tief in den Boden eingegraben. Auf dem gepflasterten Wegbereich hatte sie zwar keine mehr gesehen, aber es genügte ihr als Beweis, dass sie vor Kurzem hier gewesen sein musste. Schließlich hatte es erst in der Nacht geregnet. Sie hatte auch die Tür gefunden, durch die man vom Garten aus in den Keller gelangte, aber die war mit einem Vorhängeschloss gesichert gewesen, daher hatte sie drinnen im Haus weitergesucht, wo ihr die warmen Heizkörper aufgefallen waren.

»Das war schon recht ungewöhnlich, denn die Viola hat ein paarmal erwähnt, wie gern sie die Kühle in der Kirche hatte. Die mochte keine Hitze.«

Und da mein Neffe und der Inspektor im Obergeschoss Ausschau hielten, war sie in den Keller gegangen.

»Aber warum in aller Welt diese furchterregende Verkleidung?«, wollte Berta wissen. »Mich hat fast der Schlag getroffen, als du die Tür geöffnet hast.«

»Ein alter Keller ist ein Paradies für Keime, Bakterien und Sporen. Ich fange mir doch keine Schimmelpilze ein, so was kann tödlich sein. Und vor Spinnweben graut mir ganz fürchterlich. Allein die Vorstellung, ich könnte so was in meine Haare kriegen …«

Sie schüttelte sich vor Ekel. Also hatte sie sich einfach die Arbeitskleidung übergezogen, die im Flur an der Garderobe hing, Gummistiefel, die ihr viel zu groß waren, Arbeitshandschuhe, einen Regenponcho, und anschließend noch den Schweißhelm aufgesetzt.

»Ich bring mich doch wegen euch nicht in Lebensgefahr«, meinte sie verwundert.

Diese schmächtige Frau war allein und unbewaffnet in den finsteren Keller gestiegen, im Haus eines Doppelmörders, der hinter jeder Tür hätte lauern können, und ihre Angst galt Spinnweben. Fiel das nun unter grenzenlose Dummheit oder grenzenloses Gottvertrauen?, fragte ich mich insgeheim.

Aber sie hatte uns gerettet, und dafür würden wir ihr immer dankbar sein.

»Wo ist eigentlich der Hausherr?«, erkundigte sich Berta, als wir bereits erleichtert auf dem Weg nach draußen waren.

»Zur Fahndung ausgeschrieben«, antwortete Kapplhuber. »Ich muss jetzt auch los, seine Frau könnte in großer Gefahr sein.«

»Nie hätte ich das von diesem Menschen gedacht. Wo er doch so ein toller Mann ist«, seufzte unsere Heldin, kaum standen wir im Freien. Ich wartete noch auf ein passendes Bibelzitat, doch es kam nicht. Derart profane Gefühle hatten offenbar keine biblische Entsprechung. Mit einer festen Umarmung bedankten wir uns bei ihr, dann ging jeder seines Weges.

»Siehst du, geht sich der faschierte Braten doch noch aus«, rief ich Berta nach und pries in Gedanken ihre lebensrettende Schuhwahl.

»Und was ist nun mit dem Hund?«, wandte ich mich an Vincent.

»Der wird wieder. Aber ich an deiner Stelle würde mir den Schweißhelm holen, Onkel Fred kannst du heute nicht einmal mehr mit einem Wannenbad in Schokocreme beruhigen. Der hat nur noch ›Ich bring sie um‹ gefaucht.«

***

Einen Tag später war ich immer noch am Leben, aber mein Mann hatte beinahe einen Herzinfarkt riskiert, so aufgebracht war er gewesen. Noch so eine Miss-Marple-Aktion, und er würde mir eine Fußfessel verpassen, hatte er mir gedroht, demonstrativ auf Eispalatschinken und Mohnnudeln verzichtet und sich mit Polster und Decke ins Wohnzimmer verzogen, wo er sich schlafend stellte, sobald ich in seine Nähe kam.

Dabei bereute ich es wirklich, ihm solche Sorgen bereitet zu haben. Diesmal hatten wir unsere Frauenpower wohl etwas überschätzt, aber letztlich war alles gut ausgegangen. Zumindest für uns.

Nur vom Täter und seiner Frau fehlte immer noch jede Spur. Erst am späten Nachmittag schneite uns Inspektor Kapplhuber mit den neuesten Entwicklungen ins Haus. Eine Aura schicksalhaften Scheiterns umwehte ihn, während er uns wissen ließ, dass man Edelsbrunner gestellt hatte, aber seine Frau nicht bei ihm gewesen war.

»Hat er sie umgebracht?«, fragte ich.

»Konnte sie fliehen?«, wollte Fred wissen.

Um bei diesem brisanten Gespräch mitreden zu können, hatte er vorübergehend seine Ausweichmanöver mir gegenüber einstellen müssen. Nun saßen wir in trauter Dreisamkeit – Vincent hatte sein Studium in der Stadt wieder aufgenommen – um den Küchentisch.

»Wir wissen es nicht«, meinte Kapplhuber verdrossen. »Der Mann hat nur den Angriff auf Sie gestanden und den Rest seiner Frau in die Schuhe geschoben. Selbst der Kommissar hat sich an seinem Schweigen bisher die Zähne ausgebissen.«

»Also hat er nicht gesungen«, stellte ich enttäuscht fest.

»Nein, überhaupt nicht. Eher gekrächzt wie ein alter Rabe.«

»Und was macht Hartmann jetzt?«, erkundigte sich mein Mann.

»Einen ziemlich verschnupften Eindruck«, antwortete unser Dorfpolizist und wandte sich an mich. »Er hat gemeint, ich soll Sie ordentlich in die Zange nehmen, dann fällt Ihnen sicher noch was Nützliches ein. Irgendein Detail, ein Wort, was Wichtiges, aus dem wir schließen können, was der Mann mit seiner Frau gemacht haben könnte und wo sie sich jetzt befindet.«

Ich wiederholte erneut, dass dieser Alptraummann gar nichts gesagt hatte, während er uns in sein Kellerverlies getrieben hatte. Und mehr würde mir auch unter Folter nicht einfallen.

Doch dann fiel mir etwas auf. Eine seltsame Koinzidenz. Der Inspektor stand bereits mit einem Fuß im Freien, als ich ihn zurückrief.

»Wie haben Sie das mit ›verschnupft‹ eigentlich gemeint? Wollten Sie damit sagen, dass er mies drauf war, so wie meistens, oder hatte er irgendwelche Erkältungssymptome?«

»Den hat's wirklich erwischt. Nachdem er den Mann gefasst und gemeinsam mit der Spurensicherung stundenlang dessen Auto untersucht hat, ist er mit knallroten Augen, einer rinnenden Nase, Hustenanfällen und einer Mordswut im Bauch aufs Revier gekommen und hat mich zur Sau gemacht, weil ich in Seelenruhe daheim meine Krautfleckerln gegessen habe, während Sie sich in Lebensgefahr befunden haben.«

»Aber wie hätten Sie das wissen sollen?«, meinte Fred.

»Er hätte sein Diensthandy abheben müssen«, sagte ich.

Kapplhofer nickte schuldbewusst.

Seine Miene hellte sich erst auf, als ich ihm meine Überlegung schilderte. Elsbeth hatte sich nach unserer Befreiung angehört wie ein löchriger Blechkanister, Edelsbrunner seinen Angaben zufolge wie ein krächzender Rabe und der Kommissar schwer verschnupft. Das könnte an einem blitzartig zupackenden Virus liegen oder aber an einer Allergie. Nun gab es im Herbst keinen großen Pollenflug mehr, sah man vom beifußblättrigen Traubenkraut ab. Ragweed, die wohl atemberaubendste Pflanze der Welt, blühte gerade jetzt und konnte bei sensiblen Menschen einen üblen Herbstkatarrh auslösen. Mit genau diesen Symptomen.

»Und es gibt nur eine einzige Stelle rund um Oberdistelbrunn, wo dieses teuflische Kraut in riesigen Mengen vorkommt«, beendete ich meine Schlussfolgerungen. »Auf dem Acker hinter dem aufgelassenen Friedhof. Dort, wo früher dieser chemielastige Versuchsanbau von irgendeinem Supermais war. Und wo es immer Überschwemmungen gibt.«

»Aber Hartmann ist nie dort gewesen und die Frau Schönborn auch nicht«, wandte der Inspektor ein.

Doch Elsbeth hatte Armins Arbeitskleidung getragen und der Kommissar seine Nase vermutlich ganz tief in die Sitzbezüge des Wagens gesteckt, was bei einer Milliarde Pollen pro Pflanze mehr als ausreichend für einen heftigen Allergieschub war.

»Dann sollte ich darüber wohl Bericht erstatten«, meinte Kapplhuber, dessen Sympathie für seinen Vorgesetzten wie bei mir mit dem Quadrat der Entfernung wuchs.

»Oder wir machen einen netten Ausflug, mit Bertas Auto, eine vorgetäuschte Fahrt ins Blaue, und Sie überraschen Hartmann mit Ihrer Beute.« Ich blickte auf die Uhr, es war sechs Uhr siebzehn, also eindeutig nach Dienstschluss.

Fünf Minuten später saßen wir mit meiner Freundin, Fred, der uns keinesfalls mehr aus den Augen lassen wollte, und dem Inspektor in Bertas Wagen. Eine Viertelstunde später hatten wir unser Ziel, den aufgelassenen Friedhof, erreicht, und kurz vor sieben entdeckten wir Viola Edelsbrunner, die mit gefesselten Händen und Füßen in einem kleinen Tümpel lag, der unter einem dichten Dach aus Trauerweiden, Schwarzerlen und Eschen verborgen war, weshalb ihn keine Drohne aufgezeichnet hatte.

Die Frau schien mausetot zu sein, doch als ich nach ihrem Puls fühlte, bemerkte ich ein kaum spürbares Pochen.

»Sie lebt noch«, sagte ich.

Kurz darauf, Hartmann und der Notarzt waren bereits verständigt, schlug die Ärztin kurz die Augen auf und flüsterte: »Armin.«

Nur dieses Wort. Ob als Abgesang auf die große Liebe ihres Lebens oder als Hinweis auf ihren Mörder, erfuhren wir nie.

***

Die Sonne stand bereits hoch am Himmel, als ich am nächsten Morgen aus einem tiefen und traumlosen Schlaf erwachte. So ausgeruht hatte ich mich schon seit Langem nicht mehr gefühlt. Und das, obwohl ich vor zwei Tagen erst gedacht hatte, am Ende meines Lebens angekommen zu sein. Wenigstens wäre ich nicht alleine gestorben, denn meine treue Berta hätte mir Gesellschaft geleistet. Oder ich ihr.

Energiegeladen, als wäre ich in einen Jungbrunnen gefallen, trabte ich ins Bad, um mich für den neuen Tag zu erfrischen. Statt der üblichen morgendlichen Dusche beschloss ich, mir ausnahmsweise ein ausgedehntes Wannenbad zu gönnen. Ich hatte Zeit, nichts zu tun, und die Mörderjagd war gleichfalls zu Ende, auch wenn wir noch nichts über die Motive dieser Verbrechen erfahren hatten. Viola Edelsbrunner lag in kritischem, aber nicht mehr ganz lebensbedrohlichem Zustand im Krankenhaus, und ihr Mann befand sich fernab von hier in Untersuchungshaft. Gestanden hatte er bislang allerdings nicht. Wir wussten nur, dass er auch seine Gattin mit einem giftigen Trunk aus Stechapfelsamen ruhiggestellt hatte. Früher hatten findige Bordellbetreiber diese Hexenpflanze ja benutzt, um sie in Form von K.o.-Tropfen unwilligen Mädchen zu verabreichen, damit sie diese dann problemlos an zahlungskräftige Freier weiterreichen konnten. Und Armin Edelsbrunner wollte seine Gattin wohl den Armen des Thanatos übergeben, wobei ich nicht verstand, weshalb er die Frau nicht gleich an Ort und Stelle getötet hatte. Ein gewisses Restrisiko konnte bei Giftmorden nicht ausgeschlossen werden, manch einer war schon vom Totenbett auferstanden, während andere durch eine bittere Zucchini verstarben. Dank Emma wussten wir zumindest, dass Viola einen Teil des Getränks erbrochen und der vermeintliche Traummann ihr mit einem dicken Streifen Heftpflaster den Mund verschlossen hatte, dabei aber nicht bedacht hatte, dass sich die Gummierung im Wasser lösen würde. Und genau das war geschehen.

Tiefenentspannt goss ich etwas vom guten, kalt gepressten Olivenöl ins Badewasser, ein Wundermittel bei trockener Haut wie meiner. Wenn ich mich nicht regelmäßig einölte, flogen mir die Schuppen richtiggehend um die Ohren. Aber heute war der perfekte Tag, um nicht nur meine Gefühle, sondern auch meine Haut zu glätten.

Dann musste ich wieder an Emma denken. Kaum hatte sie von den gestrigen Vorfällen erfahren, ereilte sie zu später Stunde noch ein spontaner Hexenschuss, mit dem sie sich keinesfalls in die Hände unseres ansässigen Landarztes begeben wollte, sondern erfolgreich darauf bestand, von ihrem Mann ins Krankenhaus zur Notambulanz gefahren zu werden. Dort herrschten die üblichen chaotischen Zustände, verbunden mit langen Wartezeiten und extremem Personalmangel. Unser Gesundheitssystem war halt selbst schon ziemlich krank. Jedenfalls vertrieb sie sich die Zeit damit, hinkend und stöhnend durch die Gänge zu eilen, bis sie den Zimmertrakt erreichte, wo die Ärztin lag. »Zufällig hatte ich eine ganze Sachertorte mit«, erklärte sie mir, als sie nach dem Hauptabendprogramm noch angerufen hatte. »Und die Nachtschwestern haben sich so darüber gefreut, dass sie mir vor lauter Dankbarkeit ein wenig über Violas Zustand verraten haben.« Sie habe sich allerdings der Einfachheit halber als Busenfreundin der Patientin ausgegeben, die vor lauter Sorge gar nicht mehr aufrecht gehen könne, so drücke sie der Gram nieder.

Nur gut, dass das Gewissen Emma nie niederdrückte, sonst müsste sie schon unter dem Teppich spazieren gehen.

Als die Wanne ausreichend gefüllt und das Wasser warm genug war, ließ ich mich mit einem zufriedenen Grunzen in die Fluten gleiten. Kurz musste ich dabei an die Ärztin denken, wie sie hilflos im Wasser gelegen hatte, aber dann verdrängte ich den Gedanken. Der Tragödie letzter Teil war zu Ende, der Alltag hatte uns wieder.

Fast freute ich mich auf die harmlosen Kleinigkeiten meiner unaufgeregten Existenz, die nur durch Ungezieferinvasionen im Garten, Freds Fresssucht und die üblichen Wehwehchen, die das Alter mit sich brachte, unterbrochen wurde. Von Mörderjagden hatte ich bis an mein Lebensende genug.

Friede, Freude, Eierkuchen – wenn's sein musste, auch Kaiserschmarren –, so würden die nächsten Tage beschaffen sein.

Doch das Schicksal hatte andere Pläne mit mir.

Als es mir endlich gelungen war, an nichts zu denken, in ein fast meditatives Nirwana vorgedrungen zu sein, flog die Tür auf, und mein Mann stand vor mir.

»Es ist schon wieder was geschehen«, seufzte er und reichte mir ein Handtuch. »Wir warten in der Küche auf dich.«

»Wer ist ›wir‹?«, rief ich ihm nach, aber er hörte mich nicht mehr.

Ich schlang mir das Badetuch um den Körper, da ich meine hautpflegende Ölschicht nicht abwischen wollte, zog den Morgenmantel darüber an und tapste verstört in die Küche.

Dort saßen Vincent und Alfred bei Tisch. Beide machten einen so schmerzhaft verkniffenen Eindruck, als hätten sie Zitronen im Mund und Hämorrhoiden am Allerwertesten.

»Was ist los?« Ich blickte unter den Tisch. Kein Hund, der mit seinem Stummelschwänzchen wedelte. »Wo ist Dino?«

Mein Mann und mein Neffe warfen sich einen Blick zu, den ich nicht zu deuten vermochte.

»Dino geht's den Umständen entsprechend ganz gut. Er ist wieder auf den Beinen, also den Pfoten, aber die Autofahrt hat ihn noch ziemlich angestrengt, und die Medikamente machen ihn müde. Ich habe ihn in meinem Zimmer eingesperrt, damit er sich ausruhen kann.«

»Warum bist du überhaupt hier? Solltest du nicht an der Uni sein und büffeln?«

Vincent nickte. »Ich bin abgehauen, schwänze sozusagen die Vorlesung. Die Düngemittelkunde unter besonderer Berücksichtigung kaliumhaltiger Substanzen kann warten.«

Ich wartete auch.

Fred studierte den Zuckerstreuer, als hätte er noch nie ein derartiges Objekt gesehen.

»Also, die Sache ist so«, begann er, wusste dann aber nicht weiter.

»Dieter-Dingsbums ist verschwunden«, beendete mein Neffe den Satz.

Es dauerte eine Weile, bis meine eben noch untätigen grauen Zellen diese Eröffnung verarbeitet hatten.

»Wie, verschwunden? Will er keinen Kontakt mehr zu dir? Geht er nicht mehr auf die Uni? Oder wurde er als vermisst gemeldet?«

Vincent schüttelte den Kopf. »Weder noch. Er ist einfach wie vom Erdboden verschluckt.«

Dann schwiegen sie wieder. Männern schien es tatsächlich schwerzufallen, komplexe Sachverhalte auf einen verständlichen Punkt zu bringen. Eine Redensart half jedenfalls nicht weiter, um mir eine genaue Vorstellung von Dieter-Theodors Verschwinden zu machen.

»Geht das auch detaillierter?«, fuhr ich ihn etwas zu unfreundlich an.

»Nun ja, es war so, dass ich nach seinem Geständnis noch ein paarmal mit ihm telefoniert habe. Dass ich ihn so ausgequetscht habe, hat mir ja doch irgendwie leidgetan. Und er mir im Grunde auch.« Also sei er mit ihm in losem Kontakt geblieben, und als das Pickelgesicht Probleme wegen einer anstehenden Biochemie-Prüfung angedeutet habe, habe mein Neffe sich bereit erklärt, ihm zu helfen.

»Ich war ja immer gut in diesem Fach, und deshalb haben wir vor ein paar Tagen zusammen gelernt. Und vorgestern hätten wir den Stoff noch einmal durchgehen wollen, aber er war nicht da.«

»Wo war er nicht?« Herr, lass Geduld vom Himmel regnen.

»In seinem Zimmer. Er wohnt ja in einem Studentenheim, gar nicht weit weg von mir, und sein Zimmerkollege hat gesagt, dass er ihn nach den Vormittagsvorlesungen nicht mehr gesehen hat.«

Zuerst habe sich mein Neffe nicht viel dabei gedacht, doch gestern sei er spontan noch einmal ins Heim gefahren, weil der Junge weder auf Anrufe noch auf SMS reagiert habe, und der Zimmerkollege habe ihm berichtet, dass er ihn seit über einem Tag nicht gesehen habe.

»Nicht mal in der Nacht?«

»Nicht mal in der Nacht.«

»Aber dieser Zimmerkollege, der muss sich doch Sorgen gemacht haben, wenn sein Kumpel einfach nicht mehr heimkommt.«

Wieder etwas, das ich nicht verstand. Als ich meine Lehrerinnenausbildung gemacht hatte, vor mehr als vierzig Jahren, hatte ich mit zwei Kolleginnen die Wohnung geteilt, was billiger und praktischer war. Und obwohl damals weder Mobiltelefon noch Internet erfunden waren, wussten wir fast immer Bescheid, wo die anderen beiden sich gerade aufhielten. Wäre eine abends nicht erschienen, hätten wir umgehend die Polizei alarmiert. Verbrecher, Mörder und Vergewaltiger hatte es damals auch schon gegeben.

Aber mein Neffe sah mich nur mitleidig an. »Ach, Tante Pauline. Dieter-Dingsbums und sein Zimmerkollege haben nichts gemeinsam außer ihrem Zimmer. Der andere studiert Betriebswirtschaft, ist zwei Jahre älter und scheint ein normales Studentenleben zu führen. Also er hat eine Freundin, keine Pickel, normale Kleidung und geht abends gerne aus.

Und weil er selbst oft bei der Freundin schläft oder bis zum Morgengrauen feiert, hat er das auch vom kleinen Pillendreher angenommen.«

»Aber niemand, der Dieter-Theodor kennt, traut ihm eine Freundin zu. Oder studentische Saufereien in lustiger Runde. Der hat doch bestimmt keinerlei Sozialkontakte, geschweige denn, na, du weißt schon.« Das Wort Sexualkontakte kam mir schwer über die Lippen, es klang so steril und gefühllos.

»Um jemanden zu kennen, muss man ihn aber auch zur Kenntnis nehmen«, warf mein Mann ein. »Wenn zwei nur nebeneinander leben, aber nicht miteinander, dann ist das so, als würden sich zufällig zwei unterschiedliche Körper im selben Raum befinden, ohne jeglichen Berührungspunkt.«

Mir kam es vor, als hätte in Freds nahezu philosophischer Aussage ein leichter Vorwurf mitgeklungen. Meinte er womöglich uns mit den beiden unterschiedlichen Körpern? Darüber mussten wir später unbedingt reden, selbst wenn mein Mann Beziehungsgespräche hasste wie der Teufel das Weihwasser.

Mein Neffe stimmte ihm jedenfalls zu. »Genau. Wenn ich mich für etwas nicht interessiere, dann weiß ich auch nichts drüber. Aber zumindest hatte der Typ nichts dagegen, dass ich ein wenig in den Sachen seines Zimmerkollegen gestöbert habe.«

Während der dramaturgischen Pause, die mein Neffe schon wieder einlegte, bevor er weitererzählte, fiel mein Blick zufällig auf die Küchenuhr. Es war elf Uhr vormittags, und meine Kaffeeabstinenz machte sich bemerkbar.

»Ich stelle nur mal kurz Kaffee auf«, murmelte ich.

»Aber es ist schon bald Zeit fürs Mittagessen«, brummte Fred, doch niemand reagierte.

Zurück bei Tisch, nahm Vincent den Faden wieder auf. »Ich habe mich also umgeschaut, in den Schrank gesehen, Schubladen durchsucht, aber nichts gefunden. Als der Zimmerkollege mal aufs Klo musste, habe ich sogar in seinen Jackentaschen gewühlt und unter die Matratze gegriffen. Nichts.«

»Und was machen wir nun?« Ich hatte so gehofft, mir diese Frage nicht schon wieder stellen zu müssen.

»Wir denken nach«, meinte mein Mann, als hätten wir noch Dutzende andere Alternativen. Aber wenn Fred hungrig wurde, litt seine Gehirnmasse recht schnell unter Nährstoffmangel.

Ich ging zum Gefrierschrank und entnahm ihm sechs Speckknödel und drei Spinatknödel.

»Ich mache Knödel mit Ei«, verkündete ich. Das ging schnell und lenkte mich nicht vom Nachdenken ab.

Das gemeinsame Mittagessen verlief in ziemlich gedrückter Stimmung. Vincent hatte ein schlechtes Gewissen, weil er sich an die Fersen des Jungen geheftet hatte, ich teilte seine Gefühle, da ich mich als Verantwortliche dafür sah, und Fred unterlag in gewisser Hinsicht der moralischen Sippenhaftung.

»Es könnte ihn jemand überfallen haben«, sagte mein Mann nach dem zweiten Knödel. »Das Leben in der Großstadt ist furchtbar gefährlich. Da wimmelt es vor Kriminellen, Messerstechern, blutrünstigen Irren, da gibt es Bandenkriminalität und Diebe, die für einen Pappenstiel töten würden.«

»Blödsinn«, entgegnete ich. »Wer Dieter-Theodor sieht, der steckt ihm noch was zu, aber nicht mal ein Obdachloser würde ihn ausrauben. Außerdem hätte man es wohl in der Zeitung gelesen, wenn es wo zu Messerstechereien oder Kämpfen zwischen rivalisierenden Banden gekommen wäre.«

Das hielt auch Vincent für wahrscheinlich.

Wir saßen bereits beim Nachtisch, Kirschenkompott, als wir uns zumindest darauf geeinigt hatten, mit seinen Eltern zu reden. Natürlich ohne sie einzuweihen, was die Giftmischerei ihres Sohnes betraf. Wenn der Junge noch am Leben war, und die Reinprechts von seinem Verbrechen erfuhren, dann würde sein zukünftiges Leben vom Fegefeuer direkt in den ersten Kreis der Hölle führen. Das wollten wir ihm ersparen, solange es ging.

»Ich schau mal bei ihnen vorbei«, entschied Vincent. »Dass wir uns dank seiner vorgetäuschten Heldentat kennengelernt haben, haben die zwei Öko-Schmarotzer ja eh mitgekriegt. Sie werden sich also an mich erinnern. Und dass ich ihren Buben nach Wien gefahren habe, ist auch kein Verbrechen. Ich werde sie einfach fragen, ob sie heute oder gestern was von ihm gehört haben, weil wir eigentlich gemeinsam lernen wollten. Was auch stimmt. Nur hat er sich leider nicht gemeldet.«

»Lass das mit dem Lernen weg«, erwiderte ich. »Die machen dem Jungen eh schon so einen Leistungsdruck. Wenn die den Eindruck gewinnen, dass der dumme Bub eine kostenlose Nachhilfestunde schwänzt, gibt's wieder jede Menge Krach.«

Vincent dachte einen Augenblick nach, dann meinte er: »Gut. Dann sage ich einfach, ich wollte ihn zum Essen einladen, aber ich erreiche ihn nicht. Ich bin vegan, das gefällt ihnen sicher.«

Als mein Neffe sein Auto bestieg, um so schnell wie möglich zu den Reinprechts zu kommen, sprach Fred das aus, was ich nicht hatte sagen wollen.

»Ich mache mir große Sorgen.« Dann ging er ins Wohnzimmer, um seine Karten zu befragen.

Ich stellte rasch das Geschirr in den Geschirrspüler, zog mich endlich an und beschloss, meine benachbarte Klagemauer aufzusuchen. Um diese Zeit sollte sie eigentlich daheim sein.

***

»Mieses Karma, ganz mieses Karma«, murmelte Berta, als ich mir meine Befürchtungen von der Seele geredet hatte.

»Du meinst, der Junge wird nun für seine Giftmischerei bestraft?«

»Nein, ich meine, wir müssen in einem unserer vorhergehenden Leben irgendetwas ganz Schreckliches getan haben. Vielleicht haben wir Kriege angezettelt, Hexen verbrannt, in Bigamie gelebt, Katzen gequält, die Beulenpest verbreitet oder sind sogar Kopfgeldjäger gewesen. Es muss doch einen Grund geben, warum ausgerechnet wir ständig in irgendwelche Gewaltverbrechen verwickelt werden.«

»Ist mir aber gerade kein echter Trost«, bemerkte ich verzagt.

»Wir können aber nichts tun, bis wir mehr wissen«, wandte sie ein. »Und daher unterhalten wir uns jetzt mal über die schönen Dinge im Leben, solange dein Neffe nicht mit irgendeiner Frohbotschaft zurück ist.«

Während wir also bei Kaffee und Keksen auf Vincent warteten, schwärmte mir meine Freundin von der Liebe ihres Lebens vor. Wie sie es genoss, in ihrem Alter noch derart begehrt zu werden. Wie schön es war, für einen Menschen zu kochen, den man gern hatte. Wie viele Gemeinsamkeiten sie und Toni hätten. Er werde sich übrigens auch Barfußschuhe kaufen, nachdem sich diese Modelle nicht nur als schonend für Hühneraugen und Gelenke erwiesen hatten, sondern sogar als lebensrettend.

Dann folgte ein halbstündiger Vortrag darüber, was Toni so sagte, meinte, dachte und machte und was er in seiner Jugend gesagt, gemeint, gedacht und gemacht hatte.

»Weißt du, ich fühle mich endlich wirklich geborgen. Familie habe ich längst keine mehr, und die langen, einsamen Abende haben mich manchmal schon sehr bedrückt«, gestand sie mir. »Aber mit einem Mann an deiner Seite sieht die ganze Welt gleich ganz anders aus. Fröhlicher, bunter, unbekümmerter. Sogar mein Blutdruck ist gesunken, so gut fühle ich mich.«

Ich drückte kurz ihre Hand. Alles durch eine rosarote Brille zu sehen, glücklich zu sein und den Rausch der Hormone zu genießen war sicher wunderschön. Aber ein Ausnahmezustand. Nach jahrzehntelanger Ehe hatte ich nur noch vage Erinnerungen daran. Die Schmetterlinge im Bauch hatten sich in Raupen zurückverwandelt, die träge durch den Alltag krochen und an meinen Nerven knabberten, die Welt sah nicht mehr bunter, sondern unaufgeräumter aus, und Fred katapultierte meinen Blutdruck oftmals in eher ungesunde Höhen. Aber ich gönnte ihr ihre Illusionen.

»Er ist wirklich ein netter Mensch«, sagte ich. »Und er ist mit Emma verwandt.«

Eine angesichts der mörderischen Liebesgeschichte der Edelsbrunners doch beruhigende Tatsache. Selbst wenn Emma nicht zu meinen persönlichen Favoriten zählte und ich sie keinesfalls als Garanten für Qualität oder Integrität betrachtete, hätte Toni kaum Chancen gehabt, inmitten einer solchen Großfamilie jahrzehntelang unbemerkt ein Doppelleben zu führen. Irgendein Cousin, ein Schwager oder eine Nichte wäre ihm auf die Schliche gekommen. Und im Unterschied zu Armin Edelsbrunner hatte Toni fast sein ganzes Leben hier verbracht. Laut Bertas Bekenntnissen war er aus beruflichen Gründen zwar eine Zeit lang nach Unterdistelbrunn gezogen, aber auch dort gab es keinen geeigneten Nährboden für derart verbrecherische Aktivitäten, wie der Hochstapler und Heiratsschwindler sie betrieben hatte.

»Wie sich Viola wohl fühlt, wenn ihr das ganze tragische Ausmaß ihres kurzen Ehelebens bewusst wird?«, wechselte ich das Thema.

Meine Freundin dachte kurz nach, dann meinte sie: »Wie Elsbeth vermutlich. Nur hundertmal schlimmer.«

Dann berichtete sie mir, dass unsere tugendhafte Befreierin sich wieder ganz ihren religiösen Sphären zugewandt hatte, so entsetzt war sie gewesen, als der Mann ihrer Träume über Nacht zum Doppelmörder mutiert war. Elsbeth hegte ja generell eher platonische Beziehungen, wobei ihr Gatte überhaupt nur in bedeutungslosen Nebenrollen vorkam, während sie üblicherweise den Pfarrer anhimmelte. Man munkelte zwar, dass sie vor Jahrzehnten ein durchaus weltliches Verhältnis mit dem damaligen Priester gehabt hatte, dem ihr ältester Sohn verdächtig ähnlich sehen sollte, aber einen Wahrheitsbeweis hatte es nie gegeben. Ihr Privatleben spielte sich dennoch unverändert in der Pfarrgemeinde ab, bis Armin Edelsbrunner erschienen war, bei dessen Anblick sie jedes Mal in pubertäre Verzückung geraten war.

Warum dieser schleimerische Faserschmeichlertyp bei Frauen so zog, konnte ich allerdings bis heute nicht nachvollziehen. Vielleicht hatte Berta mit ihrer Theorie der späten Liebe recht. In unserem Alter schrumpfte der Freundeskreis, weil die einen sich um ihre Familie kümmerten und die anderen schon auf dem Friedhof lagen, somit wurde das Angebot an passenden Männern mit jedem Tag kleiner.

»Aber warum musste er zwei Männer umbringen, um an das Geld seiner Frau zu kommen? Die hätte doch sowieso ihr letztes Hemd für ihn gegeben.«

Diese Frage ließ mich nicht zur Ruhe kommen, auch wenn ich hoffte, dass der Mann früher oder später ein Geständnis ablegen würde und wir seine Beweggründe erfuhren.

Berta zuckte die Schultern. »Da waren wir schon mal. Die zwei werden ihn halt gekannt haben. Heiratsschwindler sind schließlich schon eine recht seltene Spezies. Heute bereichert man sich mit Neffen- und Enkeltricks. Aber irgendwann wird die Wahrheit ans Licht kommen.«

Zuerst kam allerdings noch Bobo, die auswärts ein paar Tage ihren Golfschläger geschwungen hatte und erst in der Warteschlange an der Kassa unseres Nahversorgers von den aktuellsten dramatischen Ereignissen erfahren hatte.

Nun forderte sie natürlich einen ausführlichen Augenzeugenbericht ein.

»Ihr macht Sachen«, stellte sie beinahe belustigt fest, als wir geendet hatten. »Also fürs nächste Mal nehmt euch bitte einen Golfschläger mit statt dem Nudelholz. Ein 9er Eisen oder einen Driver. Ich leihe euch gern einen.«

Dann nahm sie meine Schnittwunden am Hals in Augenschein. »Sieht aber nicht so schlimm aus«, meinte sie schließlich. »Das Gute an unserem Alter sind ja die vielen Falten, da fallen die paar Schrammen dazwischen gar nicht wirklich auf.«

Ein wahrhaft beruhigender Gedanke, für den ich ihr gerne ein 9er Eisen an den Kopf geschlagen hätte.

»War aber irgendwie klar, oder? Also dieses *unhappy end.*«

»Warum?«, fragte Berta.

»Also schaut doch mal. Da verliebt sich ein potthässliches Mannweib in fortgeschrittenem Alter in einen weitaus jüngeren Vollblutcharmeur, der ununterbrochen verbale Handküsse verteilt. Die beiden gurren herum wie die Turteltäubchen, aber für einen Außenstehenden findet sich kein gemeinsamer Nenner außer diesem viel zu dick aufgetragenen Bussibussi-Gehabe. So was kann doch nur triumphal scheitern. Mit Schulden, einer Scheidung oder gar einem Mord.«

Nun wirkte auch meine Freundin ziemlich verstimmt. »Ich werde dir jetzt mal was sagen«, fauchte sie Bobo an. »Mein Toni ist auch jünger. Ich habe bis heute keinen Schönheitswettbewerb gewonnen, befinde mich gleichfalls in fortgeschrittenem Alter, und wir turteln auch herum. Also was genau willst du uns damit sagen?«

Bobo ließ sich nicht aus der Ruhe bringen. Dass sie im Gespräch mit Menschen fast täglich in irgendein Fettnäpfchen sprang, schien sie als Ausgleichssport zu betrachten. Sie nahm Kritik zur Kenntnis wie andere einen Streit in der Nachbarschaft. Es ging sie nichts an.

Jetzt meinte sie nur: »Aber das ist doch was ganz anderes. Du bist nicht reich, gehörst also sicher nicht zur Zielgruppe von Heiratsschwindlern. Und außerdem habt ihr ja was gemeinsam, nämlich das Essen.«

Dass das nicht die erhoffte Antwort war, sah man meiner Freundin nur allzu deutlich an.

»Hin und wieder frage ich mich, ob dein Mann damals vielleicht freiwillig in seiner Wanne untergetaucht ist«, konterte Berta und blickte die schwarze Witwe herausfordernd an. »Würde mich bei deiner liebreizenden Art nicht wirklich verwundern.«

»Wäre mir auch recht gewesen«, meinte sie dann. »Er ist tot, ich habe geerbt.«

Manchmal wünschte ich mir, Bobo würde sich einer Charaktertransplantation unterziehen. Zeitweise konnte sie kälter sein als ein Kühlschrank.

»Da seid ihr also«, platzte Vincent in die angespannte Stimmung.

»Leider habe ich schlechte Neuigkeiten. Die Eltern wissen nichts über den Verbleib ihres Sprösslings, sie haben sich auch schon Sorgen gemacht, weil er sie jeden Abend anrufen und seine Lernfortschritte bekannt geben muss. Sie werden heute noch eine Vermisstenanzeige aufgeben.«

»Ich hole uns mal Eierlikör. Kaffee allein reicht langsam nicht mehr«, meinte Berta und erhob sich, während mein Neffe sich schwer auf einen Stuhl fallen ließ und ich meinen Groll unterdrückte, um Bobo über das Verschwinden von Dieter-Theodor zu informieren.

Kurz darauf kam meine Freundin mit einer Flasche und vier Gläsern zurück, ein Zeichen, dass auch sie bereit war, der spitzzüngigen Witwe gegenüber Nachsicht walten zu lassen.

Dann zermarterten wir uns gemeinsam die Köpfe, was dem Jungen passiert sein könnte.

Erst nach drei Stamperln besaßen wir die Kraft, uns einzugestehen, dass Armin Edelsbrunner sich wegen der aufdeckerischen Bekennerschreiben vielleicht doch noch an Dieter-Theodor gerächt hatte. Und das bestimmt nicht nur mit ein paar Ohrfeigen.

»Zeitlich würde es sich ausgehen«, stellte Vincent niedergeschlagen fest. »Zwischen dem Zeitpunkt, an dem er euch eingesperrt hat, und seiner Festnahme liegen fast vierundzwanzig Stunden. Da hätte er ein paarmal nach Wien und wieder zurück fahren können.«

»Und wie hätte er den Jungspund in einer Stadt wie Wien auftreiben sollen?«, wandte Bobo ein, ohne von ihrem Glas genippt zu haben. Eierlikör rangierte in ihren Augen vermutlich unter Kinderkram.

»Mit einer guten Ausrede«, erwiderte mein Neffe. »Er braucht sich nur ans Institutssekretariat zu wenden und nach seinen Vorlesungen zu fragen, indem er vorgibt, ihm etwas Wichtiges von seinen Eltern übergeben zu müssen, oder die Studentenheime anzurufen. Es gibt zwar viele in Wien, aber nicht unendlich viele. Und dann passt er ihn einfach ab und drückt ihm ein vergiftetes Red Bull in die Hand.«

»Meines Wissens waren die zwei Turteltäubchen aber gar nicht auf dem Herbstfest, wo der Dieter-kannmichnichterinnern seinen großen Auftritt hatte«, bemerkte Bobo.

»Man merkt, dass du immer noch kein echtes Landei geworden bist«, sagte ich. »Es gibt keine Neuigkeit, die sich in Oberdistelbrunn nicht binnen kürzester Zeit flächendeckend verbreitet hat. Und dank Internet genügt ein Name, um Sekunden später auch ein Gesicht dazu zu haben.«

Was wir tun sollten, wussten wir allerdings nach wie vor nicht. Erzählten wir dem Inspektor oder den Apothekern von unserem Verdacht, es könne sich um einen Racheakt des Mörders handeln, müssten wir auch erklären, warum Armin Edelsbrunner einen durchaus berechtigten Hass auf den Jungen hegte. Und damit auch dessen Schandtaten öffentlich machen.

Hielten wir den Mund, retteten wir Dieter-Theodor vor der Rache seiner Eltern, die zwar nicht tödlich, aber vermutlich lebenslänglich war. Dann waren wir mit schuld, falls man ihn nicht oder nicht rechtzeitig fand. Ein moralisches Dilemma.

»Suchen wir ihn halt einfach mal«, meinte Berta schließlich. »Ich fürchte, er wird von selbst nicht wieder auftauchen.«

Gemeinsam erstellten wir einen Plan. Vincent würde mit mir und Berta erneut an die Stelle fahren, wo wir Viola Edelsbrunner gefunden hatten. Es gab ja noch einige Tümpel in dem Gebiet. Bobo erklärte sich bereit, den Diebstahl ihrer Golfschläger zu fingieren, um beim Inspektor auf den Busch zu klopfen. Wenn die Reinprechts mittlerweile eine Vermisstenanzeige aufgegeben hatten, dann war Kapplhuber die einzige Anlaufstelle. Und da es der Inspektor mit der polizeilichen Schweigepflicht nicht so genau nahm, würde sie bestimmt etwas darüber in Erfahrung bringen.

»Irgendwer sollte auch ein Auge auf die Eltern haben«, stellte mein Neffe nachdenklich fest. »Falls er sich bei ihnen melden sollte. Vielleicht haben sie auch ein Ferienhaus oder eine Großmutter, wo er sich verkrochen haben könnte.«

Das klang mir sehr nach dem berüchtigten Strohhalm, an den man seine letzten Hoffnungen klammerte, aber ich enthielt mich jeden Kommentars, um die Moral unserer Truppe nicht noch weiter zu untergraben.

»Das könnte Fred erledigen«, sagte ich nur. »Er soll sich

dieses Gemeindetaxi nehmen und sich ausführlich über Naturheilmittel für Diabetes, Gicht und Bluthochdruck informieren. Irgendwelche passenden Pillen haben die bestimmt auf Lager. Kostet halt was.«

Aber das waren wir dem Jungen schuldig.

»Gut. Dann fahre ich mal, um meine Schläger verschwinden zu lassen«, erwiderte Bobo und erhob sich. »Schaut ja nicht ganz glaubwürdig aus, wenn ich einen Diebstahl melde und das Diebesgut bei mir im Vorzimmer lehnt.«

»Ich räume noch rasch den Tisch ab und ziehe andere Schuhe an«, meinte Berta. »Ohne Barfußlatschen fühle ich mich meines Lebens nicht mehr sicher.«

Und ich ging nach Hause, um meinen Mann zu instruieren.

***

Freds Begeisterung über unseren Plan hielt sich naturgemäß in sehr engen Grenzen. Zwar sah er ein, dass wir kein Risiko mehr eingingen, da der feine Herr Edelsbrunner unverändert hinter Gittern saß, aber er sah nicht ein, dass wir mit unserem Wissen nicht wenigstens zu Kapplhuber gingen.

»Ihr hättet ihn von Anfang an einweihen müssen«, brummte er. »Dann wäre das alles nicht passiert. Nur weil ihr versucht habt, den Jungen vor dem Zorn seiner Eltern zu schützen, habt ihr ihn erst recht in Gefahr gebracht.«

»Aber er hat sich mit seiner öffentlichen Aktion auf dem Herbstfest doch selbst zur Zielscheibe des Mörders gemacht«, widersprach ich heftiger als gewollt. Leider lag es in der menschlichen Natur, Vorwürfe, die man insgeheim als gerechtfertigt empfand, am vehementesten von sich zu weisen.

»Der Mörder hätte ihm aber nichts anhaben können, wenn ihr die Polizei über die wahre Sachlage informiert hättet. Dann würde der Junge zwar arm sein, weil man ihn verhaftet hätte, aber er wäre noch am Leben.«

»Hör auf«, fauchte ich meinen Mann an. Nach Moralpredigten und Horrorvisionen stand mir gerade gar nicht der Sinn.

»Jetzt können wir das auch nicht mehr ändern. Wir können nur noch retten, was zu retten ist.«

»Nein. Ihr könnt die Karten immer noch auf den Tisch legen«, hielt Fred dagegen.

Ich ignorierte seinen Einwand und erkundigte mich, ob er beim Kartenlegen auf eine brauchbare Spur gestoßen war.

Nun tat mein Mann so, als hätte er mich nicht gehört, ein sicheres Zeichen dafür, dass ihn die Karten diesmal im Stich gelassen hatten. Er murmelte irgendetwas, das man mit guten Ohren und viel Phantasie als »Fünf der Schwerter« deuten konnte, und wandte sich der Tür zu.

»Dann geh ich halt«, sagte er mit hängenden Schultern, gesenktem Kopf und wehleidiger Stimme. Er hörte sich an, als müsste er den direkten Weg zum Jüngsten Gericht antreten.

»Soll ich dir das Gemeindetaxi rufen?«, erbot ich mich.

»Ich geh zu Fuß«, erklang es aus dem Schlafzimmer.

Wenn Fred freiwillig mehr als einen Kilometer auf Schusters Rappen zurücklegen wollte, dann wohl nur in der Hoffnung, dass ihn ein freundliches Schicksal durch einen Schlaganfall oder ein Erdbeben davon abhalten würde, sein Ziel zu erreichen.

Selbst Vincents Angebot, ihn ein Stück mitzunehmen, lehnte er kategorisch ab.

»Ich gehe!«

Vincent, Berta und ich hingegen fuhren noch einmal zum aufgelassenen Friedhof, um uns umzusehen.

***

Zwei Stunden und zahlreiche Gelsenstiche später steuerte Berta einen Baumstumpf an, auf dem sie vorsichtig versuchte, ihre Masse unfallfrei und einigermaßen bequem zu platzieren.

»Ich kann nicht mehr«, stöhnte sie. »Ich habe mich praktisch unter jeden Grashalm gebückt, mich durch Brombeergestrüpp und Haselstauden gezwängt, mir nasse Füße geholt und tiefe Einblicke in die schlammige Beschaffenheit von Froschsümpfen gewonnen.« Betrübt betrachtete sie ihre dreckverkrusteten Barfußschuhe. »Außer einem verrosteten Ölkanister und zwei Feuersalamandern habe ich aber nichts gefunden.«

Vincent und mir war es ähnlich ergangen. Mit einem Taschentuch, das ich vor Mund und Nase gehalten hatte, hatte ich erfolglos den ganzen Acker voller Ambrosiastauden durchquert, während mein Neffe auf dem alten Soldatenfriedhof schon fast jeden Grabstein umgedreht hatte. Ein Gräberfeld schien ihm der ideale Ort zu sein, um eine Leiche loszuwerden, doch falls Dieter-Theodor wirklich schon tot war, so hatte man ihn anderswo verscharrt.

Frustriert fuhren wir nach einer allgemeinen Verschnaufpause zurück.

»Vielleicht ist der Junge inzwischen wieder aufgetaucht«, meinte Berta, als wir wieder zusammensaßen und nicht mehr weiterwussten.

»Ich habe ihn drei Mal angerufen, ihm vier Nachrichten geschickt und ihn stündlich auf Facebook und Instagram kontaktiert. Nichts«, berichtete Vincent. »Der scheint sich echt in Luft aufgelöst zu haben.«

Noch einmal gingen wir alle möglichen und unmöglichen Hypothesen durch. Dieter-Theodor war untergetaucht, weil er fürchtete, dass seine Giftanschläge mit all den Konsequenzen doch noch ans Licht kommen würden. Aber ohne Geld, Auto und hilfreiche Kontakte ein schwieriges Unterfangen. Und fürs Überleben in freier Wildbahn war niemand weniger geeignet als er.

Kurz erwogen wir auch die Möglichkeit, dass der Junge sich selbst das Leben genommen hatte, verwarfen sie aber gleichfalls. In dem Fall hätte er seinen Freitod öffentlich publik gemacht und einen anklagenden Abschiedsbrief hinterlassen, in dem er seinen Eltern die Schuld gegeben hätte.

Es lief einfach alles auf einen Mord hinaus. Armin Edelsbrunner hatte erfahren, wer ihm einen Strich durch seine mörderische Rechnung gemacht hatte, nämlich der pickelige Sohn der Pillendreher. Ohne dessen Bekennerschreiben der fiktiven

Liga hätte er zwei perfekte Verbrechen begangen, die sang- und klanglos als natürliche Todesfälle archiviert worden wären. Ein epileptischer Anfall, ein banaler Treppensturz, bedauerlich, aber nicht besorgniserregend. Seine Wut muss grenzenlos gewesen sein, als wegen Dieter-Theodors Panikmache kriminalistische Sturmtruppen auf der Suche nach einem Mörder anmarschiert waren.

»Aber«, warf Berta ein, die sich erneut ihrem Strickzeug zugewandt hatte und verbissen Masche um Masche aneinanderreihte. Wenn sie so weitermachte, würde Tonis Schal meterlang werden. »Aber ich verstehe nicht, warum dieser Irre am Ende so gepfuscht hat.«

»Wie meinst du das?«

»Ich meine, warum hat er uns beide nicht gleich an Ort und Stelle umgebracht und in den Pumpenschacht geworfen. Es war doch furchtbar riskant für ihn, uns am Leben zu lassen, um stattdessen nach Wien zu fahren und sich an dem Jungen zu rächen. Der wäre ihm eh nicht davongelaufen, den hätte er problemlos später erledigen können.«

»Also du meinst, du hättest die Prioritäten anders gesetzt?«, fasste Vincent ihre Überlegung zusammen.

Berta nickte.

Ich tat mir etwas schwer mit dem Gedanken, unser Überleben als mörderischen Kunstfehler zu betrachten, aber je länger ich darüber nachdachte, desto mehr musste ich ihr recht geben. Es war tatsächlich recht unverständlich.

»Den Jungen unschädlich zu machen muss für ihn also weitaus wichtiger gewesen sein als unser Tod?«, fasste ich ihre Überlegung zusammen.

»Ja. Vielleicht nicht gerade wichtiger, aber dringender, unaufschiebbarer. Uns hat er im Todeskeller in jeder Hinsicht schmoren lassen, aber bei Pickel-Dieter keine Zeit verloren. Warum diese Eile?«

Schon wieder eine Frage, auf die wir keine Antwort wussten.

»Und wieso hat er uns nicht vergiftet wie alle anderen auch?« Fragen wie diese zu stellen verursachte mir eine Gänsehaut.

Wer konnte schon von sich behaupten, je nach Begründungen für sein eigenes Überleben gesucht zu haben?

»Möglicherweise war ihm das Gift einfach ausgegangen. Selbst hergestellt hat er das tödliche Zeug sicher nicht, sondern irgendwo im Hinterzimmer eines Wettbüros aufgetrieben. Aber weil er nun nicht mehr auf ein Pferd, sondern auf seine Gattin gesetzt hat, wird es ihm an Nachschub mangeln. Die letzte volle Flasche hat ihm schließlich der diebische Dieter gestohlen, und du hast das toxische EMO aufgebraucht.«

Darauf wusste ich nichts zu sagen. Möglich war es, tröstlich nicht.

»Ich gehe noch mal telefonieren«, unterbrach Vincent Minuten später unser gedankliches Vakuum, an dem auch das Eintreffen meines Mannes nichts änderte.

Mit einstudierter Leidensbittermiene warf er ein paar Dosen und Schachteln auf den Tisch. »Außer Spesen nichts gewesen.« Die Reinprechts hatten ihm jede Menge Tabletten aufgeschwatzt, aber nichts zum Verbleib ihres Sohnes sagen können. Nur in Selbstmitleid seien sie geschwommen, weil ihnen das Schicksal mit dem blöden Buben so eine schwere Bürde auferlegt hatte.

»Arschlöcher«, brummte Berta.

Auch Bobo, die kurz nach Fred erschien, konnte mit keinen erhellenden Neuigkeiten aufwarten. Ida Reinprecht hatte eine Vermisstenanzeige aufgegeben, das schon, aber da der Bursche volljährig war und Kapplhuber nichts von dessen Verstrickungen in die Mordfälle wusste, hatte er die Angelegenheit nur den Kollegen nach Wien gemeldet. »Sollen sie ihn dort suchen«, hatte er Bobo zufolge gesagt. Er sei ja auch dort verschwunden. Und wer die Familienverhältnisse kannte, hätte ohnedies größtes Verständnis für den Jungen.

Langsam löste sich unser letzter Hoffnungsschimmer auf wie ein WC-Stein.

Und dann kam Vincent zurück. Im Laufschritt und mit glänzenden Augen.

»Ich habe noch einmal mit Rainer gesprochen, dem Zimmerkollegen. Die Heimleitung hat mir seine Handynummer gegeben ...« Aufgeregt schnappte er nach Luft. »Dieser Rainer macht sich zwar immer noch keine Sorgen um Dieter-Dingsbums, aber er hat sich erinnert, dass der Abgängige ihn vor Kurzem gefragt hat, ob man ohne Kreditkarte Flugtickets buchen könne und wie das mit Bargeld funktionieren würde. Und er hat Rainers eher trüber Erinnerung nach was von New York gefaselt.«

Eine Woge der Erleichterung fegte uns nahezu vom Sessel.

»Dann ist er doch nur abgehauen, dieser kleine Halunke«, seufzte Berta.

»Bei den Eltern eigentlich ein Wunder, dass er nicht schon viel früher auf diese Idee gekommen ist«, meinte Bobo.

»Viel Lärm um nichts«, steuerte mein Mann eine weitere Binsenweisheit zur allgemeinen Beruhigung bei. »Oder besser gesagt, Ende gut, alles gut.«

Auch ich spürte, wie der Alpdruck auf meiner Brust sich mit einem Schlag löste. An seiner Stelle machte sich Müdigkeit breit.

»Ich lass euch jetzt alleine«, verkündete ich. »Es ist zwar noch recht früh, aber ich höre mein Bett schon nach mir rufen.«

»Und ich habe mich grade erinnert, dass ich meine Golfschläger wohl doch nur verlegt habe«, frotzelte Bobo. »Hoffentlich vergesse ich nicht, morgen unseren braven Herrn Inspektor darüber zu informieren, bevor er sie zur landesweiten Fahndung ausruft.«

Wir brachen in einstimmiges Gelächter aus. Um wie viel leichter es einen ums Herz wurde, wenn man sich an keinem Todesfall mehr mitschuldig fühlte. Wenn Sorgen sich in Luft auflösten, vermeintliche Verbrechen sich als Hirngespinst herausstellten und man nirgendwo mit weiteren Leichen im Keller oder einem Tümpel rechnen musste.

Sogar mein Mann kam flott auf die Beine und wartete bereits am Gartentor auf mich, als Vincent sagte: »Ich frage mich nur, woher er so viel Bargeld hatte.«

Die Reinprechts hatten ihren Spross an der kurzen Leine

gehalten, das hatte man dem Jungen angesehen. Keine trendige Kleidung, kein Auto, keine eigene Wohnung in Wien.

Und schon fühlte sich die ausgelassene und heitere Stimmung wieder spürbar gedämpfter an.

Bobo meinte, er könne eine dieser berühmten Tanten aus Amerika haben, die ihm etwas von ihrem Erbe vorgeschossen hatte, doch Fred erklärte, sich bei den Reinprechts ausführlich nach etwaigen Verwandten erkundigt zu haben, zu denen Dieter-Theodor hätte flüchten können.

»Es gibt keine. Die Großeltern mütterlicherseits sind bei einem Autounfall ums Leben gekommen, und die väterlicherseits sind pensionierte Religionslehrer und betrachten pharmazeutische Studien als reines Teufelswerk. Erbonkel oder Erbtanten aus Amerika existieren nur in schlechten Filmen.«

»Vielleicht hat er Lotto gespielt und einen Sechser gemacht«, stellte Berta eine neue Vermutung auf.

Aber in dem Fall hätte der geltungssüchtige Bub sich vermutlich einen Ferrari und protzige Designerklamotten gekauft, hätte sein verhasstes Studium geschmissen und wäre zehnmal über den Hauptplatz von Oberdistelbrunn gebraust, damit auch der letzte Bewohner ehrfürchtig seinen Hut vor ihm ziehen konnte. Erst danach hätte er sich nach New York abgesetzt.

Ein schauriger Gedanke beschlich mich. »Und wenn er den Täter erpresst hat?«

Nachdem wir von den Verbrechen unseres Nachbarn wussten, fiel es uns eigenartigerweise allen schwer, ihn weiter beim richtigen Namen zu nennen. Mit Armin Edelsbrunner verband man einen Menschen, den man kannte, aber keinen Mörder, mit dem man nichts zu tun haben wollte.

»Du meinst, er hat ihn doch erkannt, als er sein Opfer die Treppe hinuntergestoßen hat?«, folgerte Bobo.

Ich verneinte. Der Regen in besagter Nacht war wirklich sehr stark gewesen, die Scheiben des Gewächshauses hatten trübe und dreckig ausgesehen, und aus welchem Grund hätte der Junge mit seinen Erpressungsversuchen derart lange zuwarten sollen? Das erschloss sich mir nicht.

Während wir diese neue Spur gedanklich weiterspannen, offerierte Berta eine neue Runde Eierlikör. »Wer Sorgen hat, der tut sich schwör, außer er hat 'nen Likör«, deklamierte sie.

Diesmal trank auch Bobo mit. »Wenn im Wein die Wahrheit liegt, liegt im Likör vielleicht die Erleuchtung«, meinte sie und leerte ihr Glas in einem Zug.

Auf einmal hob mein Mann seine Hand, als würde er aufzeigen wollen.

Unwillkürlich sagte ich sofort: »Ja, Fred, bitte«, als würde er die Schulbank drücken. Sein Lehrerinnen-Gen wurde man wohl das ganze Leben nicht los.

»Ich habe nachgedacht«, begann er, dann leerte auch er sein Glas auf ex. »Also ich halte es für durchaus möglich, dass der Junge schon lange gewusst hat, wer der Mörder ist. Dieter-Dingsbums mag den Mann vielleicht nicht während der Auseinandersetzung auf der Treppe erkannt haben, aber der Verbrecher hat seine im Gewächshaus versteckte Flasche mit Eibengift bestimmt bald vermisst und nach ihr gesucht. Im Zimmer konnte er das gefährliche Zeug ja nicht aufbewahren, weil seine liebende Gattin ihm bestimmt täglich Socken, Unterwäsche und Oberkleidung sortiert und in passender Reihenfolge und Farbabstimmung vorgelegt hat.« Alfred warf mir einen bedeutsamen Blick zu.

Träum weiter, dachte ich. »Sprich weiter«, sagte ich.

»Also ich meine, es kann dem Jungen sehr wohl aufgefallen sein, dass sich der Mörder auf der Suche nach seinen Tropfen viel zu häufig alleine in und um das Gewächshaus herumgetrieben hat. Aber da der Bub weder ein Menschenfreund noch ein Gerechtigkeitsfanatiker ist, hat er seinen Verdacht für sich behalten. Letztlich verdankte er Edelsbrunner die einmalige Gelegenheit, selbst auch einmal Macht zu erlangen und seinen Eltern eine Lektion zu erteilen. Mit der Lektion hat es aber nicht so funktioniert, wie er dachte, irgendwann ist ihm die Sache zu heiß geworden, auf dem Fest hat er dem Ganzen ein Ende gesetzt und stand unverhofft als großer Held da.«

»Alle Achtung«, entfuhr es mir. Eine derart lange und vor

allem durchdachte Rede hatte ich von meinem Mann zuletzt gehört, als er meinem Vater die Vorteile von Staatsanleihen und Aktienpaketen gegenüber Sparbüchern auseinandersetzte. Und mein Vater war vor genau dreizehn Jahren gestorben.

»Ich bin beeindruckt«, stellte auch Vincent mit einem anerkennenden Schlag auf Freds Schulter fest.

»Aber ich bin noch gar nicht fertig«, erwiderte mein Gatte und wies uns auf die Tatsache hin, dass Dieter-Theodor bei seinem triumphalen Auftritt nicht bedacht hatte, welche Folgen das haben könnte. Nicht nur, dass er sich dem Mörder zu erkennen gegeben hatte, sondern auch, dass die Polizei seinen Schwindel früher oder später durchschauen würde. »Das ist ihm erst bewusst geworden, als Vincent ihn auf sein Täuschungsvermögen angesprochen hat. Wenn wir es kapiert haben, kommt auch ein Inspektor Kapplhuber irgendwann dahinter. Und der Junge mag antisozial, einzelgängerisch, hässlich und leicht psychotisch sein, aber er ist nicht dumm. Ihm ist klar geworden, dass er sich zwischen Teufel und Beelzebub entscheiden muss. Entweder der Mörder zahlt es ihm heim, oder er geht ins Gefängnis.«

Also habe er dem charmanten Hochstapler angeboten, als Gegenleistung für eine entsprechende Summe für immer zu verschwinden. Aus seinem Leben, dem der Eltern, aus Wien und aus Oberdistelbrunn. Er wollte nach New York und sich dort mit dem erpressten Blutgeld eine neue Existenz aufbauen. Moralische Skrupel, einen Schwerverbrecher dadurch vor seiner verdienten Strafe zu bewahren, habe er keine besessen. Und Edelsbrunner sei auf die Forderungen seines Erpressers eingegangen, um so schnell wie möglich ein Treffen zu bewirken, bevor der Junge es sich anders überlegte und doch zur Polizei ging.

»Dann haben sich die beiden irgendwo getroffen, er hat dem Buben einen Sack voller Geldscheine übergeben und ihm zwei Sekunden später einen tödlichen Schlag versetzt. Oder ihm eine Giftspritze in den Nacken gerammt, sollte er doch noch Restbestände an tödlichen Substanzen besessen haben.«

»Eine schreckliche Vorstellung«, kommentierte meine Freundin Freds Überlegungen.

Schrecklich, aber nicht unwahrscheinlich, fand ich. Genau so könnte es wirklich gewesen sein. Statistisch betrachtet kamen ja die meisten Erpresser durch einen Gegenschlag des Erpressten um, bevor sie ihr Dasein am Sandstrand unter karibischen Palmen genießen konnten. Zumindest in Fernsehkrimis gelang es nur den wenigsten, ihre Forderungen erfolgreich durchzusetzen.

»Vielleicht sollten wir ja doch eine Beichte ablegen«, murmelte ich.

»Wenn dein Mann recht hat, hat Dieter-Dingsbums nichts mehr davon«, mischte Bobo sich ein. »Wenn man seine Leiche findet, so ist er wenigstens als unbescholtener Pharmaziestudent gestorben, seine Eltern vergießen echte Tränen, keine Krokodilstränen, und der Nachruf wird ihn würdigen und in den Himmel loben.«

»Dafür muss seine Leiche erst gefunden werden«, brachte Vincent uns in Erinnerung. »Bis dahin gilt er als Ausreißer, mehr nicht. Bei den Behörden dauert das Ewigkeiten, bis ein Verschollener für tot erklärt wird. Da hat ihn dann eh schon jeder vergessen.«

»Ich hoffe darauf, dass der Mörder gestehen wird. Und wenn sich Hartmann in ihn verbeißt wie in seine Bleistifte, wird er aussagen und verraten, wo sich der Junge befindet.«

»Ein frommer Wunsch, der sich nicht erfüllen wird«, zerstörte ich ihre Illusion. »Denn da ist leider ein Knick in der Logik.«

Egal, welche Foltermethoden der Kommissar auch anwendete, er wusste ja nichts vom möglichen Mord an dem Jungen und würde ihn deshalb auch nicht dazu verhören.

Wieder standen wir am Anfang. Dass sich dieser verdammte Armin an Dieter-Theodor rächen würde, hatten wir vor Stunden bereits erkannt. Dass der Junge diese Rache durch einen Erpressungsversuch beschleunigt hatte, so sehr, dass dem Erpressten sein rascher Tod eben dringlicher erschienen war als der von mir und Berta, glaubten wir nun auch zu wissen, aber ansonsten tappten wir weiterhin im Dunkeln.

Und wieder war es Elsbeth, die uns auf die Sprünge half.

»Gelobt sei Jesus Christus«, begrüßte sie uns, als würden wir bei der Abendmesse sitzen, und schwenkte einen Weihrauchkessel Richtung Gartentisch.

Bobo starrte sie entgeistert an. »Was soll das? Wir sind noch nicht bereit für die letzte Ölung.«

Auch Berta war instinktiv etwas vom Tisch abgerückt. Vermutlich gebot ihr ihre Erinnerung an Stechapfeldämpfe, sich von Räucherwerk jeglicher Art fernzuhalten.

Fred begann zu niesen, als sich dicker Weihrauchduft über den Tisch und auf seine Brillengläser legte. Umständlich tastete er nach einem Tuch, um wieder freie Sicht zu erhalten.

»Ich verstehe nicht ganz«, sagte ich. »Machst du gerade so eine Art private Prozession? Oder ist das eine Geisteraustreibung?«

Elsbeth funkelte erst Bobo, dann mich an. »Ich an eurer Stelle würde mich an das zweite Gebot halten.«

»›Du sollst Vater und Mutter ehren‹?«, fragte Vincent allen Ernstes.

Elsbeth schnaubte. »›Du sollst den Namen Gottes nicht verunehren‹«, blaffte sie ihn an. »Was lernt ihr eigentlich an der Uni außer Unfug und Komatrinken?«

Mein Neffe klappte beleidigt seinen Mund zu, während unsere bibelfeste Katholikin eine Blumenampel mit rosa blühenden Petunien vom Haken nahm und stattdessen den Weihrauchkessel aufhängte.

»Ein Knecht des Herrn aber soll nicht streiten, sondern milde sein gegen jedermann, lehrtüchtig, fähig, die Bösen zu tragen, mit Sanftmut die Widerspenstigen zurechtweisend, ob ihnen Gott nicht noch Buße geben möchte zur Erkenntnis der Wahrheit und sie wieder nüchtern werden, aus der Schlinge des Teufels heraus, von welchem sie lebendig gefangen worden sind für seinen Willen. 2. Timotheus 2,24–26«, belehrte sie uns.

Bobo griff nach der Flasche mit dem Eierlikör, goss sich ein neues Glas voll und erwiderte: »Darauf trinke ich. Prost.«

Mochten die Wege des Herrn schon unergründlich sein, die Wege Elsbeths schienen mir noch um vieles unverständlicher.

»Was machst du wirklich hier?«, fragte ich so nachdrücklich wie möglich.

Elsbeth trug eins ihrer beiden Pepitakostüme, was auf einen äußerst wichtigen Anlass schließen ließ.

»Meine Güte, das sieht man doch. Bemerkt ihr die Balken über euren Augen nicht?«

Als sie keine Antwort erhielt, erklärte sie uns, dass sie nebenan gewesen war, um das Böse auszuräuchern, denn dort seien schrecklich gottlose Dinge passiert, genau genommen sogar teuflische Dinge, und daher habe sie ein paar Gebete und Fürbitten gesprochen, um den Herrn wieder gnädig und liebevoll auf diesen Ort blicken zu lassen.

»Und ihr solltet mir dankbar dafür sein«, meinte sie. »Schließlich sind es eure Nachbarn, die Verdammnis über euch gebracht haben, nicht meine.«

Bobo murmelte augenzwinkernd ein »Vergelt's Gott«, Vincent schwieg, mein Mann schien überhaupt eingeschlafen zu sein, und Berta zog sich aus der peinlichen Affäre, indem sie in die Küche ging, um ein sechstes Glas zu holen, das sie Elsbeth mit einem halbherzigen »Danke« reichte. Blieb nur ich, um etwas wie Konversation zu betreiben.

»Das ist sicherlich eine gute Idee«, sagte ich. »Wir sind ja alle davon ausgegangen, dass dort drüben die große Liebe eingezogen ist. So kann man sich täuschen.«

Zu unser aller Überraschung trank auch Elsbeth den angebotenen Likör, bevor sie offen eingestand, selbst getäuscht worden zu sein.

»Ich habe mich auch von seinen Worten verführen lassen, dabei sollte ich wissen, dass ein Heuchelmaul nur Verderben bringt. Aber er hat auf mich so einen anständigen Eindruck gemacht, seine Frau auf Händen getragen, einen Garten für sie angelegt, diese prachtvollen Rosen gepflanzt, und ich hielt sie insgeheim sogar für ein wenig undankbar. Außerdem hat sie sich ja stets einer Sünde bezichtigt, nicht er.«

Da wir dem nichts entgegenhalten konnten, wechselten wir uns einfach mit verständnisvollem Nicken ab. Ich war überzeugt davon, dass Elsbeth auch für sich selbst Dutzende Fürbitten gesprochen und Gott um Vergebung angefleht hatte, auf diesen Scharlatan reingefallen zu sein, auch wenn ihre Anbetung keinen Körperkontakt inkludiert hatte.

Nach einer guten Viertelstunde, in der mein Mann sanfte Schnarchtöne von sich gab, Vincent unter dem Tisch auf seinem Handy herumwischte, Berta einen weiteren halben Meter Schal produziert hatte, Bobo ihr futuristisches Nageldesign studierte, als gelte es, ein Bild von Mondrian zu interpretieren, und ich beim Siebzehn-mal-siebzehn angelangt war, brach Elsbeth endlich auf.

»Amen«, flüsterte Bobo, kaum war sie weg. »Gott möge mir meine sündigen Gedanken vergeben.«

Ich rüttelte Fred sanft aus seinen Träumen. »Aufwachen. Die Buß- und Betstunde ist vorbei, wir können gehen.«

Berühmte letzte Worte, denn auch diesmal gingen wir nicht.

Wir schafften es gerade noch, auf die Straße zu treten, als mein Gehirn eine ermittlungstechnische Höchstleistung zustande brachte. Auf dem Absatz machte ich kehrt, meinen Mann und Vincent schob ich mit beiden Händen vor mir her.

***

Berta hatte bereits begonnen, den Tisch abzuräumen, als ich schon wieder vor ihr stand.

»Sag, wollt ihr hier Wurzeln schlagen?«, nahm sie mich auf den Arm. »Oder ist der Trennungsschmerz von hier und mir nicht auszuhalten?«

Bobo, die figürlich perfekt durch den kleinen Spalt in Bertas Glanzmispelhecke passte, hielt gleichfalls inne. »Was man nicht im Kopf hat, hat man bekanntlich in den Beinen. Auch so kommt man auf seine tausend Schritte«, unkte sie.

»Ich weiß jetzt, wo die Leiche liegt«, sagte ich.

Ein Chor aus »Was?«, »Wo?«, »Wie?« und »Warum?« folgte auf meine Verlautbarung.

»Ich weiß es von Elsbeth«, spannte ich sie noch ein klein wenig auf die Folter.

»Hat dir der Weihrauch hellseherische Kräfte verliehen?«

»Aber nein. Im Grunde hat sie es uns allen gesagt, wir haben nur nicht gut genug aufgepasst.«

Dann erklärte ich ihnen, dass Elsbeth doch vom Garten gesprochen hatte und von den herrlichen Rosen, die der mörderische Hausherr dort gesetzt hatte.

Nun klingelte es auch bei Berta. »Um Gottes willen, natürlich. Ich habe mich ja noch über die ganzen einjährigen Stauden gewundert, die er gepflanzt hat.«

Und als er uns in den Heizkeller getrieben hatte, waren auch noch keine Rosen zu sehen gewesen. Er musste sie also später gesetzt haben.

Kurz erwogen wir zwar die Möglichkeit, dass Elsbeth sich getäuscht hatte, was die Pflanzen betraf, aber Rosenstöcke erkannte selbst der größte botanische Blindgänger. Und dazu zählte unsere Betschwester nicht. Sie war schließlich verantwortlich für die Blumengebinde, die täglich als Altarschmuck dienten.

Berta holte einen Spaten und eine Schaufel aus ihrem Geräteschuppen, dann schlichen wir nach drüben. Das Gefühl, sich erneut an genau den Ort zu begeben, wo man einem Mörder in die Hände gefallen war, empfand ich als ziemlich beklemmend. Berta schien es ähnlich zu gehen. Mit jedem Schritt wurde sie langsamer.

Es war Bobo, die als Erste die Rosensträucher erreichte. »Hübsch. Modell Jazz. Die mag ich, die blühen ewig lang und in unterschiedlichen Farben.«

»Egal, wie sie blühen, wir müssen sie ausreißen«, kehrte mein Mann seine praktische Seite hervor.

Fred hatte recht, aber niemand hatte an Handschuhe gedacht, also sprintete Vincent erneut zu Bertas Haus.

»Was ist das?« Bobo blickte irritiert, als er zurückkam.

»Topflappen«, gestand mein Neffe. »Ich habe im Schuppen keine Handschuhe gefunden.«

»Gib her, wird schon irgendwie gehen.« Bobo nahm Lappen und Spaten an sich und begann zu graben, Berta drückte Vincent kommentarlos die Schaufel in die Hand.

Eine Zeit lang hörte man nichts als das Geräusch leicht feuchter Erde, die in großen Klumpen und einiger Entfernung wieder zurück auf den Boden fiel. Der Mörder hatte weder Kosten noch Mühen gescheut und an die zwanzig Rosenstöcke auf dem Beet verteilt.

»Immer noch nichts?«, fragte ich.

»Immer noch nichts«, erhielt ich zur Antwort.

»Stimmt es also doch, dass der Täter stets an den Tatort zurückkehrt«, meinte mein Mann nach einer gefühlten Ewigkeit. Um an einen von der Polizei mit Dutzenden Absperrbändern versiegelten Tatort zurückzukommen, brauchte es meiner Ansicht nach aber nicht nur großen Mut, sondern einen noch größeren Sprung in der Schüssel.

»Der hat sich jedenfalls was getraut«, sagte ich.

Doch Fred widersprach mir. »Ich glaube, das war der sicherste Ort für ihn, um eine Leiche loszuwerden. Es war bereits alles ausführlich untersucht worden, und daher gab es auch keinen Grund für Kapplhuber und Co., sich erneut hier umzuschauen.«

»Aber er hätte den Jungen doch auch im Donaukanal versenken können.« Mir kam das Ganze dennoch sehr riskant vor.

»Nein«, mischte sich nun auch Bobo ein. »Selbst in der Donau kann ein Toter wieder auftauchen und für viele Fragen sorgen. Vor allem, weil man dann ja weiß, dass Dieter-Dingsbums nicht abgehauen ist. Aber wenn es keine Leiche gibt, dann kann man ihm auch keinen dritten Mord anhängen. Und wenn seine Frau vorschriftsmäßig an ihrem Giftcocktail verstorben wäre, gäbe es für diesen Süßholzraspler auch keine Mordanklage in den ersten beiden Fällen, weil er die ihr in die Schuhe geschoben hat. Bleibt die Entführung von dir und Berta, dafür kriegt er nicht ›lebenslänglich‹.«

Die Komplexität krimineller Energie erstaunte mich immer wieder. Dagegen kamen nicht mal Shakespeares Dramen an.

»Wahrscheinlich hatte er sowieso vor, uns zweien auch noch eine Flasche vergiftetes Wasser in den Heizkeller zu werfen. Bei den unerträglichen tropischen Temperaturen, die dort geherrscht haben, hätten wir es früher oder später freiwillig getrunken.«

»Ich glaube nach wie vor, dass diese Viola die letzte Dosis abgekriegt und er für euch kein Gift mehr besessen hat«, sagte mein Mann, als Vincent die Schaufel in weitem Bogen von sich warf.

Dann zeigte er mit einem Finger auf die Erde, wandte uns den Rücken zu und übergab sich auf den Leberbalsam.

Einen Augenblick später ließ auch Bobo den Spaten fallen. »Ist ja eklig.«

Fred, der offenbar der Ansicht war, sie habe Vincents Gekotze damit gemeint, trat einen Schritt zu ihr und stolperte gleich wieder zwei Schritte retour.

»Ich denke, ihr solltet das nicht sehen«, meinte er. Eine Bemerkung, die man Frauen gegenüber niemals machen sollte. Jetzt wollten wir es natürlich erst recht sehen. Lieber einem Zombie ins Auge blicken, als für zartbesaitet und hysterisch gehalten zu werden.

Zwei Sekunden später bereuten wir es bereits.

Der Heiratsschwindler musste es furchtbar eilig gehabt haben, den armen Jungen aus dem Weg zu räumen, denn er hatte ihn einfach mit dem Wagen überrollt. Das Gesicht Dieter-Theodors glich einer blutigen Masse ohne Augen, Mund und Nase, in seinem strähnigen Haar klebten gräuliche Brocken Gehirnmasse, und sein Schläfenbein hatte sich über die Ohrmuschel gelegt.

Definitiv der schlimmste Anblick meines Lebens – und den leichenblassen Gesichtern der anderen nach zu urteilen, ging es ihnen genauso.

»Mir ist schlecht«, stöhnte Berta.

»Mir auch«, stöhnte Vincent.

»Mein Blutdruck«, stöhnte Fred.

Ich stöhnte auch. Da lobte ich mir fast einen Giftmord, der war umweltschonend, sauber und unspektakulär. Aber das hier sah aus, als wäre ein Werwolf über den Jungen hergefallen. Nur Bobo gelang es irgendwie, die Fassung zu bewahren und einen vollständigen Satz zu artikulieren.

»Ich erkläre unsere Grabungsarbeiten hiermit für beendet.«

Erst als wir wieder an Bertas Tisch saßen, ließ der Schock langsam nach.

»So ganz hat Elsbeths Teufelsaustreibung offenbar nicht funktioniert«, stellte Bobo mit bewundernswerter Gelassenheit fest.

»Ich brauch jetzt was Stärkeres als Eierlikör«, meinte Berta und verschwand im Haus.

Vincent und Fred hatte es die Rede verschlagen, sie saßen da wie zwei Exponate aus dem Wachsfigurenkabinett, während ich einen Geschmack im Mund spürte, für dessen Beschreibung mir jegliches Vokabular fehlte.

»Zirbenschnaps. Selbst angesetzt von Tonis Großcousin.« Meine Freundin stellte eine grüne Ein-Liter-Flasche auf den Tisch, dazu fünf Limonadengläser.

So viel Alkohol in so kurzer Zeit würden meine Eingeweide mir kaum verzeihen, aber zumindest der furchtbare Geschmack wurde weniger. Meine klaren Gedanken allerdings auch.

Doch als Bobo nach der dritten Runde fragte, wie wir das nun der Polizei erklären sollten, ließ die Wirkung des Alkohols schlagartig nach.

***

Als unser Dorfgendarm eine knappe halbe Stunde später Bertas Garten betrat, waren wir nur noch zu viert. Meine Freundin, mein Neffe und ich saßen um den Tisch, der Hund lag darunter. Bobo war eilig davongebraust, um ihre Anwesenheit am Tatort nicht erst umständlich erklären zu müssen, mein Mann hatte sich geweigert, Teil weiterer Lügengeschichten zu sein. Er wolle den Rest dieses mörderischen Dramas in seinem Bett verschlafen und beim Aufwachen kein Wort mehr darüber hören.

»Kaffee?«, nuschelte Berta, den Mund voller Salbeidrops, um ihre Schnapsfahne zu dämpfen.

Der Inspektor verneinte. Glück für uns, denn niemand hätte es geschafft, die starke Brühe unfallfrei von der Kanne in eine Tasse zu leeren. Uns allen zitterten die Hände, aber nicht nur das.

Bobo war die Einzige gewesen, deren Nervenkostüm so robust beschaffen war, dass sie noch rasch Schaufel und Spaten vom Fundort der Leiche entfernt, gesäubert und wieder in Bertas Geräteschuppen verstaut hatte. Ob das am chronischen Alkoholkonsum lag, der das Empfindungsvermögen dämpfte, oder an einer gewissen Routine im Umgang mit Leichen, da sie seinerzeit auch ihren toten Mann aus der Wanne manövriert hatte, wollten wir nicht näher hinterfragen. Jedenfalls waren dank ihrer Kaltblütigkeit alle verräterischen Spuren unserer Erdbewegungsarbeiten beseitigt, und wir konnten dem Inspektor gefahrlos eine neue Lüge auftischen.

»Der Hund hat den Toten also gefunden«, fasste Kapplhuber unsere adaptierte Version der Wahrheit zusammen.

Dreiköpfiges Nicken. Ich hatte ihm am Telefon erklärt, dass wir Berta besucht hätten und Dino friedlich im Garten gelegen sei. Und auf einmal sei das Tier verschwunden gewesen. Wir hätten es überall gesucht und schließlich auf dem benachbarten Grund wiedergefunden, wo es dabei war, den toten Dieter-Theodor auszubuddeln.

Der Inspektor hatte gleichfalls nur einen flüchtigen Blick auf die Leiche geworfen, wobei seine Gesichtsfarbe, die normalerweise dem gesunden Rosa einer Grapefruit glich, kohlrabiartige Töne angenommen hatte, und Sekunden später hörte man bereits Bertas Klotür zuschlagen.

»Am besten, wir warten erst einmal auf den Kommissar«, sagte er nun, und niemand von uns widersprach ihm.

Es begann bereits, leicht zu dämmern, als Hartmann mit seiner Entourage eintraf. Der Schal, an dem meine Freundin strickte, um die Wartezeit mit dem Inspektor im Garten zu überbrücken, würde mittlerweile für den Hals eines Elefanten reichen, während ich, Vincent und der Hund auf Bertas Wohnzimmersofa saßen, Schokopralinen aßen und Frauenzeitschriften durchblätterten.

Ich kam mir vor wie im Wartezimmer eines Arztes, nur dass es dort bestenfalls Lutschbonbons gab. Dafür war ich über die aktuellen Trendfarben von Weihnachtsbäumen inzwischen ebenso gut informiert wie über Scheidungsskandale von Hollywoodstars, die besten Methoden, um Tränensäcke zu kaschieren, und die Problematik von *bleached brows*, worunter ich mir nichts vorstellen konnte.

Mein Neffe hingegen hatte sich in einen Bericht über Beatboxen vertieft, das den Bildern zufolge keine Sportart war, und gab dabei Geräusche von sich, als würde ein Ferkel im Futtertrog wühlen.

Von drinnen betrachtet nahm die Ankunft des verhassten Kommissars fast surreale Züge an. Hartmann, dessen skelettartige Formen bei einbrechender Dunkelheit noch akzentuierter schienen, glich einer Skulptur von Giacometti, die sich von ihrem Sockel gelöst hatte und nun auf Flamingobeinen über den Rasen stolzierte. Hinter ihm raschelte die Spurensicherung in ihren Ganzkörperkondomen nach, die wegen der weißen Farbe im Dämmerlicht zu leuchten schienen. Und dazwischen wuselten einige Uniformträger herum, die Schaufeln, Spaten und starke Taschenlampen schwenkten und die Szenerie abwechselnd in Licht und Schatten tauchten.

Mein Neffe und ich erhoben uns, um von draußen einen besseren Überblick über das Geschehen zu haben, der Hund schlief auf dem flauschigen Sofakissen weiter.

Kapplhuber machte unter Wahrung eines gehörigen Sicherheitsabstandes das Schlusslicht der kriminalistischen Einsatztruppe, was wenig verwunderlich war, denn der Inspektor wusste bereits, welcher Anblick ihn zwischen den Rosenbüschen erwartete.

Hartmanns Männer aber wussten es nicht. Mit forschem

Schritt näherten sie sich dem grausigen Grab, mit panischem Gehopse entfernten sie sich, um sich hemmungslos in alle Richtungen zu übergeben. Nur der Kommissar zeigte keinerlei Reaktion und ging neben dem verunstalteten Toten in die Knie. Wahrscheinlich besaß dieser Hungerhaken einen derart geschrumpften Magen, dass ihm höchstens ein paar Sägespäne seiner zerbissenen Bleistifte hochkommen könnten.

Nach sklaventreiberartigen Kommandorufen und lautstark verkündeten Drohungen, jedes einzelne Weichei vom Dienst zu suspendieren, hievten seine Männer die Leiche mit unüberhörbarem Würgereiz aus ihrem Grab und betteten sie auf eine Trage. Der Bestatter, der sich derzeit bestimmt nicht über eine schlechte Auftragslage beschweren konnte, wartete bereits.

Eine Stunde später war die Bergung des Apothekersohnes beendet, und der Kommissar kam auf uns zu. Er trug als Einziger eine Stirnlampe, die sein mumifiziertes Gesicht nur im unteren Teil beleuchtete, weshalb es aussah, als würde er die Zähne fletschen.

»Ich habe ein ziemlich mulmiges Gefühl«, flüsterte ich Berta ins Ohr.

»Sei froh, dass du noch fühlen kannst. Also im Unterschied zu ihm«, flüsterte sie zurück.

Hartmann scheuchte uns mit einer Handbewegung auf und zurück ins Haus, wo wir erneut auf Bertas Sofa Platz nehmen mussten.

Vincent bettete den Hund auf seinen Schoß, dann saßen wir da wie Schafe auf der Schlachtbank, während der Kommissar steil vor uns aufragte wie ein zum Leben erweckter Marterpfeil.

»Wissen Sie, was ich mich immer frage, wenn ich Ihrer ansichtig werde?«

Provokant sah er uns an, wir schwiegen. Jede ehrliche Antwort hätte uns ein Verfahren wegen Beamtenbeleidigung eingebracht.

»Also ich frage mich: Womit habe ich das verdient?«

Die gleiche Frage stellten wir uns auch.

»Im gesamten Bezirk gibt es laut Meldeamt siebzehntausendeinhundertdreiundvierzig Einwohner. Doch sobald eine Leiche auftaucht, sind es immer dieselben drei, die darüber stolpern. Eigenartig, nicht?«

»Soll vorkommen«, murmelte ich.

»Pech für uns«, meinte Berta.

»Siebzehntausendeinhundertzweiundvierzig«, korrigierte ihn Vincent. »Den toten Jungen müssen Sie abziehen.«

Eine Antwort, die sich nicht mit der Selbstherrlichkeit des Kommissars vertrug. Eine rhetorische Gewitterfront brach über uns los, der Blitz traf meinen Neffen und sein loses Mundwerk.

Dino, aufgeschreckt durch das plötzliche Donnerwetter, sprang vom Sofa und verzog sich in den Garten.

Nach etwa drei Minuten hatte Hartmann sein Tagespensum an Beleidigungen und Boshaftigkeiten aufgebraucht, und es kehrte wieder Ruhe ein.

In einigermaßen erträglichem Ton, wenngleich mit messerscharfer Stimme, wollte der Inquisitor der Kripo nun wissen, wie der genaue Ablauf des Leichenfundes vonstattengegangen war.

»Mein Hund hat gebellt, daher bin ich schauen gegangen, was er hat«, meinte Vincent. »Und da er schon ein Stück gegraben hatte, habe ich den Kopf des Toten gesehen. Den Rest kennen Sie ja.«

Der Kommissar, dessen provokatorische Ader man bei dessen Tod wohl extra erschlagen müsste, kniff die Augen zusammen. »Wie kommt es, dass dieses Vieh vor Jahren auch schon eine Leiche gefunden hat? Haben Sie es vielleicht darauf trainiert? So eine Art Leichensuchhund, wie andere Trüffelhunde halten?«

»Logisch«, sagte mein Neffe. »Und damit ihm das Übungsmaterial nicht ausgeht, bringen wir von Zeit zu Zeit jemanden um.«

Entsetzt trat ich Vincent gegen das Schienbein, aber die Botschaft hatte den Empfänger bereits erreicht.

Die nun folgende Hasstirade erzeugte eine Schallwelle von

derart unvorstellbarer Kraft, dass sie mich beinahe vom Sofa wehte.

Als der Sturm an wüsten Beschimpfungen endlich abgeebbt war, wirkte der Kommissar erschöpfter als mein Neffe, der völlig unbeeindruckt an einem Schokoladenkonfekt kaute.

»Haben Sie mir sonst noch etwas zu sagen?«, wandte der cholerische Kriminaler sich nun erneut an Vincent, kaum hatte er seine Lungen wieder aufgefüllt.

Diesmal gab ich meinem Neffen einen Stoß in die Rippen, damit er diesem Tobsüchtigen keine neue Munition lieferte, doch es schien, als wollte Vincent seinen ganzen Frust über die unglückselige Verkettung an Umständen, die letztlich Dieter-Theodors Tod verursacht hatten, am Kommissar auslassen. Dazu kam, dass er sich vermutlich auf der sicheren Seite fühlte, denn der Täter befand sich bereits in Gewahrsam, niemand konnte Vincent für dieses furchtbare Verbrechen haftbar machen. Das Reifenprofil auf dem einstigen Gesicht der Leiche war Beweis genug.

Also schenkte mein Neffe dem Kommissar das freundlichste Lächeln, das man sich vorstellen konnte, und meinte: »Sie sollten auf Ihre Stimmbänder achten, sonst haben Sie möglicherweise bald nichts mehr zu sagen, und es droht Ihnen die Berufsunfähigkeitspension.«

Hartmann, dessen schmächtiger Brustkorb erstaunlich viel Lungenvolumen erhielt, brüllte noch einen letzten Akt, dessen Kernbotschaft darin bestand, uns wissen zu lassen, dass er uns irgendwann hinter Schloss und Riegel bringen werde. Und wenn es das Letzte sei, was er in seiner Laufbahn tue. Menschen wie uns müsse man auf Lebenszeit bei Brot und Wasser in den Keller sperren.

»Jetzt aber mal halblang«, warf sich nun auch Berta ins Gefecht. »Wir haben uns keines einzigen Verbrechens schuldig gemacht. Und das wissen Sie genau. Seien Sie froh, dass wir Ihnen ein paar Leichen liefern, sonst hätte man Sie längst schon wegrationalisiert.«

Dank ihr war auch ich aus meiner Schockstarre erwacht, und

bevor Hartmann etwas erwidern konnte, gab ich meinen Spezialsenf dazu. »Ganz richtig. Wir haben Ihnen sogar einen Täter geliefert. Ohne uns hätten Sie Armin Edelsbrunner nie gefasst, weil Sie sich ja nur in Unschuldige und Bleistifte verbeißen.«

Nach diesen ehrlichen Worten unsererseits zogen wir in Erwartung eines weiteren Rundumschlags mit der Rhetorikkeule die Köpfe ein, doch der Chef der Spurensicherung rettete uns unvermutet vor Folgeschäden am Trommelfell.

»Wir wären jetzt fertig«, meinte er. »Sie müssten aber die Sicherung des Fundortes noch einmal mit dem Inspektor besprechen.«

Widerwillig trat Hartmann den Rückzug an, doch an der Tür wandte er sich erneut um.

»Meines Wissens hatte die echte Miss Marple einen Bibliothekar als Assistenten, der außerdem gesellschaftsfähig war. In Begleitung eines lila Walrosses und einer Schwuchtel im Damenrock werden Sie wohl kaum Kriminalgeschichte schreiben.«

Und weg war er.

Zurück blieb eine mörderische Wut.

***

Ich träumte gerade davon, dem Kommissar einen frisch gespitzten Bleistift in seinen knochigen Allerwertesten zu schieben, als jemand bei uns Sturm läutete. Verstört vergrub ich mich tiefer in die Kissen, aber dieser Jemand hatte Ausdauer. So wie mein Mann beim Ignorieren lästiger Klingelgeräusche. Da mein Neffe noch in der Nacht seine Rückfahrt nach Wien angetreten hatte und der Mensch vor der Tür nicht gewillt war, aufzugeben, erhob ich mich. Gerade noch hatte ich in angenehm sadistischen Träumen geschwelgt, und schon hatte mich die eher masochistische Realität wieder.

Im Morgenmantel schlurfte ich zur Tür. Die Uhr an der Vorzimmerwand zeigte drei viertel sieben an, eindeutig keine Zeit für Freundschaftsbesuche.

Missmutig öffnete ich. Vor mir standen Ida und Theodor Reinprecht. Sie wirkten ziemlich mitgenommen, aber nicht wirklich am Boden zerstört.

»Ja?« Ich wollte meine Ruhe.

»Sie waren dabei, als unser Kind gefunden wurde.« Es klang eher nach einer Drohung denn nach einer Frage.

»Ja.«

»Bitte, erzählen Sie uns, wie das war. Was genau ist mit ihm passiert?«, fragte Ida. »Der Inspektor gibt uns keine Auskunft, weil der Fall noch nicht abgeschlossen ist, diesen unsäglich arroganten Kommissar wollen wir nicht fragen, also haben wir gehofft, dass Sie uns, nun ja, irgendetwas dazu sagen können.«

»Es geht das Gerücht um, dass er sehr schlimm ausgesehen hat«, ergänzte Theodor.

Ich ließ sie eintreten. Immerhin hatten sie gerade ihren einzigen Sohn verloren.

In der Küche nahm ich das Nutellaglas vom Tisch, lud sie ein, Platz zu nehmen, und zog meinen Morgenmantel etwas enger um mich.

»Dieter-Theodor wurde überfahren«, versuchte ich, das Schreckliche in normale Worte zu fassen. »Leider am Kopf.« Weitere Details zu seinem Aussehen würde ich keinesfalls preisgeben. »Aber er hat bestimmt nicht gelitten.«

»Entsetzlich«, meinte Ida.

»Ich kann es immer noch nicht fassen«, kommentierte ihr Mann. »Was hat dieser Unglücksrabe mit dem Edelsbrunner zu tun gehabt? Warum hat er sich mit diesem Scheusal herumgetrieben? Hätte er über seinen Büchern gesessen, wäre ihm das nicht passiert.«

Die Gattin nickte zustimmend. »Wir hatten es immer schwer mit ihm, er war so unwillig, so faul, so undankbar, ein echter Nichtsnutz. Wir haben ihm eine sichere Zukunft geboten, eine Apotheke, ein Einkommen, Prestige und die Gewissheit eines sicheren Arbeitsplatzes. Wir haben uns das hart erkämpfen müssen, ihm wäre es in den Schoß gefallen.«

Ich zog mir einen Stuhl heran, um mich zu ihnen zu setzen.

Eigentlich hatte ich der Höflichkeit halber Kaffee aufstellen wollen, doch die beiden verdienten bestenfalls lauwarmes Leitungswasser. Es schien ihnen auch völlig an ihren gefühllosen Herzen vorbeizugehen, dass ihr Sohn ermordet worden und keinem Verkehrsunfall zum Opfer gefallen war.

»Ihr Sohn ist ja nicht freiwillig aus dem Leben geschieden«, versuchte ich ihnen in Erinnerung zu rufen. »Man hat ihn umgebracht und seine Leiche in einem Blumenbeet verscharrt. Das würde ich nicht einmal meinem größten Feind wünschen.« Was durchaus der Wahrheit entsprach. Ich wünschte Hartmann Bleistifte im Hintern, Blutegel am Hals und eine Armada von Wanzen ins Bett, aber den Tod hatte ich noch niemandem gewünscht.

»Aber der Täter wird ihn ja nicht grundlos umgebracht haben. In irgendwelche kriminellen Machenschaften war Dieter-Theodor bestimmt verwickelt. Und dieser Hang zu verwerflichen Handlungen hat ihn das Leben gekostet.«

»Nein! Ein Mord hat ihn das Leben gekostet.« Mittlerweile fand ich es bereits erstaunlich, dass der Junge bei diesen Eltern überhaupt so lange gelebt hatte.

»Jetzt hören Sie mir einmal zu. Ihr Sohn war todunglücklich. Sie haben ihn gezwungen, etwas zu studieren, das er nicht wollte. Sie haben ihn gedemütigt, in peinliche Anzüge gesteckt und finanziell ausgehungert, ihm einen Namen verpasst, der ihn zum Gespött der Leute gemacht hat, nie ein liebes Wort für ihn gefunden und ihn behandelt, als wäre er der letzte Dreck. Ich wage zu behaupten, dass er mit anderen Eltern noch leben würde, da er in einem anderen Umfeld wahrscheinlich nicht gezwungen gewesen wäre, sich in irgendwelche kriminellen Machenschaften verwickeln zu lassen.«

Die beiden Apotheker betrachteten mich wie ein unbekanntes Objekt unter dem Elektronenmikroskop.

»Von Ihnen hätte ich mir mehr Mitleid erwartet«, stieß Theodor Reinprecht schließlich hervor, während er sich erhob.

»Ich habe vollstes Mitleid«, erwiderte ich. »Aber mit Ihrem verstorbenen Sohn, nicht mit Ihnen.«

Kurz darauf fiel die Tür ins Schloss. Sie hatten den Weg nach draußen alleine gefunden.

Nach diesem morgengräulichen Gespräch war mir die Lust auf Kaffee vergangen. Die beiden und ihre grenzenlose Selbstherrlichkeit zu ertragen war bitter genug gewesen. Stattdessen rührte ich mir eine goldene Milch zusammen. Ein stärkendes, sonniges Getränk aus Milch, Ingwer, Kurkuma und einer Prise Zimt, bei dem einem sogar ums Herz warm wurde. Das hatte ich bei so viel Emotionslosigkeit nötig.

Im Garten wehte noch eine frische Prise, ideale Bedingungen, um mein Gehirn etwas auszulüften. Ich streckte mich auf der Hollywoodschaukel aus und dachte über das Wesen von Schuld nach. Konnten mehrere Personen unabhängig voneinander für ein Verbrechen verantwortlich sein? Und wenn ja, wer trug die Hauptschuld? Was den bemitleidenswerten Dieter-Theodor betraf, zeigte sich an seinem Fall recht deutlich, welch engen Grenzen das Strafgesetzbuch unterlag. Armin Edelsbrunner würde die volle Schuld für seinen Mord tragen müssen und über Jahrzehnte seiner Freiheit beraubt werden. Ida und Theodor Reinprecht mussten mit keiner Anklage als Rabeneltern rechnen, im Gegenteil, man behandelte sie als Opfer zweiten Grades. Dennoch hatte ihre nahezu missionarische Erziehung dieses Verbrechen erst möglich gemacht. Hätten sie ihren Sohn geliebt und seine Leidenschaft für Computer als Berufswahl akzeptiert und hätten sie ihn vielleicht Rainer oder Holger oder Dominik genannt, wäre der Bub nie auf die Idee gekommen, erst als Giftmischer und dann als Erpresser nach einer Lösung für seine Existenzkrise zu suchen.

Und letztlich gab es noch uns. Wir hatten den Jungen mit seiner Schwindelei konfrontiert, ihn in eine aussichtslose Lage gebracht und die Gefahr, die ihm durch den Mörder drohte, unterschätzt. Wir hatten gegen das Gesetz verstoßen, indem wir der Polizei wichtige Fakten vorenthielten, weil wir uns moralisch angemaßt hatten, Richter über Gut und Böse zu sein. Doch statt dem Jungen damit einen Gefallen zu tun und ihn vor einer Haftstrafe und vor allem der Verachtung seiner Eltern zu schützen, hatten wir zu seiner Ermordung beigetragen. In einer Gefängniszelle lag es sich letztlich immer noch besser als in einem Grab.

Als mein Mann sich zu mir setzte, schwelgte ich immer noch in Selbstvorwürfen.

»Vergiss diese unselige Geschichte endlich«, meinte Fred und legte mir den Arm um die Schulter, ein sicheres Zeichen, dass er mir meine lebensbedrohlichen Schnüffeleien auf dem Nachbarsgrund vergeben hatte. »Durch diesen Erpressungsversuch hat der Junge sich letztlich selbst sein Grab geschaufelt. Hätte er nichts dergleichen unternommen, sondern einfach geschwiegen und abgewartet, dann wäre er noch am Leben und du tot.«

Meine kleinen grauen Zellen litten eindeutig unter morgendlicher Antriebsschwäche, denn ich konnte ihm nicht folgen.

»Wie meinst du das?«

»Durch seinen Erpressungsversuch hat Dieter-weißnichtmehr den Zeitplan des Mörders durcheinandergebracht«, rief er mir in Erinnerung, während er mich ein wenig fester an sich drückte. »Unser Nachbar hatte ja vor, zuerst dich und Berta zu erledigen und erst danach den kleinen Verräter zum Schweigen zu bringen. Pech für ihn, Glück für euch.«

Eine Erkenntnis, die mich immer noch sehr bedrückte, während Fred mir den Ablauf des Dramas erneut zusammenfasste. Dabei wusste ich das alles schon, aber mein Gewissen weigerte sich, mir einen Freispruch zu erteilen.

»Denk das bitte ganz objektiv durch«, flehte mich Fred an. »Der Junge war ohnedies in Wien, stellte für den Mörder keine unmittelbare Bedrohung dar, und die Polizei hatte noch keinen blassen Schimmer von den wahren Zusammenhängen. Die gehen ja bis heute davon aus, dass alle Verbrechen einem Einzeltäter oder einer Gruppe von gemeinsam agierenden Tätern zuzuschreiben sind. Dass dabei zwei Personen unabhängig voneinander und mit unterschiedlichen Motiven am Werk waren, war nach der theatralischen Inszenierung des kleinen

Reinprecht am Herbstfest nur euch und natürlich dem Mörder selbst klar. Der Bub hat seine Gnadenfrist aber nicht genutzt und dem Mörder ein erpresserisches Ultimatum gestellt.«

Ich nickte. Der Verstand sagte Ja zu meiner Entschuldung, die Moral beharrte auf ihrem Nein.

»Hätte Dieter-Theodor die gefundene Flasche mit dem Gift doch nur in den Altglascontainer geworfen und den Mund gehalten«, seufzte ich.

Mein Mann nickte. »Genau. Nur wollte der Arme halt auch einmal im Mittelpunkt stehen und bewundert werden. Dafür kannst du nichts, es war sein Wunsch.«

Zehn Minuten Ehre hatten sein Todesurteil bedeutet.

»Dass er mir und Berta quasi das Leben gerettet hat, liegt mir dennoch schwer im Magen«, gestand ich. »Dadurch fühle ich mich noch schlechter.«

»Er war selbst schuld«, erwiderte mein Mann zum x-ten Mal und ergriff mich am Arm. »Und ich fühle mich auch schon sterbenselend, wenn du nicht bald ein Mittagessen auf den Tisch stellst.«

Ich legte die Schuldfrage also vorübergehend in die Schublade mit den nicht zu Ende gedachten Gedanken und begab mich in die Küche, um Kartoffeln für ein Gulasch zu schälen.

Als das Erdäpfelgulasch bereits seiner kulinarischen Vollendung entgegenbrodelte, schnitt ich noch zwei Würste hinein. Als Extrabonus für Fred. Oft genug hatte ich ihn in Gedanken auf den Mond geschickt, aber als er vorhin bei mir auf der Schaukel gesessen hatte, war ich dennoch glücklich über seine Nähe gewesen. Im Grunde war er ja auch ein Goldstück, wenngleich nicht mehr so glänzend wie Bertas Exemplar.

***

Dann passierte zwei Tage lang nichts, ein wundervolles Gefühl. Wir verbrachten ganze achtundvierzig Stunden mit alltäglichen Nichtigkeiten, führten ein Leben in wattierter Zeitlupe, Fred saß über seinen Kreuzworträtseln, sofern er nicht vor dem

Fernsehgerät schlief, während ich im Garten Giersch, Melden und Gänsedisteln aus den Blumenbeeten rupfte, in denen Dahlien, Astern, Silberkerzen und der Herbsteisenhut für einen leuchtend bunten Anblick sorgten. Einmal kam meine Freundin auf einen Sprung vorbei, um mir das Ergebnis ihrer Strickarbeit zu präsentieren, und zweimal rief Vincent an, um sich nach unserem Befinden zu erkundigen, doch Dieter-Theodors Schicksal wurde mit keinem Wort angesprochen. Wir hatten es einstimmig mit ihm begraben.

Selbst die unterschwellig brennende Frage nach den Motiven des Serienkillers verboten wir uns zu stellen.

Bis Bobo am Ende des zweiten Tages mit ihrem feuerroten Cabrio beinahe in unsere Haustür krachte. Eine Fontäne aus Kieselsteinen, Erdklumpen und den kürzlich gepflanzten Erikastauden trotzte jeglicher Schwerkraft, um Sekunden später meterweit entfernt wieder niederzufallen.

»Ich habe Neuigkeiten«, rief sie über die Hecke. »Die werden euch garantiert vom Hocker hauen.«

Ich saß allerdings gar nicht mehr, denn ihr Bremsmanöver hatte mich besorgt aufspringen lassen. Wäre nicht der doch recht beträchtliche Altersunterschied, hätte ich darauf gewettet, dass mein Neffe und sie denselben Fahrlehrer gehabt hatten.

»Wenn du einen Meter später gebremst hättest, hättest du sie aber gar nicht mehr berichten können«, motzte ich sie an. »Kannst du nicht fahren wie jeder andere auch?«

Bobo blickte mich erstaunt an. »Pauline, wenn ich fahren würde wie jeder andere auch, dann hätte ich mir ein Auto gekauft wie jeder andere auch. Ich habe einen Sportwagen, da ist die sportliche Fahrweise inkludiert.«

»Das ist kein Argument«, blaffte ich sie an. »Es werden auch alle Menschen mit einem Gehirn geboren, deshalb ist Denken nicht automatisch inkludiert.«

Doch die Sportpilotin zuckte nur die Schultern. »Lässt du mich jetzt rein, oder soll ich zuerst Emma über das Geständnis vom vergifteten Turteltäubchen informieren?«

»Es ist offen.«

Und ich war ganz Ohr.

»Also hör zu. Heute hat mich der Inspektor wegen meiner Golfschläger angerufen. Ich hatte die ja als gestohlen gemeldet und ganz vergessen, die Anzeige zurückzunehmen. Ich habe einfach nicht mehr dran gedacht.«

Konnte ich mir vorstellen. Alkohol tötete Gehirnzellen, der Fahrtwind bei ihrem Renntempo vermutlich auch.

»Jedenfalls wollte ich ihm schon sagen, dass sich die Sache erledigt habe, als ich im Hintergrund hörte, wie Hartmann dem Inspektor befahl, das Geständnis abzutippen, bis er wieder zurück sei. ›Schreiben Sie das gefälligst nieder, bevor dieses Weib wegen Liebeskummer endgültig krepiert‹, hat er wortwörtlich gesagt.«

Kaum habe sie das gehört, sei sie vor Neugierde natürlich fast geplatzt, weshalb sie beschloss, die falsche Anzeige aufrechtzuerhalten und persönlich aufs Revier zu gehen, um eine detaillierte Beschreibung der Schläger abzuliefern.

»Dem Kapplhuber habe ich also gesagt, er braucht sich nicht bis zu mir zu bemühen, ich käme persönlich vorbei, weil ich sonst ja eh nichts zu tun hätte.«

»Und Hartmann hat dich ohne Weiteres eintreten lassen?« Das konnte ich mir nicht vorstellen.

»Ich habe gewartet, bis er weg war. Ich wollte sowieso schon lange eine neue Klobürste kaufen.« Unter dem Polizeirevier im ersten Stock befand sich seit Ewigkeiten ein Geschäft für Sanitärbedarf. »Und jetzt pass auf! Jetzt wird's spannend.«

Spannend war allerdings die Untertreibung des Jahres. Was Bobo berichtete, war die unglaublichste aller Geschichten, die ich bis heute gehört hatte. Nicht einmal im Sonntagabendkrimi hatte es je ein derartiges Familiendrama gegeben.

Die Frau Doktor war in jungen Jahren bereits einmal verheiratet gewesen, als sie gerade zwanzig und schwanger war, und kurze Zeit darauf verschwand ihr Mann. Er hatte eine Bergtour unternommen, von der er nie wieder zurückgekehrt war. Nur sein Wagen wurde am Fuße des Bergs aufgefunden. Jahre später hatte man ihn offiziell für tot erklärt, und Viola

Edelsbrunner, damals noch Viola Pfnatschbacher, bekam als einzige Erbin die Landwirtschaft des Gatten zugesprochen, die sie gewinnbringend veräußerte. Zudem erhielt sie eine ansehnliche Witwenrente, dank der sie zuerst das Abitur nachholen und danach ein Medizinstudium absolvieren konnte. Fast vierzig Jahre lagen diese Ereignisse nun zurück.

»Sie ist aber ganz in ihrem Beruf aufgegangen und hat nie wieder einen Mann an sich herangelassen«, erzählte Bobo, die dem Inspektor beim Abtippen der Sprachaufnahme geholfen hatte, weil sie im Unterschied zu ihm das Zehnfingersystem beherrschte.

Die Tochter lebte längst schon irgendwo in Norddeutschland und hatte eine eigene Familie gegründet, und als die Ärztin ihre Pension antrat, fühlte sie sich erstmals im Leben unausgefüllt und einsam. Über eine Singlebörse für Akademiker lernte sie dann diesen Süßholzraspler Armin kennen und verliebte sich Hals über Kopf in seine abgedroschenen Schmeicheleien.

»Drei Monate später haben sie geheiratet. Sie ihre große Liebe, er ihr Bankkonto. Ganz wie ich vermutet habe. Warum sonst hätte man dieses Mannweib ehelichen sollen?«, meinte sie.

»Innere Werte«, murmelte ich. »Aber erzähl weiter.«

Und so erfuhr ich auch, dass jeder von ihnen eine hohe Lebensversicherung zugunsten des anderen abgeschlossen und Viola ihrem Mann schon zu Lebzeiten den halben Besitz überschrieben hatte, doch dann geschah etwas absolut Unvorstellbares. Violas tot geglaubter Mann meldete sich zurück ins Leben. Und zwar mit bedrohlichen Forderungen.

»Das musst du dir mal vorstellen, da tut einer so, als würde er auf dem Weg zum Gipfel in irgendeinen Felsspalt stürzen, nur um kein Leben als Landwirt, Ehemann und Vater führen zu müssen. Stattdessen taucht er bei einer spanischen Hippie-Kolonie unter, ohne Spuren zu hinterlassen. Seine Leiche wurde nie gefunden, er hat sich erfolgreich in Luft aufgelöst. Der muss das ja schon von langer Hand geplant haben. Falsche Papiere, jede Menge Bargeld, eine neue Identität. Außerdem muss er unerkannt bis nach Spanien gekommen sein. Eine reife Leistung, nahezu ein Geniestreich.«

Ich konnte ihr nur zustimmen.

Jedenfalls hatte der Ex-Mann nach über vierzig Jahren im Ausland eine Krebsdiagnose erhalten, und da er bereits auf die siebzig zuging, beschloss er, seinen Lebensabend mitsamt bester medizinischer Behandlung wieder in Österreich zu verbringen. Und dafür brauchte er nun Geld, das er von der ehemaligen Witwe einforderte. Seiner Ansicht nach hatte sie von seinem vermeintlichen Ableben ausreichend profitiert, um ihn nun dafür zu entschädigen. Dass Viola ausgerechnet Ärztin geworden war, schien ihm als krankem Mann sowieso das Sahnehäubchen auf der Torte zu sein.

Er hatte sie ausfindig gemacht, weil Viola jahrzehntelang seinen Nachnamen getragen hatte, sich über ihre Verhältnisse informiert und angesichts ihrer gut situierten Lage seinen Besuch im Resort angekündigt. Mit unmissverständlichen SMS.

»Klar, dass die Frischvermählte einen Schock gekriegt hat. Wenn ihr Ex wieder lebendig wird, kann sie den Rest der Flitterwochen im Fegefeuer verbringen. Ihre Ehe mit Armin wäre ungültig, weil Bigamie, das verkaufte Erbe müsste sie womöglich zurückerstatten, vielleicht sogar die Witwenrente, ganz zu schweigen vom Behördenkram.«

Und am meisten Sorgen hatte sie sich natürlich um ihre große Liebe gemacht. Auf gar keinen Fall wollte sie ihn in so ein Schlamassel mit hineinziehen. Sie waren gerade erst frisch verheiratet, und ihren zweiten Mann wollte sie unter keinen Umständen verlieren.

Also hatte sie einem Treffen mit ihrem wiederauferstandenen Ex im Resort zugestimmt, da er sich durch nichts hatte abwimmeln lassen, obwohl sie ihm zur Abschreckung sogar vorgeflunkert hatte, es habe bereits einen Mord gegeben und das Haus sei voller Polizei. Vermutlich das Telefonat, das Elsbeth mitgehört hatte. In der Nacht hatten sie sich also vor dem Gewächshaus getroffen, zuerst geredet, dann gestritten, und irgendwann eskalierte die Lage, und es kam zu Handgreiflichkeiten.

»Viola hat gesagt, dass sie ihn wirklich nur leicht gestoßen hat, aber er verlor sofort das Gleichgewicht und ist die Treppe hinuntergestürzt. Einfach so. Und sie hat sofort verstanden, dass er tot war. In ihrer Panik ist sie davongerannt und hat niemandem davon erzählt. Außer ihr wusste ja auch niemand, um wen es sich bei dem Unbekannten mit den falschen Papieren handelte.«

»Und warum hat sie dann in der Früh, als ich die Leiche offiziell entdeckt habe, mit ihm Händchen gehalten? Sollte das ein verspäteter Abschied sein? Oder ein Zeichen von Reue?«

»Aber nein. Sie hat nach dem Ehering gesucht. In der Nacht hat sie nicht drauf geachtet, aber wenn er den Ring noch getragen hätte, dann war dort auch ihr Name eingraviert. Und das wäre der einzige Hinweis auf seine wahre Identität gewesen.«

Das klang logisch. »Und? Hatte er ihn noch am Finger?«

»Nein. Doch mit jedem Tag, der verging, fühlte sie sich schlechter. Schließlich ist sie immer noch Ärztin, hat den hippokratischen Eid geleistet und dennoch einen schwer kranken Mann in den Tod gestoßen. Auch wenn sie diese Sünde aus Liebe begangen hat.«

Wobei es in meinen Augen kein Kapitalverbrechen war, einen Mann zu schubsen, der bereits an Krebs litt und eine tödliche Dosis Gift intus hatte. Ich würde das gnädigerweise unter aktive Sterbehilfe einreihen.

Aber das war der desillusionierten Frau vermutlich auch kein Trost mehr. Würde ich diese Geschichte in einem Buch lesen oder im Fernsehen schauen, ich könnte sie jedenfalls nie und nimmer glauben.

»Dagegen ist die Quadratur des Kreises ein Kinderspiel«, sagte ich. »Aber als der Treppensturz sich als Giftmord herausgestellt hat, ist ihr da kein Verdacht gekommen?«

»Nein. Sie hat sich zwar überhaupt keinen Reim drauf machen können, aber da nur sie von der Existenz ihres Ex wusste, zumindest glaubte sie das, hielt sie diese mysteriöse Liga für den Täter und ihren Ex für ein zufälliges Opfer. Was an ihrem schlechten Gewissen allerdings nichts änderte. An der Aufrichtigkeit ihres Armin hingegen hat sie bis zum Schluss nicht gezweifelt.«

Ein perfektes Beispiel für Liebe, die nicht nur blind, sondern auch blöd machte.

Wie musste eine Frau sich fühlen, die vor lauter Liebe einen Mord beging, um ihren Traummann nicht zu belasten, und der es derselbe Mann dankte, indem er sie umzubringen versuchte? Da war bestimmt nicht nur ein Luftschloss, sondern ein ganzer siebter Himmel eingestürzt.

»Wie geht es ihr jetzt?«

»Keine Ahnung. Das hat Hartmann nicht interessiert, daher ist es kein Teil des Verhörs gewesen. Aber sie hat sich schrecklich angehört. Seufzen, Schluchzen, Grabesstimme. Die Stechäpfel hat sie durch einen glücklichen Zufall überlebt, aber dass ihr Faserschmeichler ein Mörder ist, das wird ihr wohl den Rest geben.«

»Sei nicht so pessimistisch«, fuhr ich Bobo an. Sie tat ja so, als würde Viola bereits Selbstmordpläne schmieden.

»Ich bin nicht pessimistisch, ich bin realistisch. Ein Pessimist ist schließlich nichts anderes als ein gut informierter Realist.«

Der Satz war gut, den musste ich mir merken.

»Egal«, lenkte ich ein. »So unglaublich die Geschichte auch ist, jetzt wissen wir, wer wen warum ermordet hat.«

Der kriminelle Göttergatte wird die zunehmende Nervosität seiner Frau bemerkt haben, das einzig Echte an ihm war ja sein Psychologiestudium, nach den Ursachen dafür gesucht und diese letztlich auf ihrem Handy gefunden haben. Nachrichten von einem Mann, der sich als Noch-immer-Gatte bezeichnete. Und der Violas Geld wollte, viel Geld. Das Geld, das Armin bereits in seinen eigenen Taschen sah. Damit nicht genug, riskierte er, auch die Prämie der Lebensversicherung zu verlieren, wenn er als Begünstigter eingetragen war, aber seine Ehe auf einmal nicht mehr galt, weil jemand aufgetaucht war, der auf dem Papier bereits seit Jahrzehnten mit seinem Goldesel verheiratet war. Und der dann sozusagen die älteren Ansprüche besaß. Also musste der Rivale weg.

»Und das erste Opfer, der Lkw-Fahrer, wird Armin wohl wirklich erkannt haben. Er kam ja auch aus dem Salzburgischen und hat früher Bier zugestellt. Vielleicht hat er Gaststätten bei Rennbahnen beliefert, da wird ja viel getrunken. Oder er hat selbst gewettet und von Armins Machenschaften gewusst.«

Solange der Schurke kein Geständnis ablegte, würden wir Details wie dieses allerdings nicht erfahren, doch im Großen und Ganzen hatte die Sache sich aufgeklärt.

»Weißt du«, meinte Bobo nachdenklich. »Vorhin habe ich mir vorgestellt, mein verstorbener Mann würde wieder lebendig und stünde vor der Tür. Ich glaube, ich brächte ihn auch um.«

Nach dieser beinharten Aussage erhob sie sich und stapfte mit ihren Spargelstecherabsätzen über meinen Rasen bis zur Terrassentür. »Ich benutz noch mal rasch dein Klo, dann muss ich weiter. Der Golfplatz wartet.«

»Der wird sich über dein Schuhwerk freuen«, rief ich ihr nach.

»Ich kann eh nicht spielen, meine Schläger wurden ja angeblich gestohlen«, rief sie zurück.

Und endlich mussten wir beide lachen.

***

Keine Stunde später hatte ich den Rest unserer Seniorenrunde zusammengetrommelt. Sie alle hatten sich tapfer an vorderster Front der Verbrechensbekämpfung geschlagen, daher hatten sie jedes Recht, umgehend der Rätsel Lösung präsentiert zu bekommen. Mein Mann hatte zur Feier des Tages sogar freiwillig Kaffee gekocht, während ich rasch zur Bäckerei geradelt war, um kiloweise Kleingebäck zu kaufen. Derartige Sensationsnachrichten konnte man nicht bei Kräutertee und Zwieback verkünden.

Dann gab ich weiter, was ich von Bobo erfahren hatte. Mit jedem Wort wurden die Augen größer und die Geräusche geringer. Nach wenigen Minuten hätte man die viel zitierte

Stecknadel fallen hören. Selbst Emma hatte ihre Kaubewegungen eingestellt. In meiner gesamten Schulzeit hatte nie jemand derart gebannt meinen Worten gelauscht wie jetzt meine Zuhörerschaft.

»Un-glaub-lich!«, meinte Emma, als ich meine Nacherzählung beendet hatte. »Also gibt es ›Dead Man Walking‹ wirklich. Und das bei uns, nicht im Fernsehen.«

»Kein Regisseur der Welt könnte sich so eine Geschichte ausdenken«, fand auch Berta. »Nicht einmal Stephen King.«

»Das Sakrament der Ehe ist heilig«, warf Elsbeth ein. »Aber unter diesen Umständen, ich weiß nicht. Da müsste ich glatt mal unseren Herrn Pfarrer fragen.«

Nur Toni und Fred schwiegen, während sie systematisch eine Zimtschnecke nach der anderen vertilgten.

***

Tatsächlich dauerte es noch Wochen, bis Armin Edelsbrunner einsah, dass er seinen Kopf durch keine psychologischen Tricks mehr aus der Schlinge ziehen konnte. Er legte ein vollumfängliches Geständnis ab, das mir unser braver Inspektor schon wenig später brühwarm zum Nachmittagskaffee servierte.

Zumindest wurde dadurch mein Neffe von jedem Verdacht befreit, denn im Kofferraum von Armins Wagen fand sich das zweite gestohlene Kleid von Vincent, versteckt unter dem Reserverad. Diesmal allerdings auch mit der DNA des Mörders. Edelsbrunner hatte die Teile von unserer Wäscheleine entwendet, als er mitten in der Nacht heimfahren musste, um das Gift zu holen, das er für den ehemaligen Bierfahrer brauchte. Der wusste zu viel über ihn und sein Vorleben, was den Salzburger zu einem untragbaren Risikofaktor machte. Als Edelsbrunner in die Hauszufahrt eingebogen war, sah er Vincents Damenkleider an der Leine flattern, was ihm sehr gelegen kam. Getragen hatte er aber nur eins davon, um seinen beiden Opfern aufzulauern und ihnen in einer dunklen Ecke ein Tablett mit vergifteten Jägermeisterfläschchen unter die Nase zu halten.

Als Geschenk des Hauses sozusagen. Dafür hatte er sich als Küchenangestellte verkleidet, geschminkt, mit Kleid, Baretthaube, Mund-Nasen-Schutz und Schürze. Und da im Resort generell kein Alkohol ausgeschenkt wurde, hatten die beiden Männer begeistert zugegriffen. Wer dabei welche Giftmischung erwischte, war dem Täter egal gewesen. Er hatte nur noch Restbestände seines Rennbahnsortiments besessen, mit denen er früher Pferde gedopt oder krank gemacht hatte.

Und was die Räuchermischung mit Stechapfelsamen betraf, die Berta und Emma in den Wahnsinn getrieben hatte, die war für Viola bestimmt gewesen. Sein ursprünglicher Plan war, sie langsam, aber sicher verrückt werden zu lassen. Die erste Dosis bewusstseinsverändernder Drogen wollte er ihr im Resort verabreichen, da er hier auf ganz viele Zeugen hätte zählen können. Ihr Geisteszustand hätte sich auch bald herumgesprochen, und sobald dieser allgemein bekannt gewesen wäre, wollte er sie aus dem Fenster stoßen. Ein bedauerlicher Unfall einer nicht mehr zurechnungsfähigen Frau mit großem finanziellen Gewinn für den Mann. Das Beileid aller wäre ihm sicher gewesen.

Leider hatte der unerwartete Einfall des Hartmann'schen Antiterrorkommandos ihm nicht mehr erlaubt, seine Gattin gleich nach dem Essen in den Wellnessbereich zu führen, wo er das psychedelische Potpourri schon vorbereitet hatte, weil niemand mehr den Speisesaal verlassen durfte. Bis auf meine zwei unglückseligen Vielfraße, die bereits kurz zuvor nach draußen gegangen waren und sich in der Dosierung des Räucherwerks furchtbar vergriffen hatten, indem sie gleich alle Samen verwendet hatten.

Dann hatte ihm auch noch die Liga mit ihren kleinen Giftanschlägen ins mörderische Handwerk gepfuscht, und er musste sein Vorhaben, Viola langsam, aber stetig mittels Drogen in totale geistige Umnachtung zu versetzen, ganz aufgeben.

Eine teuflische Methode, hatte der Inspektor gemeint. »Allein für den Vorsatz müsste er im Untergeschoss der Hölle schmoren.«

Ich war ganz seiner Meinung. Außer es gab eher so was wie

Reinkarnation. Dann wünschte ich ihm eine Wiedergeburt als Regenwurm an einem Angelhaken.

Mit allem anderen hatten wir jedenfalls richtiggelegen. Der Bierfahrer hatte jahrelang auch einen Kiosk der Rennbahn Baden-Baden beliefert, der Sohn der Apotheker hatte Armin zu erpressen versucht, für uns fand der Mörder keine passende Giftmischung mehr, da dessen Reserven aufgebraucht waren, und seine Gattin überlebte nur, weil er sie in einem Brackwassertümpel abgelegt hatte. Der Geschmack des schalen Wassers im Mund hatte sie erbrechen lassen.

Ich beschloss, sie im Krankenhaus zu besuchen. Mit einem garantiert ungiftigen Blumenstrauß, einer Riesenpackung Johanniskrauttee und jeder Menge aufmunternder Worte. Irgendwann würde vielleicht auch für sie wieder die Sonne scheinen. Und das noch in diesem Leben.

Ein wenig Liebe hatten wir doch alle verdient, selbst wenn die Haare schon grau und die Brüste bereits schlaff wurden. Nicht jeder Mann hieß schließlich Armin und besaß eine Neigung zum Massenmord.

Anhang

Thuja, Thuja occidentalis (giftig)

Lebensbaum für Todeskandidaten

Egal, ob abendländischer oder morgenländischer Lebensbaum, orientalis oder occidentalis, beide Spezies sind pflegeleicht, winterhart und stehen – ungeachtet ihres Namens – oft dem Tod näher als dem Leben. Nicht umsonst wachsen Thujen so gerne auf Friedhöfen. Als einstiges Abtreibungsmittel hat dieses Gewächs allerdings auch ausreichend Menschenleben ins Jenseits befördert. Das Institut für Gerichtliche Medizin in Greifswald etwa berichtet 1931 von einem Fall, in dem sich eine zweiundzwanzigjährige Dienstmagd aus Verzweiflung über ihre Schwangerschaft einer Teekur mit Thujenlaub unterzog. Als diese nicht zum erhofften Erfolg führte, nahm die bedauernswerte Frau auch noch eine Vaginalspülung mit dem Tee vor. Kurz darauf verlor sie das Bewusstsein, verfiel in heftige Krampfzustände und verstarb zwei Tage später. Laut Obduktionsbericht an Blutungen im Herzfleisch, degenerativen Veränderungen der drüsigen Organe, insbesondere Leber und Nieren, sowie an einer doppelseitigen Lungenentzündung. Der Fötus wurde allerdings nicht geschädigt.

Aber nicht nur die Blattspitzen sind aufgrund ihres Gehalts an Thujon, einem starken Nervengift, äußerst toxisch, auch Holz und Zapfen haben es – im wahrsten Sinne des Wortes – in sich, was Giftstoffe betrifft. Dennoch hat die böse Pflanze in Günter Herburgers »Thuja-Trilogie« Einzug in die Literatur gehalten und sich zudem einen gewissen volksmedizinischen Ruf erworben, so etwa als Einreibung gegen Warzen und Wucherungen. Der Homöopath Bönninghausen schrieb der Thuja im Falle einer Pockenepidemie sogar eine präventive wie kurative Wirksamkeit zu. Davon abgesehen sollte man von diesem Zierstrauch aber besser die Finger lassen. Und seinen Heckenschnitt keinesfalls auf Viehweiden entsorgen, denn besonders Pferde verenden immer wieder durch den Verzehr des

Schnittmaterials, so etwa achtzehn Junghengste in Thüringen im Jahr 2014.

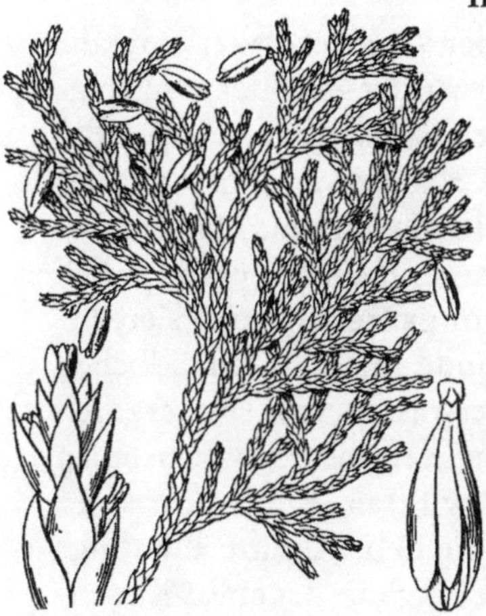

Info: auch Lebensbaum, Weiße Zeder oder Friedhofsbaum genannt. Immergrünes Zypressengewächs mit waagrecht verzweigten Ästen und kleinen, schuppenartigen Blättern. Kleine weiße Blüten und ebenso kleine längliche Zapfen. Blüte: April–Mai | **Inhaltsstoffe:** Thujon | **Vergiftungserscheinungen:** Hautreizungen, Übelkeit, Blutungen, epilepsieartige Krämpfe, Leber- und Nierenschäden, Koma, Fieber, Lungenödem, Tod; bei chronischer Einnahme: Halluzinationen, Persönlichkeitsveränderungen

Kirschlorbeer, Prunus laurocerasus (giftig)
Gesundheitstrank für einen schnellen Tod

»Vom Strauch genascht, elf Kinder vergiftet« oder »Gefahr durch die Lorbeerkirsche«: Immer wieder gerät der ursprünglich aus Kleinasien stammende Zierstrauch mit derartigen Panikmeldungen in die Schlagzeilen. Sogar zur »Giftpflanze des Jahres« wurde er 2013 gewählt. Mit dem *Prunus laurocerasus* ist eindeutig nicht gut Kirschen essen. Dennoch erfreute sich ausgerechnet dieser Strauch bis vor gar nicht langer Zeit allgemeiner Beliebtheit in der Heilkunde. Mit zum Teil tödlichen Folgen. Das toxische Kirschlorbeerwasser etwa, einst ärztlich angeraten bei Asthma, Keuchhusten oder einem schwächelnden Herz, erwies sich oft als besonders wirksam. Binnen kürzester Zeit schwanden alle Symptome, die Lebenskräfte allerdings auch. Tote husten nicht. »Auch ein Jüngling, der etwas Kirschlorbeerwasser getrunken hatte, starb in wenigen Minuten«, berichtet Johann Friedrich Gmelin, Naturwissenschaftler, Mediziner und forensischer Toxikologe. »Ein Mädchen von achtzehn Jahren, das sehr wohl und gesund war, nahm nicht ganz zwei Löffel von diesem Wasser, in Zeit von ½ Stunde fiel sie nieder, bekam Zuckungen und Schaum vor dem Mund und kurz darauf starb sie.«

Dabei ist die Giftwirkung der Lorbeerkirsche bereits seit Jahrhunderten bekannt. Schon Adelbert von Chamisso, romantischer Dichter und Kustos am Berliner Königlichen Herbarium, warnte eindringlich vor diesem immergrünen Baum, der augenblicklich töten könne. Besonders Kinder setzen ihre Gesundheit aufs Spiel, wenn sie von den verführerischen Beeren naschen. Zwar ist das Fruchtfleisch gänzlich harmlos und wird in vielen Ländern sogar zu Gelees und Konfitüren verarbeitet, doch nur, wenn jeder einzelne Samenkern entfernt wird, denn zerbeißen darf man sie keinesfalls. Das hätte böse Folgen. Vielleicht hat der nabu Bremen also durchaus recht, wenn er sogar eine Betonmauer für besser hält als diese »hochgiftige ökologische Pest«.

Info: auch Lorbeerkirsche genannt. Immergrünes Rosengewächs mit lederartigen Blättern, die denen des echten Gewürzlorbeers ähnlich sehen. Entwickelt duftende weiße Blütenrispen, aus denen später schwarze Steinfrüchte werden. Blüte: April–Mai, Früchte: August–September | **Inhaltsstoffe:** cyanogene Glykoside, vor allem in Samen und Blättern | **Vergiftungserscheinungen:** Gesichtsrötung, Atembeschwerden, Erregung, Atemstillstand, Herzstillstand

Eibe, Taxus baccata (sehr giftig)
Mord- und Selbstmordbaum

Die Eibe gilt wohl zu Recht als einer der bedrohlichsten Bäume der Welt. Bei den Römern war sie der Unterwelt geweiht, bei den Griechen galt das Nadelgehölz als Baum der Trauer. Generell steht sie gerne auf Friedhöfen herum, doch sollte man nie in ihrem Schatten verweilen, es sei denn, man ist bereits tot. Ansonsten wächst die Lebensgefahr mit jedem Annäherungsversuch. Bereits Plinius warnte davor, Wein aus Eibenholzbechern zu trinken, Iren und Kelten tränkten ihre Pfeile im Sud der Nadeln, um Opfern keine Chance zu lassen, und selbst der legendäre Ötzi trug einen Jagdbogen aus Eibenholz mit sich. Kurz gesagt: Das schmucke Gewächs hat eindeutig das Zeug zum Serientäter oder Massenmord. Schon zu Cäsars Zeiten nahm sich der Eburonenfürst Catuvolcus mit *Taxus baccata* das Leben, und Tausende machten es ihm seither nach: ein Jüngling, der aus Liebeskummer vierzig Nadeln zerkaute, ein paar Gefängnisinsassen, die genug von schwedischen Gardinen hatten, lebensmüde Schwangere, die sich mitsamt ihren Föten ins Jenseits beförderten – die Reihe an klinischen Fällen ist endlos. Allein in den USA vergifteten sich innerhalb von zehn Jahren über elftausend Menschen mit Rinde, Nadeln oder Samen – die Fruchtbecher sind, sofern man den Samen entfernt, harmlos –, allen voran Kinder, Weidevieh und ignorante Gesundheitsfreaks. Aber nicht nur Selbstmord, auch Mord gelingt mit Eibenextrakten recht zuverlässig. Sogar Agatha Christie tötet in »Das Geheimnis der Goldmine« damit, weil das Gift sehr wirksam und ungewöhnlich ist.

Dass Taxol (ein Rindenextrakt) als tumorhemmendes Mittel bei der Chemotherapie Karriere gemacht hat und im Südburgenland oder in der Türkei immer noch köstliche Eibenmarmelade produziert wird, wiegt die letalen Seiten der Pflanze nicht auf. Schon hundert Gramm reichen für einen Abgang. Denn wehe, »die Eibe schlägt an die Scheibe, ein Funkeln im Dunkeln …« (Theodor Fontane).

Info: auch Bogenbaum oder Todesbaum genannt. Immergrüner, harzloser und langsam wachsender Nadelbaum mit rotbrauner Rinde und roten, fleischigen Samenbeeren statt Zapfen. Eiben können sehr alt werden. Blüte: März–April, Früchte: September–Oktober | **Inhaltsstoffe:** Taxin (höchster Gehalt in den Nadeln männlicher Pflanzen im Winter) | **Vergiftungserscheinungen:** Pupillenerweiterung, rote Lippen, Koliken, Nierenschäden, Herzrhythmusstörungen, Erstickungskrämpfe, Leberversagen, Koma, Tod. Besonders toxisch für Pferde, ungiftig für Rehe und Hirsche.

Stechapfel, Datura stramonium (sehr giftig)

Mittel der Hurenwirte, Rosstäuscher, Hexen und Mörderbuben

Das Sündenregister des Stechapfels ist derart lang, dass er wohl ewiglich in der Hölle schmoren müsste, gäbe es ein Jüngstes Gericht für gemeine Gewächse. Bereits vor Jahrhunderten hat das Tollkraut die Menschen in Form von Liebestränken und Hexensalben um ihre Gesundheit und den Verstand gebracht. »Knochentrocken, stockblind, verrückt wie ein Huhn und heiß wie ein Vulkan«, beschreibt ein Arzt die Symptomatik einer Vergiftung mit Datura. Die LSD-ähnliche Wirkung der Pflanze kann sich bei falscher Dosierung allerdings leicht bis ins Grab erstrecken. Allein in Indien ereigneten sich in fünfzehn Jahren zweitausendsiebenhundertachtundzwanzig Fälle von Mord oder Selbstmord durch die Donnerkugel.

Und auch hierzulande hat der Stechapfel für viel Unheil gesorgt. 1830 wird im »Handbuch des Straf-Verfahrens« sogar vermerkt, dass die damit Vergifteten vor ihrem Tode unter wahnsinnigen Zuständen litten. Doch manchmal sollten die Giftopfer nur vorübergehend sediert werden, was viel Fingerspitzengefühl erforderte. Hurenwirte und Bordellbesitzer etwa bewiesen meist ein gutes Händchen für exakte Dosierungen, wenn sie den »neuen« Mädchen die Samen (wie heutzutage K.-o.-Tropfen) unters Essen mischten, um diese wollüstig und willfährig zu machen. Pferdehändler hingegen schoben ihren Schindmähren gerollte Datura-Blätter in den Mastdarm, damit diese sich recht feurig – und somit verkaufsfördernd – verhielten. Und der Literat Gustav Meyrink hat dem Gewächs in »Coagulum« sogar ein literarisches Denkmal schwarzer Magie gesetzt, indem er eine Kinderleiche mit giftigem Rauch aus Ginster, Nachtschatten und Stechapfel würzte.

Dennoch wurden Extrakte der Pflanze lange Zeit und mit katastrophalen Folgen auch als Asthmamittel eingesetzt. Der Chemiker und Alchemist Johann Joachim Becher vermerkte bereits 1663 in seinem »Parnassus Medicinalis Illustratus«: »Stechapffel seyend sehr kalt, man nimmt sie nicht in leib, wer nicht gerne sterben will.«

Info: auch Donnerkugel, Zigeunerkraut, Dornapfel, Tollkraut, Stachelnuss, Liebeszwinger oder Hexenkraut genannt. Strauchiges, unangenehm riechendes Nachtschattengewächs mit zugespitzten Blättern und großen weißen Trichterblüten. Die kastaniengroßen Fruchtkapseln haben rundum Stacheln und schwarze Samen. Blüte: Juni–September | **Inhaltsstoffe:** Hyoscyamin, Scopolamin, Atropin | **Vergiftungserscheinungen:** (ab 0,3 Gramm) trockene Schleimhäute, brennender Durst, erweiterte Pupillen, heftige Krämpfe, Gedächtnisverlust, Sprachverlust, Lähmungen, Erregung, Heiterkeit, Tobsucht, Übelkeit, Schlaflosigkeit, Wahnvorstellungen, Atemlähmung, Tod

Klaudia Blasl
GÄRTEN, GIFT UND TOTE MÄNNER
Klappenbroschur, 320 Seiten
ISBN 978-3-7408-1384-0

»Man liest den Roman am liebsten in einem Zug durch und mag das Buch gar nicht aus der Hand legen. Und ganz nebenbei lernt man auch eine Menge über Heil- und vor allem Giftpflanzen und ihren Einsatz als natürliche Mordinstrumente. Ein rundum gelungener Roman, den man sich nicht entgehen lassen sollte!« Karfunkel

»Eine ungewöhnliche Story, die mit Situationskomik und einer Portion Pflanzenwissen für spannende und unterhaltsame Lesestunden sorgt.« Land & Forst

www.emons-verlag.de

Klaudia Blasl
BÖSE BLUMEN
Broschur, 272 Seiten
ISBN 978-3-7408-0609-5

»Schwarzer Humor und kluger Sprachwitz mit fundiertem Pflanzenwissen, als Duo sind die Bücher unschlagbar.« Münchner Merkur

»Klaudia Blasl versteht es, mit schwarzem Humor zu spielen – ihre Geschichten sind nie todernst, sondern immer mit einem Augenzwinkern erzählt.« ORF/Guten Morgen Steiermark

»Spannend und lehrreich zugleich, denn man lernt, was alles an Giftigkeiten um uns herum wächst, gedeiht und teuflisch wirkt.« Kleine Zeitung

KLAUDIA BLASL
KERNÖLKRIEG
Kriminalroman
emons: